Der Fahrradmörder

Kriminalroman von Frank Maranius

Texte: © Copyright by Frank Maranius
Umschlaggestaltung: © Copyright by Frank Maranius
Herstellung und Verlag: BOD – Books on Demand, Norderstedt
2. Auflage 2018
ISBN: 9783743193079
Kontakt: autor@frank-maranius.de

Inhaltsverzeichnis

Vorwort	8
Das Fahrradfahren - eine Art Vorwort	10
Es geht wieder los	16
Wutfahrt	21
Vor dem ersten Tag in Oranienburg	23
Die Arbeit beginnt	32
Der Verdacht bestätigt sich	51
Der Ausflug zum Brocken	56
Der erste Fahrradfahrer	60
Im Barnim	64
Ostbahnhof	73
Bahnbetriebswerk Ostbahnhof	81
Der Tote im Grunewald	85
Eine weitere Leiche	91
Ausflug nach Hof	103
Beim Staatsanwalt in Magdeburg	106
Das verschwundene Mädchen	110
Der Knochen im Wald	115
Der Tote im Wald von Lehnitz	134
Ein Wochenende	140
Der Junge	150
Die Soko Fahrradmörder II	158
Bernd und Holger ermitteln	171
Im Fernsehen	182
Die Reporterin	192
Hartmut kommt nicht zu Hause an	202
Der falsche Weg	208

Rettung naht	220
Die Entdeckung	227
Die Nachbarn	247
Hartmut im Krankenhaus	257
Was soll nun werden?	268
Das Leben der Gabriele Gönner	280
Entlassung	295
Schuldgefühle	300
Die Dienstreise	308
Im Gestern	323
Wut	335
Der Behandler	347
Gott ruft endlich	359
Der Landarzt	369
Der Junge	379
Das letzte Kapitel	386
Nachwort	395
Noch einen Nachsatz:	398

Vorwort

Kann es sein, dass sie die Kontrolle verlieren, wenn sie im Straßenverkehr sind? Fahrradfahrer ist ein Reizwort, wenn sie Auto fahren? Oder sie fahren Fahrrad, dann passen sie auf, irgendwer bringt Menschen um, weil sie mit dem Fahrrad fahren. Wen trifft es, nur Männer? Warum zerlegt der die Leichen, zerlegt der die lebendig? Er hinterlässt keine Spuren, oft werden aber die Leichen eine ganze Zeit später gefunden. Die erste Soko Fahrradmörder, kurz Soko-FM scheitert, es gibt keine brauchbaren Ergebnisse. Nun gibt es wieder neue Leichenfunde, denken die Kriminalisten in Oranienburg quer? Gab es Vorfälle mit Fahrradfahrern, die aktenkundig sind? Oder gibt es Unfälle mit Fahrradfahrern, die ungeklärt sind? Irgendwo müssen doch Spuren auftauchen. Ein vermisstes Mädchen taucht auf, tot. Aber war das der FM? Die Kripo um Soko - Leiter Bernd Freitag, arbeiten wie die Verrückten, jede Spur wird noch einmal verfolgt, aber es will kein Durchbruch gelingen. Auch als die junge Kollegin Anja Hartig den Kreis größer zieht, gibt nichts Brauchbares. Bis der Lokführer Hartmut Mertens vom Dienst nach Hause fährt und schwer verletzt wird.

Ein spannender, packender Krimi, er spielt in der Heimat des Autors, also um uns herum, in Brandenburg und zeigt uns, wie wichtig es ist, wenn Menschen die um Hilfe rufen, diese auch bekommen können. Ach so, liebe Leser, haben Sie keine Angst mehr, aber benehmen sie sich auf dem Fahrrad, sind sie nett zu allen Anderen. Nicht, dass das wieder losgeht.

Noch eine Bitte, ich habe den Fahrradmörder anfangs „Er" genannt, also genau wie hier, großgeschrieben, bis er seinen Namen hat.

Ach so, die 2. Auflage war nach meiner Meinung nötig, weil mir bei der Ersten, Fehler beim Schriftsatz unterlaufen sind.

Frank Maranius 2018

Das Fahrradfahren - eine Art Vorwort

Eigentlich bin ich morgens mit dem richtigen Bein aufgestanden, aber der Tag dann lief völlig verquer. Wie üblich am Rechner noch was gemacht, dann die Frau wecken.

Das ist schön, war mal ganz schön stressig, weil sie nicht hochkam, aber wenn man sich mit einigen Dingen abfindet, die so sind, wie sie sind, dann kann man dem, auch was Schönes abgewinnen.

Nicht, dass sich was ganz Schönes ergeben hätte, so wie die Amerikaner festgestellt haben: „Sex ist morgens am heißesten."

Nee, oder ja, könnte es vielleicht bei mir sein, aber mit dieser wunderbaren Frau, haben die das nicht geprobt und auch mir ist das nie gelungen, am Morgen.

Was bei mir stramm ist, ist es bei ihr, noch lange nicht. So, ist dann jede Studie das wert, was man mit ihr anfangen kann.

Wenn wir mal ganz früh losmüssen, in den Urlaub zum Beispiel, wird das Wecken um 2:30 Uhr für mich festgelegt, ich dusche, ziehe mich an und fange dann an, sie zu wecken.

Dann klappt das um 3:30 Uhr, mit dem Frühstück und wenn sie nicht noch ein dreckiges Fenster entdeckt, das noch geputzt werden muss, dann sind wir auch um 4:30 Uhr weg.

Aber sonst ist es jetzt entspannt und schön sie zu wecken und es wird auch, wenn auch langsam und wir frühstücken, um 10:00 Uhr geht es los.

Ich weiß nicht mehr, was wir vorhatten, wir fuhren am Schloss Charlottenburg vorbei und parkten in der Nähe des Makrobiotischem Restaurants ein. Ich glaube, wir wollten dahin.

Das heißt, ich fand eine Lücke, vor einem Transporter und lenkte meine lange Kiste in sie hinein.

Gewiss, ich stand ein wenig blöd, etwas zu weit drinnen, der Laster ist ja breiter, aber das hätte eigentlich helfen müssen. Ich

machte, was ich immer mache: Handbremse fest, Gang rein, Motor aus, Kupplung loslassen, fest war er, der Wagen stand eingeparkt.
Dann das Aussteigen vorbereiten, die Frau war schon draußen, sie hatte es ja leichter, Blick in den Außenspiegel, der Innenspiegel war wenig hilfreich.
Schulterblick und nun vorsichtig die Tür auf, um rauszusehen, so etwa 20 cm weit, dann schauen ob was kommt.
Da war nichts.
Dann aber, wusch, Knall, die Tür flog auf, überöffnete. Auf der Straße lag nun ein Radfahrer mit seinem Rennrad, ein zweiter Rennradler fuhr einfach weiter, die Ampel, so 50 m vor uns, war rot.
Der fuhr einfach weiter!
Ich hatte die Tür nun nicht mehr in der Hand, sie wurde mir beim Aufprall aus der Hand gerissen.
Wo kam der jetzt her, spinne ich? Meine Frau ging sofort zu ihm, auf die Straße. Es kamen keine Autos, Gott sei Dank. Ich also auch raus, die Autotür war beschädigt, ich drückte sie zu und wir kümmerten uns um den Radfahrer. Da ich ausgebildet bin, als Nothelfer, sagte ich meiner Frau, sie solle Hilfe holen und sah ihn mir an.
Es schien nichts wirklich gebrochen zu sein, auch blutete nichts, er konnte sich bewegen, auch die Beine, also half ich ihm hoch, setzte ihn ins Auto, hinten natürlich und holte das Rad von der Straße. Der Verkehr rollte an, man fuhr langsam an uns vorbei, bis wir alles geräumt hatten, dann brummte es wieder wie immer. Wir machten mit den Handys Fotos, vom Rad, von der Tür und warteten auf Hilfe.
Die kam, zuerst kam der Krankenwagen, dann die Polizei. Der Notarzt übernahm den Verletzten und versicherte mir, dass dem Anschein nach nichts Böses passiert ist und die Polizei tat, was sie musste. Die waren cool, kannten sie die Problematik mit den Radfahrern zur Genüge und machten mir Mut.

Wir gingen dann essen und ich vergaß das Ganze zunächst, bis der Strafbefehl kam, 1000 €, das heißt ich bin vorbestraft. Das ging gar nicht, außerdem was hätte ich sonst noch tun können, um das Ganze zu verhindern, haben andere Verkehrsteilnehmer nicht auch die Pflicht des sicheren seitlichen Vorbeifahrens, des Hinsehens, der Rücksichtnahme.
Oh, wie sollte ich mich täuschen, also gingen wir zum Anwalt. Der sagte aber nur: „O. K., da ist sicher alles richtig gemacht worden, Blick in den Spiegel, Schulterblick und die Tür vorsichtig auf und noch einmal gucken. Aber die Arschkarte hast du, die Berliner Rechtsprechung kennt keine Mitschuld von Radfahrern. Kraftfahrer sind immer schuld. Auch der seitliche Abstand ist nur für Kraftfahrer wichtig, nicht für Radfahrer, die können sogar über dir drüberfahren, wenn das ginge, und stürzen sie dabei und du fährst sie über, bist du schuld."
Meine Empörung war grenzenlos, aber es half nichts, wir konnten nur den Strafbefehl in 300 € umwandeln und was am dümmsten war, unsere Versicherungsmaklerin hatte die Verkehrshaftpflicht vergessen. Wir hatten damals, beim Abschluss, wenig Geld und das nicht mit reingenommen, und es einfach wieder vergessen.
So wurden es auch 1000 €, aber nur 300 € an den Staat und 700 € an den Anwalt, der Eine macht ja nur Mist mit dem Geld, der Andere braucht das zum Leben, so haben wir dann doch was gewonnen.
Das konnte ich nicht verstehen, das konnte ich nicht begreifen, das ist Unrecht, die dürfen bei Rot fahren, ein Führerschein war nicht zu entziehen. Sie müssen keinen seitlichen Abstand halten, sie dürfen schneiden, drohen, toben, den Mittelfinger zeigen, ich nicht?
Das ließ mir alles keine Ruhe. Ich achtete auf jeden Radfahrer jetzt besonders, aber in Berlin ist das eine Sisyphusaufgabe, der du nur entgehst, in dem du das Auto hinstellst. Aber dann bist du als Fußgänger dran, weggeklingelt, angefahren, angebrüllt,

halt das Recht der Straße. Egal was du machst, du hast immer die Arschkarte, außer als Radfahrer.

Ich fuhr mal die Bismarckstraße hinunter, musste rechts 'rum, achtete schon 200 m vorher, ob kein Radfahrer unterwegs war, es war grün, mein Blinker ging, ich blickte in den Spiegel kein Fußgänger da, und dann der Schulterblick, nichts. Ich bog ab und plötzlich hämmerte es auf meinem Dach.

„Hast du den Arsch offen, du Penner", rief es und radelte weiter. Ich stieg aus, völlig verstört. Schon wieder, der war gerade eben noch nicht da, der kann doch nicht schneller fahren als ich!

Ein Passant, ein Fußgänger, hatte Mitleid, oder er war ein jetzt laufender Kraftfahrer, der sagte nur zu mir: „Der kam aus dem Hausflur da", er wies mit seiner Hand zu einem Hausflur, etwa 20 m vor der Kreuzung. „Det macht der imma so, den kenne ick, der is völlig gaga", er trollte sich, aber auch wütend.

Es hupte hinter mir, nicht wie in Indien, ich komme, ich überhole, grüß dich, sondern: „Fahr weiter du Arsch, was regst du dich über diese Penner auf", oder „Hab dich nicht so und fahr weiter."

In Berlin wird immer gehupt, wenn man sagen will, verpiss dich, bist du bescheuert, aufwachen, ich will auch weiter, Glotzen uff.

Heute kommt dazu: Glotzen weg vom Smartfon.

Ich ging nun zum Arzt, ich wollte wissen, wie das Syndrom heißt. Es war tatsächlich das Cyclessydrom, das mich erwischt hatte, ganz leicht nur, aber ich solle aufpassen, sonst geht es nach Herzberge, das war die Irrenanstalt im Ostteil der Stadt. Dieses Syndrom könne sich zur Mordlust steigern und nach dem Vorfall beschloss ich, das in einem Buch zu verarbeiten, „Der Fahrradmörder", und ich begann schon mal zu schreiben. Aber bevor ich das von der Fahrradfahrerseite beschreiben konnte, musste ich den Selbstversuch machen.

Meine Frau wollte immer, dass ich Fahrradfahren solle. Meine liebe Frau, die mit dem Wachwerden, und als ich ihr das sagte, war sie sehr besorgt, ob ich denn krank sei, aber sie freute sich auch und wir fuhren los.
Los ging es, ohne Helm natürlich, der war für mich albern und ohne jede logische Begründung, und ich nahm natürlich kein Rennrad. Aber sie fuhr mit Helm, sah putzig aus.
Sie fuhr vor, ich hinterher. Sie fuhr bei Rot weiter, ich hielt an. Sie fuhr so um die Ecke, ich zeigte meinen Arm, sie klingelte die Fußgänger weg, ich hielt an und ließ sie laufen. Ich fragte sie, warum sie das mache, sie zuckte nur mit den Schultern. Ich wurde mutiger, aber hielt immer noch bei Rot, alles schüttelte mit dem Kopf. Das änderte sich auch nicht, als ich die Papiere zu Hause ließ, ich fuhr praktisch ohne Führerschein, aber die Regeln verließen mich nicht.
Einbahnstraße war Einbahnstraße, ich fuhr einen Umweg oder schob rein. Mein Führerschein konnte doch jetzt nicht verschwinden und ich hielt mich immer noch an die Regeln. Erst dachte ich, der Druck auf die Hoden war es, aber meine Frau hatte die ja gar nicht, also war da ein Sensor, der bei beiden Geschlechtern war, nur bei mir ging der nicht.
Besorgt ging ich wieder zum Arzt, ich glaube, der hatte schon eine Einweisung in der Hand, da der mich aber schon lange kannte, kam ich um Herzberge herum. Er überlegte nur eine Weile, dann fragte er: „Helm, das ist es. Trägst du einen Helm?"
„Nö, das ist blöd."
„Der Helm, der ist es, trage einen Helm, in Verbindung mit dem Sensor zwischen den Beinen, kommt es wohl zu diesem Kurzschluss!"
Tatsache.
Ich hatte den Helm auf, da hörte ich es knacken, es knackte in meinem Kopf, der Kurzschluss und ich fuhr bei Rot, ganz dicht

an parkende Autos vorbei. Tobte rüpelhaft, beschimpfte Fußgänger, klingelte sie weg, bekam den Arm nicht hoch ... Das war auch so, als ich den Führerschein dabei hatte.

Das ist es: „Der Helm schaltete die Verkehrsregeln aus, der überbrückte im Gehirn den Bereich Regeln, Höflichkeit, Benehmen, Anstand in Zusammenhang mit Fahrräder."

Und jetzt konnte ich mein Buch schreiben, der Fahrradmörder, ich wusste nur noch nicht wie viele Fahrradfahrer sterben würden, vielleicht sogar alle.

2014 Geschichte nach einem Vorfall, die Idee für das Buch

Es geht wieder los

Es war wieder da, das Brummen. Schrecklich, es lähmte, machte handlungsunfähig. Also zog er wieder los. Es musste verzögert werden, denn irgendwann, wurde es übermächtig dieses Brummen. Es musste abgestellt werden. Dann zog Er wieder los, um diese Teufel zu beseitigen. Noch ging es. Es half, nur zu wandern, exzessives Wandern.

Er hatte so seine Strecken, diesmal war es wieder Fürstenberg. Er fuhr das Auto aus die Garage, schloss die Türen sorgfältig ab, sein Sohn würde zurechtkommen. Dann fuhr er los. Er brauchte keine Karte, auch nicht diese unsinnigen Navis, die einem dort lang schickten, wo man nicht lang wollte.

Die Straßen waren noch leer, aber langsam begann er, der Berufsverkehr, der Run in die Stadt, da wo noch Arbeit war. Er fuhr gegen den Strom, raus aus der Stadt oder sagen wir vom Stadtrand weg, in die Richtung, wo die Arbeit immer rarer wurde, trotz der billigen Grundstücke.

Aber das Alleine war es nicht, denn Infrastruktur brauchte es auch, Zugverkehr, gute Straßen, aber die wurden hier auch vernachlässigt. Es ging der Irrglaube herum, im Osten wären alle Straßen nach der Wende gemacht worden.

Ja, es war einiges gemacht worden, aber nur die A 9, nicht die L 21, die Summter Landstraße, von Summt nach Wensickendorf. Er fuhr über Mühlenbeck, ließ die Autobahn, die A 10 links liegen, durchfuhr Summt, und gelangte auf die Straße, die Jahr für Jahr schlechter wurde.

Hinter Summt, ging sie noch, aber nach dem Kreisel, wo es einmal Richtung Oranienburg wegging und dann nach Wandlitz, da wurde sie schlecht. Bis Wensickendorf waren es dann bloß 70 km/h zulässig und die waren inzwischen auch schon fast zuviel.

Gut er hatte keine Luxuskarosse, die waren besser gefedert und lagen auch besser auf der Straße, aber er wusste von Jemanden, der einen 5er BMW fuhr, dass das auch nicht so viel besser war.

Dann kam Zehlendorf, Liebenwalde, weiter ging es bis Zehdenick, schließlich gelangte er an den Bahnhof in Fürstenberg. Dort stellte er das Auto so ab, dass es nicht auffallen musste, obwohl er nichts vorhatte, was ihn zur Entdeckung führen könnte, war er vorsichtig. Sein Auftrag war noch lange nicht erledigt, es waren noch so viele Teufel unterwegs und die mussten alle weg, oder fast alle, so viele wie möglich. Er zog sich die Wanderschuhe an, die Jacke, schloss das Auto ab und zog los.

*

Es war nicht mehr weit, nach der Pause ging er weiter. Das Wetter war schon sehr schön, warm, der Frühling zeigte sich, von seiner besten Seite.

Er war gut vorangekommen, das Brummen war weniger geworden, so half er sich ja bis in den April oder Mai, ehe er wieder wirklich losmusste, um die Teufel zu tilgen.

Noch etwa eine halbe Stunde und er war in Zehdenick am Bahnhof, um mit dem Zug zurückzufahren, nach Fürstenberg, nach 6 Stunden Wanderung mit einer schönen Pause an einem der vielen Stiche. Lehm wurde hier einmal gefördert, Lehm für die Steine, für die Häuser in Berlin. Die wurden gleich nebenan in der Ziegelei gebrannt, dass jetzt ein Museum ist, ein schöner Ort für einen Ausflug.

Das hatte Er mehrmals gemacht, auch mit der kleinen Eisenbahn war er schon gefahren, auch mit dem Jungen, mit dem er schon so lange alleine war. Aber nur Er wusste, warum das so war, das war auch sein Geheimnis. Er musste noch über die Havel, hier gab es nur einen illegalen Weg über die Bahntrasse, alles andere wäre ein Umweg. Der wurde gerne genommen, man musste nur aufpassen, wann die Bahn fuhr und ihr die Vorfahrt einräumen, dann war alles gut.

Es würde auch gehen, wenn man auf dem Laufsteg über die Brücke, sich an das Geländer stellen würde. Das sahen die Lokführer nicht gerne, die bremsten und machten Terz, das wusste er von einem Wanderer, mit dem er irgendwann einmal eine gemeinsame Rast hatte, hinter der Brücke, am See.

Dort hatte er sich frisch gemacht, im Herbst, war noch einmal baden gegangen, da kam der vorbei. Der war sehr leutselig und er sehr einsilbig, so trollte der sich irgendwann. Nun sah er die Brücke schon vor sich, der Zug war vorbeigerauscht, der Gegenzug würde erst in 15 Minuten kommen, den musste er noch abwarten, also ging er langsam auf die Brücke zu.

Es war noch zu früh, also setzte er sich noch einmal kurz an die Havel nieder und sah den Fluss zu, wie der träge dahinfloss. Diesen seltsamen Fluss, der von Norden nach Süden floß, bis Berlin Spandau, sich dort mit der Spree vermählte und dann wieder nach Norden, jetzt aber nur kurz, zurückfloss, mit der Spree, um sich dann nach Westen zu wenden, sich nun endlich in die Elbe zu ergießen, sich mir ihr zu vermählen.

Sie floß träge dahin, er sah gerne, dem Fluss des Wassers zu, das beruhigte ihn. Das Brummen des Zuges kam näher, dann rauschte auch der Zug nach Fürstenberg vorbei und er konnte weiter gehen. Hätte er den Radfahrer wahrgenommen, der schon zu sehen war, der nur noch 200 Meter weg war, dann hätte er seine Pause noch ein wenig verlängert. Das ging aber durch die Vorbeifahrt des Zuges unter, denn unvorbereitet, tat er das nicht so gerne, wie bei Hof, oder am Brocken, was Er sonst tun musste. Also kletterte er die Böschung wieder hoch und wandte sich nach rechts auf die Brücke zu. Mitten auf der Brücke geschah es dann. Wie üblich das Klingeln: „Hau ab du Arsch, verpiss dich, jetzt komme ich, der Radfahrer." Er zuckte zusammen, ja er erschrak, damit hatte er nicht gerechnet, dass so etwas geschah. Eigentlich war das im Wald auch unnötig, denn selten waren die Waldwege so schmal, dass die nicht links hätten vorbeikönnen, aber oft wollten die rechts vorbei, wie sie es ja auf der Straße auch taten. Er hielt an Kreuzungen immer so, dass er rechts nicht überholt werden konnte. Aber das juckte diese Teufel nicht, dann fuhren die einfach auf dem Gehweg weiter, sie hatten ja alle Rechte und die Macht.

Ja, das waren die wirklichen Rechten, die Anarchisten, dachte er öfter, die, die sich alles herausnahmen, die glaubten, außer jedem Verkehrsgesetz zu stehen, und die Rechtsprechung gab ihnen ja auch recht. Er hatte noch seinen Knüppel, den er eigentlich nicht als Gehstock brauchte, manchmal nahm Er sich auch keinen Stock, aber diesmal schien es ihm wichtig zu sein. Als er im Wald war, suchte er sich Einen, der zum Gehen taugte und benutzte ihn hin und wieder, oder er lag auf seiner Schulter.

So auch jetzt, er lag auf seiner rechten Schulter, von seiner rechten Hand gehalten, lag er locker da. Die Hand krampfte sich zusammen, als Er das Klingeln hörte, ganz instinktiv. Sie schloss sich fest um den Knüppel und noch im Schreck, packte den auch die andere Hand und zusammen führten die den Knüppel, den Wanderstock, mit einer Drehung zum Radfahrer, der hinter ihm abgestiegen war.

Hier konnte nur Einer gehen! Anstatt der hinter dem Wanderer das Rad über die Brücke schob, wollte der wohl, dass der Wanderer ins Gleis ging, eine andere Möglichkeit hätte der nicht gehabt. Oder einfach hinter dem Wanderer her schieben. Hinter der Brücke kam ja noch eine ziemliche Böschung, die man sowieso herunterschieben musste. Manche fuhren die auch mit einem Mountainbike runter. Das Rad war wohl eher nicht dafür geeignet, also hätte Geduld sehr geholfen.

Der Schlag traf dem Radfahrer direkt am Hals. Mit voller Wucht und es knackte recht laut, das war es. Es war wieder geschehen, der Radfahrer ließ das Rad los, es fiel auf eine Schiene und der Radfahrer auf das Geländer.

Gut du Teufel, dann war es diesmal so zu machen. Er sah sich um, niemand in der Nähe, er musste jetzt schnell handeln. Eine Wahl hatte er nicht, es musste nicht wie immer im Wald geschehen, nein, es gab nur diesen einen Weg.

Er packte den Teufel, an dem er die Hörner aus dem Helm lugen sah, auch den einen Pferdefuß sah er, nur den Schwanz nicht, den hatte diese Spezies vorne, der war versteckt, und er hievte ihn kurzerhand in die Havel. Er sah ihn fallen und plumps, war der im Fluss. Keine Gegenwehr, wahrscheinlich war die Halswirbelsäule gebrochen, wenigstens angebrochen. Das hier würde ihm den Rest geben, auch die Havel. Die Motorik war sowieso ausgeschaltet, wenn der nicht tot war, würde dieser Teufel ersaufen.

Der sank auch unter und würde nun Richtung Wehr in Zehdenick treiben. Immer noch niemand zu sehen, das Rad musste weg, also griff er es sich und schob es von der Brücke. Es widerte ihn an, das anfassen zu müssen, das hatte der Teufel angefasst, dieses teuflische Zeugs, aber es musste weg. Hinter der Brücke kam der See. Er musste ein wenig abseits gehen, denn an der Badestelle, die auch Er gerne benutzte, konnte er es nicht versenken. Nun war auch das Geschehen, es war getan, spontan, nicht planvoll, wie Er immer vorging, aber was sollte es. An der Badestelle wusch er sich noch sauber. Und musste sich nun sputen, denn in einer halben Stunde kam sein Zug, der nach Oranienburg und auch der Gegenzug, der ihn wieder nach Fürstenberg zurückbringen sollte.

Wutfahrt

Dieser Dreckstag war nun vorbei. Um 6:00 Uhr begonnen war er nun zu Ende, endlich.

Dieses Diskutieren!

Heute musste alles breitgetreten werden!

Das Angebot war gut, sehr gut sogar, was die Anderen nicht wissen konnten und auch sollten, es war ein Batzen Geld, das für ihn heraussprang, abgesehen von dem, womit er das Pack, das für ihn arbeitete, bezahlte. Und er bezahlte nicht schlecht, wenn der Auftraggeber gut bezahlte. Gut, Sicherheit gab es nicht, gutes Geschäft, gutes Geld, da mussten die sich schon mal irgendwann strecken, Gehalt gab es bei ihm nicht. Aber so war es auch bei ihm. Hier hatten sie die Wahl, den Deal annehmen oder verzichten und was schert sie dieses Kommunistenpack, abgesichert waren doch alle, sollen sich doch Grundsicherung holen.

Endlich aufs Rad und die 60 km abgespult, sonst würde seine Wut noch bedrohlich werden. Also los, Klamotten an. Die hatte er von der letzten Tour aus dem Merchandisingpaket gekauft und sich auch noch signieren lassen.

Dann radelte er los, hart, brutal und zunächst hatte er keine Hindernissen. Rote Ampeln gelten sowieso nicht, nur mal hinsehen, ob was kommt, weiter, es darf ihn nichts aufhalten, er musste unter die Stunde kommen. Das war nicht einfach, waren es teilweise Wanderwege, auf der Straße war das kein Problem, da schaffte er schon mal, an guten Tagen, 35 km in der Stunde.

Langsam wurde er ruhiger, der gleichmäßige Tritt, die Kraft, die der erforderte, ließ sein Wutpegel sinken, zumal jetzt noch wenige Fußgänger unterwegs waren. Er sah kurz auf die Uhr, der Zug, wegen der Brücke, passte und dann sah er den Deppen. Wieder so ein Wanderidiot, der in seinem Weg, seiner Wege ging, und genau als er ihn sah, betrat der die Brücke. Es half nur klingeln, wegklingeln diesen Penner. Dass der gar nicht aus dem Weg konnte, ohne ins Gleis zu treten, das hatte der Betriebswirtschaftler, der Abwickler, der Konkursverwalter, gar nicht auf der Uhr. Also muste er absteigen, hart bremsen und absteigen.

Da plötzlich, völlig unerwartet sah er, wie der sich umdrehte und in der Drehung sah er einen Knüppel.

Oh Scheiße, dachte er noch, der trifft mich am Hals und da knackte es auch schon. Er fiel auf das Geländer, seine Motorik versagte und als er dachte, der wird doch nicht etwa ...? Da hob der Typ ihn über das Geländer, so dass er zur Havel zu fallen begann. Dieser Penner, dachte er nur noch und dann spürte er das Wasser, versuchte es, nicht einzuatmen, hielt die Luft an. Schnell, sehr schnell wurde es für immer schwarz um ihn.

Vor dem ersten Tag in Oranienburg

Das Telefon bimmelte, er ahnte, wer das sein könnte und hatte gar keine Lust seinen Gartensessel zu verlassen. Musste er auch nicht, seine Frau kam mit dem Telefon und der böse Blick verriet ihm, dass das die Firma war. So nannte er heimlich seine Behörde in Anspielung auf die andere Firma im Osten.

Nicht, das das das Gleiche gewesen wäre, nein.

Aber im Osten hatte sich ein Zynismus breitgemacht, was auch nicht weiter verwunderlich war, 25 Jahre nach dem Mauerfall ungleiche Verhältnisse, bei gleicher Arbeit. Da blieb dann nur noch Ironie, oder Zynismus, wenn dann die zweite Garnitur von Vorgesetzten aus dem Westen, ihnen das Arbeiten beibringen wollte.

Offiziell war das sehr Böse und man redete nicht mit Jedem so, aber die Gedanken, sind immer frei, dachte er noch, als er das Telefon am Ohr hatte. Ihr böser Blick war klar, bedeutete so ein Anruf zu Hause, immer Arbeit, Überstunden, und er hatte erst morgen seinen Dienst in Oranienburg anzutreten.

Eigentlich war er ja Berliner, der in Oberhavel wohnte, in einem Ort, den man vergessen hatte, in Reinickendorf einzugemeinden und manchmal sollte man das Volk einfach nicht fragen. Aber in Pankow war wenig los, es drängten junge Leute nach und in Oburg brannte personalmäßig die Luft. Da er ja ohnehin nur noch ein gutes

Jahr hatte, bis zur Pension, bat man ihn, dort auszuhelfen.
„Du wohnst doch dort und kennst die Leute, sozusagen Land und Leute." Als wenn das ein anderer Menschenschlag gewesen wäre, aber es gab schon Differenzen zwischen Bouletten und Oberhavlern.
„Ja, wer stört?", grummelte er ins Telefon hinein. Eine Frauenstimme stellte sich vor: „Anja Hartig, Oberkommissar K 1 Oburg, wir haben da eine Leiche in Zehdenick am Wehr. Wäre gut, wenn sie herkämen, mal draufsehen."
Was er noch nicht wusste, die junge Kollegin war etwas übervorsichtig, sie wollte halt nichts falsch machen.
„Zehdenick am Wehr?", fragte Bernd zurück. Das war mindestens eine Stunde weg.
„Ja, an der Zugbrücke, neben der Schleuse, ist die angeschwemmt worden. Fremdverschulden ist nicht auszuschließen. Die Feuerwehr hat einen Großbrand in Gransee, die kann erst frühestens in einer Stunde bergen."
„Na dann, eine Stunde Zeit zum Hinkommen, die werde ich aber brauchen. O. K, ich mache mich auf den Weg", und er legte auf. Zu seiner Frau sagte er: „Leiche in Zehdenick am Wehr, ich hole das nach, hänge das gleich ran, wenn das nichts ist." Der Blick seiner Frau entspannte sich. Da er niemanden wirklich kannte, wusste er nicht, ob er der jungen Kollegin vertrauen konnte, denn können müsste sie das, also musste er hin. Marlis meldete sich, wie in der Schule hob sie die Hand: „Nimm mich mit zur Mama, dann kann ich die paar Stunden mit ihr nutzen." Bernd nickte nur und machte sich dienstfertig, Papier, Jacke, Waffe. „Gut fahren wir

über Falkental und ich setze dich dort ab, aber nicht meckern, wenn ich schnell fahre."

Sie nickte nur, trotzdem war ihr nicht ganz wohl, sie wusste, dass er blasen würde, wie besengt, zumal er ja jetzt Vorfahrt hatte, mit der blauen Lampe auf dem Dach.

Sie packte schnell eine Brotbüchse mit etwas zu essen ein, manchmal dauerte so etwas ewig und er sollte nicht hungern. Aber es musste zügig gehen. Richtig Stulle machen ging nicht. Im Auto platzierte er den Pickel auf dem Dach und machte ihn an.

Hartmut, sein Nachbar kam und sprach ihn an: „Na was geht ab." Der lehnte am Zaun und erwartete nicht wirklich eine Antwort und bekam auch keine. Denn der blaue Pickel bedeutete bei seinem Nachbarn immer etwas, er wusste, wo sein Nachbar tätig war, wie der, seinen Beruf kannte.

„Heute mal nach Norden, ich nehme Monika gleich mit."

Hartmut bestätigte mit einem Handzeichen und nickte, da kam sie und stieg ins Auto.

Los ging es, raus aus Glienicke, auf die B 96 mit Tatütata. Es war wenig los, so konnte Bernd unbeschwert Gas geben. Durch Hohen Neuendorf, den Kreisverkehr, die langsam zur Seuche werden, durch Stolpe. Da war gerade Rot, also mal auf die Gegenfahrbahn, an den haltenden Autos vorbei, die gar keine Anstalten machten, Platz zu machen. Aber von vorne kam nichts, nimmt man die Gegenfahrbahn. Er bremste wegen des Querverkehrs, den gab es aber nicht und weiter ging es.

Stolpe auf die Autobahn mit Krach und Licht und volle Pulle. Monika, sah, wie er das Rasen genoss, das gab Gewalt über den Verkehr, das hatte ihr Mann hin und wieder gerne.

Einen Vorteil muss es ja geben. Ihr war nicht ganz wohl, das war ihr zu schnell, aber durch das blaue Licht war sie etwas beruhigt. Alles musste rechts ran, wenigstens die freie Fahrt gewähren. Oftmals wussten die aber nicht, wozu der Spiegel da ist, dann musste er auch mal bremsen. Die Umfahrung von Oranienburg, 120, nicht abbremsen müssen.

Gas geben. Nassenheide wurde geblitzt, da der Automat nicht den Pickel sehen konnte, blitze es. Er war im Einsatz, die Kollegen grüßten, würden das Foto löschen, Bernd blinkte zurück. Durch Nassenheide durch, weiter die 96, wieder abbremsen, vor der Kurve, die früher 80 km/h hatte und bei Nässe 60 km/h, die man jetzt aber voll nehmen konnte, was er nicht tat. Das ging nicht, auch mit Blaulicht nicht, lebensmüde war er nicht.

Teschendorf, das Straßendorf alles wich aus, er konnte mit 90 km/h durch und dann in Löwenberg gerade aus, Richtung Falkenthal, weiter durch Liebenberg und abbiegen nach Falkenthal. Dort setzte er seine Frau ab und fuhr weiter.

70 km/h, heute nicht, die haben die Geschwindigkeit herabgesetzt, obwohl die Straße gemacht ist. Egal sonst gerne, heute nicht.

100 km/h am Hammelstall, dort waren sonst 60 km/h, gilt heute nicht, und dann über den Berg. Den war er früher öfter mit seiner Frau oder besser seine Frau mit ihm auf der Schwalbe, dem Moped des Ostens hochgekrochen. Er auf dem Sozius, sie am Gasgriff. Ach das waren schöne Zeiten, dachte er, als er den Berg hochjagte.

Rein in Zehdenick, wieder mit Tatütata. Bis zur Kreuzung, die in die Stadt führte, außen herum nach Templin oder nach Gransee, geradeaus in die Stadt. Er musste sich vorsichtig durchschlängeln, hier war heute einiges los und jeder war mit sich selbst beschäftigt, mit seinem

Smartphone. Vorsichtig rüber, gleich wieder links in eine kleine Gasse die Richtung Wehr führte, rechts in die Straße zum Wehr.

Vor dem Wehr führte noch eine Straße nach links, hier stand schon ein Kollege, denn sie hatten die Durchfahrt gesperrt. Hinter der Brücke, links lag das Wehr, voller geschäftigen Trubels, sonst, er parkte den Wagen sicherheitshalber so, das irgendwer noch durchkam, denn der Parkplatz war hinter der Wehrbrücke. An der Absperrung ging er mit gezücktem Ausweis auf den Kollegen in Uniform zu.

Sofort kam der Polizist zu ihm, man kannte sich noch nicht so recht, aber es war klar, das konnte nur der neue Chef sein, Privatwagen und blauer Pickel. Der sollte den kranken Chef vertreten, den Alten.

„Tach Kollege", sagte er, „Kriminalhauptkommissar Bernd Freitag, ich bin der Neue, ich komme jetzt öfters."

Der Kollege grinste ihn an, Humor, das war immer gut, bei der oft tristen Arbeit. Bestand diese nämlich oft darin, den Dreck zu betrachten, den die Gesellschaft nicht verhindern konnte, ja provozierte. Der Kollege dachte aber, jetzt jagen die schon den Alten auf Verdacht hier raus, laut sagte er aber: „HK Humpf, ich bin der Revierleiter von Zehdenick, herzlich willkommen bei uns Kollege. Diese junge Kollegin hat sie ..."

Bernd unterbrach ihn: „Du."

„Also sie hat dich hergebeten. Na ja was soll. Sie ist ein wenig vorsichtig."

Bernd winkte ab: „Ist nicht so schlimm, besser wie nassforsch. Gut, dann legen wir los, bis Später", wandte sich Bernd ab.

Die junge Frau sprach gerade mit einem Mann. Bernd betrachtete sie, etwa 35, schlank, fast drahtig. Sie hatte sich schon zwei Kinder geleistet und das in diesem Beruf.

Das rang ihm Hochachtung ab und das würde sich noch verstärken, obwohl es Unsinn war, dass er hergefahren war. Aber was solls.

„Grüße sie Kollege", empfing sie ihn freundlich, und stellte ihm den anderen Mann vor: „Unser Pathologe Dr. Römer, Hauptkommissar Bernd ..."
„Vergiss es Mädchen", sagte Bernd freundlich, „Bernd", sagte er noch und schüttelte freundlich die Hände.

„Wir kennen uns aus seeligen Zeiten," und er zeigte auf den Pathologen. „Der war nach der Wende in die Provinz gegangen, man hatte gelegentlich Kontakt, wenn es in die Randgebiete gehen musste."

„Wie geht es Bernd, du auch mal in der Zone", wieder der Zynismus der Ossis. Bernd grinste nur, er spielte ja auch diese zynischen Spielchen. „Ja, wenn die Partei ruft, du weißt doch," die Kollegin schaute ungläubig, sie war zu jung, um das zu verstehen, musste sie ja auch nicht.

„Alte Seilschaften, zynische Sprüche, nicht ernst nehmen", bat der Pathologe freundlich. „Na dann komme mal mit", winkte er den Bernd hinter sich her.

„Also erster Anschein, keine äußere Gewaltanwendung, dem Augenschein nach ertrunken, näheres nach der Obduktion, gestern dann. Ach so, Wasserleiche, bei dem Wetter jetzt etwa 48 Stunden tot. Der Strömung der Havel nach könnte er irgendwo nach Templin in den Fluss gesprungen sein."

„Oder geworfen", musste die Kollegin einwerfen.

„Ja, das kann auch so sein, werden wir sehen. Ich gebe mir Mühe. Ich denke, morgen habe ich die Zeit, gleich früh, dann habt ihr mittags den ersten Bericht, Toxikologie dauert etwas länger."

Bernd betrachtete sich noch die Leiche genauer, sie hatte Sachen an, Tourklamotten, bunt grell mit einer 7, enge Hosen, eben Fahrradfahrerklamotten. „Packe mal an, bitte", bat er die Kollegin und sie drehten ihn vom Rücken auf den Bauch.

„Was ist das hier?", Bernd wies auf eine deutliche Beschädigung seiner Kleidung hin. Sie schaute näher hin. „Das sieht aus, wie Abscheuern, über das Geländer gestoßen, geschoben, gehievt, oder so etwas. Das Andere sieht aus, wie eine Signatur, eine Unterschrift." Bernd nickte, ihm kam ein Gedanke, eine Ahnung, schon wieder der Fahrradmörder, Tour-oder Fahrradklamotten, das sah alles so aus. Nur das wie war untypisch. Er sagte nichts zu diesen Gedanken: „Gut Kollegin", an sich entdeckten sie nichts Auffälliges weiter, die Kollegin machte Fotos und durchsuchte noch seine Taschen, sie fand nichts, keinen Ausweis, keine Schlüssel, nichts, das war komisch.

Bernd nickte wieder, das ist in der Tat komisch, und sie machte sich Notizen in ihr Tablet.

„Tolles Teil."

„Ja", sagte sie, „das hilft wirklich, spart eine Menge Arbeit, sollten sie auch mal probieren."

Bernd winkte ab. „Ich denke, du kommst auch alleine zurecht, das Wichtige ist getan, wir sehen uns dann Montag, um 10:00 Uhr zur Besprechung." So war sein restlicher Tag gerettet, das schaffte sie wirklich alleine. Er ging wieder zum Auto und fuhr gesittet nach Falkenthal. Vorher aber hatte er angerufen, es war bereits mittag vorbei und Hunger meldete sich, hatten sie was zu Essen gemacht und weggestellt, oder musste er was mitbringen.

Sie hatten nicht, es war nichts da, was für drei gereicht hätte, ihre Mutter war schon 90, eigentlich dürfte sie nicht alleine wohnen, aber als es Zeit war, das zu entscheiden, war gebrechlich werden, weit weg. Und wie das im

Leben immer so ist, wenn nichts entschieden wird, entwickelt es sich oft nicht positiv. So wurde sie immer hinfälliger, sie bewegte sich kaum mehr, Garten war nicht mehr, zu schwer, obwohl man das Grobe gemacht hätte, aber sie wollte nicht.

Ohne Bewegung versteifst du, das merkte Bernd, wenn er nicht im Training war und er musste beweglich bleiben. Klar ein junger Spund rannte ihm weg, aber einen alten Knochen, wollte er niemals entkommen lassen. Das kam nicht so oft vor, wie im Fernsehen, aber es kam vor und da wollte er mithalten können. Sie hatten eine Möglichkeit gefunden so etwas wie Sport zu machen, ohne in eine Muckibude rennen zu müssen. Das war eigentlich nur dehnen, die Ausdauer musste erradelt werden, entweder zu Hause auf dem Trainer, oder in Natura. Und für die Arme gab es Gewichte. Das machte sich gut, im Winter auf dem Home - Rad treten und die Hanteln dazu bewegen.

Genau das mit dem Dehnen, nach Liebscher und Bracht, müsste Mama auch machen, tat sie aber nicht. Am Ende war das ihr Problem. Marlis meinte mal, dass das schon Altersstarrsinn war. Da konnte man nichts machen, sie richtete sich ein und man überlegte schon, ob man nicht Pflege organisieren musste, wenigstens beantragen, denn beide, Bernd und Marlis hatten nicht die Zeit es selber zu tun. Gut man könnte was am Haus machen, kleiner Umbau, aber autark würde sie dann nicht mehr sein. Das genau war es wohl, nicht zugeben wollen, dass es nicht mehr ging. 80 Jahre auf eigenen Füssen gestanden, klar mal Hilfe bekommen, aber nicht darum betteln. Man schaffte das alleine und wenn nicht, dann eben nicht.

Bernd hatte schon mit seinem Sohn darüber gesprochen, mit 70 wird festgelegt, was wird, wenn er an die 80 kommt. Es wird vorher gehandelt, vielleicht eine kleine Wohnung, zwei Zimmer, Küche, Bad, altersgerecht, zwar abgeschlossen, aber immer erreichbar.

Dann könnte man sich arrangieren, wenn man dann vielleicht alleine war, mitessen, abwaschen, auch mal kochen. Sich helfen, so weit, wie es geht, keine Last sein. Mit seinem Vater hatten sie das gemacht. Hinter ihnen war ein Grundstück, das sein Nachbar geteilt haben wollte. Das kleine Haus, das auf dem weggegebenen Teil war, ein kleines Zimmer, eine Waschküche und Abstellmöglichkeiten. Das bauten sie um, in eine kleine Wohnung und er zog dann dort ein. Lebte autark, aber konnte jederzeit kommen oder sie konnten rüber. Inzwischen war der Nachbar auch gestorben, und der Sohn hatte den anderen Teil verkauft, dort wollte eine junge Familie bauen. Aber irgendwie klappte das mit dem Geld nicht so richtig, also blieb das kleine Haus, Laube und Garten.

Bernd war beim Italiener und hatte Pizza mitgebracht, eigentlich zuviel für jeden eine eigene Pizza, aber Marlis wollte vegetarisch, Oma, Diabolo und Bernd wollte Lachs. Dazu hatte er Salat bestellt, aber nur zwei und Tiramisso, das musste sein. Schafften sie die Pizza nicht, egal, Tiramisso musste sein. So aßen sie dann ein etwas spätes Mittag, leckeres Dessert und fuhren danach wieder nach Hause.

Die Arbeit beginnt

Am nächsten Tag, war er dann pünktlich im Büro, begrüßt vom Polizeioberrat Greiner, der extra aus Hennigsdorf anreiste, war der doch froh, wieder einen leitenden Kopf für die Kripo Oranienburg zu haben. Sie kannten sich, irgendwie kannte hier jeder jeden, ist ja auch klein die Welt. Bernd bekam sein Büro und okkupierte es sofort mit dem Bild seiner Frau Marlis. Mehr gab es erst einmal nicht zu tun, die Morgenbesprechung stand an. Auch hier wurde er herzlich begrüßt, einige hatten schon mit ihm zusammengearbeitet unter anderem in der Soko Fahrradmörder, die vor einem guten Jahr eingestellt worden war. Man drehte sich in der Soko im Kreis und hatte überhaupt keine Ergebnisse zu bieten. Das würde sich jetzt bald ändern, dass aber ahnte noch niemand. Natürlich traf er auch die junge Kollegin wieder, die ihn nach Zehdenick beordert hatte. Frau Oberkommissarin Anja Hartig würde die Besprechung leiten, pünktlich zu 10 Uhr ging Bernd dann in den Besprechungsraum.

Man grüßte sich noch einmal: „Hallo Kollegen", grüßte Bernd zurück und nahm seinen Platz ein.

„Guten Morgen liebe Kollegen. Ich darf erst einmal HK Bernd Freitag bei uns begrüßen. Er wird die kommissarische Leitung übernehmen, bis der Kollege Ross zurück ist."

„Ob der je zurückkommt", warf der andere junge Kollege ein. Das war schon richtig. Der war schwer krank und es sah nicht wirklich gut aus.

„Ich glaube, dass das egal ist, also natürlich könnte der Kollege Ross gerne gesund werden, aber der hat doch bloß noch ein Jahr. Ich habe auch nicht mehr solange. Wir werden uns schon alle vertragen, denke ich. Wir machen unseren Job so gut, wie wir das können und dann ist die Welt in Ordnung", meldete sich Bernd zu Wort und bat die Kollegin weiter zu machen.

Sie berichtete nun von dem Leichenfund gestern in Zehdenick, Auffindungssituation und so weiter. Sie erwähnte auch ihren Verdacht der Tötung, weil sie die Verletzungen am Rücken des Toten gefunden hatte. Gerade in diesem Moment kam der Pathologe herein, man grüßte sich und er bekam auch sofort das Wort.

„Ja, ihr könnt von einer Tötung ausgehen. Die Verletzungen rühren von einem über das Geländer hebeln her. Des Weiteren hat er Verletzungen, die zwar von einem Stein herrühren könnten, auf dem er gefallen ist, aber auch von einem Holz, so was wie ein Baseballschläger. Er war also bewusstlos, als er ins Wasser gefallen ist. Das heißt, geworfen wurde. Tod durch Ertrinken, aber er wäre auch an der Hirnblutung gestorben, und der Bruch der Halswirbelsäule hatte ihn gelähmt. Die Wasserschutzpolizei ist der Meinung, das könnte irgendwo nach Templin gewesen sein aber auch an einem See im Oberlauf. Eine Brücke ist wichtig. Die Strömungsgeschwindigkeiten sind hier sehr gleichmäßig."

Bernd ging sofort an die große Karte des Landkreises und betrachtete die Möglichkeiten der Wasserung des Verletzten. Baseballschläger, dickes Holz, ein Verdacht kroch in ihm hoch, der Fahrradmörder. Das müssen wir untersuchen. Laut sagte er: „Hier Kollegen, sind die möglichen Stellen, wo es passiert sein könnte. Das überprüft ihr noch einmal genauer. Verzeih bitte Anja", entschuldigte er sich bei der leitenden Kollegin, weil er in deren Sitzungsleitung eingegriffen hatte. Die winkte nur ab, ist nicht schlimm, und da sie das Handzeichen sah, das Bernd ihr gab, nahm sie den Faden wieder auf.

„Gut, also das untersuchen wir heute, wir sehen an den Brücken jeweils nach, ob es Spuren gibt. Das ist alles noch Oberhavel. Leider sind das weite Wege, aber was hilft es. Die Spusi kommt einfach mit. Die Bereitschaftspolizei fordern wir gleich an, damit es effektiver wird und wir nicht so viel Zeit verplempern."

Genau so hätte es Bernd auch gemacht, Hochachtung junge Frau, sein Respekt festigte sich. Normalerweise war er sich immer nicht so sicher, dass Frauen, dass alles stemmen können. Sie bekamen ja immer noch die Kinder, das war nun einmal so und war auch wunderbar. Diese tollen Liebesfrüchte hervorzubringen und diese heranwachsen zu helfen, ihnen den Weg ins Leben zu weisen, mit all dem Stress, dem Ärger und die wahnsinnig vielen schönen Stunden, aber dieser Beruf, und Kinder, und Mann, das ist schon hart. Er glaubte immer mehr, das wohl Frauen härter waren, als Männer.

Es gab noch ein paar Dinge, die sie besprachen, unter anderem wie sich Bernd seine Leitertätigkeit vorstellte. Sein Stil war es den Kollegen, die Ideen hatten, machen zu lassen, es musste aber etwas herauskommen, wenn nicht, dann wollte er das Zepter führen. Er wollte geduzt werden, was alle mit Erleichterung sahen. Man arbeitet zusammen, ja man lebt fast zusammen und sagt Sie, das ist zu dumm. Das Argument: „Sie Arschloch", sagt man nicht, aber mit dem Du geht es, ist Quatsch.

Arschloch sagt man überhaupt nicht, oder eben ganz, ganz selten.

Dann rückten sie aus, Bernd fuhr mit Anja mit, die Bereitschaftspolizei war schon vor ihnen da. Man wollte in Zehdenick beginnen. Bernd kannte eine Kneipe am Flöt in Marienthal, „Zur Schleuse", heißt die. Das waren Verwandte von Monika, der Nachbarsfrau, dort waren sie hin und wieder mal zum Essen. Sonie und Marita machten eine einfache, schmackhafte Küche und das schon seit Ostzeiten. Er rief den Sonie an und fragte ihn, ob es eine Möglichkeit gibt, außer der Straßenbrücke von Marienthal, jemanden in die Havel zu stoßen, der dann in Zehdenick hängenbleibt, an der Schleuse. Eine Brücke ist wichtig.

Sonie begriff das sofort und hatte die Idee, das könnte der illegale Überweg bei Neuhof sein, der ist nur von der Bahn befahren und das alle Stunde, wer die Zeiten kennt, kommt da sicher rüber, aber auch der, der aufpasste. Dennoch hatte es dort schon mehr als vier Unfälle gegeben, besoffen, lebensmüde oder einfach dumm.

Gut, dort würden sie beginnen, diesen illegalen Überweg über die Havel, die Eisenbahnbrücke. Einen kleinen Trupp schickte Bernd zur anderen Brücke über die Havel, die bei Templin an der L 214, die geeignet war, denn die B 96 würde es nicht gewesen sein, das wüssten sie sicher schon. Die B 96 war zur stark befahren. Bevor sie jedoch beginnen konnten, wollte Bernd erst einmal zum Stellwerk gehen. Er fuhr zum Bahnhof und musste feststellen, dass es hier niemanden gab.

ESTW hieß das Zauberwort, elektronisches Stellwerk, der Fahrdienstleiter saß irgendwo ganz anders, vielleicht auch in Berlin Pankow oder in Templin, das war nicht auszumachen.

Nun musste er die Bundespolizei anrufen, dass mit dem kurzen Dienstweg, ging nun nicht mehr. Kurzer Dienstweg wäre gewesen, der Fahrdienstleiter ruft Bernd etwa 10 Minuten vor Abfahrt des Zuges in Neuhof an, sie räumen das Gleis, der Zug kann fahren, dann noch der Gegenzug von Zehdenick, denn dort kreuzen die sich, und alle sind zufrieden. Nun musste es anders gehen: „Hallo Kollegen, der Bernd Freitag ist hier, Mordkommission aus Oburg, wir müssen die Strecke Zehdenick - Templin dichtmachen", sagte er ins Telefon. Der Kollege war schon unterwegs, sie waren ja verständigt worden. Der rief nun seinerseits die Zugleitung in Frankfurt am Main an und veranlasste die Streckensperrung. Man ließ noch die Züge durch, die gegen 13:00 Uhr durchfuhren und der Zugverkehr für heute war eingestellt. Es musste Ersatzverkehr bestellt werden mit Bussen, die von Vogelsang bis Zehdenick pendelten, von Vogelsang bis Templin fuhr man mit dem Zug im Pendelverkehr und von Zehdenick bis Oranienburg pendelte nun der andere Zug. Das war auch unklug, man hätte gleich bis Templin pendeln können, das wäre für die Reisenden bequemer gewesen, aber was wissen die in Frankfurt schon und bis zum Betriebsschluss wäre das auch nicht nötig gewesen, und Busse ließen sich nun mal nicht drei Stunden bestellen.

Das hätte die Beamtenbahn besser gekonnt, erklärte ihm Hartmut später. Der, sein Nachbar, hatte ihm die Eisenbahn erklärt, der ist Lokführer bei der Niederbarnimer Eisenbahn, kurz NEB, kennt auch die Strecke hier, übernimmt seine Firma bald diese Strecke. Da braucht er Ortskenntnis.

Als das geregelt war, kamen die Kollegen schon von der Landstraße wieder, in der Nähe von Marienthal gab es noch eine Brücke, die war es aber nicht.

Also fuhren sie nun den Radwanderweg, der bis Kopenhagen führen soll, entlang. Von der anderen Seite, von Neuhof, also aus Richtung Templin, war der schon abgesperrt. Sie mussten einmal die Gleise queren an einem unbeschrankten Bahnübergang, kamen an einem leeren Gehöft vorbei, wo einmal Ziegeleiarbeiter, ganz ruhig und abgeschieden im Wald wohnten.

Dann ging ein Feldweg rechts rein, links lag ein See und dann waren sie an der Brücke. Da sie sofort Spuren entdeckten, wussten sie auch, dass es nicht die Brücke bei Marienthal war, an der L 217.

Das achtlos hingeworfene Fahrrad, teuer, fanden sie am nahegelegenen See, links der Brücke, Richtung Templin betrachtet, der Täter hatte es nicht weit in den See werfen können. Wenn es das Fahrrad des Opfers war. Die Spuren am Geländer waren recht klar. Bernd beorderte noch einen Taucher vor Ort, damit der die Havel nach Steinen absuchen sollte, die die Kopfverletzungen hervorgerufen haben könnten, obwohl Bernd ahnte, dass der nichts finden würde, er glaubte inzwischen, dass der Fahrradmörder wieder zugeschlagen hatte.

Im wahrsten Sinne des Wortes, der schlug die Fahrradfahrer ja immer erst nieder. Der Fall, war hier zwar nicht ganz typisch, normalerweise übertötete er seine Opfer immer, aber das musste ein Zufallstreffer gewesen sein. Er konnte auch nicht mehr als nur niederschlagen, auf der Brücke, sicher dachte er, der Zug würde bald kommen. Bernd nahm sich vor, noch einmal bundesweit nach solchen Zufallstaten zu suchen.

Die Spusi begann mit ihrer Arbeit, sie hatten jetzt genug gesehen und Bernd bat einen Streifenpolizisten, ihn zum Bahnhof zurückzufahren. Sie fuhren auf dem abgesperrten, internationalen Radweg zurück. Der war schön asphaltiert, alle paar 100 m kam eine Schikane, für die Autos die diesen Weg nehmen mussten, um zum See zu kommen.

Links hinter der Bahn tauchte wieder das verlassene Gehöft auf, hier waren ja unzählige Stiche, kleine Tonbrüche, der Ton kam in die Ziegelei, als die noch arbeitete, die Eisenbahn hatte also früher richtige Bedeutung, früher. Ganz früher war das die Havel gewesen.

Der Bahnübergang kam, von einem Kollegen der Bundespolizei gesichert, ja Bernd wollte auf Nummer sicher gehen. Der Blick war frei, man konnte Zehdenick von hinten sehen und auf der anderen Seite drehten sich die Propeller des Energieparkes. Trotzdem war diese Landschaft wunderschön, der Blick weit, viel Natur, Störche, Kraniche, einfach schön. Diesen Teil der Arbeit genoss Bernd immer sehr, wer hatte das schon bei seiner Arbeit, ja die Lokführer, aber die mussten sich konzentrieren, er konnte danebensitzen und Landschaft sehen.

An der Schranke wurden sie Richtung Bahnhof eingewiesen. Dort wollte er noch einmal nachsehen, ob er nicht doch einen Eisenbahner fand. Das war nicht so, dafür meckerte ein Mann in Anzug und Schlips über den Ersatzverkehr herum. Bernd sprach ihn an: „Hauptkommissar Bernd Freitag, wir haben hier einen Einsatz Zwecks Ermittlungsarbeit und mussten die Strecke sperren."

Der Mann zeigte keinerlei Verständnis und gab sich als Unternehmensberater zu erkennen.

„Wissen sie, ich, kenne den Eisenbahnbetrieb ein wenig, wenn das noch eine Beamtenbahn wäre, was sie ja behaupten, dann säße hier, dort in dem Haus noch der Fahrdienstleiter", und Bernd wies mit der Hand auf das alte Bahnhofsgebäude.

„Dann wäre ich zu dem hin, mit der Bundespolizei zusammen, die für die Bahn ja zuständig ist, und hätten zu dem Kollegen gesagt: Wir müssen mal auf eurer Eisenbahnbrücke etwas nachsehen, ich kenne euren Betrieb. Wir machen das erst einmal ohne großen Bahnhof. Finden wir, was wir suchen, haben wir ja zwei Möglichkeiten. Wir sichern die Arbeiten am Geländer, das wäre dann die Spurensuche, ohne Notfallmanager und stundenlange Streckensperrung, oder wir machen die

Strecke zu, was rätst du Kollege? Wie das so läuft, bei so einer Geschichte, wie, Personen im Gleis, ist erst einmal die Einstellung des Verkehrs, Sichtung der Lage, Weiterfahrt mit schriftlichen Weisungen, meistens mit Schrittgeschwindigkeit, bis die Lage klar ist. Dieses Wissen habe ich von meinem Nachbarn, der ist Lokführer. Das kann alles schon mal Stunden dauern, je nach dem, wo das liegt. Der alte Eisenbahner, der wahrscheinlich mit dem Stellwerk in Rente gegangen ist, denn Menschen werden ja immer mehr, nicht gebraucht, hätte mich angegrinst, und gesagt: Wenn ihr für die Sicherheit eurer Leute sorgt, an mir soll es nicht liegen, mir tun die Leute nur leid, die hier mitfahren müssen, denn sonst würden wir heute hier gar nicht mehr fahren, wenn wir den offiziellen Weg gehen. Ich rufe euch an, würde der Fahrdienstleiter sagen, wenn ich die Ausfahrt ziehe, gebe den Lokführern Bescheid, spinnt Einer, gebe ich einen Befehl raus, eine schriftliche Weisung. Dann habt ihr die Strecke zu verlassen. Seid aber so gut und lasst euch nicht sehen, ach Tschuldigung die Anderen haben ja alle Uniformen an. Hätte der bestimmt zu mir gesagt und die Spusi, die ist in Weiß, wird komisch aussehen, so neben der Strecke, wird auch die Presse aufscheuchen. Dann hätte ich gesagt, ich weiß, du weißt von nichts. Du kannst das ja auch gar nicht genehmigen. Ach weißt du, hätte der erwidert, ich habe noch ein Jahr, wenn hier irgendwer Zicken macht, ich habe im Kopf schon gekündigt, mir tun wie gesagt, immer nur die Leute leid, die unter den Vollpfosten von hirnlosen Leitungskräften zu leiden haben, ich dachte, das ändert sich nach der Wende. So wären wir verblieben, so gegen drei Viertel der vollen Stunde hätten wir den Anruf vom Fahrdienstleiter bekommen und die Strecke geräumt. Der Gegenzug würde dann in etwa 15 Minuten um die Ecke kommen, also würden wir gut 20 Minuten Pause machen. Der Verkehr würde also weiterlaufen und sie wären auf der Fahrt bis Templin", da wollte der Mann auch hin, er kam aus Frankfurt von einer Tagung.

„Da hätten sie einen Auflauf an der Havelbrücke gesehen. Aber sie wären nach Hause gekommen. So ist der Verkehr bis Betriebsschluss eingestellt, obwohl wir wahrscheinlich schon in einer Stunde durch sind. Man hat Busse bestellt, das geht nur für mindestens 6 Stunden, die Lokführer sitzen nun rum und die Leute müssen zweimal umsteigen, denn die Verantwortlichen in Frankfurt, wo sie ja herkommen, blicken hier nicht durch. Das haben solche Leute wie sie selbst zu verantworten."

Der Mann wurde nachdenklich, ganz still und dann bat er um Entschuldigung, ja so war das halt. Bernd bat den Steifenpolizisten, der grinsend dabeigestanden hatte und der Erklärung des Hauptkommissars Freitag gelauscht hatte und innerlich frohlockte, traf das hier mal den Richtigen, denn die Typen, machen auch die Polizei fertig.

„Komm Kollege, fahren wir ins Präsidium zurück", bat Bernd ihn noch einmal. Als sie losfuhren, kam ein komisches Geräusch aus seinem Magen.

„Sage mal Kollege, was hältst du vom Essen?"

„Tolle Stadt, aber völlig überbewertet."

„Scherzkeks, das ist mein Joke, was sagt deine Gewerkschaft, Pause oder nicht?"

„Wieso? Ist das nicht auch deine, wenn du so fragst, Pause", sein Blick ging auf die Uhr, ja das waren mehr als 4 Stunden und auch sein Bauch machte Geräusche.

„Warte mal", sagte Bernd.

„Fahr mal bitte kurz zurück, da war doch ein Imbiss am Bahnhof, von dem habe ich mal was gelesen. Wir müssen doch auch an die Kollegen denken!" Der Kollege wendete, sie waren noch nicht weit weg und hielten vor dem Imbiss an. Bernd stieg wieder aus. Richtig, das war hier was Gutes, er wusste nicht mehr, was da gut war, aber es war was Gutes, das hatte sich eingebrannt, im Vorübergehen. Das wollte sich Bernd ansehen. „Komm mal mit", bat er den Polizisten und beide gingen hinein.

„Guten Tag, Hauptkommissar Bernd Freitag, mein Kollege Peters, sie kochen hier mittags?", die Frau an der Kasse nickte und erzählte ihm, dass sie ein Verein sind, der sich um Behinderte, meistens geistig, kümmerte. Genau das war es, er hatte mal davon gelesen, hier konnten unter anderem Autisten etwas tun. Denn ohne Tun sind wir Menschen nichts.

Bernd dachte an seine Kollegen und das die Bahn nicht mehr fuhr, auch wenn sie Schienenersatzverkehr bald haben würden, die Idee war gut, sowohl, was die mit den Behinderten machen konnten, als auch für seine Kollegen. Er nahm sein Telefon und rief Anja an. „Anja, hier am Bahnhof ist ein Speiselokal, das Unterstützung braucht, von euch und für sich und ihr wollt ja sicher auch was Essen, ich habe was reservieren lassen, macht mal ne Pause, oder wenn ihr bald fertig seid, dann, danach, ich fahre noch eine Befragung machen, beim Tippgeber."

Dass der auch eine Kneipe hatte, musste er hier nicht sagen. Anja war erfreut, sie wären hier bald durch, sie wolle die Nummer haben, damit sie bestellen könne, was es denn gäbe. Bernd sah auf die Tafel: „Nudelsuppe mit Huhn, Tafelspitz mit Rosenkohl und Schnitzel mit Pommes, alles mit Kompott, na und das übliche, Kaffee, Tee, und so weiter." Die Nummer gab er auch noch durch und, sie waren fertig. Die Kollegen waren nun bestens versorgt, das stimmte ihn froh.

„Meine Kollegin wird in ca 10 Minuten anrufen und die Bestellung durchgeben, sie sind so in einer Stunde da. Das reicht doch noch?" Er sah auf die Uhr, inzwischen war es schon fast 15:00 Uhr. Die Frau nickte nur.

„Vielen Dank, dass es euch gibt.", fügte Bernd noch an. Neben der guten Frau, die ganz offensichtlich nicht behindert war, oder sagen wir anders, die den Laden hier schmiss, stand ein Mann, der traurig dreinblickte, aber nichts sagte. Das war sicher ein Autist, sicher froh, hier zu sein, etwas tun zu können, sonst gab es ja wenig für ihn zu arbeiten. Bernd erlebte das immer, wenn er hier war, um die Mittagszeit, ging er essen, auch um zu Spenden, wie er das nannte. Sinnvolles Spenden, das kam auch dort an und auch wenn der Mann, so um die 35 kein Wort sprach, eindeckte, abräumte, spürte er so etwas wie ein: „Danke schön, dass ich das machen darf."

Eine Bitte vom Autor, seid ihr einmal dort, in Zehdenick, geht Essen, am Bahnhof.

Damit war das geregelt und sie gingen zum Auto zurück und stiegen wieder ein.

„Gut, dann bitte, wenn wir an der Straße nach Gransee sind, links herum über die Schranke und dann die nächste Möglichkeit nach rechts herum, nach Marienthal. Zur Schleuse, kurz vor der Brücke in Marienthal. Für Spitzenkräfte natürlich das Allerbeste", grinste Bernd den Kollegen an. Das stimmte natürlich nicht, hatte er doch dafür gesorgt, dass die Kollegen gleichermaßen gut versorgt wurden. Aber es hatte was, den Kollegen aufzuwerten, er brauchte das nicht, wusste aber, dass das gut ankam.

„Kenne ich, sind wir hin und wieder einmal, Bezahlen tust du!", kam als Erwiderung. Das war natürlich auch nicht ernst gemeint, erheiterte den Kollegen aber, ja Essen macht fröhlich, auch der Versuch.

Vor der „Schleuse" hielten sie an, Sonie war gerade draußen und schnappte Luft. „Hallo Bulle, oh Verzeihung, Bullen, herzlich willkommen", begrüßte er sie rau, aber liebevoll. „Hunger, na dann kommt mal rein."

Sie setzten sich, bekamen die Karten, suchten aus und bestellten. Sonie brachte die Getränke und setzte sich dazu. „Ihr macht Trouble an der Brücke, wirklich?", fragte er neugierig. Bernd nickte nach einem Schluck vom stillen Wasser, Alkohol im Dienst nie, auch wenn er nicht fahren musste, wer weiß, was passierte. Sie kamen an einem Überfall vorbei, er musste den Täter in Notwehr erschießen und hatte 0,2 im Blut, das geht gar nicht. Zu seinem Kollegen sagte er: „Von dem Kneiper, habe ich den Tipp, dass es diese Brücke gewesen sein könnte."

„Ist doch toll, wenn man irgendwo, jemanden fragen kann, der Ahnung hat", erwiderte der.

„Also Sonie, sagen darf ich gar nichts, aber so viel, danke für den Tipp, die Leiche von Zehdenick muss da rüber sein, in die Havel."

„Der Fahrradmörder wieder, man das ist ja langsam unangenehm", meinte Sonie.

„Ich habe nichts von einem Fahrrad gesagt", rechtfertigte sich Bernd.

„Nein, aber du hast nach einer Möglichkeit gesucht, wo ein Fahrradfahrer .... Du weißt ja schon."

„Wissen wir noch nicht wirklich, ist untypisch der Fall, aber möglich, müssen wir erst genauer hinschauen, behalte das erst einmal für dich, du weißt ja, es gibt nur Unruhe."

Sonie nickte: „Ist ja unruhig genug seit Jahren, die Presse macht doch immer einen riesen Gaudi draus, wäre gut, wenn ihr den mal kriegen würdet." Er schwächte die Kritik sofort ab: „Ich weiß, ihr seit emsig dabei und ich weiß, wie schwierig es ist, diesen Typen zu kriegen, aber vielleicht überlebt ja mal Einer, dann habt ihr ihn."

Bevor Bernd was erwidern konnte, kam Marita mit dem Essen, zwei wunderbar dampfende Teller, einmal Leber mit Zwiebeln und der Streifenpolizist wollte ein Schnitzel haben. Sie stellte es ab, brachte Besteck und wünschte guten Appetit. Sonie hatte sich getrollt, er verschwand hinter den Tresen.

Nach dem Essen fuhren sie dann nach Oranienburg in ihr Revier.

Anja war auch schon losgefahren, es gab nichts zu tun für sie, am Tatort, also war sie auch zurückgefahren.

„Anja, ich habe einen schrecklichen Verdacht. Es sind jetzt 8 Tote, die der Fahrradmörder produziert hat. Das hier ist nicht ganz typisch, ich glaube, das war zufällig geschehen und ich glaube, dass es noch den Einen oder den anderen Fall mehr gibt, bundesweit, der so untypisch ist."

„Das haben wir so noch gar nicht gesehen, glaube ich", gab sie dazu und nickte dabei. „Ich entwerfe ein Rundschreiben an alle Dienstellen und maile es weg, es sollte schnell gehen, vielleicht wissen wir bald mehr."

Bernd nickte nur und ging an seinen Schreibtisch.

Die Witwe

Bernd fuhr, er kannte sich hier besser aus und Anja sass neben ihm. Hin und wieder erklärte er ihr einen Weg, der besser zu fahren ist, obwohl die Straße schlechter war, aber es war weniger los.

So auch in das Dorf, in dem das neue Opfer wohnte, in Hammelspring, das vom Wehr in Zehdenik, denn inzwischen war es klar, das war ein Zufallsopfer des Fahrradmörders. Nicht typisch, aber alles wies darauf hin. In Hammelspring war die Firma des Opfers, der war selbständig, eine Unternehmensberatung, da graute es Bernd schon. Wieder eine Parallele, die alle Opfer hatten, aber keinen Hinweis auf den Täter.

Sie hielten vor einem Bauhaushaus, so hätte man den modernen Kasten vor Jahren genannt, viereckig, flaches Dach, viel Holz, an sich zeitentsprechend, wenn es nicht den Touch des Reichen, des Protzigen gehabt hätte. Bevor sie noch klingeln konnten, wurde die Tür geöffnet, eine Frau erschien, nicht sehr schön, aber charismatisch. Bernd ließ sich nie von Äußerlichkeiten leiten, kam aber nicht umhin, doch für sich persönliche Urteile zu fällen. Das hatte auch einen tieferen Sinn.

Vor vielen Jahren hatte er auch einmal in einem Mordfall ermittelt, und hatte sich in die Frau des Opfers verguckt. Das hatte ihn blind gemacht und fast hätte das auch geklappt, es war sein alter Chef, der ihn an die Ohren gezogen hatte, sozusagen von der weg, die er als Täter ausgeschlossen hatte, weil er weiblichblind geworden war.

Das hat weh getan, das an den Ohren ziehen, aber es hatte geholfen, denn zum Einen konnte er sich vor einer, nein, zwei riesen Dummheiten retten, einmal seine Frau zu verlassen und dann für eine Frau, die eine Mörderin war.

Daraus folgte seine persönliche Taktik, sich nie zu dicht an die Frauen der Opfer zu begeben, denn die Erfahrung beweist, oft sind die Täter im Umfeld zu finden. Das war zwar untypisch, dass eine Frau gewalttätig wird, das Opfer, ihren Mann erschlägt, aber in dem Fall, damals, war das so. Nicht immer stimmen die Klischees, die Statistik, Frauen morden mit Gift und Männer mit der Pistole, oder dem Hammer. Es sind die Ehefrauen der Opfer, wenn sie männlich waren, die teilte er für sich in schön, oder weniger schön ein und wenn er sie schön fand, waren alle Alarmglocken an, er hinterfragte oft seine eigenen Ermittlungen sehr intensiv.

Aber auch bei den nicht so schönen Frauen, die charismatisch waren, musste Mann auf der Hut sein. Aber er hatte ja jetzt die Anja dabei, die würde sich von keiner Frau so schnell blenden lassen. Das hatte heute also etwas Gutes, Mann und Frau im Team.

Dafür musste die Frau dann bei Männern aufpassen, aber bei Frauen, vor allem mit Kindern, war das nicht so akut, die waren nicht so anfällig.

Frau Heimberg bat sie herein, sie ahnte, was kommen würde, denn die Kripo und dazu die Mordkommission, was brachte die für Nachrichten? Ihr Mann war jetzt seit Freitag überfällig, heute war Montag, am Nachmittag, er war noch nicht da, was sollte das wohl bedeuten und dann noch dieser Typus. Sie war schon fast beim Packen, war sich nur nicht schlüssig, was sie mitnehmen sollte. Nein nicht aus dem Haus, ihre Sachen waren ja klar, das war ihr alles egal, nein die Firma, die konnte sie ihm nicht lassen, das meiste war ihr Geld gewesen. Sie hatte noch keine Lösung, aber sie ahnte, dass sie nun zur Tür hereingekommen war.

„Nehmen sie bitte Platz, Kaffee, ich bin gerade beim Kochen?", fragte sie, als sie die Kommissare in ein Zimmer geführt hatte, durch einen riesigen Vorraum, lichtdurchflutet, den so manchen Häuslebauer schon als Wohnzimmer gereicht hätte.

Das Wohnzimmer war kalt, aufgeräumt, sah unbewohnt aus, kein Staub, überall blitzte es. Es sah aus wie frisch geputzt oder nicht bewohnt. Beide nickten, sie setzten sich rechtwinklig zueinander, beide in einen Sessel, um den anderen sehen zu können, denn manchmal war ein Wimpernschlag, eine Miene wichtig.

Der Kaffee kam bald, er war gut und nach dem Eingießen, diesmal aus einer üblichen, wenn auch designermäßigen Kaffeekanne, die auf Brühsystem schließen ließ. Er war gut, liegt ja oft nur an der Kaffeesorte.

„Gut Frau Heimberg, wie lange haben sie ihren Mann nicht gesehen."

„Er ist am Freitag weg und seit dem nicht wieder aufgetaucht, haben sie ihn gefunden?"

Für die Ahnung, oder die Gewissheit, was nun kommen würde, wirkte sie sehr gefasst. „Woraus schließen sie, dass wir ihn gefunden haben?" Die Fragen stellen wir hier, stellte Anja noch leise in den Raum.

„Ich bin nicht dumm, mein Mann taucht nicht auf, obwohl das schon einmal vorkam, aber nicht zwei Tage und die Kripo kommt, auch noch Mord und Totschlag, was würden sie da denken?"

Wieder gab es keine Antwort.

„Gut Frau Heimberg, wir haben ihren Mann gefunden, am Wehr in Zehdenick, wissen sie, wie er da hinkommt."

Kalt, eiskalt sagte sie: „Nicht wie er ins Wasser kam, aber mit dem Fahrrad fuhr er den Kurs Hammelspring, Zehdenick, vom Büro und wieder zurück, das ist ja am

Hause angebaut, eine Hausnummer weiter, also hierher, am Freitag. Ich nehme dann immer seine Sachen mit, hierüber am Freitag."
„Sie wirken eiskalt, überhaupt nicht geschockt, gar nicht traurig. Und woraus schließen sie, dass ihr Mann im Wasser war?", bemerkte Anja und ihr fröstelte sehr dabei.
„Es tut mir leid, aber ich kann nicht die traurige Ehefrau spielen, auch nicht hysterisch, sie sind sicher anderes gewöhnt, es tut mir leid. Aber ich habe schon überlegt, wie ich hier wegkomme, aber die Firma ist meine. Ich habe noch keinen Dreh gefunden, anständig da raus zu kommen."
„Ins Wasser? Wie kommen sie darauf und erzählen sie uns warum sie wegwollen?"
„Das werde ich müssen, denn ich denke, sie denken, das ist nun gelöst für mich, das Problem. Ja, ist es und wenn nicht Erleichterung, so doch ein wenig leichter ist mir. Er war ein Arschloch, jähzornig, Besserwessi, wenn sie verstehen, was ich meine. Kein angenehmer Mensch, ich weiß gar nicht, was ich mal an ihm gefunden habe, oder ob er erst jetzt so geworden ist. Garantiert habe ich ihn nicht umgebracht, das wäre mir zu blöd, das hätte er auch so nicht verdient. Sie wissen ja unsere Epoche zeichnet sich durch Humanismus aus, philosophisch. Das mit dem Dritten Reich war eine Entgleisung und auch dass, was die USA so machen. Und sie wollen sicher mein Alibi wissen, aber zu welcher Zeit ist das nötig?"
Jetzt kam eine Frage, die immer kommt: „Was haben sie denn am Freitag so gemacht, wann ist ihr Mann weg?"
„Er ist um 15:00 Uhr vom Büro weg, nach der Auseinandersetzung mit dem Team, in dem er jeden als Arschloch beschimpft hat, denn es war Tenor, die Mine-

ralwasserfabrik zu retten. Sie war ja nicht insolvent, es war aber ein Kaufinteressent da. Ich habe ein Papier gefunden, nach dem es gut 1 Mio geben sollte, wenn der Verkauf mit der Westdeutschen Mineralwasser Agentur zustande kam. Das ist an sich nicht schlimm, war die um die 10 Mio wert. Der Knackpunkt, die wollten die dicht machen."

„Was die Fürstenberger Mineralwasser?", fragte Anja ein wenig entsetzt, sie dachte sofort an die 300 Arbeitsplätze und was das für die Region bedeutete. Konkurrenz ausschalten, war das Ziel, immer noch, das verstand sie aber nicht so recht, da musste sie mal mit Bernd reden.

„Ja, es ging nur um die Konkurrenz, ich war auch dagegen, allerdings würde nicht so viel Geld dabei herausspringen. Gut, er ist dann los, hochwütend, wie meistens, wenn er Rad fuhr, selten hatte er dann gute Laune, ich fahre schon nicht mehr mit. Der war krank im Kopf. Ich habe dann noch bis etwa 18:00 Uhr gearbeitet, mit den Kollegen, die ich beruhigen musste. Da war noch ein Kunde da, von 17:00 Uhr bis etwa 17:30 Uhr den Namen können sie bekommen. Ich bin dann in Fürstenberg was essen, so gegen 22:00 Uhr war ich zu Hause, mit einer Taxe. Auch das können sie prüfen, einmal habe ich eine Rechnung, zum Anderen die Alarmanlage im Haus und das Restaurant ist der Don Angelo in Fürstenberg."

Entweder hatte sie sich gut vorbereitet, die Tat umsichtig geplant, oder es war so. Aber diese Kälte, gut wenn das stimmt, bei diesem Mann?

„Haben sie ein Verhältnis, eine Liebschaft?"

Was sollte diese Frage denn jetzt, dachte sich Anja.

Frau Heimberg schüttelte nur den Kopf und ein wenig schien sie traurig zu sein, nicht einen Lover zu haben, und die Kälte wich aus ihrem Gesicht und ein wenig Traurigkeit zeigte sich: „Nein, es wäre aber schön, jetzt so einen Graurücken zu haben, an dem man sich anlehnen kann. Denn das wird jetzt nicht einfach werden, denke ich, denn bei allem Irrsein, er war schon ein verdammt kluger Kopf, analytisch. Vielleicht mache ich auch jetzt was Anderes, mal sehen."

„Woher wussten sie, dass ihr Mann im Wasser war, wir haben das nicht erzählt", ließ Anja nicht locker.

„Verzeihung, habe ich geraten, wie soll er tot am Wehr sein, wenn nicht angeschwemmt, oder dort reingeworfen wurde." Und nun kamen ihr doch die Tränen, sicher hatte sie das Bild vor sich, wie jemand das tote Bündel Mann ins Wasser wirft.

Das wird alles zu prüfen sein und damit brachen Anja und Bernd auf. Im Auto sah Bernd Anja an, sie kannten sich ja noch nicht und Bernd wollte das ändern: „Was sagst du dazu?"

„Kalte Frau, aber nicht herzlos, nur kalt gegen ihn, nein ich glaube, sie war das nicht, obwohl es Allen passen wird, dass der weg ist, wetten! Und diese Frau ist zu klug, wegen so einem Typen, in den Knast zu müssen. Vielleicht eine Affekttat, in Wut, dann aber ein Messer, oder so etwas."

Bernd nickte nur, kluge Frau, die wird mal was, vielleicht sogar mein Nachfolger. Oh Verzeihung, Nachfolgerin, wie politisch unkorrekt.

Der Verdacht bestätigt sich

Bernd griff zum Telefon, der Anwalt Malte von Giesberg hatte noch was offen, bei ihm. Den hatte er geholfen, sehr sogar, im Falle der Annemarie Hübler. Das hätte der ohne ihn, nie so geschafft. Andere Kollegen hätten das auch machen können, aber nicht mit dem Ergebnis, das sie letztendlich erreicht hatten. Ein Ergebnis, das dieser Geschichte, dem Verbrechen, eigentlich nur gerecht werden konnte.

Ja, Gerechtigkeit, das war eine große Sache. Der hatte er sich ja verschrieben. Aber immer waren Täter und Tat, das Opfer und sein Schaden in umgekehrtem Verhältnis zueinander. Oder wie soll man das werten, wenn ein Vater seine Kinder missbraucht und am Ende erschießt die eine Tochter den Vater.

Wer ist jetzt Täter und wer ist nun Opfer. Wer muss bestraft werden und wer nicht. Wer gehört in den Knast? Juristisch ist das klar. Mord hier aus Rache, oder vielmehr als Befreiungsschlag gegen den Terror des Vaters? Klar das ist Mord und musste verfolgt werden, nach unserem Rechtsverständnis.

Gewiss gibt es mildernde Umstände, aber bei zwei Morden, ist das schon wieder kein Bonus. Es gab noch mindestens einen merkwürdigen Fall in diesem Zusammenhang.

Die seelischen Qualen des Opfers, es waren ja vier sogar, die anderen drei Schwestern waren auch Opfer des Vaters, kann man nicht ins Gesetzbuch übernehmen. 12 Mal im Jahr vergewaltigt, 12 Jahre weniger Knast. Hier würde das heißen, lebenslang, dann mit dem Bonus 6 Jahre Missbrauch in vier Fällen, nur 15 Jahre? Oder wie sollte das gewertet werden?

Leider ist die Moral kein Wertungskriterium im Strafrecht. Der Vater hätte den Tod verdient gehabt, auch wegen seiner Taten in der DDR, aber es gibt so eine Strafe nicht bei uns. Und Moral wird nur in den Religionen der Welt gewertet. Aber da missbrauchen ja auch Kirchendiener Kinder. Und was macht deren Chef? Gott! Müsste der nicht mit dem Schwert dazwischengehen!

Der Anwalt Malte musste ihm jetzt auch einmal helfen. Bernd hatte so die Idee, dass es bundesweit einige Fälle gab, die man dem Fahrradmörder nicht zugeordnet hatte. Da er ja den guten Kontakt nach Magdeburg hatte, wollte er das dort zuerst probieren, bevor er den Dienstweg ging.

„Giesberg", meldete der sich am Handy. Bernd hatte seine Handynummer und nutzte die jetzt. Er wollte nicht über das Büro irgendwelche Wellen machen.

„Bernd Freitag hier, ich brauche dich mal, habe eine schwere Nuss zu knacken."

„Ja gerne, du hast bei mir was offen, hast mir sehr geholfen mit der Anni."

„Wie geht es den beiden denn überhaupt", wollte Bernd wissen.

„Gut, die beiden leben ein einfaches aber schönes Leben. Sind ja beide in Rente, EU Rente. Johann hat etwas von den Tantiemen aus dem Buch, das Hartmut geschrieben hatte und so könne die beiden Leben und sich lieben."

„Das freut mich, haben wir mal Recht und Gerechtigkeit in die Waage gebracht, das freut mich jetzt wirklich. Du weißt ja selber, wie das ist, da muss einer in den Knast, obwohl er eigentlich das Opfer ist. Es geht um den Fahrradmörder, es gibt wahrscheinlich einen neuen Fall, der eindeutig, auf dessen Konto gehen könnte, aber auch nicht so eindeutig ist, wie die anderen Fälle. Und ich bin dabei, mal bundesweit nachzusehen, ob da, nicht was untergegangen ist, was vielleicht doch hilfreich sein könnte. Du hast doch einen guten Draht zu euren Ermittlern. Kannst du nicht einmal nachsehen lassen, ob da nicht eine ungeklärte Todessache irgendwie passen könnte. Dann könnten die Kollegen mal ermitteln. Wir kommen einfach nicht weiter. Keine Spuren, keine andeutungsweisen Verdachtsmomente, keine Verdächtigen. Ich meine, ich mag keine Fahrradfahrer, die benehmen sich oft wie die Axt im Walde, aber die umzubringen, das könnte ich nicht, nein. Und ich will noch nicht den offiziellen Dienstweg gehen. Ich will niemanden ans Bein pinkeln."

Malte war an der Reihe. „Nein das muss nicht so geklärt werden, das Problem mit den Fahrradfahrern. Das würde anders gehen. Gut ich versuche mal mein Glück. Vielleicht kommt ihr dann weiter. Wollt ihr eine neue Soko installieren?", wollte er noch wissen?

„Das hoffe ich, wenn wir jetzt bundesweit suchen, dann brauchen wir mehr Leute, wir haben keine mehr. Wenn ich weg bin, dann kommt vielleicht so ein junger Kollege ran, der ist vielleicht dann 33. Ob, der das bringt, da habe ich so meine Zweifel."

„Vorsichtig, junger Mann ich bin jetzt 36", warf Malte ein.

„Ja, das sind 3 Jahre mehr dann 5 und du hast ja deinen Vater. Den kannst du fragen, wenn du nicht mehr weiter weißt!"

„Ja, und der junge Kollege wird dich dann anrufen, glaube ich."

„Rente heißt nicht mehr arbeiten müssen."

„Musst du ja auch nicht, du sollst ja bloß raten. So sind heute halt die Zeiten. Hätten meine Elterngeneration mehr Kinder machen müssen." Ja, so ist das. Gut, Malte musste zum Staatsanwalt. Sie bedankten sich beieinander und legten auf.

*

Malte nutzte gleich die Möglichkeit und besprach das Problem mit dem Oberstaatsanwalt, zu dem er unterwegs war. Der konnte gar nicht nein sagen. So konnte er seelenruhig die Büros wechseln und dem leitenden Staatsanwalt das Gleiche vortragen, aber auch der war einverstanden, griff zum Hörer und gab die Weisungen raus. In Magdeburg hatten sie einen jungen Kollegen frei, der sich ein paar Sporen verdienen musste und den setzten sie an diese Geschichte.

Und Tatsache, der fand etwas Merkwürdiges. Gerade durch die Brille des Unbeteiligten fand er etwas. 2013 fand man einen Fahrradfahrer auf der Rennstrecke vom Brocken herunter.

Das war eine Piste aus Betonplatten, die die Grenztruppen der DDR dort verlegt hatten, um mit ihren Pappkübeln, das waren die Jeeps der DDR-Truppen, da hochzukommen. Das ist für die Hardcore-Biker eine Strecke, wo sich der Eine oder der Andere auch mal die Knochen brach.

Die war sehr steil und das sollte ja der Kick sein und sie war holperig, Schotter wäre da fast easy gewesen. Asphalt war was für Weicheier. Das Ungewöhnliche für den jungen Kollegen war, dass der Verunglückte Kopfverletzungen hatte, die er auch von Erschlagenen kannte. Bei den Leichenöffnungen, die er besuchen musste, hatte er sehr aufgepasst. Auch unter dem Aspekt, dass bei uns nicht so oft obduziert wird. Da rutscht schon mal ein Mord durch. Der Pathologe, inzwischen in Pension hatte sich auf einen Unfall kapriziert, weil die Verletzungen auch vom Sturz hätten herrühren können.

Der Fahrradmörder kam aus dem Berliner Raum, aber niemand glaubte, dass das auch im Harz hätte sein können. Fast alle Fälle sind in Brandenburg, einer davon in Berlin und einer im Barnim, der Erste, passiert. Wobei man sich nicht so ganz einig war, die Fälle in Brandenburg waren Übertöten mit Zerstückelungen der Leiche, die wurden teilweise vergraben, teilweise vom Schweinefraß entstellt, das Opfer in Berlin, nur einfach erschlagen worden.

Der junge Kollege, Harald Bömer, Kriminalkommissar, gerade angefangen bei der Kripo, noch nirgend zugeordnet, wollte natürlich zum Morddezernat und legte sich nun mächtig ins Zeug. Erste Maßnahme den Pathologen befragen. Der bestätigte nur, was schon im Bericht stand. Das war unklar, die Verletzungen hätten auch vom Sturz herrühren können. Aber auch von einem Schlag mit einem Knüppel. Das war recht unspezifisch.

Der Mann war beerdigt worden, was für ein Glück in einer Zeit, in der die Menschen verbrannt werden wollten. Jetzt konnte man Exhumieren und noch einmal nachsehen. Der Pathologe hatte das Arbeitsleben hinter sich, ihn kümmerte dieser Fehler nicht mehr, aber wenn das helfen sollte, bitte schön, aber er wollte dabei sein.

Die Exhumierung wurde angeordnet, und da das Ganze erst 2 Jahre zurücklag, war die Verwesung nicht sehr weit fortgeschritten, was aber auch nicht stören würde. Der hatte auch noch einen guten Sarg bekommen. Der nun obduzierende Pathologe ließ sich richtig Zeit, er war sehr gründlich, auch weil er den Kollegen dabei hatte. Ja, da war ein Schlag gegen den Kopf gewesen, eine Schädelfraktur mit Hirnblutung, die auch zum Tode geführt haben könnte. Und die Halswirbelsäule wies einen Bruch auf, der nicht vom Sturz herrühren konnte, das war zu untypisch, wäre so nicht gegangen. Hier hatte wer nachgeholfen, aber die Hirnblutung an dieser Stelle alleine, hätte schon gereicht, nur länger gedauert.

Da war ein Knüppel im Spiel gewesen, der die typischen Merkmale der Krüppelkiefern des Oberharzes hatte. Den würde man nach zwei Jahren natürlich nicht mehr finden, also ließ man das Suchen erst einmal sein. Dafür rief er sofort Bernd an und besprach das mit ihm.

Der Ausflug zum Brocken

Er war im Harz. Das war 2013, Urlaub machen, was sonst. Der Junge wollte nicht mit. Das Werkzeug nahm er auch nicht mit, er hatte Urlaub. Er wollte das Problem nicht weiter lösen, im Urlaub. Er nahm sich ein kleines Hotel am Rande von Wernigerode und wanderte jeden Tag.

Das Wetter war gut, es war Juni, ein schöner Juni, nicht zu warm und nachts nicht mehr so frisch. Er versuchte Wege, zu nehmen, die keinen Fahrradverkehr hatten, das war aber nicht so einfach, überall kurvte diese Pest umher und wie immer ohne jede Rücksicht. Alle mussten Rücksicht nehmen, nur die nicht. Wegklingeln war normal, das Brummen im Kopf wurde dennoch etwas weniger, er hatte Urlaub, aber es war jetzt fast immer da. Dieses verfluchte Brummen. Er hatte das schon untersuchen lassen, war schon in der Röhre, die fanden aber nichts.

Deshalb war Er ja in Therapie, psychosomatische, aber es half alles nichts. Irgendwann hatte er die Therapie abgebrochen, das war doch alles nichts. Auch war er nicht mehr zu dem Arzt gegangen, der hatte ihm mal gesagt, er muss jetzt mal was tun, ja was hatte der Arzt schon getan. Der Therapeut und Arzt kam regelmäßig später, raubte ihm seine Therapiezeit.

Er hatte ihm schon seinen Hass gegen die Fahrradfahrer erzählt. Der nahm das gar nicht ernst, der nahm ihn gar nicht ernst. Öfter klingelte das Handy des Arztes. Sein Handy war immer aus. Er wollte Therapie haben, machen, das durfte dann nicht klingeln. Aber der Therapeut, sein Psychiater und Psychotherapeut brauchte das nicht. Er dachte schon, den Arzt zu wechseln, aber er hatte keine Kraft, nicht noch einmal alles erzählen zu müssen, das mit seiner Frau, die Geschichte mit dem Fahrradfahrer, die Strafe danach und sein Hass.

Was konnte er nur tun, dass das einmal wegging. Es sollte alles wieder gut werden, so wie früher, als der Junge noch klein war. Nun war er auf dem Brocken, das Wetter war schön, er konnte weit ins Land sehen. Mit der Eisenbahn war Er nach oben gefahren, das war sehr schön, Er liebte die Eisenbahn, besonders, die kleinen, die Alten.

Er genoss das und war, während der Fahrt glücklich, fast ganz ohne Brummen. Oben ging das dann wieder los. Die waren auch hier, diese Teufel, die Fahrradfahrer, überall fuhren diese Irren rum. Erst einmal ass er etwas, er wollte bis Ilsenburg runter laufen und dann mit dem Zug zurückfahren. Mittag gab es hier nicht, nur Fastfood, um 13:00 Uhr war Schluss, bis 17:00 Uhr, gab es nichts.

Wenn man nach Ilsenburg reinkam, durch das schöne Ilsetal, an der Ilse entlang, die urwüchsig, fast unberührt war, durch den Wald, dann kam ein Hotel mit Restaurant. Das war aber dann geschlossen. Hier oben ist das Essen schlecht, Fastfood oder Kantine, obwohl das ein

Hotel war, war in der Selbstbedienung das Essen hundsmiserabel. Ob das als Hotelgast besser war? Egal, er musste irgendetwas essen und dann ging er los Richtung Ilsenburg.

Er nahm sich einen Stock, der lang genug war, nicht nur zum Wandern. Tief im Inneren befahl eine Stimme, bewaffne dich, vielleicht kommt so ein Ungeheuer und will dich umfahren. Dann ging Er los, vorbei an die Kuppel des alten Turmes, wo die Russen den Westen abgehört hatten, deshalb war das ja Verhandlungsmasse, dass die abziehen, mitten im Fleisch der vereinigten BRD noch einen Horchposten der Russen, das ging gar nicht. Aber die Russen wollten ja auch weg, das war viel billiger, als hier auszuharren. Die Amis würden die ja sowieso stören, wo es ging. Dann kam die Piste, wo die Harten immer runter sind, die ganz Harten.

Wenn die Ärsche hochfuhren, wie im Himalaya, dann wäre das eine Leistung. Runterrollen ist doch nichts. Das war wie Selbstmord mit Findungsabsicht. So kam es, wie es kommen musste, Er ging nichts denkend mit leichtem Brummen seines Wegs. Darauf bedacht am Rande zu sein, aus Angst Er würde einen vom Rad holen. An einer Stelle, wo am Rand, der Weg am Besten war, wurde Er weggeklingelt. Tatsache, der Weg war so breit, dass zwei Trabantkübel locker aneinander vorbeikamen.

Hier hatte man aus unerklärlichen Grünen eine Teerschicht raufgemacht und der Harte, wollte unbedingt hier lang. Links neben ihm war etwa 4 Meter Platz und es klingelte hinter ihm. Noch einmal klingelte es, Er sollte aus dem Weg, Er spürte das Rad schon hinter sich.

Da knallte die Sicherung wieder in ihm durch. Er nahm den Stock hoch und drehte sich voller Wucht um und traf den Radfahrer am Kopf. Der fiel vom Rad und schlug auf, ohne sich abstützen zu können, mit dem Kopf auf einem Stein.

Knack machte es und er blieb liegen.

Er schaute sich um, da war niemand zu sehen, sie waren beide alleine. Er behielt den Stock in der Hand, fasste nur kurz an die Halsschlagader, der lebte noch, das war aber egal, der würde ihn nicht wieder erkennen. Er bewegte ganz kurz den Kopf, das Genick brach endgültig. Er hatte auch kein Werkzeug dabei, also beschloss Er ihn liegen zulassen. Sollte der so verrecken, der würde verrecken. Er trollte sich, er lief fast bergab, damit Er aus der Sichtzone kam, immer die Deckung suchend.

Erst unten, als der Weg nach Ilsenburg sich von dem nach Stapelburg trennte und es in den Wald ging, wurde Er wieder Wanderer. Er nahm den Stock mit, es war eine Trophäe, die sammelte er, von jedem Radfahrer behielt er etwas, das kam in seine Galerie, zu Hause im Keller.

Es dauert einige Zeit, Er wunderte sich schon, dass den so liegend, niemand fand, brummte ein Hubschrauber über ihm, der Notarzt.

Nun mied Er jeden Kontakt, wollte nicht gesehen werden und machte einen Umweg in sein Quartier, das von seiner Spur ablenken sollte. Er fuhr nach Vienenburg und hinterließ in einer Gaststätte Spuren, die Er aber gar nicht brauchen würde, weil in der Zeitung stand: „Radfahrer gestürzt und tödlich verunglückt." Er versuchte im Internet, diesen Fall weiterzuverfolgen, aber es blieb bei einem Unglück.

Der erste Fahrradfahrer

Der Chefarzt der Inneren in Berlin-Buch war wütend. Eigentlich war er immer wütend, aber das konnte er durch Radfahren abbauen. Er hatte das im Griff, auch weil er die Hilfe eines Psychologen in Anspruch nahm. Dr. Matthias Breuer war ein Choleriker. Das war er schon immer.

Privat klappte fast gar nichts, die zwei Ehen waren geschieden, die Frauen hielten es nicht aus mit ihm und die dritte Beziehung, eine Krankenschwester, wunderschön, schwarze Haare, braune Augen, kräftig gebaut, genau sein Jagdschema, noch nicht mit ihm verheiratet, drohte vorher zu scheitern. Sie hatte sich schon beruflich getrennt, sie hatte im Krankenhaus gekündigt, wollte woanders arbeiten. Ein Arschloch hatte sie ihn genannt, selbstgerecht, selbstherrlich, arrogant und aufbrausend. Bis heute Abend hatte er Zeit sich zu entschuldigen.

Dann kam noch die Sache mit der Falschmedikamentierung. Irgendwer hatte das falsche Medikament verabreicht, eigentlich war es die zuständige Schwester, aber die schwört Stein und Bein, sie hätte das genommen, was der Arzt ihr hingestellt hatte.

Warum sollte sie das auch reflektieren, klar es war immer besser, man sah noch einmal drauf, aber bei dem Stress an dem Tag. Man muss sich auch auf jemanden verlassen können. Der Arzt, der verantwortliche, war so ein Emporkömmling aus dem Westen. Nach der Wende hierher gezogen und durch Protektion hatte der diese gute Stelle bekommen. Normalerweise fängt man immer klein an, wenn man woanders hingeht, oder die Stelle war als Oberarzt ausgeschrieben. War sie nicht, der Kollege, der dran war, hatte das Nachsehen, irgendwer, der Vater von dem Typen war es wohl, der hatte das gefordert. Der war wohl im Außenministerium oder war das Wirtschaft? Der war Staatssekretär im Schwabenland. Nun blieb der Kollege, der dran gewesen wäre, geduldig auf seiner Position und harte der Dinge, die da kommen.

Von Anfang an hatte der Chefarzt das Gefühl, der Neue war taub, unfähig. Aber er musste ihn machen lassen. Dann dieser Vorfall, es gab schon einmal einen, aber der war nicht so schlimm. Der Patient kollabierte und sie hatten alle Hände voll zu tun, ihn zu behalten.

Er starb später und so blieb das alles unter der Decke. Aber dennoch machte ihn das wütend. So zog er mit dem Fahrrad los und drehte seine Antiwutrunde, durch den Barnim, er hatte seine Strecke. Er fuhr schnell, es begann zu regnen, egal, er gab Gas. Was im Wege war, wurde weggeklingelt, er musste Leistung bringen.

Körperlich völlig erschöpft kam er im Klinikum wieder an. Duschen und er war wieder ein wenig ruhiger und gelassener. Dafür stand jetzt noch die Auswertung an. Das musste sein, das war wichtig. Aber jetzt ging das ohne die heftigen Wutausbrüche, die er in der Klinik ein wenig zügeln konnte, die aber für jeden Betroffenen unangenehm waren, aber zu Hause umso heftiger und so war das auch gestern gewesen.

Seine Freundin hatte irgendeinen Quatsch gemacht, er wusste heute nicht einmal, was es war und der Vulkan brach aus. Aber sie ließ sich das nicht gefallen, sie brüllte zurück und was er behielt, war, er wäre ein Psychotiker und sollte in eine Therapie gehen. Er wäre eine Gefahr für Leib und Leben der Patienten, völlig ungeeignet für diesen Job, und wenn er sich heute Abend nicht entschuldigen würde, wäre sie weg, aus die Maus.

Gut, das reichte eigentlich schon wieder, er musste nachher noch eine Runde machen.

Erst einmal saßen sie im Besprechungsraum und der Oberarzt berichtete, dass er alles richtig gemacht hätte. Klar, was sollte er auch sonst tun, und warum sollte die Schwester die Präparate, die er rausstellte, weil es Verschlusssachen waren, gegen eine falsche, verschlossene Medikamentierung austauschen, das ging gar nicht.

Klar ging das, hin und wieder gab es einen Fall, wo der Arzt mit der Schwester was hatte, im Dienst und die jederzeit an die Schlüssel kam. Aber das war hier wohl nicht so. Die Schwester war natürlich todunglücklich, eigentlich eine gute, eine korrekte, ja und warum sollte sie das tun.

„Ihr arroganten Wessis, ihr denkt wohl, nur bei euch gab es eine funktionierende Medizin, was denkt ihr, haben wir hier 40 Jahre gemacht, auf euch gewartet?" Es kamen noch ein paar Flüche, die allesamt mit ihrem Pauschalisieren sicher unangebracht waren, aber so war er, der Choleriker.

Dann beruhigte er sich wieder. Am Ende durfte, das auch nicht an die große Glocke, es ging um die Reputation der Klinik, ein heftiger Konkurrenzkampf war ausgebrochen, nach der Wende.

Die angebliche Überversorgung der DDR sollte abgebaut werden und es konnte jeden treffen. Also keine Fehler zugeben, alles Vertuschen und positiv darstellen. Es gab nur einen Weg, der musste gehen. „Ich mache Ihnen einen Vorschlag", sagte er ruhig, ganz normal. „Sie kündigen, dann können wir den Fall unter der Decke halten, uns geschieht kein Schaden und ihnen auch nicht, es wird keine Untersuchung geben." Er siezte die Kollegen immer, wenn es ernst wurde. Dann schob er ihm ein Papier hin, auf dem die Sekretärin schon alles geschrieben hatte. „Ich habe schon unterschrieben, die Kündigung aus persönlichen Gründen, sie können ja erzählen, sie wollen sich um den Jungen kümmern, damit ihre Frau arbeiten kann." Er wusste von seiner Frau in der Charité und hatte sich schon mal gewundert, dass er nicht bei ihr untergekommen war. Auch in der Klinik in Stuttgart, an der er vorher war, hatte er einmal angerufen, aber die trauten denen im Osten nicht. Das waren alles Kommunisten, hatte er mal auf einen Kongress gehört. Das war merkwürdig, hatte die Hetzpresse, die B-Zeitung ganze Arbeit geleistet. Er dachte immer, das ist eine Zeitung fürs gemeine Volk. Dass die auch Ärzte die lesen, war nicht zu verstehen. So geschah es dann auch, der Arzt unterschrieb und war raus.

Wir schreiben das Jahr 2002.

*

Es dauerte einige Wochen, ehe Er damit fertig geworden war. Er ohne Job, zu Hause und musste jetzt die Hausarbeit übernehmen, denn seine Frau wollte nun wieder arbeiten. Er musste es schlucken, denn dass Er eine neue Stelle bekam, in Berlin, oder in Oranienburg, war unwahrscheinlich ohne Reputation. Die nehmen doch gleich den Hörer hoch und rufen in Buch an. Und das Arschloch, so nannte Er seinen ehemaligen Chef im Geiste, würde sofort die Wahrheit erzählen. Er fand das so ungerecht, aber Er konnte das nicht ändern. Das Arbeiten hatte das Brummen weniger werden lassen, jetzt wurde es stärker und stärker.

Seine Frau wurde immer unzufriedener mit ihm, sie meckerte nur noch rum und dann entschloss Er sich, zu handeln, der Junge war 3 Jahre alt.

Im Barnim

Er war wieder einmal bei seinem Arzt. Dort saß Er nun wieder einmal schon 15 Minuten, obwohl er einen Termin hatte. Dr. Werner Martens, Psychiater und Psychologe hatte noch etwas anderes zu tun, obwohl sein Patient einen Termin hatte. Das war an sich nicht ungewöhnlich, wer kommt schon immer pünktlich bei seinem Arzt ran, auch wenn er einen Termin hatte. Das Besondere an diesem Termin war ja, dass es kein normaler Arzttermin war, da saß er noch länger, wie üblich, sondern es war ein Therapietermin, ein Psychologentermin. Eine Stunde, die ihm gehört hatte, die die Krankenkasse bezahlt und die ihm helfen sollte, seine seelischen Probleme in den Griff zu bekommen. Da war erst einmal der Tod seiner Frau, er war nun mit seinem jetzt 6 Jahre altem Jungen alleine und packte das nicht so recht. Die Depressionen, wie das der Arzt nannte, wurden eigentlich immer schlimmer, obwohl er irgendwelche Pillen nehmen musste, die ihm Magenschmerzen machten, nervös, fahrig, was er vorher nicht so war. Besonders schlimm war das Brummen im Kopf, das verdammte laute Brummen. Das ging nicht weg. Er wollte ihm heute von seinem Problem mit den Fahrradfahrern erzählen, er wollte wissen, was er machen sollte, wenn er das Bedürfnis bekam, die vom Fahrrad zu holen. Dieses Wegklingeln, dieses aggressive Verhalten, wir haben doch eine Straßenverkehrsordnung, an die sich selbst Fußgänger halten müssen, obwohl reine Fußgänger die nicht kennen müssen, aber sehr wohl Fahrradfahrer. Stattdessen fahren die bei Rot. Immer. Klingeln die Fußgänger vom Fußweg, obwohl die auf der Straße fahren müssen. Fahren die Einbahnstraße lang, wie sie wollen. Eigentlich komplett rücksichtslos und wenn ein Autofahrer einen dieser Art mal übersieht, wird er angebrüllt, bekommt den Mittelfinger, wird bedroht.

Ohne das etwas passiert, keine Polizei ahndet deren Verhalten, stoppt sie, erzieht sie, immer ist der Autofahrer dran, selbst die Richter in Berlin, entscheiden immer für die Radfahrer, egal was passiert ist und in wieweit die auch, oder überhaupt, Schuld sind.

Fußgänger zählen gar nicht, mit denen können die machen, was sie wollen. Man sollte jedes Mal Einen vom Rad holen und verprügeln, vielleicht sollte man die auch ausrotten, komplett auslöschen und bei diesem Gedanken war das Brummen plötzlich weg.

Das hielt nicht lange, es setzte sofort wieder ein, wenn der Gedanke weg war. Das wollte er mit dem Arzt und Psychologen besprechen, bei dem er in Behandlung war, doch der ließ ihn warten. Schon eine Viertelstunde und er wusste, dass in einer Dreiviertelstunde der Nächste kam und das, das Ende der Therapiestunde immer fast pünktlich war. In dem Raum hing eine Uhr, die mahnte bei jeder vollen Stunde, das Ende an. Wenn es nur bei der Verspätung geblieben wäre, die es fast immer gab, dann würde das ja noch gehen, aber fast immer klingelte noch während der Sitzung das Telefon und der Arzt ging ran.

Das ging jetzt fast ein Jahr so. Vielleicht sollte einmal ins Krankenhaus gehen, aber dann müsste der Junge ins Heim, das wollte er auch nicht. Er hatte hier niemanden, den er bitten konnte.

Das stimmte nicht, Bernd, sein Gegenüber, aber auch Hartmut, das heißt, seine Frau, die Monika, hätten den Jungen genommen, wenn er gefragt hätte. Sie hatten zwar ein gespanntes Verhältnis, weil er so komisch war, halt depressiv, aber Ossis halfen immer, wenn es nötig war.

Man hätte nur einmal reden müssen. Nach dem Tod seiner Frau, der ganz plötzlich kam, Herzversagen hatte der Arzt gesagt, die Obduktion hatte das auch ergeben. Das Insulin konnten sie gar nicht finden. Sie boten ihm die Hilfe an. Ihm ging es gerade nicht so gut und er hatte ja gesagt, er würde sich melden und sie weggeschickt. So ist das mit der Krankheit, du erkennst nicht, dass man dir helfen will.

Seine Antipathie war wieder da, die entstanden ist, als er den Hartmut nicht gefragt hatte, ob er vor seiner Einfahrt parken könne, als sie hergezogen waren und der Bernd hatte ihn angesprochen, als er am Sonntag Rasen gemäht hatte.

Seit dem konnte er die nicht leiden, obwohl die nicht unfreundlich waren, er war es, seine Krankheit.

Monika hatte ihm auch geraten, zum Arzt zu gehen, und hatte ihn den auch rausgesucht. Sie hatte ihn auch angesprochen, so vor 2 Wochen, als sie sich einmal beim Straßenkehren trafen, und fragte ihn, wie es ginge mit dem Arzt und er hatte es ihr erzählt, ihm ging es recht gut und so erzählte er ihr, wie das war.

Sie tranken sogar eine Tasse Kaffee zusammen und er hatte den Eindruck, sie wolle ihm ehrlich helfen, irgendwie kannte sie diese Krankheit und hatte ihm geraten, den Arzt zu wechseln. Das geht jetzt nicht, meinte er, dann muss ich wieder alles von vorne erzählen, das wolle er nicht. Das mache doch nichts, ist doch egal, die sind das doch gewohnt, wenn man denen Geschichten erzählt, das ist doch die ihr Job, aber das wollte er nicht, auch ein Teil der Krankheit, nichts Neues darf her.

Sie hatte das auch noch mit dem Krankenhaus erzählt. Er könne sich selber einweisen, wenn sie helfen solle, solle er Bescheid sagen. Wenn Monika nur ein wenig mehr Ahnung gehabt hätte, dann hätte sie das für ihn getan, aber woher sollte sie das Wissen eines Arztes haben, sie war nur eine Vertretung einer Versicherung und wusste daher von dieser Krankheit, sie hatte Klienten, denen sie half, als Vertreter. Aber gegen den Willen der Menschen kann man nichts machen.

Aber wenn er ins Krankenhaus gegangen wäre, hätten sie den Jungen genommen, das wäre klar gewesen. Ihr Sohn war groß, aus dem Haus und auch der Bernd, der Polizist hätte geholfen, aber fragen, hätte er müssen, mit ihnen reden, wie das eine Mal mit der Monika. Das konnte er aber nicht, er hatte keinerlei Kontakte hier, sein zu Hause, wo er groß geworden war, stand bei Stuttgart, aber da hatte er auch keine Kontakte mehr, auch nicht zu seinen Eltern.

Diese Krankheit machte einsam, weil sie niemand sehen konnte, und wer gibt sich gerne mit Kranken ab. So saß er und in seinem Kopf kreißte es, wie in einem Karussell, das Brummen, dieses schlimme Brummen, war wieder da und nun war er dran, 20 Minuten Verspätung. Er saß nun auf dem Stuhl, beim Psychologen und der hatte, noch etwas zu schreiben, und dann war er dran.

Das Übliche, wie geht es, wie war die Woche, und ehe er etwas erzählen konnte, sie waren gerade über das Eingangsgeplänkel weg, da klingelte das Telefon.

Der Arzt nahm natürlich ab und meldete sich. Der brauchte auch mal eine Therapie, nämlich, wie man seine Patienten behandelt, immerhin bekam der um die 80 € für eine Sitzung, das müsste man der Krankenversicherung einmal sagen.

„Tach Herr Meyer", mit Ypsilon oder kleinen Eiern, das war leider nicht zu hören. „Ja, Herr Meyer, nein, nicht so, ja, atmen sie tief durch, gut so, machen sie weiter so, Herr Meyer."

Dann legte er auf. „Entschuldigen sie, wo waren wir stehen geblieben?" Er wusste es nicht mehr, also deklinierten sie erst einmal, ob das mit kleinem Ei war oder mit Ypsilon, das war gut geraten, es war mit Ypsilon und so laberten sie noch die restliche Viertelstunde und er hatte nichts sagen können, von seiner Angst, seinem Zwang, seinem Drang.

Das war schade, denn vielleicht hätte das auch helfen können, vielleicht hätte er das auch in den Griff bekommen. Aber es hatte nicht sein sollen.

*

Als in zwei Tagen das Brummen immer stärker wurde, immer unerträglicher, entschloss er sich, endlich selbst zu handeln. Denn immer wenn der Gedanke kam, diese Teufel zu verprügeln, dann war das Brummen weg, aber das hielt nicht lange, er musste das einmal ausprobieren.

Er packte sich einen Knüppel ein, einen Baseballschläger und setzte sich ins Auto. Wohin er fuhr, das wusste er nicht, er hatte keinen Plan. Aber er landete nach etwa einer Stunde irgendwo im Barnim. Dort stellte er das Auto ab und ging in den Wald. Es dauerte gar nicht lange, da klingelte es hinter ihm, er reagierte nicht.

Da kam es dann das Aggressive, das Böse, der Teufel: „Mach dich vom Acker du Arsch, aus dem Weg. Hast du keine Ohren am Kopf, ich habe geklingelt." Da war der ganz dicht hinter ihm und dann neben ihm. Er warf den vom Rad. „Du bist der Penner, du bist der Arsch, ich habe auch ein Recht hier zu laufen, schon mal was vom § 1 der Straßenverkehrsordnung gehört, du Penner." Der Schreck saß dem Fahrradfahrer tief in den Knochen, er war umgefallen, konnte sich aber fangen, so dass ihm nichts passierte und als der Mann ihn anbrüllte, wurde ihm gewahr, wie er sich benommen hatte und er bat um Vergebung. Er nahm sein Rad, schwang sich rauf und radelte los. Er verschwand in den Wald. Das Brummen war weg, er hatte reagiert, das war gut, aber es währte nicht lange, und es begann wieder.

Nun saß er wieder im Auto und fuhr nach Hause und es war wieder da. Er musste mehr machen, das Umwerfen brachte doch nichts und ihm kam ein böser Gedanke, ja ausrotten das wäre gut. In der Nacht hatte er einen Traum, er sah, wie der letzte Fahrradfahrer ausgerottet war, der Letzte war erschlagen worden und Gott sprach zu ihm: „Das ist gut mein Sohn, eigentlich solltet ihr ja nicht töten, das wollte ich so, aber der Teufel musste weg, das ging nicht anders, das musste getan werden, das war wichtig und nun mein Sohn bekommst du dein Seelenheil wieder."

Er wachte schweißgebadet auf, ja das war es, die mussten weg. Aber wie macht man das, dass man auch alle erwischt, das ist eine Menge Arbeit, aber sie musste gemacht werden, vielleicht ist Gott auch mit 10 oder 12 zufrieden und ich bekomme mein Seelenheil zurück, der Seelenklempner kann das ja doch nicht. Er ahnte nicht, dass das mit dem Krankenhaus vielleicht ein Weg gewesen wäre, eine Reha, ein anderer Therapeut. Das hätte er alles probieren können. Woher auch, woher sollte er das auch wissen, das wäre die Pflicht des Arztes gewesen, ihm den Weg zu zeigen. Aber erst mussten die mal hinhören, um was es überhaupt ging, sich Zeit nehmen und nicht nur dem Geld hinterherrennen.

Das war ja die Krankheit, das waren ja Depressionen, die handlungsunfähig machen und die zu einer Psychose werden können. Pillen halfen jedenfalls nicht, das hatte er erfahren, trotzdem nahm er sie weiter, egal, was der ihm gab. Er wusste jetzt auch, wer nun der Erste sein sollte, nur dieser Eine war geplant, kein Zufall, dieser eine musste es sein, den er kannte. Also machte er sich auf, in einen Wald bei Biesenthal. Dort wusste er, dort fuhr der lang, immer zur gleichen Zeit, wie ein Uhrwerk, immer denselben Weg. Es war mal die große Schleife und mal die Kleine, aber immer hier kam er vorbei.

Er sah auf die Uhr, er hatte noch 10 Minuten Zeit, seit vier Tagen beobachtete er ihn nun zur Sicherheit, er war fast immer auf die Minute pünktlich. Es sollte ja auch gelingen.

*

An jenem Tag war das auch so, das brauchte der Arzt, das Wutfahren, sonst hätte der im Krankenhaus einmal zugeschlagen. Dort ging das nicht. Er wusste nicht mehr, warum, aber sie hatten eine Auseinandersetzung. Er brüllte zurück, da scheuerte der ihm Eine und wollte nachlegen, als jemand, der junge Kollege, dazu kam.

Der sagte, das würde nun wohl doch zu weit gehen Herr Kollege, und wenn er nicht wolle, dass er das bei der Klinikleitung melde, dann solle er sich ganz schnell entschuldigen. Das war ein junger Assistenzarzt, der bald seine Promotion verteidigte und dann ab ins Ausland gehen würde, also hatte der den Mut. Niemand hätte das sonst gewagt, gegen den Chefarzt die Stimme zu heben, so cholerisch, wie der war. Nun würde er das hier eigenhändig zu Ende bringen, diese Demütigungen dieses Cholerikers, die sollten seine Rache finden, zumal das ja auch ein Teufel war, der unbedingt wegmusste, so Gott wollte. Er legte alles zurecht, das Werkzeug, die Schaufel und nahm sich seinen Schläger und begab sich in seine

Stellung. Es waren noch 3 Minuten, hoffentlich kam der alleine, sonst musste Er noch abwarten, bis der wieder vorbei kam, oder einen anderen Tag nehmen, aber die Angst war unbegründet, er sah ihn aus dem Gebüsch schon von weitem. Niemand anderes war auf dem Weg, der gut 200 m lang war. Hoffentlich schaffte er es, ihn in den Busch und das Fahrrad hinterher zu holen. Im richtigen Moment trat er auf den Weg und schlug zu.

Da sein Ex-Chef recht schnell unterwegs war, sah der ihn zwar, konnte aber nicht mehr reagieren und der Schlag holte ihm vom Rad. Der war sofort bewusstlos und schlug hin. Schnell anpacken, Er war trainiert und die 70 Kilo waren schnell vom Weg im Busch, dann schnell das Fahrrad und wieder zum Bewusstlosen. Er schleifte ihn, bis an die Stelle, wo es geschehen sollte. Die Spuren musste er dann später verwischen.

Schnell Strapse um die Beine und eine Hand am Gürtel festgestrapst, die Andere auch noch. Auf dem Weg tat sich wieder etwas. „Das ging ja gut", dachte Er, als der Fahrradfahrer wieder das Bewusstsein erlangte. Der Schrecken in den Augen war zu sehen, sie sahen ihn an: „Was machen sie mit mir?", röchelte der, denn der Kehlkopf war beschädigt und damit auch das Sprechen.

Das war so nicht geplant, aber so konnte der wenigstens nicht brüllen und Er musste ihn nicht wieder eine geben. So konnte Er ihm noch sagen: „Was das sollte? Nämlich den Teufel töten. Und weißt du, was mir Gott ans Herz gelegt hatte, was ich unbedingt machen soll, dass sich der Teufel nicht noch nach seinem Tode vermehren kann?" „Teufel, was für ein Teufel?", röchelte der und ihn überfiel eine unglaubliche Angst sterben zu müssen. Todesangst kroch in ihm hoch, der ist wahnsinnig, der ehemalige Kollege, ihm fiel der Name nicht mehr ein. Er erinnerte sich nur, dass er ihn zur Kündigung zwang, als der Mist baute und die Protektion für diesen Versager keine Rolle mehr spielen konnte.

„Ich schneide dir als Erstes die Eier ab, die kommen in die Grube ganz unten, damit sie die Schweine nicht finden und fressen können, denn sonst geht der Teufel in die Schweine, den Rest können die gerne haben. Den Kopf nehmen die nicht gerne, aber vielleicht verbuddele ich dich auch ganz. Ich weiß noch nicht. Aber die Eier sind wichtig, hat Gott mir gesagt, die Eier unbedingt die Eier."

Damit schlitzte Er ihm die Hose auf, so dass er an die Eier kam, die Eier des Chefarztes, des Cholerikers, der alle tyrannisiert hatte, auch auf dem Radweg, jeden Fußgänger, der nicht zur Seite gesprungen war.

Auch die Autofahrer, die nicht ahnten, was er im Straßenverkehr vorhatte. Erst den Penis und dann die Eier, der blutete, wie eine Sau, egal das musste so sein, dann musste er ihm das Maul stopfen, der stöhnte arg laut, viel zu laut, also ein gekonnter Schnitt und die Stimmbänder waren durch.

Scheiße, er hatte eine Schlagader erwischt, er war nun mal kein guter Chirurg, egal, dann war das eben bald zu Ende für den und nun zerlegte er den Mann in handliche Einzelteile und warf sie in die Grube, zuletzt den Torso.

Eine Hand holte er wieder heraus, das sollte für die Schweine sein, die es hier ausreichend gab, dann buddelte er zu. Das Werkzeug, die Knochensäge und das Skalpell wurden sauber gemacht, auch mit Feuchttüchern und wieder eingepackt das würde er zu Hause noch einmal feinsäubern, dann zog er sich wieder um. Man hatte der geblutet, wie eine Sau, alles in einem Müllsack und zum Schluss zog er sich nackt aus, auch die Sachen kamen in den Müllsack, er würde das alles verbrennen und zog sich wieder an, die Sachen lagen 20 m weiter abgelegt. Nun noch das Fahrrad wegtragen und die Schleifspuren verwischen.

Es war geschafft, das Brummen war weg, er hatte Ruhe im Kopf und er hoffte, dass das eine Weile so bleiben würde.

Ostbahnhof

Hartmut war wieder zu Hause. Er begrüßte Bernd, über den Zaun, dann seinen Hund einen Dalmatiner, der Eila hieß, ein wunderschöner, gut gebauter Dalmatiner, der sich wie immer riesig freute, ihn wieder zu sehen und dann seine Frau. Die Reihenfolge ging nicht anders, weil die Hündin schneller war, als die Frau, aber an der Herzlichkeit tat das keinen Abbruch.

Bernd hatte was auf dem Herzen, das sah man, aber er wartete erst ab, bis die Drei fertig waren, dann sprach er sie an, die Monika, Hartmuts schlanke, eigentlich schönere Frau, als seine Marlies, aber was ist schon Schönheit, wenn der Rest stimmt. Nicht das er seine Marlies nicht für schön empfand, er liebte sie von Herzen, sogar bedingungslos, jetzt wo die Kinder aus dem Haus waren, aber irgendwie war sie verblüht und die Monika nicht.

Sie waren etwa alle ein Jahrgang, kannten sich schon ewig und schätzten sich alle sehr. Sie war es auch, die das bemerkte, dass der Bernd etwas wollte.

„Du stehst da, wie bestellt und nicht abgeholt," lächelte sie den Bernd an.

Sie wusste schon um ihre Wirkung bei ihm, und wenn ihr Mann und die Marlies über Nacht weg wären, würde sie ihn nehmen, sie mochte ihn nämlich auch, aber sie musste es ihm ja nicht auf die Nase binden.

„Ja, habe ich. Ich bin da an einem Fall dran, der hat was mit der Eisenbahn zu tun. Hartmut war doch mal in Ostbahnhof."

„BW Hauptbahnhof, bitte", sagte der. „So viel Zeit muss sein, was willst du wissen?", schob er sofort nach.

Ja, da war er stolz drauf. Das Bahnbetriebswerk Ostbahnhof wurde 1981 BW OSB - Hauptbahnhof. Der Ostbahnhof wurde zum Hauptbahnhof der Hauptstadt der DDR, dem Regierungssitz um sich deutlich vom revanchistischen Westberlin abzugrenzen und zu verhindern, das die sich Hauptstadt der BRD nannten. Die Hauptstadt der BRD war Bonn, Regierungssitz, also Hauptstadt. Das war nicht allgemeiner Tenor, aber für den Einen oder den Anderen schon wichtig. Nach der Wende war die Abstimmung im Parlament auch recht knapp für Berlin als Hauptstadt.

„Komm rüber, ich muss mich nur mal schnell umziehen", er wollte die Uniform loswerden. Er war so ganz und gar kein Schlipsträger, aber irgend so eine Schnarchnase von Manager meinte, Lokführer mussten auch einen Strick tragen wie sie, dann wären sie pünktlicher und angesehener.

Der Bahnstreik war vorbei, man hatte sich geeinigt und nun hörte die öffentliche Häme, geschürt durch die Presse endlich auf. Das ging so weit, dass gepöbelt wurde, auch gegen die, die ja fuhren.

Weder die Journalisten noch einige besonders dumme Fahrgäste bekamen das zusammen. Es streikten von den Lokführern, nur die GDL-Mitglieder, das war maximal ein Drittel des Personals, der roten Bahn. Der Rest arbeitete und fuhr.

Die Privatbahnen waren alle nicht am Streik beteiligt, weder die Ostdeutsche Eisenbahngesellschaft, noch die Niederbarnimer Eisenbahn, für die Hartmut nach seiner

Krankheit jetzt fuhr. Das wollte man aber nicht zur Kenntnis nehmen und machte öffentlich ein Drama auf, ähnlich wie die Ukrainekrise, nur das dort die Menschen direkt betroffen waren.

Hier waren es nur Unannehmlichkeiten, Umwege in Kauf nehmen und ein wenig nachdenken. Wenigstens in Berlin war das doch nicht das ganz große Problem. Diese Stadt hat einen öffentlichen Nahverkehr, wie er nirgendwo so zu finden ist. Einmal die S-Bahn, dann die U-Bahn, die Straßenbahn, die wieder irgendein Depp Tram nennen musste und die Busse. Das war im Verbund unschlagbar, und wenn irgendetwas ausfiel, und das war nicht planbar, dann konnte man ausweichen.

Sicher war das dann nicht mehr so bequem, aber es funktionierte. Bei diesem Streik hatte man sogar nachgedacht, man ließ die Ringbahn ausfallen und fuhr aber in die Peripherie, so fuhr die S 1, Wannsee bis Oranienburg, weiter alle 20 Minuten, aber die Verstärkerzüge, bis Waidmannslust und Frohnau fielen aus.

So konnten die Pendler zur Arbeit fahren. Es wurde trotzdem gemeckert, die Lokführer beschimpft, die fuhren, und vor allem, die der Privatbahnen mussten einiges ertragen, obwohl sie fuhren. Immer pauschal, die Lokführer streiken, nicht die, der Deutschen Bahn. Dann die Hetze gegen den GDL-Chef (Gewerkschaft der Lokführer), als wenn der was Unrechtes täte.

Der setzte die Rechte seiner Mitglieder durch, genau, wie das jeder Anwalt für seine Mandanten tat. Das Eine war richtig, das Andere scheinbar nicht. Der Verteidiger des letztens vor Gericht stehenden Kriegsverbrechers bekam keine Häme, der Verteidiger der Lokführer, Weselski, schon.

Warum diese zwei Ellen.

Und es kam das erste Mal ganz offen der völlig unbegründete Groll gegen Ossis durch, der Weselski, war Sachse. Das war die Scheinheiligkeit der Einheit, die Fläche nahm man gerne, die Eisenbahn war ein Geschenk, die Lohnsklaven gerne, Menschen, die denken, nein, das brauchte man nicht.

Hartmut war umgezogen und kam mit zwei Flaschen Bier und zwei Gläsern an. Kuchenzeit war vorbei, Abendbrot noch etwas hin, also warum die Zeit bei diesem Gespräch nicht nutzen und den Bremsstaub runterspülen, wie er es nannte. Ja, der Dreck, den man sich früher bei der Bahn holte, war Bremsstaub, der Abrieb der Bremssohlen.

Das ist heute etwas anders, einmal wurde mehr geputzt, auch die Fahrzeuge, und zum Anderen gab es heute immer mehr Bremsscheiben, die zwar auch, Abrieb hatten, klar die Reibung, war ja das Abbremsen, aber die waren innen verbaut.

Den Dreck hatten dann eher die Schlosser.

„Na dann, herzlich willkommen Feierabend und das Wochenende." Das war für Hartmut jetzt das Wochenende, Bernd hatte noch den Freitag vor sich. Sie prosteten sich zu und nahmen erst einmal einen Zug.

„Ich bin jetzt beim Aktenstudium, vielleicht können wir doch eine neue Soko gründen."

Hartmut nickte: „Fahrradmörder, wie gnädig vom Innenminister", wer mochte den schon. Bernd hob die Augenbrauen hoch, was sollte er sagen, das war sein Dienstherr, da redet man nicht schlecht. Das war zu verstehen, Hartmut konnte auch über den Bahnchef meckern, war ja nicht sein oberster Chef, dürfte er dort arbeiten, hielte er sich auch zurück. Loyalität musste auch sein. Er redete auch nie schlecht über seine Firma, das machte man einfach nicht. „Du warst doch im Bahnbetriebswerk - Ost ...", Bernd brach ab, er wusste, jetzt käme sofort die Berichtigung und Hartmut lächelte schon und wollte Luft holen zur Erwiderung, aber Bernd korrigierte sich gleich selbst: „Du warst doch im Bahnbetriebswerk-Hauptbahnhof, bis 1994 glaube ich?"

„Ja, bis die das BW aufgelöst haben, faktisch, richtig erst 2002. Bis 94 war ich dort, war eine schlimme Zeit. Von da an, von 94, kippte schon die Stimmung von wegen einig deutsches Vaterland. Einigkeit für Money, nicht für die Menschen." Und es klang sehr verbittert, wenn er darüber sprach.

„Ihr hattet doch einen Wessi, der sollte bei euch aufräumen, wie es so schön hieß."

„Ja, wir konnten ja alle nicht arbeiten, der musste uns ja erst beibringen, wie man die 250 fährt und die Ludmilla. Das konnte ja jeder Wessi. Du glaubst gar nicht, wie selbstgefällig und arrogant dieses Arschloch war. Schikanen über Schikanen. Das, was jahrelang funktioniert hatte, musste verändert werden und funktionierte nun nicht mehr, das ging so weit, dass wir Dienst nach Vorschrift machten, als feststand, der wickelt das 20 Jahre alte BW ab. Stelle dir vor, das wurde erst 1975 in Betrieb genommen, neu gebaut, das modernste BW der DDR, ja Weltstandard, tolle Werkstatt gut organisiert, prima Kantine, gute Anbindung, sowohl für die Loks an den Bahnhof, als auch für die Kollegen an die S-Bahn. Der hat uns aus reiner Schikane den Schleichweg zugemacht, durch den wir in 5 Minuten am Bahnhof waren. Jetzt wurden es dann 15 Minuten. Dann sind wir noch langsamer gegangen, frei nach der Devise, ohne Hast, mit Umsicht, stand so mal in den Vorschriften, braucht man heute nicht mehr, Umsicht. So ein Vollpfosten, der hatte von der Eisenbahn und deren Strukturen eine Ahnung, wie eine Kuh vom Französisch. Dienst nach Vorschrift hieß, sich auf die Minute melden, rausfahren aus dem BW, an den Zug. Jeder wusste, dass das nicht geht, also sind wir alle immer so 10 bis 20 Minuten früher raus. Das hat geklappt, keiner hatte Stress und die Zeit wurde bezahlt. Als das gekürzt wurde, fuhr man pünktlich raus, Folge oft, sehr verspätete Abfahrt. Oder die Rüstzeiten, gekürzt. Folge, Überzeit, die nicht bezahlt wurde. Dann kam man nicht mehr am freien Tag arbeiten oder man stellte die Kiste in Schönefeld ab. Feierabend. Reserven wurden nicht mehr vorgehalten, keine Bockreserven mehr, keine Bereitschaft, also blieb das Stehen. War alles egal nach 1993, als der bei uns rumwirbelte, dieser Hirni. Bei Verspätungen gab es diese sinnlose Anordnung, den Dienst fortzusetzen. Was dann vor Gericht gescheitert ist. Der hat nur Watschen bekommen und ist mit stolz geschwellter Brust, als überzeugter Wessi, nun bringt der uns, dass Arbeiten bei, durch das BW marschiert, Zerstörer, Abwickler, Plattmacher, menschenverachtendes Pack." Hartmut hatte sich wütend geredet.

So etwas Ähnliches hatte Bernd auch kennengelernt, das war bei der Kripo nicht anders, aber als Beamter nimmt man das etwas gelassener. Am Ende stimmen die Früchte der Arbeit, die hat man sich dann genommen. Das war bei der Reichsbahn anders. Viele mussten die Heimat verlassen, viele Lokführer sind nach Westdeutschland gegangen, sind diesem gemachten Chaos ausgewichen. Wenn man heute die Ossis aus Koblenz abziehen würde, könnten die zumachen, das sind so um die 50 %.

Die Anderen gingen zu Privatbahnen, die bis 2012 zu einem wesentlich geringeren Entgelt haben arbeiten müssen, als bei der roten Bahn und damit einen Teil ihrer Rente eingebüßt haben. Und dann gibt es noch weniger Rente im Osten. Sogar weniger dazu verdienen darfst du als Ossi. Logisch wäre, man dürfe mehr dazu verdienen. 25 Jahre nach der Einheit ist gleicher Lohn für gleiche Arbeit nur ein Ergebnis der Gleichberechtigung von Mann und Frau, auf dem Papier, genauso wie bei Ost und West, aber da macht man sich nicht die Mühe den Schleier der Scheinheiligkeit drüber zu decken, sind ja bloß Ossis. Die können ja nicht arbeiten.

„Ist ja gut Hartmut, lass gut sein. Ich weiß, was gelaufen ist. Mich interessiert der Dr. Gruben, hieß der, glaube ich, der ist doch ermordet worden. Was meinst du, kann das einer von euch gemacht haben?"

„Na ich nicht, ich war, da schon weg."

Das stimmte, das musste Bernd auch prüfen. Das sollte einer der jungen Kollegen machen, da war er vielleicht befangen: „Das müssen wir auch noch mal prüfen, tut mir leid."

Hartmut war zum Zeitpunkt des Mordes halt in Bonn am Rhein und ist davor und danach von Köln Eifeltor bis kurz vor die Schweiz gefahren, nach Weil am Rhein. Er war nachweislich unterwegs.

Mann war die Absteige von einem Hotel schäbig, genau das Richtige für das fahrende Volk. Er hatte sich nicht wie so viele Kollegen echauffiert, als ihn Bernd danach fragte, weil er das auch prüfen musste, damals. Mache deine Arbeit, hatte er nur gesagt. Der Hartmut war es nicht gewesen und so hatten sie jeden, der mal in Ostbahnhof war, von 1991 bis 1995 überprüft. „Ihr habt doch jeden überprüft?" Hartmut war erstaunt.

„Ja, aber haben wir wen übersehen, ist einer durchgerutscht, wir gehen alles noch einmal an."

Hartmut überlegte und schüttelte dann den Kopf: „Nein ich glaube nicht, Hass ja, aber umbringen, ich glaube das nicht. Das wäre ja die Höchststrafe, aber der hat ja nicht gemordet. Du weißt, ich glaube nicht an Gott, aber das war wohl gerechte Fügung, dieser Zufall. Aber ist das nicht auch eine Art des Mordens, Existenzen zu zerstören, nur wegen Profit? Profit mordet, das wissen wir doch, Vaterland, von Silly. Toller Song!"

Hartmut rezitierte:

Wir bringen für Geld
den Tod über die Welt
Wie lieb ich so ›n Land
mit Herz oder Verstand
Oder mit Blick über den Rand[1]

„Du kannst doch nicht wirklich wollen, dass 80.000 Menschen der Rüstungsindustrie arbeitslos werden", fügte Bernd süffisant grinsend hinzu.

„Hat man doch uns Ossi auch nicht gefragt, als die für billige Grundstücke alles platt gemacht haben. Überlege dir mal. Die deutsche Hauptstadt hat kein einziges Bahnbetriebswerk mehr, wenn man von der Weißwurschtbude in Rummelsburg absieht." Er meinte die ICE Wartungsstätte in Berlin Rummelsburg, ehemals Triebwagenbahnbetriebswerk Rummelsburg, dort hatte er einmal den Beruf erlernt.

„Lichtenberg ist nur eine Meldestelle. Und keinen einzigen Güterbahnhof gibt es mehr, Wuhlheide, Schöneweide, Rummelsburg, Pankow, alles weg, platt gemacht, mit den ganzen Arbeitsplätzen. Für was, der Ruhm für den Bahnsanierer? Auch einer der meistgehassten Männer in Deutschland."

Bernd nickt nur, was sollte er dazu sagen: „Du meinst also, da haben wir nichts übersehen."

„Nein, mein Guter. Ich glaube nicht, dass ich, mit meiner Wut in der Lage wäre, den Blähorn was zu tun,

---

[1] Songtext von Silly-Vaterland 2012

aber wenn es einer täte, bekäme der keine Ablehnung, keine Verachtung. Und ich weiß, wenn ich wen was Schlechtes wünsche, kommt es irgendwie zurück zu mir. Also, lieber Herr Bahn, Fluglinien und Flughafen Verbesserer, Vernichter, ich verzeihe dir, wie ich mir verzeihen würde, vergelte es dir Gott", und er machte eine theatralische Geste. Bestimmt hat der Hartmut das irgendwann, irgendwo verarbeitet, in seinem ersten Buch, „Die Fahrt ins Unglück und zurück", jedenfalls nicht so, wie das der Täter des Bahnsanierers getan hätte.

Bahnbetriebswerk Ostbahnhof

Dr. Gruben saß an seinem Schreibtisch und unterschrieb das faktische Todesurteil für das Bahnbetriebswerk Ostbahnhof, das erst 1978 neu gebaut worden war, vor kurzem wieder von Hauptbahnhof in Ostbahnhof umbenannt wurde. Das hatte etwa 300.000 D-Mark gekostet, alle Schilder neu, alle Papiere neu, alle Stempel neu, denn die Alten konnte man nicht nehmen, die Postleitzahl war ja auch neu. Aus 1017 wurde 10234. Das war der Endpunkt seiner Arbeit seit 1992, als man ihn berief, er sollte das Werk sanieren. Zu uneffektiv zu unrentabel, man wollte die Reichsbahn auf Vordermann bringen, politischer Wille.

Das konnten die im Osten nicht und er hatte erst einmal aufgeräumt. Den Reichsbahnoberrat Überschähr hat er in Rente geschickt, der hatte zwar noch 3 Jahre, aber der störte nur. Hast ja auch eine schöne Abfindung bekommen und als langjähriger Reichsbahnbeamter auch die Pension, obwohl der gar kein Beamter war. Der ist nicht ungern gegangen, der lebte jetzt sehr gut. Zum nächsten Fahrplanwechsel, am 15. Dezember 2002, wird hier das Licht ausgemacht. Es gibt schon Interessenten für das Grundstück und im nächsten Jahr wird das abgerissen. Hätte man im Westen nie so gebaut, stört, genau wie die ihr Glaspalast.

Palast der Republik, was für eine Republik und angewidert dachte er an das rote Pack. Das rote Pack, das nichts fertig bringt, den Steglitzer Kreisel, oder den späteren Flughafen, oder Stuttgart 21 würde er verdrängen, das würde er gar nicht wahrnehmen, und wenn er das müsste, dann waren es ohnehin immer die Sozis.

Er selbst aus einer Offiziersfamilie, sein Großvater hatte dem Kaiser gedient, sein Vater dem Führer, der war sogar bei der Waffen-SS gewesen. Als einmal ein Bericht über irgendeine Partisanensäuberung kam, das war in Griechenland, da gab er zu, dabei gewesen zu sein. Partisanen hatten einen Offizier erschossen, dafür starb ein ganzes Dorf. Da war er stolz drauf. War ja alles, nur rotes Pack. Diese Menschenverachtung gegen Rote, das mit den Juden dachte er lieber nicht mehr so, aber die Kommunisten, das waren auch heute noch keine Menschen.

Höchstens Untermenschen.

Deshalb kam er auch nicht mit diesen jammernden Ossis zurecht. Der Stärkere wird gewinnen, oh mein Lieber, wie schnell wirst du deine Lektionen lernen müssen. Der vermeintlich Stärkere, für den du dich hältst, kann sehr schnell der Schwächere werden. Da hilft krampfhaftes positives Denken auch nicht.

Das Ende war jedenfalls getan.

Auf ihn kam Neues zu, es war noch viel zu tun im Osten. Eine dicke Abfindung versüßte ihm den Abgang, sein Gehalt war sowieso mehr als üppig. In einem Anflug von Sentimentalität hatte er mal überschlagen, für seine

Apanage hätte man alles so lassen können. Auch für die Abrisskosten hätte man das BW, noch 10 Jahre lassen könne, sowie für die 300.000, die die Umbenennung gekostet hätte, noch einmal ein paar Jahre.
So wie es war.
Egal, das musste alles weg, wie die Roten und manchmal fand er es schade, das man das nicht mehr so radikal machen konnte, wie das sein Vater getan hatte. Nun ließ er sich nach Hause fahren, auf dem Weg zu seiner Limousine wurde er noch freundlich gegrüßt.
Wenn ihr wüsstet, dachte er.
Zu Hause zog er sich um, er musste Fahrrad fahren. Das war nach einem solchen Tag überwichtig, er musste den Stress wegfahren. Manchmal dachte er, er fliehe damit, dem was er tat. Wie so eine Art Reue war das, der Buße folgen musste.
Er wischte den Gedanken fort, er wollte fit bleiben, nur die Starken überleben. So fuhr er los, heftig strampelnd, als ginge es um eine Meisterschaft, ja es musste weh tun. Wegklingeln musste er diese Schwächlinge von Fußgängern, er brüllte auch mal was Unflätiges. Nein, benehmen konnte er sich im Sattel überhaupt nicht mehr. Konnte er das überhaupt? Bei so einer Arbeit? Nein das ging gar nicht, nur die Worte waren schöner.
Als er wieder so einen Deppen wegklingeln wollte, der auf dem Wege parkte, drehte der sich plötzlich um und er sah auf einen Baseballschläger, geistesgegenwärtig riss er das Rad rum, die Keule traf trotzdem, er stürzte. Er brüllte den an: „Was soll das du Vogel", völlig die Situation verkennend in der er war. Der Stärkere wird überleben, da schlug der Schwächere noch einmal zu, in die Fresse. Es knackte, er spürte lose Zähne im Mund, ließ die aber nicht raus, die konnte man wieder einsetzen und er spürte keine Schmerzen.

Nur seine Sicht trübte sich. Irgendwas lief ihm in die Augen, oder heraus, er wusste nicht was. Der Typ zog ihn in den Wald, dort ließ er ihn erst einmal liegen. Er musste doch die Zähne auslaufen lassen, der Mund hatte sich mit Blut gefüllt, das musste raus, rotes, warmes, süß schmeckendes Blut. Er wollte weg, es ging aber nicht, er kam nicht auf die Füße. Der Typ kam wieder, in weißem Overall, wie die Spurensicherung das hatte, und begann ihn auszuziehen, er konnte nicht richtig reden, murmelte, grummelte, was von: „Was soll das du Arsch", und, „Du Penner, weißt du, wer ich bin."
Aber der war sich sicher und zog ihn weiter aus.

Der Starke wollte sich wehren, ging aber nicht, der Typ stach dann einfach mit seinem Messer, mit dem er die Kleidung aufschnitt, in ein Weichteil. Das schmerzte heftig, hinderte aber an weiteren Wehrversuchen. Der Typ redete nicht, der arbeitete planvoll, und als die Klamotten unten waren, war der Starke, der Sanierer, der Herrscher, nackt, splitterfasernackt.

Dann blickte ihn der Hass an, der nackte Hass, den er so noch nie gesehen hatte und so nie wieder sehen würde, denn obwohl er erkennbar der Menschenfeind war, der die Leute gnadenlos in die Armut schickte, wissend, sie kämen da ganz schwer wieder raus, wurde er doch respektvoll behandelt, höflich.

Jetzt wurde ihm Angst und bange. Der Starke, der sich durchsetzen würde, der am liebsten die Roten und alle Untermenschen wieder nach Sachsenhausen schicken würde, der hatte nackte Angst um sein Siegerleben. Das würde ihm nicht bleiben, denn der Typ spreizte ihm die Beine mit einem Stock und begann an seinem Gemächt zu werkeln. Das tat höllisch weh und er konnte nichts tun, der Starke war nun nicht mehr stark, die Schmerzen raubten ihm den Verstand, er konnte nichts Tun, nichts unterschreiben, nichts ändern, keine Sicherheit holen, sich nicht wehren, er war wehrlos.

Und mit diesen Gedanken, schwach zu sein, die Gedanken, die er hasste, schwand ihm das Bewusstsein, und seine Seele kurze Zeit später, der Teufel wartete schon auf sie.

Der Tote im Grunewald

Bernd war durch, er hatte sich die Akten besorgt und wollte sie noch einmal durchsehen. Sie hatten was übersehen oder mit irgend einem Fakt nicht gerechnet. Das würde ihm aber nicht wirklich weiter helfen, denn sie brauchten den Kommissar Zufall, der ihnen die richtige Spur wies, aber bis dahin sollte noch einige Zeit vergehen. Das war der erste Fall, den sie hatten, in Berlin. Sie hatten wochenlang recherchiert, befragt, außer das der erste Fahrradfahrer beruflich ein Arschloch war und es sicher den Einen oder den Anderen gegeben hatte, der ihn gerne im Jenseits sah, aber niemand aus seinem Umfeld hatte ein unsicheres Alibi, keines war irgendwie wackelig und eine Hausdurchsuchung bei einem Verdächtigen verlief auch im Sande, man musste sich bei ihm sogar entschuldigen. Erst im dritten Fall, als klar war, hier ging jemand immer nach dem gleichen Muster vor, wurde eine Soko gebildet, in der er auch tätig war, denn der zweite Fall spielte sich in Berlin ab und der Dritte wieder in Brandenburg, genauer in Oberhavel. Der erste Fall war im Barnim. Also wurde eine länderübergreifende Soko gebildet, die besser mit den örtlichen Gegebenheiten bekannt war.

*

Das Brummen, das verflixte Brummen, das wurde immer lauter, immer schlimmer. Die Therapie hatte er abgebrochen, die war nichts. Er war nicht mehr zum Arzt gegangen, er wusste nicht welcher, aber es musste was geschehen. So ging das nicht weiter. Die Medikamente konnte er sich alleine verschreiben, er hatte sich bei seinem Arzt bedient. Der war so mit sich selbst beschäftigt, dass der das gar nicht bemerkte.

Arbeiten ging gar nicht mehr, Er war ja eigentlich auch gekündigt worden allerdings mit seinem Einverständnis und musste zum Arbeitsamt. Die ließen ihn erst einmal in Ruhe, zumal er ja die Sperrfrist hatte und auch, weil es keine arbeitslosen Ärzte, und keine Stellungsangebote gab. Also baute er sein Kellerverlies weiter aus. Dabei verschwand das Brummen. Er hatte zu tun, baute den Verschlag zu einem Büro um, legte LAN, damit er hier unten auch Internet hatte.

Sonst passierte nicht viel mehr in seinem Leben. Der Sohn war nun 5 Jahre alt. Seit seine Frau tot war, lebten sie alleine und zurückgezogen. Der Junge kam bald in die Schule, bis dahin hatte er alle Freiheit zum rumtollen und die nutzte er weidlich.

Es fehlte eine Frau im Haus, das sah man, wenn er der Meinung war, Abwaschen musste nicht sein, türmte sich das Geschirr, bis sie keines mehr hatten. Der Junge wollte einmal abwaschen und dann brauchten sie ein paar neue Teller, also ließ er es sein.

Die Mama fehlte ihm, das war klar, aber Er wollte keine neue Tussi, die mit ihm machen konnte, was sie wollte. Er konnte sich nicht wehren, war hilflos, für ein wenig Sex, das lohnte sich nicht. Er baute sich selbst den größten Druck ab, aber er wollte nicht mehr abhängig sein. Geld war aber nicht das Problem, von seinem Großvater hatte er etwas geerbt, der hatte ihm genug hinterlassen, einmal hatte er das Haus hier gekauft und zum Anderen gab es Häuser in Schwaben, wo er herkam, da kam auch regelmäßig die Miete, nach Abzug aller Kosten und was gut gesichert auf einem anonymen Konto lag, da konnte er auch monatlich etwas abheben, ohne das irgendwer etwas wusste, nicht einmal der Sohn.

So war das Arbeitsamt kein Problem, selbst wenn die nichts zahlten, er brauchte nicht zum Sozialamt gehen. Er war nun fertig mit dem Keller, den Schlüssel hatte er immer dabei oder er versteckte ihn in der Kaminreinigungsklappe.

So konnte er an der Beseitigung seines Brummens arbeiten.

Wie, das wusste er leider nicht. Das wusste ja nicht einmal sein Arzt. Er wollte mal wieder nach Berlin, dort hatte er einen einsamen Weg im Wald gefunden, bei seinen Streifzügen durch die Wälder, wo das Brummen ein wenig abhandenkam.

Auch dort fuhren Fahrräder durch den Wald, der See war in der Nähe, der Wannsee, das war ein idealer Ort. Er machte sich auf den Weg, hatte alles, was Er brauchte dabei und parkte sein Auto sehr weit weg. Sehr bedacht keine Spuren durch die Reifen zu hinterlassen. Es war trocken, die Reifen sauber, außerdem würde sicher niemand ahnen, dass er so weit laufen würde.

Aber Er hatte ja Zeit und wer es würde, das war ihm sowieso egal außer dem Arschloch vom ersten Mal. Den kannte Er, der war mal sein Chef. Sein Verhalten war unerträglich, arrogant, menschenfeindlich, er hielt es unter dem nicht aus und hatte selber gekündigt. Na ja, nicht ganz, das war wohl ein wenig Zwang, auch das hatte ihn wütend gemacht.

Deshalb gab es auch keine Spur, die zu ihm führte, er wurde nicht befragt, aber er hatte ja auch ein ordentliches

Alibi. Nun war er im Wald angelangt und suchte die Stelle, wo er seine Tasche ablegte, sich um das Loch kümmerte, das Er brauchte um den Teufel zu entsorgen.

Dann machte sich mit der Keule bewaffnet zu dem Weg hin, wo die Fahrradfahrer fuhren. Er wartete eine Weile, es waren im Moment zu viele unterwegs, das war zu gefährlich. Aus einem Busch konnte er den Weg einsehen, in beide Richtungen, und als Ruhe war, eine lange Zeit Pause, da kam er, das würde er sein.

Er war alleine, niemand kam hinter ihm her und auch von der anderen Seite kam niemand. Das wird der sein, als der auf seiner Höhe war, sprang er auf den Weg und schlug zu. Der Fahrer stürzte, fing sich aber beim Stürzen und wollte gerade aufspringen, da hieb er noch einmal mit voller Wucht auf den im Aufspringen begriffenen ein.

Der sackte zusammen, sofort griff er ihn und zog ihn hinter den Busch. Dann holte er das Fahrrad vom Weg auch hinter den Busch. Das würde er später entsorgen, erst war der Typ dran. Drahtig, dicke Waden, Helm auf dem hohlen Kopf, wozu, der war doch ohnehin leer.

Die Sonnenbrille war zerbrochen, er war aber nicht tot und murmelte fast unverständlich, warum, mehr ging nicht. „Weil ihr alles Gesindel seid, Teufel, ausgerottet gehört ihr", flüsterte er voller Hass in sein Ohr.

Er griff sich den Mann und zog ihn in den Wald, an die Stelle, wo er ihn begraben wollte, wo das Loch schon war. Dort holte er sich sein Werkzeug heraus, scharfe Messer, eine Knochensäge und zog sich den weißen Anzug an. Reißverschluss zu und losging die mörderische Arbeit.

Er begann wie immer mit den Eiern, den Schwanz. Die schnitt er ab und legte sie ganz unten in die Grube. Dann zerlegte Er den Mann in handliche Einzelteile, der lebte anfangs dabei noch und um ihn zu quälen, begann er die Hände abzuschneiden, dann die Füße. Es war unnötig, eine der großen Adern durchzutrennen, der war schon ausgelaufen. So dass das Leiden dann ein Ende für den hatte. Das ging leider nicht anders, er hätte ihn gerne noch mehr gequält, aber so war das nun einmal. Alles hatte sein Ende.

Nun war er tot, der rote Lebenssaft hatte sich in die Grube ergossen, die er ausgehoben hatte und er legte alle Teile ordentlich geschichtet in sie hinein. Den Kopf als Letztes, nur einen Fuß ließ er draußen, für die Schweine, die sollten auch was haben, wenn sie den nicht sogar ausbuddelten. In einem halben Jahr würde er mal nachsehen.

Er schaufelte Erde darauf, zog seine blutverschmierte Kleidung aus und verstaute die in einem Müllsack, das würde er dann verbrennen. Er zog sich ganz frisches Zeug an, und sah nun aus wie frisch gebadet. Dann zog er von dannen. Nach einem halben Jahr war er wieder hier. Tatsache, das Grab war ausgebuddelt, Knochen lagen herum, und sehr viel Fleisch war weg. Das freute ihn sehr und wieder hatte er kein Brummen mehr. Das hielt sogar jetzt wochenlang an, ehe es wieder kam.

*

Bernd legte auch diese Akte wieder zur Seite, der Berliner Tote, den sie nach etwa 8 Monaten gefunden hatten. Ein Hund kam mit einem Knochen aus dem Wald. Der Besitzer dachte sich erst nichts, ging von einem Schwein aus, erst seine Frau schlug Alarm.

Die war Ärztin und erkannte einen Humerus, einen Oberarmknochen eines Menschen und schlug Alarm. Er erinnerte sich noch sehr gut, sie wurden um Hilfe gebeten, die Kollegen in Pankow und es war ein schönes

Stück Arbeit, über den Genabgleich und der Vermisstenkartei das Opfer zu identifizieren. Er war gar nicht in Berlin vermisst, es war ein Urlauber aus dem schwäbischem, der hier durchgeradelt ist, Opfer Nummer 3.

Sie fanden dann auch das Fahrrad, gut getarnt, angerostet, ein schönes Rad, nun war es ein Asservat im Polizeipräsidium in Berlin. Wieder gab es keine Anhaltspunkte, auch der war ein menschliches Arschloch, lebte aber in Weihingen, also weit weg vom Tatort und es gab niemanden, der auch nur ansatzweise in der Nähe war, um sich zu rächen.

Bernd kam auf die Idee bei den Kollegen in Bernau nachzufragen, er hatte gehört, dass da etwas Ähnliches passiert war und so saßen die Kollegen aus dem Landkreis Oberhavel, Bernau und die Berliner zusammen und stellten fest, das war die gleiche Handschrift mit dem Gleichen mageren Ermittlungsergebnissen.

Der Polizeichef mengte sich ein, der hatte von der Staatsanwaltschaft die Info bekommen, hier war vielleicht ein Serienkiller unterwegs. Da es aber keine ähnlichen Fälle gab, nichts Vergleichbares, auch keinen Psychopathen, der infrage kam, den man kannte, wollte der politisch keine Wellen machen. Also keine Soko und schon gar nicht mit Brandenburg zusammen. Das war für den, Provinz, das wusste Bernd, aber er wohnte gerne in der Provinz, er genoss es, in Berlin zu arbeiten und dort zu wohnen, in dem schönen Glienicke in Brandenburg.

Er hatte tolle Nachbarn, den Hartmut, der Lokführer zum Beispiel und auch die anderen waren alle in Ordnung. Also was sollte das. Also keine Soko und man brauchte noch fast ein Jahr, ehe dieser Entschluss gefast war. Das war im Jahr 2003.

Eine weitere Leiche

Der Winter kam dazwischen, offensichtlich muss es dem Fahrradmörder zu kalt sein, im Winter zu zuschlagen, er brauchte offenes Wetter für sein Tun. Bernd saß vor den Akten, die er sich hat bringen lassen, die Akten der Soko Fahrradmörder.

Er wollte nach Unbedachtem suchen, nach Dingen, die sie übersehen hatten. Es muss doch irgendeinen Ansatz geben. Anja Harting, die Oberkommissarin, half ihm und der junge Kollege, gerade zur Kripo gestoßen, jetzt 28 Jahre alt, Polizeikommissar Roman Rauch, saß mit ihnen und jeder bekam eine Akte zum Lesen, so dass sie nun drei waren.

Das ist eine stupide Arbeit, aber sie gehörte zum Alltag. Oftmals, wenn Jahre vergangen waren, las man das, was man selber geschrieben hatte, oder wo man dabei war, mit ganz anderen Augen. Eben wie ein Buch, dass man nach Jahren wieder in die Hand nimmt. Es eröffnen sich ganz andere Blickwinkel. Aber hier schien das nicht so zu sein, es tat sich keine neue Tür auf. Sie waren beim vierten Fall, nach dem Wannsee und der begann an einem regnerischen Tag, der die Spuren noch rarer werden ließ.

*

Das Brummen, dieses Brummen, es hielt inne nach dem Mann am Wannsee, kam aber wieder. Er bekämpfte es, so gut es ging, nahm seine Pillen und hatte doch wieder einen Arzt aufgesucht. Der war ganz in Ordnung, der schien ihn zu verstehen, aber er konnte auch nicht helfen. Eine Therapie musste her, die gab es aber nicht, und da der Arzt annahm, es wäre nicht gefährlich, kein Suizid, an etwas anderes dachte der nicht, half er auch nicht mit seinen Terminen aus und auch nicht mit den Notfallzentren.

So war er wieder zum Warten verdammt, weil Therapieplätze rar sind. Der Junge ging jetzt bald zur Schule, er hatte ihn angemeldet, aber er nässte manchmal noch nachts ein und heulte oft, ihm fehlte die Mutter. Die konnte er ihn nicht ersetzen, das konnte er nicht, er hoffte nur, dass der Junge das mit der Mutter vor drei Jahren nicht mitbekommen hatte.

Sie redeten wenig miteinander, sehr oft war der Junge sich selbst überlassen, wenn sein Vater weg war. Er war ja nicht arbeiten und auch die andere Beschäftigung, die er nicht so oft tat, belastete ihn nicht so.

Er war oft abwesend, in sich gekehrt, halt seelisch krank. Das wusste er auch und hätte nun gerne Hilfe angenommen, es gab aber keine. Einmal hatte er ein Gespräch mit einem alten Freund aus Schulzeiten, der war gerade in Berlin und besuchte ihn. Sie redeten viel über die alten Zeiten, aber auch über seine Krankheit und dann kam irgendwann der blöde Satz, wie Er fand: „Jeder ist seines Glückes Schmied!"

Das fand er gar nicht komisch, er war kein Schmied, wie sollte er dann schmieden. Er hatte auch kein Eisen und wo sollte er Feuer machen und wie schmiedet man? Wann ist das Eisen heiß genug und welchen Hammer sollte man nehmen?

Seit dem, war dann Ruhe, er meldete sich nicht mehr, auch nicht per Mail und auch am Telefon ignorierte er seine Anrufe. Soll der sein Glück schmieden, ich kann das nicht, dachte er.

Aber dann wurde das Brummen wieder stärker und damit das Gefühl, den Wunsch, ja der Trieb, es wieder loszuwerden. Sollte das nur so gehen?

Warum kann mir denn keiner helfen?

Er packte wieder seine sieben Sachen, dem Jungen sagte, er müsse mal in den Wald gehen. Der fragte gar nicht erst, warum, oder ob er mitdürfe, ihm war sowieso nicht gut, der Junge war gerade krank.

Er war traurig, dass jetzt der Vater loszog, aber er konnte auch nichts tun, genau wie der Vater. Der Vater musste das Auto wechseln, das Alte war kaputt und hatte sich für wenig Geld etwas anderes gekauft, beim Händler, einen roten Golf, viertürig, Schalter. Er verstaute sein Gepäck in den Kofferraum und machte sich auf den Weg.

Als das Brummen wieder begann, so etwa vor vier Wochen, da war Er wieder losgezogen, als es ihn nicht mehr hielt, ja er kämpfte, dagegen an, mit aller Kraft, aber es half nichts, es riss ihn wieder los. Selbst wenn er sich anketten würde und den Schlüssel verschluckte, selbst dann würde er die Heizung aus der Wand reißen. Er fuhr raus aus den Ort, auf die B 96, in Richtung eines Waldes. Dort parkte Er sein Auto, so unauffällig wie bisher immer und marschierte dann den ganzen Weg zu dem Ort, wo es geschehen sollte.

Tief im Wald hob er die Grube aus, drapierte das Werkzeug, so wie er es brauchen würde, nahm seinen Schläger und ging zum Weg zurück. Wer war ihm egal, aber das gesamte Gesindel musste weg und es waren noch so viele davon da. Immer wieder klingelten sie ihn vom Weg, zeigten sie ihm im Auto einen Vogel, den Finger, beschimpften ihn, benahmen sich wie die Axt im Walde.

Er würde es ihnen schon zeigen. Hass durchströmte ihn und das Gefühl Macht zu haben, etwas ändern zu können. Reue hatte er nie, hinterher, da war das Brummen weg, das widerliche Brummen und damit war das wieder gut.

Er träumte nie davon, dachte nie darüber nach. Die Erinnerungen bewahrte er im Keller auf, wie Trophäen, Beutestücke sozusagen. Die sah er sich aber erst wieder an, wenn das Brummen wieder losging. Das half einige Zeit. Das Beschäftigen mit den Trophäen half sogar, viel später loszugehen.

Am Weg angekommen hatte Er seinen Busch als Deckung genommen und wartete ab.

Zunächst kam eine Gruppe von Radlern, die waren nicht interessant, aber auch die klingelten Wanderer weg, das schürte seinen Hass aufs Weitere.

Gegen Mittag wurde es ruhiger, das hatte er beobachtet, nun konnte es geschehen.

Dann kam er, der Teufel.

Er kam angeritten, auf einem Superbike, gedresst mit Tourklamotten, mit Helm, mit Handschuhen, ein Profi, ein Überteufel einer, der wegmusste. Da an der Seite, das eine Bein, das war der Teufelsfuß und er glaubte auch einen Schwanz hinten dran zu sehen. Er trat auf den Weg, als der ganz dicht war, der fuhr praktisch in seine Keule rein, die ihn vom Rad riss. Der Teufel brüllte Unflätiges: „Du Wichser, was soll das", wie die Teufel so reden und er hieb mit aller Wucht auf sein Genick ein. Es knackte, das war durch, und Ruhe hatte Er vor dem.

Schade eigentlich, der hätte ruhig leiden können, aber es war keine Zeit zum Trauern, der musste weg und Er zog ihn vom Weg hinter den Busch.

Da der alle war, war nichts zu sichern, also schnell noch das teure Rad vom Weg. Dann griff Er sich den Toten und zog ihn in den Wald zu seiner Grube. Er hatte das mit Sandsäcken lange geübt und trainiert, auch um die Kraft zu haben, also ging das ganz leicht.

Nun zog er ihn aus und dachte dabei, schade eigentlich, könnte man fast versteigern, ging aber nicht das waren Spuren. Eine Trophäe würde er behalten und wie einen Pokal in den Schrank im Keller tun, der Rest musste weg.

Als der Teufel nackt war, schnitt er ihm erst einmal den Penis und die Eier ab, denn Teufel vermehren sich auch nach dem Tod.

Er warf sie gleich in die Grube, verbrennen wäre besser, ging hier aber nicht. Sie kamen ganz zu unterst, damit selbst die Schweine und vielleicht die Hunde nicht herankämen. Sie würden dann weiterleben, in den Tieren.

Dann zerlegte er den Toten, warf alles in die Grube und scharrte sie wieder zu. Seine Kleidung wechselte Er noch, tat sie in die Mülltüte, mit Feuchttuch noch die Hände säubern und das Werkzeug grob, und Er war fertig.

Die Trophäe, die Uhr des Toten, nahm er an sich und widmete sich dem Fahrrad. Er schob es in den Wald, bis an einen kleinen See, dort überkam ihn noch einmal die Wut und er schlug das Fahrrad kurz und klein, dann versenkte er es in den See. Das Brummen war jetzt wieder weg, wunderbare Ruhe breitete sich innen aus. Langsam spazierte er durch den Wald bis zum Auto und fuhr nach Hause.

*

Gefunden wurde die Leiche über das Fahrrad. Ein Angler hatte das Rad im See sozusagen geangelt, da er es als hochwertig erkannte, auch wenn es zerstört war, meldete er den Fund bei der Polizei und dort kramte jemand im Vermisstenregister und fand einen verschwundenen Fahrradfahrer. Nun wurde der Wald abgesucht und man fand dann die schon in Verwesung befindliche Leiche, denn es waren bereits drei Monate vergangen.

„Anja, wie siehst du denn aus?", Bernd sah seine Kollegin völlig bleich an ihrem Schreibtisch sitzen.

„Ich habe gerade den Obduktionsbericht am Wickel. Das liest sich ja fürchterlich."

„Ja, meine liebe Kollegin, das ist nichts", Bernd musste husten.

„Für junge Frauen," warf derweil der junge Kollege ein. Bernd warf ihm einen bösen Blick zu und fügte sehr scharf, eigentlich zu scharf hinzu: „Mein Lieber, junger Kollege, das hier ist nichts für Frauenfeinde oder Rassisten, wir bewerten nicht nach Geschlecht oder sexueller Neigung, merke dir das. Ich will so was nicht hören. Du wirst auch noch das Kotzen kriegen, harter, junger Mann."

„Tschuldigung," er zog den Kopf ein. Das hatte gesessen, das musste auch so sein. „Das hatten wir alle einmal und das kommt auch wieder, bei mir hoffentlich nicht mehr solange. Der Tote von der Schleuse," Bernd meinte, den von Zehdenick. „Der war ganz harmlos. Lies doch einmal den Bericht oder meinst du, selbst der harte Knochen von Pathologe hat bei der Bergung der Leiche, ja es waren, alles nur Einzelteile, sich nicht zusammennehmen müssen. Stell dir vor, du holst den Schädel des Typen aus dem Loch! Auffällig ist aber auch, dass das Gemächt immer fehlt."

Und so war es. „Der Typ hatte keine Eier mehr, abgeschnitten waren die ihm worden. Mich würde interessieren warum." Roman sah die beiden Anderen der Reihe nach an.

Anjas Gesichtsfarbe war wieder in Ordnung und sie sagte: „Psychopath, der will verhindern, dass der sich nicht vermehrt, nie mehr."

„Aber ein Toter kann doch nicht ..." Roman konnte es nicht lassen.

„Psychopath Kollege, heißt das Zauberwort!" Bernd grinste ihn an, du musst noch viel lernen, dachte er. Ist ja auch noch so jung, der junge Mann. Nun hielt der lieber den Mund. Roman wollte eigentlich zur Tötung und musste hier nun, wohl oder übel mitspielen. Sarkasmus kann dann später kommen.

„Gut", sagte Bernd, ich bin durch, wie weit seit ihr?"

Sie waren noch nicht durch und so holte der Chef, dem Praktikanten dann Kaffee und der Anja natürlich auch. Es dauerte noch eine Weile, und so ließ Bernd den Fall noch einmal Revue passieren. Es gab keinen Anhaltspunkt. „Habt ihr was gefunden?", fragte er die beiden.

„Nein, nicht wirklich, das Opfer war ein normaler Mensch, sportlich, hatte Arbeit, war nicht dumm, als Profiler würde ich sagen, hier ist ein Psychopath am Werk, die Opfer sind zufällig ausgewählt, also keine Berufsgruppe, nur halt Fahrradfahrer. Das wird schwer werden den zu finden, ohne Zufall wird das nichts, glaube ich. Es muss doch etwas Gemeinsames der Opfer geben, außer Radfahren."

Der junge Kollege nickte nur, er hatte keine Erfahrung und nun kam Bernd: „Ich glaube, wir sollten mal den Kreis größer ziehen. Der Fall an der Schleuse hat uns doch gezeigt, dass der auch mal woanders zuschlagen kann. Ich habe schon mal meine Fühler ausgestreckt", in dem Moment klingelte das Telefon. Malte, der Anwalt war dran, voller Freude rief der an, ich habe was, rief der in sein Telefon.

Sie hatten wahrscheinlich einen Fall in Halberstadt, genauer am Brocken, da hatte man nicht erkannt, dass es hier um einen Mord gehen könnte, oder Totschlag, eben Vorsatz. Malte gab ihm die Nummer vom zuständigen Staatsanwalt, und ehe Bernd den anrief, teilte er sein Wissen mit seinen Kollegen.

„Das habe ich gemeint, wir sollten bundesweit nach Fahrradtoten suchen, die er getötet haben könnte."

„Ich übernehme das", sagte Anja und sie machten sich an die Arbeit. Am nächsten Tag hatte sie ein Rundfax entworfen, in dem sie den Fall kurz umriss, es ging um 8 Tötungsfälle, bei denen allesamt Radfahrer die Opfer waren. Sie wurden zum großen Teil niedergeschlagen und übertötet. Im Polizeiarchiv im Intranet wären die Fälle dezidiert geschildert.

Die Frage war nun, gibt es Vorfälle mit Radfahrern, die ein ähnliches Muster aufwiesen, oder die keine Übertötung zur Folge hatten, oder wo man bei einem Blickwinkelwechsel von einer wenn nicht geplanten, aber von einer Spontantötung ausgehen könnte, das ganze 10 Jahre zurück. Nein, gehen wir 12 Jahre zurück", warf Bernd ein.

„Ich glaube schon, dass der zufällig angefangen hatte, genau, wie ich inzwischen glaube, dass uns nur ein Zufall helfen wird." Leider würde er auch hier Recht behalten.

Sie änderte das und das Fax ging auf die Reise, sicherheitshalber auch auf dem Mailkanal. Sie rechneten nicht vor Ergebnissen in einer Woche, also widmeten sie sich erst einmal dem Fall in Halberstadt. Von da kamen schon am übernächsten Tag Ergebnisse.

Da das Wochenende bevorstand, beschloss Bernd dorthin zufahren. Er richtete sich bis Montag ein, er wollte das Ganze mit einem schönen Wochenende im

Harz verknüpfen. Das Offizielle verschob er auf den Montag. Freitag Mittag setzte er sich ab, er hatte auch Überstunden und würde das nutzen. Seine Frau lud er zu Hause ein, die hatte inzwischen gepackt und dann fuhren sie über Magdeburg, bis nach Drei Annen Hohne, in ein kleines hübsches Hotel.

Dort richtete sie sich ein und fuhren danach mit der Harzquerbahn bis Wernigerode. Bernd freute sich wie ein kleines Kind, so eine schöne Alte, aber funktionierende Eisenbahn. Sogar mit dem Hauptlichtsignalsystem der Deutschen Reichsbahn, erklärte ihm Malte von Giesburg am nächsten Tag. Sie fuhren gemeinsam zum Brocken.

Das ist ein Signalsystem mit Lichtsignalen, die natürlich grün, Fahrt mit Höchstgeschwindigkeit kannte, als auch die Geschwindigkeitsverminderung des Zuges vermitteln konnte, wenn es nötig war und das Vorsignal, also das nächste Signal vorsignalisierte und die Grundstellung war grün. Wenn der Zug den Abschnitt verlassen hatte, wurde das Signal automatisch grün.

Das hatte man entwickelt, weil man Geschwindigkeitswechsel signalisieren wollte, leider ging das nicht flexibel genug. Das hatte man im Westen anders gelöst, hier nahm man ein grünes Licht und pappte eine Zahl, die man wechseln konnte, für ein Gleis im Bahnhof 30, für ein anderes 60.

Dennoch bestanden beide Systeme nach der Einheit immer noch. Man hatte Wichtigeres zu tun, als Signalsysteme zu vereinheitlichen. Klar waren ja nie Eisenbahner, die Bahnchefs, nur Manager.

Aber zunächst setzte er die Marlies in Wernigerode ab, dort wollte sie in die Stadt gehen, während sich Bernd mit Horst Selbig, dem Eisenbahnbetriebsleiter des Harz Elbe Expresses, der HEX, traf. Der war ihm entgegengekommen, sie hatten sich am Bahnhof verabredet. Er kam mit dem Express von Vienenburg, wo er eine Kontrollfahrt hinter sich gebracht hatte, zurück nach Wernigerode. Sie gingen in ein Café, jeder bestellte sich, was er wollte und dann begannen sie, zu reden. Horst Selbig, den kannte Malte von Giesburg von den Ermittlungen im Falle des Unfalles von Hordorf. Diesen Kontakt hatte Malte auch vermittelt. Man stellte sich vor, Bernd Freitag, Hauptkommissar der Kripo im Landkreis Oberhavel und Horst Selbig als Eisenbahnbetriebsleiter der HEX und Bernd erklärte ihm kurz, um was es ging.

„Ja, das war schon eine üble Sache damals mit dem Unfall von Harald Singer. Der war von unserer Schwester, der Märkischen Regiobahn, die von Brandenburg nach Rathenow fuhr, zu uns gekommen, zum Harz-Elbe Express. Genauer gesagt wohnte der in Burg, bei Magdeburg und fuhr die gute Stunde immer zum Dienst nach Brandenburg. Die Strecke hatte die Ostseelandbahn übernommen, weil der, der sie gewonnen hatte, ausgefallen war. So fuhren die dort 2 Jahre und bekamen eine Verlängerung von weiteren 2 Jahren. Dann hat die Ostdeutsche Eisenbahngesellschaft die Strecke bekommen und das Versprechen, alle Kollegen, die wollen, zu übernehmen, gebrochen. Das bedeutete, unsere Leute verstreuten sich in alle Winde, ein Teil davon in den Lokführerpool. Harald kam zu uns, aber auch befristet. Der war ein komischer Kauz, aus meiner heutigen Sicht, teamunfähig, lehnte es ab, den Berliner zu fahren, was fast zu einem Rauswurf geführt hätte, aber die Personaldecke war zu knapp. Das ließ man dann sein. Der hatte wohl Angst auf lange Strecke zu gehen. Auch Halle fuhr der nicht, den haben wir dann in Magdeburg eingesetzt. Ein Kollege hatte mal einen Zusammenstoß mit ihm, den wollte der Harald verprügeln. Da der Harald ein Krümelkacker war, jeden kleinen Fehler, oder auch eine Unterlassung mokierte, also auch dem Kollegen sagte, er hätte ein Kabel nicht abgezogen, wobei unsere Triebwagen mit dem Kabel nicht losfuhren. Der aber musste runter und es abmachen. Das kostet Kraft, da hat der den Kollegen gemaßregelt. Der Kollege hatte dann zurückgeschossen, dass der Harald wohl ein Pioniereisenbahner sei, er führe ja nicht einmal mehr als eine Stunde. Er solle mal da hinfahren, wo er schon gewesen sei. Mal einfach bis München durchtuckern, ohne Halt. Daraufhin hatte der Harald ihm brüllend Prügel angeboten und ihn bis zum anderen Führerstand verfolgt, vor den Fahrgästen. Er riss sich aber doch noch zusammen, er wäre dann wirklich rausgeflogen. Ein Fahrgast, den ich kenne, hat mir die Story erzählt. Der Thomas, das war der Lokführer, wollte bestimmt keine Rache, der wollte den auch nicht anschwärzen, was ich verstanden hätte. Er hatte ihm seine Meinung gesagt und gut war es. Mehr muss nicht sein."

Trotzdem musste Bernd den Mann vernehmen und er bekam auch die Telefonnummer des Kollegen Thomas Würzer. „Sonst war der Harald ein Stinkstiefel, für Frauen geht der Spruch um, die brauchen einen richtigen Kerl, vielleicht trift das auch auf Männer zu", mutmaßte Horst Selbig.

„Warum nicht!", erwiderte Bernd.

Sonst wusste Horst nichts zu sagen über den Harald, dass der mit dem Fahrrad vom Brocken abfuhr, das wusste er nicht. Dass man den Harald seines Wesens wegen töten könnte, das glaubte Horst Selbig nicht und Bernd war das auch zu wenig, als Mordmotiv. So eine Auseinandersetzung, eine berufliche ist nicht gleich ein Mordmotiv.

Der Thomas Würzer hatte heute und Sonntag frei, also verabredeten sie sich am Sonntag für ein kurzes

Gespräch. Bei dem schilderte Thomas noch einmal die Geschichte und war sehr entspannt dabei, war sie doch einige Zeit her und ließ ihn inzwischen komplett kalt, nicht weil der andere Tod war. Nein das war erledigt, Punkt.

Bernd und Malte der Anwalt sprachen dann noch einmal ganz allgemein über den Fall des Fahrradmörders, über die Serie, über den Stand der Ermittlungen, ohne zu sehr ins Detail zu gehen, der Fall schien unlösbar zu sein.

Ja, er schien unlösbar.

Aber Bernd gab nie auf. Er hatte mal einen Fall, noch in der DDR, den bekam er als junger Mann und konnte ihn erst nach der Wende lösen.

Geduld gehört auch zum Geschäft dazu. Wobei es immer hart für die Hinterbliebenen ist, keine Gewissheit zu haben über das Schicksal des eines Mädchens, das mit 15 Lebensjahren verschwand und mit 36, als verweste Leiche wieder auftaucht, 21 Jahre Ungewissheit.

Es ist nicht leicht, den Tod seines Kindes überhaupt zu verkraften, es ist so unnatürlich, wenn die Kinder vor den Eltern sterben, aber wenn man es weiß, ist es leichter das zu verarbeiten.

So trennten sie sich, erst verließ der Horst Selbig die beiden, dann auch der Anwalt den Bernd, und der stieß zu seiner Marlies.

Kennen Sie Wernigerode, lieber Leser? Dann fahren sie hin. Eine wunderschöne Innenstadt, alte Fachwerkhäuser, ein wunderschönes Rathaus, hier hatten sie mal überlegt zu heiraten, der Bernd und seine Marlies, irgendwie ging das nicht vor 40 Jahren. Sie heirateten in Berlin, Mitte, das wurde auch sehr schön.

Sie verbrachten einen wunderbaren Tag zusammen hier im Harz und Marlis, die so manches Mal mit dem

Beruf ihres Mannes haderte, war glücklich, durch seinen Beruf hier zu sein.

So wurde das ein schöner Tag, abends fuhren sie wieder mit der Harzquerbahn hoch, nach Drei Annen Hohne in ihr Hotel, aßen oben noch zu Abend und es fand noch ein schönes Nachspiel für die beiden Eheleute statt.

Ausflug nach Hof

Er war unterwegs, wollte mal raus, was Anderes sehen. Wohin war ihm nicht klar, einfach nur mal weg. Das Brummen war wieder gekommen, vielleicht ging es ja so weg.
Und so fuhr er auf die Autobahn und irgendwer oder irgendwas lenkte ihn Richtung Süden. Immer weiter und weiter, im CD Player dudelte Musik und dann kam:

„Nach Süden, nach Süden wollte ich fliegen,
das war mein allerschönster Traum.
Hinter den Hügeln wuchsen mir Flügel,
um vor dem Winter abzuhauhn -
abzuhauhn."

Eine Ostband, Lift, muss der Zensur wohl entgangen sein, dass der Süden bei Hermsdorf endete und das abhaun. Das hatte Er mal von einem Ossi gehört, der ihm die Musik vorgespielt hatte, als sie nach Glienicke gezogen waren. Er wusste gar nicht mehr so genau, warum, es war die Arbeit seiner Frau, der Petra. Die hatte einen Job in der Charité, deshalb kam er auch an das Insulin ran. Er war auch Arzt gewesen, das machte er

103

aber schon lange nicht mehr, schon bevor seine Frau gestorben war, hatte er aufgehört. Geld war ja kein Problem. Sofort dachte er an die Auseinandersetzung mit Hartmut, dem doofen Nachbarn von Gegenüber, Lokführer war der, glaubte Er. Sie hatten das Haus schräg gegenüber gekauft und waren hergezogen. Der eine Möbelwagen parkte vor seiner Einfahrt, klar hätte man fragen können, aber warum regte der sich so auf.

Der kam sofort angelaufen und meckerte rum. Er hatte dagegengehalten, ist ja nur für ein paar Minuten, da meinte der, man sperrt keine Einfahrten, das machte man nicht und war sehr ungehalten. Bei euch im Schwabenland gibt es Terz, wenn man die Kehrwoche nicht einhält, meinte der noch.

Ja, der Hartmut, ein ganz korrekter, korrekt, weil, wenn er nicht korrekt war, kam immer jemand und er bekam, im günstigen Falle mecker, im ungünstigen Fall ein Ticket. Wenn er dem Banknachbarn in der Schule sagte, er solle aufhören, zu plappern, war er dran. Das prägt natürlich.

Er, der Er, gehörte zu den Anderen. Unkorrekt, oberflächlich, ungenau, halt ein Wessi. Der Hartmut tobte, den Namen wusste er, weil er am Schild stand. Sie wurden keine Freunde, auch als sein Sohn anfing, auf dem Schlagzeug zu klopfen.

Er fuhr nach Süden und im Westen, also nach Hermsdorf, so bei Bayreuth hatte er keine Lust mehr und fuhr von der Autobahn ab. Wohin es ihn trieb, Er wusste es nicht, manchmal wunderte Er sich, warum er überhaupt noch fahren durfte.

Er war so unkontrolliert.
Dann geschah es, gegen Abend.
Es passierte wieder!

Vor ihm ein Radfahrer, noch weit weg, aber er bekam Panik, das Grauen schoss in ihm hoch. Das kann, doch nicht wahr sein, auch hier gibt es Teufel. Ein Rennrad, mit Helm mit diesen widerlichen Hosen, bei denen man die Eier sah, der Arsch gepolstert, als wenn ein Mann so einen Hintern bräuchte, und er hatte kein Werkzeug dabei.

Eigentlich brummte es gar nicht, aber der unbändige Hass auf diese Teufel zwang ihn zum Handeln. Die Straße war leer, Er war inzwischen sehr langsam. Er entschloss sich. Genau hinter ihm war er langsam geworden, und der Andere fuhr 50 km/h. Die Straße war abschüssig, links ging es bergab, das war es und dann gab er Gas. Die Stoßstange traf den Teufel am Hinterrad, augenblicklich warf der die Arme hoch und wurde seitlich zum Straßenrand geschleudert.

Das Rad klemmte an seinen Füßen, so komische Rennradklemmen, die die Füße festhielten und er ging mit dem Rad in die Schlucht.

Kein weiteres Auto da, auf der Straße keine Spuren, also hielt er an, Warnblinker an, und stieg aus. Etwa 30 m tiefer, lag der Teufel mit dem Rad und bewegte sich nicht. Das reichte, also einsteigen und weiterfahren.

Auf der Landstraße fuhr er bis Hof, nur keinen Blitzer, nur nicht auffallen, dann auf die Autobahn und nach Hause. Wenn vorsichtiges Fahren auch bestraft würde, hätten sie eine Spur von ihm gehabt, aber von den drei Blitzern bis Glienicke erwischte ihn keiner. Er fuhr immer 10 unter Limit, achtete sehr darauf.

Wieder solch ein Teufel weg, man war das schön. Zu Hause besah er sich das Auto, an der Stoßstange waren Kratzer, auch der Kotflügel hatte welche, also musste das Auto weg.

Beim Staatsanwalt in Magdeburg

Am Montag, es war der 22.6.2015, war Bernd dann in Magdeburg beim zuständigen Staatsanwalt, sie hatten sich verabredet. Malte war dabei und der Chef der hiesigen Kripo. Sie begrüßten einander freundlich, wobei man dem Chef der hiesigen Kripo schon ansah, dass er bedrückt war, weil man was übersehen hatte. Bernd stellte sogleich klar, dass auch er jetzt erst, auf den Gedanken gekommen war, über den Tellerrand zu schauen, wie er das nannte. „Wir sind bisher davon ausgegangen, auch in der Soko, dass hier ein Psychopath am Werk ist, der zuschlägt, wenn sein seelischer Druck so groß wird, dass er nicht mehr anders kann. Was würde denn dagegen sprechen, dass der nicht nur in Berlin, Oberhavel und im Barnim war, sondern auch unterwegs, im Urlaub zugeschlagen hatte. Dafür spricht doch das Atypische seines Tuns, hier am Brocken. Sonst übertötete er immer, auch nach einem Genickbruch, er sezierte die Opfer in Einzelteile, ein Profiler dachte schon an rituelles Töten. Der Teufel, dem schnitt man die Eier ab und es waren immer Männer, nie Frauen. Um doch noch diesen Typen zu finden, müssen wir den Blickwinkel wechseln, vielleicht wird das dann ja was, sonst haben wir keine Chance." Nein, es würde nicht gehen, sie würden den Fahrradmörder nicht finden, wenn nicht irgendetwas passieren würde, womit keiner gerechnet hatte. Oder der selbst wollte nicht mehr, dachte Bernd, als er geendet hatte, laut sagte er das nicht. Der Staatsanwalt nickte nur und der Kollege von hier, war sehr erleichtert.

„Ich denke, ich werde mit dem Kollegen von euch sprechen, wir müssen wieder eine Soko haben", begann Dr. Heuser, der Staatsanwalt, eher zu sich, als zu den

Männern der Kripo, und kam dann zu den bisherigen Ergebnissen.

„Wir haben also exhumiert und noch einmal den halb verwesten Leichnam obduziert, das war ein harter Brocken für unseren Chefpathologen, der heute nicht hier sein konnte, ist zu einem Seminar. Es ist so, der Kollege hat damals einen zweiten Schädeldefekt übersehen. Er sagte, dass so etwas möglich sei, jetzt erst, wo Haare und Kopfhaut weg sind, war das deutlich zu sehen. Er hätte sich die Schädeldecke von innen wirklich genau ansehen müssen, denn hätte er den Riss bemerkt der im Schädeldach war. Mit einem Knüppel hatte der Täter zugeschlagen und er konnte sogar sagen, welche Struktur, der hatte. Krüppelkiefer vom Brocken, das kann er natürlich nicht beweisen, aber wie so eine Krüppelkiefer. Dafür sprechen die typischen kleinen Ästchen, die das Schädeldach perforiert hatten. Und dann waren wir wandern, hat auch was Schönes unser Beruf, da liegt so etwas rum. Suchen gehen, hat nun sicher keinen Sinn mehr, das ist zu lange her. Der Knüppel wäre verrottet. Es kann ja auch sein, der hat den mitgenommen. Todesursache war aber tatsächlich Genickbruch, also der Aufprall auf den Stein, so wie die Spurenlage war. Natürlich haben wir damals auch die Gegend abgesucht. Aber wie schon gesagt nichts gefunden, was hilfreich wäre, oder was den Sturz rechtfertigen könnte, wir fanden nichts."

Nun war der Kollege Grimm an der Reihe. Hauptkommissar Grimm, Holger, der bekannt war für seine akribische Arbeit, wen wundert es, dass der traurig war, danebengegriffen zu haben. Aber was sollte er machen, bei dem Obduktionsergebnis. Sie haben im Zuge der damaligen Ermittlungen dann noch nach Zeugen gesucht, auch in der Zeitung, es kam nichts gescheites, brauchbares dabei heraus.

„Gut dann halten wir fest, es könnte unser FM gewesen sein", Bernd benutzte gerne die Abkürzung, ausgesprochen war das manchmal zu gruselig.

„Ich danke euch für eure Offenheit und eure Arbeit, wir wissen alle nicht, ob das jetzt weiterführt, weiterhilft, aber jetzt bin ich mir sicher, es gibt noch den Einen oder den Anderen Fall, der in diese Reihe passt, Fälle von unerkannten Fahrradmorden. Danke für die Intervention mit der Soko, ich bin schon gespannt, was die Kollegin inzwischen erreicht hat. Wir haben noch am Freitag bundesweit nachgefragt, habt ihr sicher auch bekommen."

Der Staatsanwalt nickte und sagte: „Wenn ihr die Soko bekommt, machst du mit Holger, Oranienburg ist nicht weit und wir finden sicher ein gutes Quartier für dich. Ich will, dass du dabei bist und das Ergebnis dann an die Polizeischule bringst." Der Staatsanwalt wollte den Holger als Dozenten haben, wenigstens teilweise, er war auch schon 58 Jahre alt, woanders gibt es da schon Rente für die Staatsdiener, vor allem für die an der Front, wie er es immer nannte. Sein Kredo war, nur wir knuffen hier weiter, also musste es, für die, die lange an der Front waren, draußen gearbeitet hatten, Erleichterungen geben.

Das freute den Holger sehr und der sah dem Bernd an, dass der sich auch freute. Denn sie kannten sich auch von früher, aus Ostzeiten. Bernd nickte: „Wenn ich was zu sagen habe, bist du dabei und ich glaube schon, wo wir dich unterbringen, gemütlich fein und wir können uns abends Eisenbahngeschichten erzählen lassen. Sein Buch kannst du schon lesen, mein Nachbar hat ein Buch geschrieben. 'Fahrt ins Unglück und zurück`, das ist toll, ein Eisenbahnunglück und wie die Menschen damit leben. Hier bei euch, das von Hordorf. Der Hartmut hat umgebaut, eine Ferienwohnung, da bringen wir dich unter."

Bernd freute sich schon auf die Zusammenarbeit und die Nähe, sie mochten sich, wer konnte Bernd nicht mögen. Sie waren fertig, und brachen auf, den Bericht nahm Bernd mit und ging mit Malte noch in ein Café. Dort bedankte sich Bernd und wollte von Malte wissen, wie es Johann ging, um den ging es nämlich in dem Buch.

„Gut geht es ihm. Er lebt zurückgezogen mit seiner Anni zusammen, die haben das Haus der Eltern von Anni bezogen, dort leben auch noch die beiden Schwestern. Geldsorgen haben sie nicht, sind aber sehr sparsam, leben einfach, jeder hatte etwas übrig vom letzten Leben und Johann bekommt auch Tantiemen vom Buchverkauf, so dass alles gut ist."

Das freute Bernd, war das Schicksal beider äußerst traurig, er hatte ein Herz für Menschen, die mal versagt hatten und zu ihren Taten standen, oder die gequält wurden, und so zum Täter, aber irgendwann doch ihren Seelenfrieden fanden.

Auch Maltes Frau ging es gut, sie und Malte hatten sich in dem ganzen Unglück um Hordorf gefunden, sie war jetzt hochschwanger, deshalb war sie nicht mit auf dem Brocken. Glücklich geworden war er, der eigentlich alles hatte, außer sein persönliches Glück, das sich jetzt in einen kleinen Malte oder einer kleinen Johanna weiterführen sollte. Bernd rief seine Marlies an, sie seien fertig. Er traf sich dann mit Marlis in der Einkaufsstraße und sie bummelten noch ein wenig, dann fuhren sie nach Hause.

Der Anja teilte Bernd noch die Ergebnisse mit, telefonisch, sie hatte noch nichts, saß immer noch über den Akten.

Das verschwundene Mädchen

Das Brummen, immer wieder dieses Brummen im Kopf. Das zerstört jeden klaren Gedanken. Er konnte dann nichts mehr zu Hause machen, das Nötigste nur, das Allernötigste nur. Der Junge ging schon zur Schule, in die erste Klasse, ihn hinschicken, Essen machen, mehr ging nicht. Der Junge lernte gut, aber Er bekam dann nicht mehr mit, ob das Gute, oder schlechte Bienen waren. Waren das dann Wespen oder Fliegen, er wusste das nicht.

Aber Er konnte nichts tun. Wenn der Junge weg war, schloss er sich in seinen Kellerraum ein und betrachtete die Trophäen. Die Uhr, das Halsband, den Schuh, von den beiden anderen Teufeln hatte er nichts, nur den Stock vom Einen und ein Teil des Bleches vom Kotflügel seines alten Autos, des Anderen.

Nach dem Er nach Hause kam, fast in Schleichfahrt, hatte er das Auto in die Garage gestellt und sich erst einmal nach Schäden umgesehen. Es war der Kotflügel, der einen Kratzer hatte, und die Stoßstange, auch die war eingebeult, ob das von dem Teufel war, der hier seine Spuren hinterlassen hatte, wusste er nicht, also begann er, einen neuen Kotflügel und eine Stoßstange zu suchen. Da war die Farbe aber anders, also auf die Schrottplätze, zu den Verwertern, aber da gab es nichts, also musste das Auto weg. Nicht über einen Händler, nein das war zu gefährlich, er suchte sich eine Visitenkarte, die an einem anderen Auto steckte und rief dort an.

Ein Türke, der sprach kaum deutsch, aber er kam und nahm die Karre für lau mit. Die würde nach Afrika gehen. Ein Anderes fand er sehr schnell, einen Golf, einen roten, den fuhr er jetzt. Von dem gekauften Kotflügel behielt er dann ein kleines Stück, der Rest kam wieder auf den Schrott.

Im Herbst und im Winter hatte er Ruhe, aber jetzt fing das wieder an, das Brummen. Es schien den Kopf zu zerstören, machte es aber nicht. Dafür wurde er handlungsunfähiger und konnte auch nicht auf das Therapieangebot reagieren, also war der Platz wieder weg. Was sollte er machen, es ging einfach nicht. Das Brummen und dann noch in den Bus setzen, mit dem Auto ging das nicht nach Berlin rein, nicht wenn das so brummte, das war zu gefährlich. Da waren so viele Teufel unterwegs. Also musste Er wieder los, er musste es wieder tun, was sollte er machen.

Er hatte nie einen Plan, eigentlich war es der Plan keinen zu haben. Er fuhr los, einfach los, auf die B 96 einfach nach Norden, er ließ Oranienburg passieren, fuhr immer weiter, bis er an einen großen Wald kam, so richtig hatte er nicht mitbekommen, wo der war, er fand einen guten Parkplatz und ging in den Wald. Bald fand er einen Weg, der gut war und schon sah er einen Fahrradfahrer. Er spazierte diesen Weg entlang und es kam so alle 10 Minuten ein Radfahrer entlang.

Er ging den Weg wieder zurück, es war ähnlich.

Das war gut so, selten kamen mehrere und selten dauerte das länger als 20 Minuten, das war eine gute Rate. Also ging er zum Auto zurück und holte seine Tasche. Diesmal wollte er das nicht erst lange auskundschaften. Den Platz der Beisetzung wählte er auf der gegenüberliegenden Seite des Weges aus, weit weg vom Weg, weit genug.

Dort hob er wieder die Grube aus und zog sich um. Den Knüppel nahm er mit, und ging zum Weg. Es dauerte auch gar nicht lange, als ein Radfahrer kam. Nein der nicht, es war eine Frau.

Aber das Brummen forderte Handlungen. Langes Warten setzte ein, diesmal dauerte es sogar länger als 20 Minuten, was war denn das, wollte Gott ihn prüfen? Aber er hatte die Geduld, trotz des Brummens, es musste geschehen, er musste die Teufel ausrotten.

Endlich war es so weit, wenn Er nur nach hinten sehen könnte. Das Problem musste er irgendwie lösen, mal im Internet nachschauen. Auch diesmal wurde heftig geklingelt und mit einem leisen Brüllen stürzte er sich auf den Teufel. Den Helm umging er, er schlug ihn vom Fahrrad.

Der unerwartete Schlag ließ den stürzen, diesmal, brach der sich nichts, er musste nachhelfen, noch einmal zuschlagen, ins Gesicht. Es knackte. Der Schlag brach dem Teufel die Nase und die Jochbeine. Der war dann ruhig. Nun schnell weg vom Weg, in den Wald.

Das war rasch getan und dann noch das Rad holen und schon nahte der Nächste, diesmal waren das nur 3 Minuten, egal, dann wäre der auch dran gewesen. Es war eine Sie, etwa 16 bis 18 Jahre alt, sie fuhr gemächlich durch den Wald und pfiff ein Lied. Irgendwie sah die komisch aus, irgendwie irre.

Plötzlich, ohne das es eine Vorwarnung gab, zuckte sie mit dem Kopf und brüllte: „Alles Arschficker", und wiederholte das Ganze noch einmal mit: „Alles schwul", und wieder mit diesem komischen Zucken. Was war das denn, neben ihm brummte es, der Teufel stöhnte. Aber sie fuhr weiter. Als sie weit genug weg war, griff er sich den Teufel und zog ihn bis an den Ort, wo er verschwinden sollte.

Schnell den Anzug überziehen. Er zog den Teufel aus, man war die Kleidung fest, also aufschneiden, ja das war viel zu eng, warum quälte man sich so, 2 Nummern größer wären besser gewesen. Aber das war ja der Teufel.

Nun brummte der wieder, reden oder brüllen ging nicht mehr, die Fresse hatte er ihm zerschlagen, dem Teufel. Er lebte noch, also los, die Eier abschneiden, den teuflischen Schwanz, den der vorne hatte. Weg in die Grube, immer das alles zuunterst in die Grube, ganz nach unten, damit nichts mehr passieren konnte, wieder ein Brummen und er arbeitete weiter.

Der rote Saft lief aus, bald wirst du nicht mehr Brummen, du Ungeheuer und auch in meinem Kopf wird es nicht mehr Brummen, da freute er sich drauf. Alles in die Grube werfen und dann grub er sie zu.

Als Er fertig war, war das Werkzeug dran, es musste gesäubert werden. Dann zog er sich aus und verstaute die Sachen in den Müllsack.

Nun war Er nackt, als es raschelte. Schweine dachte er, verdammte Schweine, jetzt schon. Er blieb erst einmal wie erstarrt, wo kommen die her. Doch es war das komische Mädchen vom Weg, sie saß hinter einem Busch und starrte ihn an. Hatte die noch nie einen nackten Mann gesehen und was hatte die überhaupt gesehen?

Was sollte Er tun?

„Was machst du denn hier im Wald und dann noch nackt, keiner zum Ficken da", und wieder zuckte der Kopf nach hinten, als werfe sie die Haare nach hinten.

„Arschlöscher", rief sie und sie kam näher.

Sie war etwa 1,65 m groß, hatte braune Augen, war eher zierlich und hatte schwarze Haare, ein sehr schönes Mädchen dachte er, was wollte die hier. Sie schien keine Angst zu haben, sie kam näher. Sie wollte was sagen, aber der Kopf zuckte wieder.

„Arschficker."

Dann begann sie sich auszuziehen, ganz langsam, bis sie ganz nackt war, wunderschön nackt. Eine junge Frau, schlank, zart ohne jede Cellulite, kleine Brüste ohne

Schamhaare. Sie stand vor ihm, in ihrem Evakostüm, sah ihn an und fragt: „Wollen wir ficken?"

Ficken, Er wusste gar nicht mehr, wie das geht, aber was sollte er machen, würde sie ihn verraten, was hatte sie gesehen, würde sie was erzählen? Was, wenn er nein sagte, würde sie brüllend ins Dorf rennen und ihn damit verraten, nein er hatte noch genug Teufel zu töten, viel zu viele, manchmal dachte er, er würde das nie schaffen. Was blieb ihm übrig, er winkte sie zu sich und nickte. Sein Gemächt war auch angeschwollen, das war komisch, das passierte nicht mehr, zu Hause. Auch morgens nicht, die Pillen.

Er tat, was sie wollte, es ging, und fühlte sich auch gut an.

Für einen Moment vergaß Er sein elendes Leben, den Wahn, das Brummen, vielleicht hätte ihm das geholfen, aber das hatte er nicht. Doch dieses Gefühl ging schnell vorbei und als sie dann meckerte, was denn, schon fertig, diesmal ohne zucken und brüllen, machte er es heute noch einmal. Wieder knackte es und Er brach ihr das Genick.

Die Leiche verscharrte er nicht so tief wie den Fahrradfahrer, aber tief genug, damit sie nicht gleich ausgewühlt werden konnte, von Hunden, oder Schweinen. Nicht ohne den Scham aufzuschneiden und Brennspiritus hineinzugießen. Er hatte keine Trophäe von ihr, von dem Anderen, den er schon vergraben hatte, nahm er einen Stofffetzen mit.

Von ihr hatte Er nichts, fiel ihm ein und buddelte sie noch einmal aus. Sie war so schön, der Kopf hing ohne Halt in der Erdmulde, die dort war. Den nehme ich mit und vergrabe ihn zu Hause. Dann kann ich an sie denken. Sie ist wirklich schön und er tat, was er tun musste. Dummerweise war er nackt und beschmiert, also

reinigte er sich noch einmal mit Brennspiritus, das roch komisch, war aber nötig.
Dann zog er sich an und verschwand aus dem Wald.
Zu Hause vergrub er, als er sich unbeobachtet fühlte, den Plastiksack mit dem Kopf. Jetzt hatte er eine Erinnerung, dass es schöner sein könnte, das Leben. Er dachte dann, wenn er sich an die Stelle setzte, an sie und manchmal, ob er Seines, nicht doch ein Ende setzen sollte.
An seinen Sohn dachte er dabei nicht, obwohl ihn seine Frau in ihren letzten Minuten darum gebeten hatte. Aber er ließ es, er hatte noch so viel zu tun.

Der Knochen im Wald

Dienstag, dann, am 23.6.2015, nach dem Ausflug in den Harz und zu den Kollegen in Magdeburg, war Bernd wie immer pünktlich im Büro. Seine Zeit war eine halbe Stunde vor der Besprechung, keine Überstunden, aber er wollte Zeit haben, auch für einen Plausch im Türrahmen. Da kamen oft die besten Ideen.

Anja war auch schon da, der junge Kollege würde pünktlich da sein, da waren sie sich sicher. „Was hältst du von Roman?", fragte er Anja, als sie sich begrüßt hatten.

Sie runzelte die Stirn, sie wollte Ergebnisse hören und ihre erzählen.

Bernd sah das und sagte lächelnd. „Nicht so ungeduldig liebe Kollegin, das machen wir, wenn wir Dienst haben und das ist noch gut 25 Minuten weit, oder willst du mir was Inoffizielles sagen."

Sie schüttelte den Kopf. „Eigentlich hast du ja recht."

„Und aber?", konterte er.

Sie blickte ihn fragend an.

„Ein eigentlich impliziert immer ein aber."

Jetzt musste sie lächeln, so ein alter Fuchs.

„Sage das ruhig laut, ich kann es förmlich lesen."

„Alter Fuchs", sagte sie mit so viel Liebe in der Stimme, wie es zwischen Kollegen möglich war. Das könnte ihr Papa sein, der Bernd. Ihr Papa war auch so toll, sie brauchte keinen Zweiten. Mit dem Kerl an ihrer Seite war sie ohnehin zufrieden, ja glücklich. „Du hast ja Recht, da gibt es noch viel zu lernen, für mich."

„Du kannst mich ja anrufen, wenn ich Rente habe und du das hier leitest."

Sie winkte ab: „Da wird doch sicher irgend so ein Seiteneinsteiger kommen, aber das ist ja auch egal. Der Roman, sehr jung, ich glaube 28, sehr grün, auf der Jagd, ich glaube aber brauchbar, und du?"

„Gute Beobachtungsgabe, das siehst du wie ich, wir werden sehen. Aber wie machst du das mit den Kindern, ist das nicht sehr schwer?"

Sie nickte: „Ja, einfach ist das nicht. Du liest Akten von zerlegten Menschen, verwesten Leichen, oder siehst sie sogar, und kommst nach Hause, und siehst zwei wunderbare Kinder und einen ebensolchen Mann. Dann frage ich mich auch öfters, warum das so sein muss."

„Aber du kommst zurecht, insgesamt?"

„Ja, mein Mann ist wunderbar, der kann von zu Hause aus arbeiten, der regelt alles und ich nehme mir jede erdenkliche freie Minute für die Kinder und keine Arbeit mit nach Hause, niemals." Sie hob die beiden Schwurfinger in die Höhe.

„Toll, stark, meine Hochachtung", Bernd lächelte sie anerkennend an.

„Ich auch", kam es aus der Tür, Roman war erschienen. „Später Roman, wenn du mit vier Kindern und einer

Frau fertig werden musst und noch das hier machst, dann kommt das."

„Wieso vier, Anja hat, doch bloß zwei."

„Ganz einfach, weil du keinen Haushalt machen musst, das macht die Frau, und die Last muss groß genug sein."

„Das war jetzt, aber auch altes Denken", warf Anja ein.

„Tut mir leid Anja, aber ihr könnt das doch am allerbesten, oder ist dein Mann so Super, dann pass auf, sowas suchen alle Frauen."

Sie seufzte: „Leider hast du Recht, er ist Super, aber das wirkliche Super im Haushalt, mache ich. Wieso ist das eigentlich so, warum könnt ihr Männer das nicht so gut, kann man das nicht lernen, ich musste zu Hause auch gar nichts machen und mache jetzt alles, kannst ja deine Frau mal nachsehen lassen, bei mir, als Kontrolle sozusagen." „Ja wirklich, das wäre mal interessant, würdest du dich ihrem Urteil stellen oder noch besser, die Monika von meinem Nachbarn, die ist die Oberputze und die kennt dich nicht. Das wäre mal eine tolle Information."

„Ja, das können wir machen, aber nicht, wenn wir hier Maximalstress haben, dann bleibt auch was liegen."

„Nein, ich will dich nicht vorführen, ich will es nur einmal wissen, ohne zu urteilen, ohne zu werten. Es gibt ja immer Unterschiede, auch in den Prioritäten."

„Ja, bei mir müssen die Fenster immer durchsichtig sein", sagte Anja noch, als der Roman dazwischen ging.

„Jetzt sind aber andere Prioritäten dran, es ist 3 vor 10."

„Gut, dass wir dich haben, Roman. Dann lasst uns, in die Besprechung gehen."

Bernd nahm als erster das Wort: „Morgen liebe Kollegen, danke für das Verständnis, mich nach Magdeburg zu lassen und ich bringe gute Nachrichten mit. Es wird wohl wieder eine Soko geben, der dortige Staatsanwalt wird dieses anregen. Wir haben also einen Fall, den man dem Fahrradmörder zu ordnen kann. Die dortige Pathologie hat einen Schlag mit einem Knüppel übersehen."

Geraune begann.

„Bitte, liebe Kollegen, wer ist hier fehlerfrei? Soll ich die Bibel zitieren, wer ohne Sünde ist ...?"

Das Gemurmel hörte auf. Warum freuen sich die Leute immer so über die Fehler anderer.

„Hier habe ich den Obduktionsbericht nach der Exhumierung. Ein Schlag mit einem dort wachsenden Baum, also einem Ast von dem", warf er in das Gekicher ein.

Ja, das war auch komisch, da nimmt einer einen Baum, reißt ihn aus und erschlägt einen Fahrradfahrer, echt komisch. Bernd musste auch lächeln: „Schön das wir den Humor hier bei diesem Job nicht verlieren. Also einem Ast, der den Bäumen dort zugeordnet werden konnte, auf Grund seiner Struktur, einer Krüppelkiefer. Der hat den Fahrradfahrer nur vom Rad gehauen, war ganz sicher nicht tödlich. Tödlich war der Sturz auf einen Stein, trotz Helm, besser der Genickbruch, der war tödlich, genauer geht es nicht. Das ist ja auch egal. Roman, was könnte das juristisch für ein Fall sein", sprach Bernd den jungen Kollegen an.

„Mord wahrscheinlich nicht, das hätte uns zu Ergebnissen gebracht. Ich denke Totschlag. Ich glaube Affekt, eine Spontanhandlung, deshalb wurde das auch nicht erkannt. Ich teile übrigens deine Meinung sehr, ich habe den Bericht schon gelesen und ich habe ein, zwei Vorlesungen freiwillig gemacht in der Pathologie, sowas ist manchmal schwer zu erkennen."

„Danke Roman, ich sehe das genau so, also ist das unser Opfer, in 2011 geschehen, genau am 30.7.2011, also Fall 11a. Ich denke, wir nehmen die Fälle, die spontan geschehen sind, als A - Fälle und reihen sie in die Fälle des Jahres ein." Niemand hatte etwas dagegen.

„Dann waren das jetzt 12 tote Fahrradfahrer."

Bernd sah, Anja wollte reden: „Was hast du, Anja", fragte Bernd seine Kollegin.

Anja erhob sich: „Ich habe das Rundmail am Freitag früh noch fertiggemacht und gefaxt und gemailt, stellt euch vor, die Katze ist aus dem Haus, da fangen die Mäuse zu klauen an."

Alles lachte, zu komisch Bernd als Katze zu bezeichnen, aber wer waren die Mäuse?

„Mittags, am Montag, kam das erste Mail, aus Hof. Die haben einen Fahrradfahrer, einen Unfall mit Todesfolge. Fahrerflucht. Der ist bis heute ungeklärt, die Lackspuren, beziehungsweise der Bericht ist auch schon da und wir wissen, dass es etwa 20 Audi-100 mit dieser Farbe noch in Brandenburg gibt und 10 in Berlin und 15 im Barnim. Das muss überprüft werden."

„Das muss aber nichts bringen, der kann schon im Schrott sein oder in Afrika", warf der Spusichef ein. Zustimmendes nicken, aber alle wussten, dass das gemacht werden musste. Nun wurde aber langsam das Personal knapp. Drei Mann in der Mordkommission, und drei in der Spurensicherung, das war echt zu wenig. Alle wussten das, Niemand sagte was. Bernd blickte bloß den Staatsanwalt an und der ließ die Pause zu, bis die Stille unerträglich wurde. Bernd sagte daraufhin: „Nun spanne uns doch nicht so auf die Folter."

Dr. Christian Speyer erhob sich: „Ich habe am Montag vom Kollegen aus Magdeburg die Bitte bekommen und nach den Informationen von Anja mich mit dem Innenministerium ins Einvernehmen gesetzt. Es wird wieder eine Soko Fahrradmörder geben. Wir werden etwa 10 Mann als Verstärkung bekommen und eine Hundertschaft Bereitschaftspolizei steht uns ständig zu Verfügung. Natürlich auch eine kleinere SEK-Einheit, die für uns Gewehr bei Fuß steht. Das alles ist sonst nicht zu schaffen. Wenn wir alle Fälle überprüfen müssen, die noch bundesweit reinkommen, würde uns das auffressen, außerdem ist es für die Presse ein Armutszeugnis, das wir nichts finden. Ich bin morgen deswegen auch beim Innenminister," wieder ein Grummeln, den mochte nun echt keiner, ein Sozi, aber das war nicht das Problem.

Der war mal Landrat hier in Oberhavel, da hat der sich nicht mit Ruhm bekleckert. Die Sozis haben wohl nichts Besseres mehr, aber was sollte das, dachte Bernd noch.

Der musste Bescheid wissen über die Sachverhalte und das wir uns den Hintern aufreißen, um das Monster zu fassen. Aber wie, wo angreifen, was kann man dem beweisen. Wir haben nichts, rein gar nichts, außer das Täterprofil vom letzten Profiler.

„Ich habe noch einen Profiler vom LKA angefordert, vielleicht bringt uns das auch noch weiter."

Bernd meldete sich zu Wort. „Was soll das denn, wir haben ein Profil, was soll da anders werden, noch ein Klugscheißer vom LKA, das hilft doch nichts."

„Bernd, ich glaube, du hast dein Bestes gegeben in der letzten Soko, du kannst dir und euch allen, in der Soko nichts vorwerfen." Der Staatsanwalt überging den Einwurf von Bernd. „Das weiß ich und auch jetzt hattest du die Idee bundesweit zu suchen, vielleicht, finden wir ja, einen Fehler oder irgendetwas, was uns zu ihm führt. Lass uns auch das versuchen. Ach übrigens, ich will, dass du den Chef der Soko machst. Du warst von Anfang an dabei, kennst die Lage, hast Erfahrung, Führungsqualitäten, du bringst das."

„Was ich?", warum sträubte er sich denn eigentlich, das wäre ein schöner Abschluss seiner Laufbahn.

Anja sprang ihm zu Seite: „Ja, das wäre gut, ein guter Chef. Bernd, wir schaffen das, vor allem mit deiner Führung."

War das also auch geklärt. So konnten sie nun die Sitzung beenden, als die Tür aufging und die gute Seele eintrat. Es war die Susanne, die Schreibkraft am Empfang, die auch mal kleine Sachen recherchierte, das Bäckchen von Oranienburg.

„Wir haben schon wieder eine Leiche oder sagen wir, was davon übrig ist. Ein Hund kam mit einem Knochen aus dem Wald. Schienbein, ich habe den Begriff vergessen."

„Tibia," half Roman aus. Susanne zuckte nur mit den Schultern, war ihr egal.

„Wo ist das jetzt genau", überging Bernd das Vergessene und den Einwurf, Knochen reichte ja, menschlicher Knochen, das erkannte oft auch ein Laie.

Sie sah auf ihren Zettel: „Irgendwo bei Malz, man holt euch in Malz ab und lotst euch dahin."

„Danke liebe Susanne", Bernd nahm ihr den Zettel ab. Sie machten sich, nach dem die Sitzung beendet worden war sofort auf den Weg. Das war nicht allzu weit, sie waren bald da.

Ein Mann erwartete sie, einen Hund bei sich, die Streife hatte schon den Weg gesperrt, von beiden Seiten.

Bernd begrüßte ihn, stellte sich als HK Bernd Freitag vor, und seine Kollegin und der Mann stellte sich als Hermann Hager vor.

„Was?", fragte Bernd sofort, „vom Kurt etwa?"

Der nickte nur. Die Welt ist klein, dachte Bernd voller Ossis und Bonzen und ihren Nachkommen. Er dachte bei solchen Namen immer an die Politgrößen der DDR, hier Kurt Hager, Vorsitzender der staatlichen Plankommission. Der hatte also einen Sohn, interessant. Dem Kollegen der Streife, hatte er schon, seine Personalien überlassen, also gingen sie in den Wald, als die Hundestaffel eintraf, mit der Spusi. Die Hunde voran.

Der Knochen und der Hund von Kurt, wie ihn Bernd getauft hatte, richtig Hermann, die Hunde also voran.

Der Hund von Kurt wusste, dass dort noch was lag, und er wollte Erster sein, vor seinen Konkurrenten, also zog er wie irre. Man hätte sich die Hundestaffel sparen können. Aber das war egal, sollten sie noch den Wald absuchen, vielleicht fand sich noch etwas. Sie liefen durch das Unterholz, immer zickzack, wie die Hunde, um durchzukommen. An einer bestimmten Stelle schlug der Leichenhund an und der Andere wollte anfangen zu buddeln. Das wurde nicht zugelassen, dafür wurde das Areal abgesperrt und mit Hilfe des inzwischen eingetroffenen Försters, wurde der Zugang erleichtert.

Sie mussten ja alle dahin, Kripo, Spusi und der Pathologe. Sie waren an einer Fläche angelangt, die umgegraben aussah, am Rande sah man das noch. Die Fläche war aber inzwischen fast zugewachsen, doch da ragte noch ein Teil eines Oberschenkelknochens aus dem vermoderten Laub.

Die Leiche war zwar eingegraben worden, aber eher notdürftig. Wenn es einen Zusammenhang gab zum Fahrradmörder, dann war das auch ein Notfall, nicht so sein Stil. Dennoch schien das meiste ganz verwest zu sein, oder dem Tierfraß zum Opfer gefallen. Nun musste akribisch freigelegt werden, um keine Spuren zu verwischen, und immer wenn etwas nach Spur aussah, wurde innegehalten um sie zu sichern und so würde das den ganzen Tag gehen, hoffentlich reichte das. Also organisierte Bernd das alles und ließ den Roman als Aufsicht zurück. Er sollte das hier übernehmen. Bernd und Anja verschafften sich einen Überblick über den Weg, woher kam der, wohin ging der und organisierte seine Absperrung.

Auch, um den möglichen Ablauf zu rekonstruieren. Presse war auch schon da, sie kroch durch den Wald, also musste die Hundertschaft ran. Es wurde weiträumig abgesperrt. Erst am übernächsten Tag hatten sie Gewissheit.

Die Bergung dauerte fast 24 Stunden, natürlich in der Dunkelheit unterbrochen und bei Morgengrauen wieder begonnen. Notstrom sorgte in den Dämmerungen für Licht. Dann wurde noch die Gegend abgesucht, aber man fand das Fahrrad nicht, vielleicht hatte es jemand gefunden und mitgenommen. Das wird schwierig werden, es zu finden, aber hier hatten sie Glück.

Es war registriert und ein Junge hatte es mitgenommen. Die Meldung in der Presse half. Der Vater des Jungen, der jetzt 16 Jahre alt war, meldete sich. Der Junge hätte es 2007 gefunden, da war er acht Jahre alt. Der Beamte schrieb 5 Jahre alt, sicherheitshalber. Die Hinterbliebenen wollten das Fahrrad nicht, also konnte der Junge das teure Fahrrad behalten. Der Mensch muss mal Glück haben, so etwas freute Bernd.

Jetzt wussten sie wenigstens, wann das genau war. Der Mord musste um den 24.4.2007 passiert sein, denn da kam der Junge mit dem Fahrrad und stellte es heimlich auf dem Grundstück der Eltern ab.

Also war das ein Opfer, das sie nicht kannten, und gaben ihm die Nummer 6 A, weil es ein kein wirkliches

Opfer des Fahrradmörders war. Alles deutete darauf hin, dass es so war.

Die Obduktion, blödes Wort für Sektion eines fast verwesten Menschen fand dann am dritten Tag statt, also am Donnerstag und am Freitag war wieder Lagebesprechung, diesmal mit dem Pathologen. Der sollte zunächst beginnen, weil das die zunächst wichtigsten Informationen waren. Also zwei Opfer, der Vergrabene, war männlich, so um die 40, dem Knochenbau nach zu urteilen, trainiert, also Radfahrer, fast fachmännisch zerlegt, Opfer 6. Der Täter könnte ein Mediziner sein. Das ist übrigens auffällig, bei allen zerlegten Opfern, fällt dieses planvolle, ja gekonnte Zerlegen auf.

Er hatte die Berichte am Wochenende auch noch einmal gelesen, außer bei den Zufallsopfern. Wieder waren offenbar die Hoden abgeschnitten worden, dann der Rest voneinander getrennt. Das konnte man an Einschnitten der Beckenknochen feststellen, die an jeder Leiche zu finden waren.

Schädelverletzung, nicht tödlich, zweiter Schlag ins Gesicht, tödlich mit großer Wahrscheinlichkeit Verbluten infolge des Zerlegens. Dann war alles eingegraben worden. Eine richtige Grube ausgehoben und zugeschaufelt. Nicht wie das Mädchen, das nur notdürftig verscharrt war, aber gut genug, das es erst nach so langer Zeit gefunden wurde.

Hier fehlte nichts vom Körper des toten Mannes, nur von den verwitterten Klamotten fehlte vielleicht ein Fetzen oder so etwas Ähnliches."

„Trophäe", warf Roman ein. Guter Gedanke, der wird was, der Junge dachte Bernd. „Möglich, wie war das bei den anderen Leichen, das müsst ihr prüfen. Das kann ein wirklicher Beweis sein, wenn wir ihn haben."

„Mache ich", sagte Roman. Obwohl er dachte, jetzt darf ich die Akten noch einmal lesen.

Toll dachte Bernd wieder. „Beim Mädchen, der anderen Leiche, waren ja bloß noch die beiden Oberschenkelknochen und die Hüftknochen übrig. Die allerdings ließen auf weiblich schließen. Es fehlten die Rippen, große Teile der Wirbelsäule und vor allem der Kopf. Das ist ungewöhnlich, weil das die Schweine nicht fressen, auch Hunde nicht, auch nicht Wölfe, die wir hier noch nicht haben, der Kopf ist zu groß."

„Kann also vielleicht verschleppt sein?", wollte Anja wissen.

„Möglich, aber wichtig ist, weiblich, ca 10 bis 20 Jahre alt und das war offensichtlich nicht der Fahrradmörder, jedenfalls ist das nicht sein Schema. Wir haben Tierfraßspuren gefunden, Schweine, Hunde, die haben das alles ausgescharrt, lag ja nur etwas mehr als abgedeckt. Abgenagt, auch Ratten, oder ähnliche Nager."

„Was man als Pathologe alles wissen muss, Nagerspuren von Ratten und Hunden", entfuhr es dem Roman.

„Ja, lieber Kollege, du bist nicht gut, nach dem Studium, auch nicht, wenn du Prokop gelesen hast, das dauert länger, versuche ich immer, meinen ungeduldigen Assistenten zu erklären. Jeder Fall, jede Leiche lässt dich recherchieren und heute, durch das Netz, ist das alles viel besser geworden, einfacher, als zu meiner Zeit."

„Als du angefangen hast", gab Roman ehrfurchtsvoll zurück und der nickte nur.

„Ja, so ist das. Ich habe viel vom Prokop gelernt, das war der führende Pathologe der DDR. Der einzige Wissenschaftler, der aus dem Westen in den Osten ging. Man ließ ihn forschen, er hatte alle Freiheiten, hielt sich aus den Obduktionen politischer Gefangenen raus und hat heute eine vergleichsweise kleine Rente, aber er ist zufrieden.", dozierte der Pathologe noch.

„Also, was haben wir", wollte Bernd zusammenfassen: „Eine Leiche fast verwest, männlich, trainiert, nach dem Schema des Fahrradmörders zerlegt, ohne Eier und eingegraben. Daneben eine junge Frau, bis 20 die nur eher eingescharrt wurde. Das Fahrrad haben wir noch nicht gefunden, das muss in die Presse, wenn wir wissen, ob das registriert war."

„War es", gab Roman dazu, „habe ich gleich geprüft, dank Intranet, vermisstes Fahrrad gemeldet am 24.4.2007, auch der Mann wurde, an dem Datum vermisst gemeldet, habe ich schon geprüft."

„Danke Roman, gute Arbeit", Bernd lobte immer, wenn es was zu loben gab, er war ja kein Schwabe, net gschimpft isch globt gnug. Nein, er wollte motivieren, das ging nicht über meckern.

„Gut, den hatten wir noch nicht, also ändern wir unsere Opferreihe, das ist Opfer 6 und vielleicht 6a, wenn wir genau wissen, dass es der Fahrradmörder war. Also noch einmal die Angehörigen und noch einmal prüfen, wer ein Motiv gehabt hätte. Ich denke, wir schließen hier bloß aus, ich glaube, wir haben ein neues Opfer gefunden. Bei dem Mädchen fehlt der Kopf, wir haben aber Genmaterial und ihr werdet das mit den Vermissten prüfen, da bin ich mir sicher. Das fehlte mir hier noch in deinem Vortrag."

Der Pathologe nickte erkennbar für alle: „Ja, soweit waren wir noch nicht gekommen. Das ist in Arbeit."

„Gut, dann war es das für heute. Bis die Soko steht, machen wir das Wichtigste, die Angehörigen, das übernehmen wir, du Anja und ich. Roman du befasst dich mit den Autos, sortiere nach dem Gefühl, nach der Wahrscheinlichkeit, du bekommst die Daten der Halter natürlich über die Zulassungsstelle."

Roman guckte ungläubig.

„Na, versetze dich mal in die Lage des Täters, was könntest du sein und wo könntest du wohnen und so, horche in deinen Bauch. Vielleicht kommst du schneller durch", versuchte ihm Anja, zu helfen.

Der aber nickte nur hilflos. „Du musst auf keinem Fall alle prüfen, mache was du schaffst, wenn die Soko steht, machen wir dann den Rest weiter", Bernd half ihm, er blickte erleichtert. „Das ist doch nicht zu schaffen, so an die 50 Autos prüfen, Streuungsgrad etwa 100 Quadratkilometer. Da bist du ja Tage unterwegs und das oft nur abends. Die Spusi hat zu tun, mit dem Kram, der gefunden wurde, das reicht über die nächste Woche hinaus.", warf Bernd noch ein.

„Was ist eigentlich mit den Handys", fragte Roman noch, „Die Netzabdeckung ist schon beachtlich, wo verlieren sich die Spuren und wo sind die geblieben."

Das war wieder einmal komisch, eben hatte der Roman noch mit den Augen gerollt, wegen der vielen Arbeit und jetzt halst der uns Neue auf. Aber so ist das, die Routine macht müde. Gut, das wurde notiert, dafür hatte vielleicht die Spusi Zeit, oder die liebe Susanne, jedenfalls gab der Staatsanwalt grünes Licht, er würde die Papiere für die Betreiber fertigen. Wenn sie alles hätten, würde das Susanne machen, versprach sie, die gute Seele des Reviers. Sie waren fertig und gingen dann zum Mittag, denn das hatte alles gedauert.

Nach dem Mittag ließen sie die Vermisstendatei durchlaufen, es war ja recht einfach, das wahrscheinliche Datum war ja bekannt.

Es ging ganz schnell. Am 24.7.2007 war ein Mädchen verschwunden, 17 Jahre alt, war mit dem Fahrrad unterwegs, das Fahrrad hatten sie ja schon. Das bestätigte die Vermutung. Bald danach kam der Genabgleich, es war das vermisste Mädchen.

Gewissheit.

Bernd bekam den Anruf, also würden sie mit diesem Opfer beginnen. Nach dem, was sie von den Opferfamilien wussten, war wenigstens die des Mädchens nicht berufstätig. Also beschloss man so gegen 15:00 Uhr loszufahren, um die Familie des Radfahrers, die Witwe dann noch gegen 17:00 anzutreffen. Dann sollte Feierabend sein.

Sie hatten noch einiges zu tun, unter anderem lasen sie die Vermisstenakte des Mädchens und fuhren pünktlich ab. Sie nahmen den Dienstwagen von Anja, sie würde Bernd am nächsten Tage von zu Hause abholen. Sie fuhren gar nicht lange, in Lehnitz hielten sie vor einem kleinen Häuschen und schon fragte sich Bernd wieder, wie kam das Mädchen nach Malz, obwohl er die Aussage der Großeltern gelesen hatte, war ihm das rätselhaft.

Sie brauchten nicht klingeln, auf einer Bank vor dem Haus, saßen zwei alte Leute, sie mussten jetzt um die 80 sein, das hatte er vergessen. Sie gingen zum Tor, Bernd begrüßte sie: „Sind sie Frau und Herr Stern. Ich bin Hauptkommissar Freitag, das ist meine Kollegin Oberkommissarin Hartig von der Mordkommission Oberhavel."

Der alte Mann stand auf und kam zum Tor, er öffnete es und bat sie einzutreten. „Was gibt es denn Neues?", fragte er und bat sie einzutreten. Die Frau bat Ihnen was an und sie nahmen gerne einen Kaffee.

In den Unterlagen stand, dass sie die Großeltern waren, die Eltern sind nach Westdeutschland, wie so viele Ossis nach der Wende, als die Firmen alle platt gemacht wurden, nicht nur weil sie pleite waren, sondern weil Konkurrenz ausgeschaltet wurde und die Grundstücke billig zu haben waren.

Den Fall der Elektrokeramik in Berlin Pankow kannte Bernd auch, hier hatte der alte Mann gearbeitet. Nach der Wende brach zwar der wichtige osteuropäische Markt zusammen und auch die Produktion war nicht so effektiv wie die westdeutsche Konkurrenz. Dafür waren aber die Kontakte nach Osten da, und man war auf einem guten Weg, der Verkauf zog an, es ging aufwärts und man hatte schwarze Zahlen gegen Null, aber schwarz waren sie.

Da bekam ein sogenannter Investor für sehr wenig Geld den Zuschlag und das in Selbstverwaltung geführte, rentable Unternehmen wurde binnen einem Jahr abgewirtschaftet. Dann wurde alles abgerissen und nun sind dort Eigentumswohnungen entstanden, man munkelt mit über 1000 % Rendite. Die hätte der Investor natürlich nie erreicht, mit der Weiterproduktion.

Auch nicht mit einem anständigen Grundstückspreis, dann hätte das nicht einmal 50 % gebracht. Sie hatten einmal intern versucht, über die Wirtschaftskriminalität etwas zu machen, gegen die Treuhand und den Investor, wurden aber von höchster Stelle zurückgepfiffen.

Der Kaffee kam, da der alte Mann geschwiegen hatte, konnten die Gedanken kreisen, was für ein Betrug für die Menschen, die Einheit wirtschaftlich war. Bernd wurde immer übel, wenn er daran dachte. Er gehörte zu den wenigen, die nicht verloren hatten und natürlich die Firma, die Mitarbeiter der Stasi, die auch nicht.

Ein Großteil der Ostverwaltungen blieb im Amt, wie bei ihm im Dorf, im Bauamt. Aber jetzt sind die bald alle in Rente und auch er hatte es nicht mehr weit bis zur Pension, dieser Fall noch, dachte er, dann wird es gut sein.

Sie tranken erst einen Schluck, dann begann Anja mit der Nachricht. Sie hatten beschlossen, sie sollte sich darin üben, das war das Schwerste in dem Job, obwohl das Mädchen schon für tot erklärt war, das war immerhin 9 Jahre her.

„Ich habe ihnen die traurige Nachricht zu überbringen, dass wir ihr Enkelkind tot gefunden haben." Sie sparte sich, dass es bloß zwei Oberschenkelknochen waren und nicht viel mehr und das sie gar nicht wussten, wie sie umgekommen war. Beide nahmen die Nachricht stoisch auf, was sollte jetzt noch eine Aufregung, sie haben so lange gewartet, vielleicht lebte sie noch und meldete sich, egal wie und woher, Hautsache sie würde leben.

Nach der Todeserklärung haben beide sich damit abgefunden, dass sie tot ist, also konnte die Nachricht sie nicht mehr erschüttern. Vielleicht heulten sie später noch.

„Wir haben sie in Malz gefunden, in einem Waldstück, wie ist sie dahin gekommen, was glauben Sie?", fragte Anja weiter.

„Ich habe ihr immer gesagt, sie solle nicht so weit wandern", nun kamen der Oma doch die Tränen. Sie schluchzte und schnäuzte gleich in ihr Taschentuch.

Er ergriff das Wort. „Sie ist sehr viel gewandert. Anfangs sind wir oft mit, aber das wurde uns zu viel. Wir haben ihr immer gesagt sie solle aufpassen, es gibt so viele bösen Menschen, wie wir sehen. Dann wollte sie mit dem Fahrrad fahren." Auch er war betroffener, als es anfangs schien.

„Wir wissen nicht, was ihr passiert ist, wir fanden nur noch Überreste von ihr und haben das Mädchen in der Vermisstenkartei gefunden und den Genabgleich gemacht. Warum lebte sie überhaupt bei ihnen?", wollte Bernd wissen.

Das war eine große Wunde, der alte Mann wirkte wütend: „Mein Sohn ist doch nach Westdeutschland und hat dort so eine dumme Tusse geangelt. Das Kind, die Liane, hat von der Tussi, Tourette mitbekommen. Die wollte das Kind nicht. Als sie 5 war, kam das, das erste Mal, da hat sie das Mädchen zu uns abgeschoben."

Die Frau griff ein. „Verstehen sie das nicht falsch, wir haben das Kind trotz dieser blöden Krankheit lieb gehabt und alles für sie getan, was wir konnten." Bernd kannte das Syndrom, das Zucken und Schreien von unflätigen Sprüchen, völlig unvermittelt, öffentlich. Vielleicht könnte sie auch: „Ich liebe dich", brüllen oder „Küss mich."

Aber das Schlechte setzt sich wohl eher durch. Also brüllte sie „Arschficker", oder „Schwanzträger", das fiel auf. Bernd fand die Krankheit vielleicht ärgerlich, aber immer noch besser, wie eine, an der man sterben muss.

„Die Liane ist also immer losgezogen, ist gewandert, später dann geradelt. Wie lange war sie immer weg und wussten sie, wohin sie gegangen oder gefahren ist?"

„Nein das wussten wir nicht. Sie ist einfach losgezogen und zu einer Mahlzeit wieder da gewesen. Damals war das nach dem Mittagessen und wollte dann zum Abendbrot zu Hause sein. Das war sie aber nicht und so haben wir die Polizei angerufen, aber die haben sie auch nicht gefunden. Das war am 24.4.2007."

Ja, so stand es in den Akten: „Dann ist es also doch am 24.4.2007 passiert. Dann haben wir wenigstens den wirklichen Todestag, sie bekommen eine neue Todesurkunde."

„Meinen Sohn brauchen sie das nicht mitteilen, das interessiert ihn sowieso nicht, der ist ein richtiger Wessi geworden."

„Wie sind denn Wessis so", wollte Anja dann wissen.

„Oberflächlich, eingebildet, komplett verblödet, durch die Blödzeitung, die träumen immer noch von ihrem sozialen Kapitalismus, aber langsam kommt das wirkliche Leben bei denen auch an."

Man merkte den marxistisch gebildeten Ossi, sicher war der auch mal staatsnah beruflich unterwegs, darüber stand in den Akten nichts. Anja mochte keine Klischees. Bernd grinste in sich hinein, er bekam einen bösen Blick von ihr. „Das sind doch alles Klischees, ich kenne ein paar Andere."

„Herzlichen Glückwunsch, ich kenne nur solche", gab der alte Mann zurück. Er war verbittert, vom Leben enttäuscht. Er hatte für das System gearbeitet, er hatte daran geglaubt, wurde aber auch verraten. Verraten von einer dummen, korrupten, neurotischen Clique, die glaubte jedes Widerwort wäre die Konterrevolution. Sein Leben wollte er nicht in Frage stellen, warum auch. Wer will schon zugeben, dass es falsch, oder gar sinnlos war, dass was er getan hatte. Das würde jeden Lebensmut nehmen.

Das geht selbst uns so, wie hier in diesem Fall. Die Aussicht, diesen Mörder zu finden ist fast null, ohne irgendeine wirkliche Spur. Die beiden Alten sanken plötzlich in sich zusammen, jetzt hatten sie wohl realisiert, dass ihr Kind, ihr Enkelkind, für immer weg war, wirklich weg. Sie hatten es geliebt, trotz der Krankheit, einfach weil es da war, weil es lebte. Jetzt war es tot, kam nie wieder, auch wenn sie nun Gewissheit hatten, aber ihr schönes Konstrukt, das noch immer Hoffnung zum Inhalt hatte, stürzte ein.

Jetzt kam der Tod auch bei ihnen an. Anja nahm ihr Telefon, stand auf und rief den Notdienst an, sie brauchten seelische Hilfe, die beiden alten Leute.

„Wir müssen ihren Sohn benachrichtigen, wohnt er immer noch dort, wie es in den Akten steht?" Die Frau schüttelte den Kopf. Der Mann stand auf, weil ein Weinkrampf sie schüttelte, und holte ihr Adressbuch. „Hier", er reichte es dem Bernd. „Wissen sie, ob ihre Schwiegertochter das Syndrom hatte?"

„Nein hatte sie nicht, auch ihre Eltern nicht, aber sie hatte in der Schwangerschaft gesoffen und gequalmt, das konnte nicht gut gehen."

Ob das vom Alkohol und vom Rauchen kommen könnte, wusste Bernd nicht, aber schön war das nicht. Für ein Kind muss sich eine Frau mal zusammenreißen können, wir Männer können uns ja auch nichts für eine schnelle Nummer suchen, wenn die Frau mal nicht kann.

Ja, können wir schon, sollten wir nicht, sagte seine innere Stimme, die immer mit ihm streiten musste. Sie redeten noch etwas Belangloses, bis der Notdienst da war, und verabschiedeten sich dann. Die Uhr verriet, das wurde wieder länger als gedacht und sie fuhren weiter zum Radfahrer.

Der wohnte auch nicht sehr weit weg vom Tatort, sie fuhren nur etwa 10 Minuten und standen vor einem Zweifamilienhaus.

An der Klingel mit dem Namen Holzer, Peter, ja sein Name stand immer noch auf der Klingel, dort klingelten sie.

Aus dem Erdgeschoss sah eine Frau heraus, wieder das Vorstellen und die Bitte hereinzukommen. Am Blick der Frau sah Bernd, dass sie ahnte, was kommen würde. Und so ging das ganz schnell. Sie nahm es erleichtert, ja erleichtert.

Das Schlimmste an solchen Fällen ist die Ungewissheit. Jetzt war es gewiss, nicht vermisst, tot, was vorher schon fast klar war. Ihr Mann wäre nie verschwunden.

Manche Menschen wissen, dass wirklich, wenn man Bernds Erfahrung hat, kann man das sagen. Es waren keine neuen Fragen, also ging das recht schnell. Bernd und Anja hinterließen noch ihre Telefonnummern, wenn sie irgendeinen Einfall hätte und nun war doch der Feierabend gesichert. Wegen ein paar Minuten stritten sie nicht. Anja fuhr ihn nach Hause, dann fuhr sie selbst zu ihrer Familie, ihren beiden süßen Kindern und ihrem tollen Mann, wie sie sagte, also bis Morgen, dem Freitag, Herr Freitag.

Der Tote im Wald von Lehnitz

Er war bei Konrad in Berlin, irgendwie war ihm das zu gefährlich geworden, einfach so zu zuschlagen, weil die Gefahr bestand, dass der nächste Fahrradfahrer schon unterwegs war. Von Wildkameras hatte er gehört und die wollte er jetzt haben.

So konnte er einen Tag lang beobachten, wer unterwegs war, ohne selbst dort zu sein. Es waren ja so viele Teufel unterwegs, musste mehr tun, als den Einen oder die Zwei im Jahr.

Nun saß er regelmäßig in seinem Kellerverschlag und dachte darüber nach, wie das zu beschleunigen sei, effektiver zu gestalten, ohne sich selber zu gefährden.

Die Therapie, die er jetzt doch bekommen hatte, brachte auch nichts, die verstanden einfach gar nichts. Wenn es ihm gut ging, das Brummen nicht da war, wollte er, dass das Ganze irgendwie aufhörte.

Das war doch auch keine Lösung, aber wenn es wiederkam, erst ganz langsam, erst leise, dann immer lauter und stärker, dann konnte er sich erst in seinen Kellerverschlag zurückziehen und sich mit den Trophäen beruhigen.

Es nahm tatsächlich ab, das Brummen. Er las seine Berichte, die er verfasste, sah die Zeitungsberichte durch, hörte sich die Mitschnitte der Fernsehsendungen an und das beruhigte ihn zunächst.

Aber das hielt nicht lange an. Dann berichtete Er in der Therapie davon, von dem Brummen und von dem Zwang etwas Tun zu müssen, aber dann kamen irgendwelche Entspannungsübungen, oder irgendein anderer Quatsch, die verstanden überhaupt nichts.

So war er nun bei Conrad in Berlin und kaufte sich die Wildkamera, die ansprach, wenn etwas in den Blickwinkel geriet, sich einschaltete, aufzeichnete und dann wieder ausging, um Batterien zu sparen, und die senden konnte, auch auf sein Smartfon.

Dann fuhr Er wieder in den Wald und montierte Eine, als er ungestört war. Sie hing recht hoch, er hatte eine kleine Leiter mitgebracht, die in sein Auto passte und so konnte man sie normalerweise nicht sehen. Er probierte es mehrmals aus, nein man sah sie nicht.

Zufrieden fuhr er nach Hause. Sein Sohn war schon aus der Schule nach Hause gekommen, der war jetzt 8, in der dritten Klasse und lernte sehr gut. Manchmal musste Er ihm helfen, meistens aber nicht. Er sah sich seine Arbeiten an, unterschrieb die Zensuren, manchmal machten sie gemeinsam Hausaufgaben, wenn es ihm gut ging, aber sonst war der Junge in seinem Zimmer, spielte oder hörte Musik, und Er kümmerte sich um das Essen, oder mähte den Rasen hinter dem Haus.

Zu den Nachbarn hatte Er gar keine Kontakte, sie grüßten sich zwar, aber mehr nicht. Nur einmal gab es ein längeres Gespräch mit dem von schräg gegenüber, weil er am Sonntag den Rasenmäher rausgeholt hatte.

Da kam der rüber, und da Er ihn nicht bemerkt hatte, hatte der ihm einfach das Ding ausgemacht. Natürlich hatte Er einen Benzinrasenmäher. Er hasste es, die Strippe hinter sich herzuziehen. Der Nachbar von gegenüber hatte ihm erzählt das, dass nach der Gemeindeordnung nicht erlaubt sei, er könne von Glück reden, wenn ihn keiner anzeigte.

Diese verdammten Ossis, die Regeln noch, wann man furzen darf, und er verfluchte den Tag, als er die freigekaufte Tussi aus dem Osten bestiegen hatte. Darum war er jetzt hier. Dabei stimmte das gar nicht, wenn man nur an die Kehrwoche in Stuttgart erinnert. Dort war mehr als alles geregelt, auch wann man rasenmähen durfte.

Sie setzten sich doch zusammen und der Freitag erzählte ihm, dass er Polizist sei und wenn er mal Hilfe bräuchte, dann könne er ihm das sagen. Der wusste, dass seine Frau gestorben war, das war klar, hatten die sie, wegen der unklaren Todesursache obduziert.

Sie hatten nichts entdeckt und so wurde sie beigesetzt. Damals war der nicht bei ihm, war in Berlin unterwegs und das ist hier Oberhavel. Das war ja auch blöd, ringsherum ist Berlin und du fällst förmlich dort rein, nur nach einer Seite ist das Nest offen, nach Oberhavel und die wollen in Brandenburg bleiben.

Das hatte er nie verstanden. Die hatten einen Volksentscheid gemacht und wollten keine Berliner werden, Reinickendorfer, neben Frohnau. Das zweite Mal schon, bei den Nazis schon mal. Dummes Volk dachte er immer, man sollte das Volk nicht befragen.

Das hatte er auch bei Stuttgart 21 erfahren müssen.

So ein Unsinn, den Bahnhof unter die Erde zu verlegen, das war eindeutig Grundstücksspekulation, hier ging es um Geld, um viel Geld. Hier wurde richtig hingelangt und das dumme Volk bemerkt das nicht und stimmt für den bekloppten Bahnhof.

Am nächsten Tag fuhr er wieder in den Wald und nahm die Kamera ab. Den ganzen Tag sichtete er dann die Aufzeichnungen. Er beschloss, sie nun ein paar Tage hängen zu lassen und dann noch einmal auszuwerten und dabei bemerkte er, dass es fünf Teufel gab, die immer zur gleichen Zeit dort lang fuhren, plus minus 5 Minuten.

Dabei fiel ihm einer besonders ins Auge, der brüllte an 5 Tagen gleich drei Mal einen Spaziergänger an. Die trafen fast täglich aufeinander, nach dem dritten Anbrüller, blieben die Fußgänger weg und mit einem selbstgefälligen Lächeln, fuhr der dann an der Kamera vorbei.

Das war auch gut, dass die Spaziergänger wegbleiben, sonst hätte er ganz früh machen müssen. So konnte er ausschlafen. Er war kein Frühaufsteher. Das Brummen war wieder so stark, das er handeln musste und dieser Teufel, er musste weg. Er filmte diesmal sogar, wie er es tat, das vom Fahrradholen. Das war diesmal seine Trophäe. Den Rest erledigte er wie immer, ruhig und routiniert.

Diesmal kam kein so dummes, zuckendes Mädchen vorbei, obwohl die Nummer schön gewesen war. Er dachte schon, Gott würde ihn wieder prüfen, ja Heiliger Geist, er würde diese Teufelsbrut auslöschen, versprochen.

*

Bernd schlug die Akte zu. Das war der Tote aus dem Jahr 2008, genau am 15.5.2008, auch in Oberhavel, genau, in einem Wald in Lehnitz. Da war er noch nicht hier, bekam das aber mit, weil der Kollege Horst Ross, der Kollege, den er ersetzte, zu ihm nach Hause kam.

Selber wohnte der Kollege in Bergfelde.

Sie saßen damals lange im Garten, es war Sommer und schon damals wirkte er, der Kollege, sehr müde.

Wärst du doch damals schon zum Arzt gegangen, Horst, dachte Bernd. Er beschloss, ihn einmal zu besuchen, mit Anja, die ihn ja kennengelernt hatte. Sie war damals von der Polizeischule gekommen und hatte in Oberhavel angefangen zu arbeiten.

Dieser Fall war wie die Anderen, keine Spuren, keine Anhaltspunkte, nur wieder ein Choleriker, einer der Fußgänger brutal weggeklingelt hatte.

Das Opfer hatte auch schon eine Anzeige bekommen wegen Beleidigung. Ein Fußgänger hatte ihn angezeigt und der rüpelhafte Fahrradfahrer musste eine Geldstrafe bezahlen. Der Anzeiger hatte ein Alibi, der lachte nur, als die Polizei zu ihm kam.

Es wäre sehr unschön, dass der jetzt tot war, aber Mitgefühl hätte er nicht.

Den deswegen umzubringen, wegen einer Beleidigung, nein, noch funktionierte ja der Rechtsstaat, in seinem Falle jedenfalls. Das hätte ihm gereicht. Die Höchststrafe wäre aber auch zu hoch, für solche dummen Menschen, meinte der noch. Der Mann zeigte bereitwillig seine Wohnung, sie könnten gerne überall reinsehen, aber da brauchte es schon einen Beschluss.

Das Alibi war auch wasserdicht, den hatte Bernd mit vernommen, der wohnte in Berlin Frohnau, zwar nicht sein Revier, aber er hatte gerade Zeit. Der war recht normal, reagierte adäquat, war zugänglich und verstand auch die Verzweiflung der Polizei.

„Ich verstehe eure krampfhafte Suche, weil solche Fälle ja auch zum Verzweifeln bringen können, du hast nichts, was dich weiterbringt, keinen Ansatz, sicher keine Spuren."

Das bestätigten sie ihm natürlich nicht, aber Bernd spürte, dass der es nicht war. Sicher er war Psychologe und nach den Informationen aus der Zeitung stufte er den Fahrradmörder als Psychopaten ein, zwanghaftes Verhalten, sonst aber durchaus sehr kontrolliert.

Dieser Mann stand jetzt in seiner Tür: „Guten Morgen Herr Freitag, ich wurde als Profiler bestellt, wir sollen jetzt zusammenarbeiten, LKA Berlin-Brandenburg, Dr. Müller, dütscher Adel," und hielt ihm lächelnd die Hand hin. Bernd war erstaunt, kennen die die Aktenlage nicht, der Mann war mal Beschuldigter, nein Verdächtiger, dachte er. Setzten die uns jetzt den Fahrradmörder vor die Nase, damit der alle Spuren vernichten konnte, die wir nicht haben.

Bernd nahm die Hand und schüttelte sie freundlich, wie man einen Bekannten die Hand schüttelte. Als der Doktor seine Hand wieder hatte, sagte der: „Das war aber unaufrichtig mein Lieber."

„Ja, das war es", gab Bernd zu, was nützte leugnen, wenn der so gut war und das erkannte.

„Ich habe Vorbehalte, wegen der Befragung in 2008, und ich bin, das heißt, werde der Soko-Chef, ab Montag. Heute ist Freitag, jetzt geht der Herr Freitag mal schnell zum Oberstaatsanwalt und wird mit ihm diesbezüglich sprechen, nicht persönlich nehmen Doktor, aber ich würde das Monster diesmal gerne fassen und da fehlte mir noch, das irgendwer ..."

„Ist gut Kollege, ich versteh das und ich glaube, das erwartet man auch. Als guter Polizist müssen sie das Tun und das tun sie jetzt. Ich will das Monster auch wenigstens im Gewahrsam wissen. Wird ja wohl Maßregelvollzug werden, denke ich, ich melde mich dann am Montag. Schönes Wochenende die Herrschaften", und er ging wieder los.

Anja blickte Bernd an und auch Roman blickte von seinen Akten hoch. „War das echt, Bernd, ist der ehrlich, offen und unschuldig?", fragte Roman ihn ganz direkt.

Bernd sah Anja an: „Was meinst du, was sagt dir dein Verstand und dein Gefühl Anja?"

Sie runzelte die Stirn und überlegte und beide Männer dachten wohl etwa das Gleiche, Mann sieht die schön aus, wenn die nachdenkt. Der Blick der Männer traf sich und beide zuckten innerlich zusammen.

Ertappt.

Bernd lächelte, er dachte als reifer Mann, ohne Ambitionen, er genoss, wobei Roman rot wurde, der war auf der Jagd.

Ein Wochenende

„Wie war das denn eigentlich damals, immer diese Spitzen und Einwürfe, Ossi hin, Wessi her. Ich bin mit meinen Eltern 1991 nach Berlin gekommen. Sie haben den Job in der Verwaltung in Oberhavel bekommen. 2001 sind sie dann nach Potsdam gegangen, an den Landtag, er Staatssekretär und sie in die Landtagsverwaltung. Ich bin faktisch hier aufgewachsen, aber immer wieder die Spitzen gegen uns Westdeutsche."

Anja sah Bernd an. „Auf der Polizeischule war mit den jungen Kerlen, kein vernünftiges Gespräch zu führen, waren ja alle mein Jahrgang, oder so ähnlich, außerdem, wollten die nur Eines", und sie lächelte Bernd süffisant an.

Na klar begriff Bernd, aber er wollte jetzt nach Hause, seine Frau wurde komisch, wenn er versprochen hatte, pünktlich Feierabend zu machen, und später kam.

„Was hältst du davon, wenn ihr, dein Mann und deine Kinder am Samstag oder Sonntag, wie ihr wollt, zu uns kommt. Marlis würde sich sicher freuen, dann können wir das alles 'mal in Ruhe besprechen, auch das mit dem Einen, hier bei der Arbeit", er grinste sie wie der alte Weise, wissende Mann an. Nicht wie der Roman zum Beispiel, aber so sind die Kerle halt, sie wusste, wie sie aussah. Sie hörte das täglich von ihrem Mann und der log sie bestimmt nicht an, außerdem war ihr Selbstwertgefühl ordentlich entwickelt. Sie wusste, dass sie jeden kriegen könnte, wenn sie wollte.

Natürlich, musste das mit den Familien besprochen werden.

So wurde es dann doch der Samstagnachmittag, weil sie am Sonntag mit den Kindern an den Liepnitzsee fahren wollten.

Sie, die Hartigs, trafen gegen 15 Uhr ein, Anja, zwei Kinder drei und vier Jahre alt, quirlig, aufgeweckt, lieb. Ein Mädchen, das jüngere, eine wunderbare kleine Fee und der Bub, pfiffig, aufgeweckt, klug und dann der große Bub, ihr Mann.

Ganz anders wie sie, ruhig, überlegt, intelligent und nicht so schön wie sie, warum auch, die Schöne und das Biest, ist aus dem Leben gegriffen. So schlimm war es nicht, er war nicht der Glöckener, aber Bernd faszinierte immer wieder, wie das so ablief, wo die Liebe hinfiel.

Er war Lektor, hatte Germanistik studiert, war sehr belesen, und immer, wenn sie sich wiedersahen, hatte er einen guten Tipp zum Lesen auf Lager. Die Kinder bekamen erst einmal die Spielecke zu sehen, damit sie tollen konnten, die Weisung die Beete zu verschonen. Norman hatte immer einen Blick auf die beiden Racker, Anja natürlich auch. Sie sprang sofort ein, wenn es die Mutterpflichten erforderten, aber sie konnte sich auch auf ihren Mann verlassen. Das liebte sie und sein ruhiges Wesen, seine künstlerische Ader. Er schrieb selbst keine

Bücher, aber mal was für die Zeitung und hatte immer prosaische Sätze auf Lager.

Sie tranken Kaffee und es gab Kuchen, auch für die Kinder, dann saßen sie mit am Tisch, benahmen sich wunderbar, aber wie Kinder. Nicht dressiert, aber sie benahmen sich. Bernd hatte sich sofort in die kleine Prinzessin verliebt, so zauberhaft war die Kleine, Anja, nein, sie sah wie er aus, man sagt zwar, dass die Jungen der Mutter die Schönheit nahmen, aber hier schien es anders zu sein.

Der Vater sah so aus, wie er aussah und die Schönheit, die er hatte, hatte er an seine Tochter abgegeben. Bernd dachte an das Geheimnis der Anni zurück, das Geheimnis, welches er mit erforschen durfte, nein, musste, das hätte er nicht wirklich freiwillig gemacht.

Beim Essen, als wenig geredet wurde und ihm durch den Kopf ging, was solchen kleinen Engeln manchmal angetan wird. Immerhin sollte es statistisch jedes dritte Mädchen sein. Marlis sah das ihrem Manne immer an, wenn er auf der Arbeit war, und holte ihn von seiner Gedankenreise zurück. „Mein lieber Mann ist bei der Arbeit. Alter Fall oder?"

Sie lächelte ihn an. Bernd grinste zurück, so schnell konnte er seine Mimik bei seiner Frau nicht beherrschen.

„Ja, danke Marlis, meine liebe Frau, ich weiß heute ist Samstag, keine Arbeit, keinen Fall, auch ein Alter nicht. Merke dir das oder Ihr. Norman, merke dir das, hole sie von ihrer Reise zurück, sonst wird sie irre."

Er erschrak, ob seiner Worte, denn prompt fragte der Junge, was irre sei. Norman konnte das erklären: „Es ist, wenn man immer nur einen Gedanken hat, die Gedanken dürfen ruhig einmal tanzen."

Das reichte dem Jungen, dessen Gedanken schon wieder vom Tisch weg tanzten, zur Schaukel hin oder dem Kletterturm, der für die Enkelkinder von Bernd gebaut wurde. Die hatten an diesem Wochenende keine Zeit.

Das Kaffeetrinken war ja fast vorbei, also durften die Kinder gehen. Die Großen blieben sitzen und Bernd begann das versprochene Gespräch: „Ja, so sind wir, wir Männer. Immer auf der Jagd, das geht nie vorbei, aber in meinem Alter, wenn deine Ehe glücklich ist, zufrieden, wenn alles stimmt, dann jagst du nicht mehr wirklich, nur mit den Augen. Du bist wunderschön, klug, auch noch trainiert", die Figur ließ er aus, das trainiert musste reichen, der Norman rollte schon mit den Augen.

Bernd lächelte ihn an und er zurück. Ja, so war das wohl, sie lächelten sich wissend an. Also jagte er auch noch bei dieser wunderbaren Frau.

Das ist Instinkt, das ist so.

Aber auch Marlies bekam ein Lächeln, sie wusste, wie ihr Mann das meinte, sie liebte ihn für seine Offenheit, für seine Direktheit. „Du musst nur klar und deutlich die Grenzen zeigen und Sympathie, von mehr wollen, unterscheiden lernen."

„Danke Bernd, ich glaube, das kann ich schon, danke für die Blumen. Wie ist das aber nun mit diesem Ost-West Mist. Ich glaube ja auch schon aus beruflichen Gründen nur die Hälfte von dem, was ich höre. Ich hatte da mal einen Satz von einem Westdeutschen, der sagte, dass alle im Osten bei der Stasi waren, die ein Haus besitzen. Nicht das ich das geglaubt hätte, wie gesagt, wenn nur ein Bruchteil von allem, immer stimmen würde, reicht es."

Sie sah dabei Marlis an und bemerkte wohl, dass sie Galle hochbekam.

Marlis grummelte, ja sie wurde wütend: „Sorry", setzte sie voran, denn sie war ungehalten, wenn sie so etwas hörte.

„Ich war nicht bei der Firma und mein Mann auch nicht, oder weiß ich etwas nicht, dann wäre es jetzt die Gelegenheit das auf den Tisch zu legen. Ich verstehe jeden, der für dieses System war, für den Aufbau einer gerechten Gesellschaft, den Kommunismus, sich für ihn einsetzte, für ihn kämpfte. Dabei konnte man Fehler machen, jeder Mensch hat das Recht Fehler zu machen und sich zu irren, sonst hätte man die, die den Adolf gewählt hatten, 33, das waren etwa 20 Millionen deutscher Wahlberechtigter, sonst hätte man die ausrotten müssen. Aber was ich hasse, ist, nicht dazu zu stehen. Ja, ich war dabei, ich habe Fehler gemacht. Lange habe ich geglaubt, das wäre alles richtig, was im Osten geschah, aber ich habe Niemanden weh getan, dennoch bereue ich sie, die Fehler, es tut mir leid. Aber wie schon gesagt, steht zu eurem Tun!"

Marlies war am Ende und hob entschuldigend die Hände, sich gleichermaßen ergebend.

„Sie ...", „Du!", warf Bernd sofort ein, ehe Norman weiterreden konnte. Der grinste ihn an: „Dann müssten wir Brüderschaft trinken."

Bernd verzog etwas angewidert das Gesicht, er dachte daran, einen Mann küssen zu müssen. Er tolerierte das, wenn es andere taten, aber er brauchte das nicht. Norman grinste zurück, er hatte auch Humor und das war gut so, bei dem Job seiner Frau.

„Also dann, du, Bernd, ohne Küssen, ich Norman, du Marlis, ich Norman."

„Ich auch, Ossi," frotzelte er weiter in dem schlechten Deutsch von heute, um aber gleich wieder ordentlich zu reden: „Ich bin 3 Jahre älter als Anja, war also 13 zur

Wende. Das hat mich auch aufgeregt, dieses Ossi - Wessi Gequatsche. Ich hatte Glück, ich konnte noch an der Humboldt Uni studieren, da war das noch nicht so schlimm und dann habe ich immer gesagt, ich komme aus Berlin Köpenick, da wusste keiner, wo das war. So war ich eben ein Wessi."

„Du, ihr müsst wissen, wir sind mehrheitlich gern in die Einheit gegangen. Nur nicht so, wie das heute ist, sagen sehr viele. Ach so, nochmal zur Stasi. Ja, die war in unserem Job allgegenwärtig. Wir hatten in Berlin in der K., die ja keine Mordkommission hatte, weil es das nicht gab, im Sozialismus gab es keinen Mord, aus niedrigen Beweggründen, durfte es einfach nicht geben. Also durfte erst einmal nichts rausgetragen werden. Meiner Brigade war eine junge Frau beigestellt, die war von der Firma, die ganze Geschichte schreibt gerade der Hartmut auf, mein Nachbar. Du musst höllisch aufpassen, was du sagst, aber ich glaube heute, die junge Frau war nicht wegen uns da, sondern wegen sich. Mehr darüber sage ich nicht. Das hat seine Gründe, lest sein Buch, aber da ist alles erfunden", brach er diesen Bericht ab.

Alle blickten etwas ungläubig, mussten sich aber ohne weitere Erläuterungen begnügen.

„Zu den Hausbesitzern, die bei der Stasi waren. Die gibt es sicherlich. Du findest die mit einiger Sicherheit im ehemaligen Grenzgebiet. Also da, wo man nur mit Passierschein rein und rauskam. Die mussten zuverlässig sein, ansonsten wurden sie enteignet. Das war hinten, am Ende der Watthichstrasse, dort auf der linken Seite, da steht ein Genexhaus. Das bekamen nur die Guten. Der Typ verhält sich auch heute noch so, aber lassen wir das.", warf Bernd noch ein.

Norman horchte auf, als es um das Buch ging. „Was du wissen musst, um das zu verstehen. Es gibt Sieger und Verlierer der Einheit, wie im Leben immer. Aber die meisten, die auf die Straße gegangen sind, sind die Verlierer, auch die nicht gegangen sind. Das normale Volk ist mehrheitlich der Verlierer, ob das jetzt die Rückgabe vor Entschädigung ist, die Treuhand, eine durch und durch dumme und korrupte Institution, ob das die Rente mit 63 ist, die fast alle Ossis, auch die Studierten benachteiligt. Weil, denen fehlen die Jahre, oder bei den Anderen ist ein Bruch in der Biografie drin, also Arbeitslosigkeit. Wenige werden hier vorzeitig in Rente gehen können. Von Wessis erdacht, von einer Frau die 10 Jahre studieren musste, um zu irgendetwas zu taugen. Aber halt, dazu taugt die auch nicht. Du hast das doch in 4 oder 5 Jahren geschafft." Marlis blickte ihn dabei an.

Norman nickte: „Ich habe die Regelstudienzeit gebraucht, hätte verkürzen können, aber wozu. Wissen schadet nichts." „Nichts Wissen, auch nicht", warf Marlies wieder ein.

Sie lächelten alle, so war es leider. „Also, wenn jemand von grünen Landschaften spricht, dann meint er den Osten im Frühjahr, der Rest ist zwar geputzt, vom Munde abgespart, denn selbst Lokführer wie mein Nachbar, der zur Privatbahn musste, weil es in der Hauptstadt nicht ein einziges Bahnbetriebswerk mehr gibt, außer die Weißwurschthallen in Rummelsburg, selbst der mußte nun für deutlich weniger arbeiten. Und das heißt dann aber auch deutlich weniger Rente. Und was am schlimmsten ist, die Rente der Reichsbahn, tarifvertraglich geregelt wird ihm nicht anerkannt. Das heißt die meisten bekommen die Hungerrente, müssen zum Amt und dann zur Tafel. Obwohl wohl wenige zum Amt gehen werden, aus Scham."

Anja und Roman krausten die Stirn. „Weißwurschthalle?"

„ICE Werk ist das, so nennen das die Eisenbahner. Lies Hartmuts Buch, Fahrt ins Unglück und zurück, und das Zweite, Zurück ins Leben, aber vergeß das Lektorieren, die haben trotz wochenlanger Lektoriererei, oder wie das richtig heißt, noch genug Fehler drin. Der Verlag ist sehr klein und ich schenke ihm zum Geburtstag die 150 €, die das Ändern kosten wird. Sehr lesenswert, glaube mir, du Goethekenner."

Roman lächelte: „Keine Angst ich bin nicht arrogant, ich weiß, wie schwer es die Autoren teilweise haben. Alleine die Sprache, hat in den letzten Jahren so viele Änderungen erfahren, da kann man nicht mehr hinterherkommen, wenn man nicht tagtäglich damit zutun hat. Und ich kenne meinen Preis. Ich werde das gerne lesen. Ich werde auch gerne mal was ankreuzen, oder anmerken, am Ende soll es doch gut sein. Wenn er dann auf der Bestsellerliste ganz oben ist und das Buch dann verfilmt wird, kann er mich und Anja mal zum Essen einladen."

„Zurück zu dem Konflikt. Der wird durch die Presse geschürt, es wurde so viel über faule Ossis berichtet, und so wenig, über das, was wirklich passiert ist. Wie gesagt, der Hartmut ..."

„Icke schon wieder", kam es über den Zaun. Der Hartmut war da. Er grüßte alle herzlich und Bernd winkte ihn ran: „Komm bringe die Monika mit", rief Bernd ihm zu, „ihr erlaubt doch."

Niemand hatte etwas dagegen, also verschwand Hartmut kurz und kam mit der Monika und einem Träger brauner Männerbrause in der Hand wieder, ein Sonderangebot aus dem Supermarkt, gutes Wernesgrüner Pils.

Die Ladybird, der kleine Dalmatiner der beiden huschte durch den Zaun. „Ups, darf der mit", Norman sah Anja an, und die zuckte, nur mit den Schultern. Die

Kinder sahen den Hund und waren Feuer und Flamme, sie hatten sich lieb, also war alles gut. Stühle wurden gerückt, der Kreis vergrößert, das Geschirr umgeräumt, Gläser erschienen, die Flaschen wurden geöffnet, es wurde eingegossen und das erste Prost kam.

„Für dieses Bier sind wir meilenweit gelaufen.", sagte Bernd nach dem ersten Schluck.

Norman würde nicht fahren, da Anja kein Bier mochte. Die Kinder bekamen Saft, selbstgemacht aus den Äpfeln in Freitags Garten.

„Ich habe gerade von deinem Buch erzählt, das auch diesen Konflikt, der zwischen Ost und West immer noch schwelt, aber heruntergespielt wird, ja ignoriert wird, mitbehandelt. Gleicher Lohn für gleiche Arbeit, gleiche Rente und so weiter und so fort. Der Norman ist nämlich Lektor, freiberuflich, der will dein Buch lesen, das heißt, Anja auch, dann verstehen sie, was gelaufen ist."

Dankbares Nicken, Hartmut hatte noch einen Schluck im Mund, also konnte er nichts sagen. „Das Problem der heutigen Politik ist ja, dass sie Konzern-Politik macht und nicht mehr für den Bürger. Anders lassen sich so dumme oder dumm gemachte Projekte wie die Elbphilharmonie, der Flughafen und Stuttgart 21 nicht erklären. Ich meine wozu die Philharmonie, wenn demnächst keiner mehr die 120 € für eine ordentliche Karte aufbringen kann, oder will, der Prioritäten wegen."

„Danke", sagte Hartmut, „aber ich kann dich nicht bezahlen, es sei denn, ich komme über eine Auflage von 10.000 verkauften Büchern. Ich habe mir den Papyrus Autor gekauft, eine tolle Software zum Schreiben, aber die Rechtschreibprüfung ist auch nicht perfekt. Ich tippe oft so falsch, wenn ich dann weiß, vom Substantiv Wissen tippe, dann macht der das immer groß und ich muss ihn über das ß zwingen, es klein zu machen, oder weg, und der Weg."

„Ja, dann schreibe doch gleich ß."

„Das habe ich mir leider abgewöhnt, aber aus taktischen Gründen ändere ich dann alles wieder. Weißt du, wenn du schreibst, dann gibt es Gewohnheiten, ich bin immer auf der Umschalttaste, wenn ich Sie großschreibe, meine oft aber nicht, das sie in Briefen."

„Ja, so ist das mit den Autoren, sie sind halt keine Tippsen, sondern Künstler", meinte Norman sehr nachsichtig. Man trank wieder ein Schluck Bier und die Frauen begannen ein Frauengespräch und die Männer wandten sich der Politik zu. Griechenland, das war aktuell, morgen mussten die ja, oder nein sagen. Vai, was ja heißt, und óxi, was nein heißt. Hartmut war gerade in Griechenland, bei einer Hochzeit, der sagte resigniert: „Ich wünsche den Griechen alles Glück dieser Welt, den Mut zur richtigen Entscheidung und die Kraft diese anzunehmen und umzusetzen."

„Was ist denn richtig?", wollte Bernd wissen, „die Knebel der EU, oder der Drachmen und die Russen, oder die Amis als Besatzer. Speerspitze der Nato, oder gegen die Nato. Raketen der Amis mit kurzem Weg nach Moskau, oder das Abschneiden des Nato-Mitgliedes Türkei von Europa."

Hartmut zuckte mit den Schultern: „Ich weiß es nicht, wirklich, ich habe keine Ahnung. Du hast das aber gut zusammengefasst."

„Das haben wir ja jahrelang verhandelt", er grinste über beide Backen. „Aber ich weiß auch nicht, was richtig ist, wie wir mit unserem Fall", warf Bernd auch fast resignierend ein. Anja hob die Brauen und warf einen vorwurfsvollen Blick, aber keiner stieg darauf ein. Keine Arbeit war vereinbart. Aber es passte halt alles hin. Die passt aber auf die Anja, sind halt multitaskingfähig, die Frauen, dachte Bernd. So ließen sie auch dieses traurige Thema und Roman plauderte ein paar Dinge über seinen Job aus. Was auch sehr unterhaltsam war. So wurde das ein wunderbarer Nachmittag mit der Kollegin und dem Nachbarn.

Der Junge

Das Drama begann mit dem Tod seiner Mutter. Die starb ganz plötzlich und er wusste immer noch nicht, warum das so sein musste. Er war erst 4 Jahre alt und seine Erinnerung, war sehr vage an das Geschehen. Nur, dass es am Morgen war, sie hatten gestritten, sie stritten oft seine Eltern, warum wusste er nicht. Vielleicht bin ich das.

Er hatte das Gefühl, er war es, wegen dem sie stritten, aber die Mama sagte immer, dass sie ihn liebte und der Papa damals auch. Das verstand er alles nicht, wie sollte er auch mit vier Jahren. Seine Erinnerung begann etwa mit drei. Also wohnte er schon immer hier, wahr ist, sie wohnten schon 5 Jahre hier, seine Großeltern waren Schwaben und wohnten auch dort, in Stuttgart, aber die Beziehung war wegen seines Vaters nicht so gut.

Der Junge sah Oma und Opa sehr selten, und als die Mama tot war gar nicht mehr. Andere Großeltern hatte er nicht, wie seine Mitkinder im Kindergarten. Die hatten die Elli-Oma und die Berlin-Oma, oder so etwas. Seine Großeltern kamen einfach nie hierher. Er war, nach dem die Mama weg war, sehr still geworden. Papa auch, sie redeten wenig miteinander. Wie man trauern konnte, wusste er damals noch nicht, heute weiß er, der Papa trauerte gar nicht.

An dem Morgen, als es geschah, als die Mama für immer verschwand, hatten sie gestritten und er kam in das Zimmer der Eltern, weil die Tür aufstand und weil er beide trösten wollte. Mama lag, als schliefe sie und Papa hatte etwas Spitzes in der Hand, er kannte das Ding nicht, erinnerte sich aber an die Packung, die er auch nicht kannte.

Sie war offen und ein Glasfläschchen, ähnlich wie der Hustensaft, den er manchmal bekam, stand daneben. Der Papa packte das Ding ein, in eine Tüte und alles andere auch und sagte zu ihm: „Die Mama muss schlafen, sie ist krank, ich muss mal den Arzt holen fahren, gehe in dein Zimmer, ich hole dich dann wieder, wenn ich da bin."

Der Junge hatte Hunger, aber er gehorchte und ging in sein Zimmer.

Nach einer Weile kam der Papa wieder und er bekam etwas zu essen und am Nachmittag, er hatte seinen Mittagsschlaf gerade beendet, kam ein Arzt, ein Mann mit einem Koffer und ging zu der Mama.

Er kam nach einer Weile sehr traurig heraus, der Junge hörte: „Herzstillstand so gegen 10:00 Uhr, wahrscheinlich Herzinfarkt, mein Beileid. Ich muss aber die Polizei holen, es tut mir leid."

Es dauerte dann fast bis zum Abendbrot, als ein alter Mann kam, der war Polizist, kam mit dem Arzt, und sie redeten miteinander und sahen sich die tote Mama an. Dann wurde der Papa gefragt, wann er den Tod der Mama entdeckt hatte, wann gemeldet, wie so die Ehe war und viele Fragen mehr. Der Papa tat sehr bedröppelt, war sogar traurig, erschien es dem Jungen, aber er spürte, dass er log. Noch wusste er nicht, was das war, Lügen.

Er war noch zu klein, ihn fragte man nichts, aber was hätte er sagen sollen. Er wusste überhaupt nicht, wie das Ding hieß, das der Papa in der Hand hatte und wie man sagt, dass die sich dauernd stritten. Sprachlich war er noch nicht so fit. Er hörte ein ihn unbekanntes Wort, Obduzieren ist wohl nötig, der Arzt bejahte das und so wurde die Mama dann erst ein paar Wochen später eingebuddelt.

Dort, wo sie wohnten, waren sie fast alleine, mit ihnen redete hier keiner und eigentlich hatte es hier keiner erfahren. Oma und Opa aus Schwaben waren da. Die anderen Großeltern waren auch nicht auf dem Begräbnis der Mami.

Das war schön, Oma und Opa zu sehen, aber das die Mama weg war, das war doof. Er war immer so traurig, der Junge, er weinte oft, fühlte sich so alleine, Alleingelassen. Warum ist die Mama nur weggegangen, er verstand das nicht. War er denn nicht lieb genug gewesen, er würde alles tun, dass sie wieder da wäre.

Der Junge würde lieber mit ihr alleine leben, aber mit der Mama wollte er sein. Die war so weich, so lieb. Sie streichelte ihn immer, wenn ihm etwas weh tat, und nahm ihn oft in den Arm. Eigentlich immer, wenn er das wollte, „Liebe ham", sagte er dann und dann hatte sie ihn lieb.

Der Papa tat das nicht, der war so hart, stachelte immer und roch schlecht. Der Junge musste lernen alleine zu leben, nur dass er zu essen hatte, ein Haus mit Bett, etwas zum Trinken und das er spielen konnte.

Aber er war immer alleine, er kannte keine anderen Kinder, es kam nie Besuch und den Jungen von der anderen Straßenseite, sah er nur selten. Sie waren sich fremd, sehr fremd. Er hätte doch so gerne Freunde gehabt. So kam er in die Schule, hier traf er auf Kinder, die waren alle sehr oft fröhlich, sprangen umher und tollten. Er war still, mit ihm sprach niemand, außer die Lehrerin und er lernte lesen und schreiben und rechnen.

Das tat er emsig und fleißig, das musste wichtig sein, wenn man dafür aus dem Haus musste. Der Papa musste nie aus dem Haus, jedenfalls nicht regelmäßig und auf die Frage, was sein Vater arbeitet, hatte er keine Antwort, er wusste es nicht.

Er wusste nur, dass seine Mutter tot war. Das fanden alle traurig, aber das mit dem Vater hatte keiner verstanden. Wie kann man nicht arbeiten gehen, ein Assi hörte er, alle Väter gingen arbeiten.

Irgendwann aber stellte sich heraus, dass nicht alle Väter arbeiten gingen, auch nicht alle Mütter. Da gab es welche, die mussten das auch nicht. Nun wurde es ein wenig besser, denn sein Papa, hatte immer Geld, wenn die Schule etwas wollte. Er hatte neue Bücher, konnte Ausflüge mitmachen, was bei einigen problematisch war. Für die musste gesammelt werden. Auf dem Hof wurde er dennoch gehänselt und oft geschubst. Einmal bekam er Schläge. Er wusste nicht einmal warum und das ärgerte ihn. Da er mit seinem Vater nicht viel reden konnte, der hatte tagelang schlechte Laune, schlief viel, hing rum, mähte keinen Rasen, nutzte er das Internet.

Dort fand er starke Jungen, die sich wehrten und er fand auch, wie man stark werden konnte. In die Muckibude durfte er nicht, also erbettelte er sich so etwas für zu Hause. Das fand der Papa auch gut, er wollte sich sicher auch wehren können, ja der Papa brauchte Kraft, also durfte der Junge trainieren.

Er wusste nicht wie und was und fing einfach irgendwie an. Er bekam Kraft. In der dritten Klasse passiertes es dann, ein großer Junge aus der 5. Klasse, etwas minderbemittelt, pöbelte immer wieder mit ihm herum. Der ließ ihn nicht in Ruhe, auch die Warnungen überhörte er. Er war eben größer. War er auch, einen ganzen Kopf größer aber um Welten dümmer. Ein Kreis bildete sich, natürlich hätte der aufsichtsführende Lehrer, eingreifen müsse, tat der aber nicht, taten die nie, warum auch immer.

Also setzte der Junge an und hieb dem Großen derartig auf die Nase, dass das Nasenbein gebrochen war. Ein Zweiter wollte ihm helfen und er bekam auch ein blaues Auge. Das gab mächtig Ärger.

Es ist unverständlich, warum man auf den kleinen Jungen herumhackte, der sich nur gegen die Großen gewehrt hatte, aber heute war klar, die Väter waren irgendetwas, Anwalt, Politiker, oder Elternbeirat und da kuschten die Lehrer.

Richtig wäre gewesen, die beiden Angreifer von der Schule zu weisen, sollten die doch von ihren Vätern unterrichtet werden, die ihre Macht spielen ließen und die Lehrer unter Druck setzten. Politik und Wirtschaft irgend sowas waren die Väter.

Es ging noch einmal gut, er musste nicht wechseln. Heute wusste er, dass der Papa den Opa angerufen hatte und der hat auch was getan. Man ließ ihn nun in Ruhe, das hatte Respekt gebracht und nach der nächsten Wahl, wurde der Junge, der angefangen hatte, ganz ruhig.

Die Macht war futsch, er musste kuschen.

Der Papa, sein Papa aber, wurde immer komischer, er versteckte sich selbst tagelang vor den Jungen, ließ sich wenig sehen und der musste selber für sich sorgen.

Brot, Nudeln und Butter waren immer da. Aber Gemüse und Fleisch fehlten oft. Also aß der Junge, was da war, kochte sich mal irgendetwas, und war viel im Internet, las viele Bücher und hörte Musik.

Seine Traurigkeit, dass niemand mit ihm kuscheln wollte, ertränkte er in heißer Musik, er trainierte viel, begann zu laufen und Fahrrad zu fahren. Das Fahrrad hatte er irgendwo in einem Wald gefunden, als er laufen war. Es war kein besonders gutes Rad, aber er begann zu basteln und baute es sich um. Es wurde ein gutes Rad und so fuhr er bei gutem Wetter viel umher. Das Anstrengen verdrängte die Einsamkeit.

Er war auch einsam, wenn er fuhr oder lief, aber es tat nicht so weh. Er musste dann, in eine andere Schule, weil er gut war und der Vater wollte, dass aus ihm etwas würde. Was das war, wusste er nicht, das hatte er ihm nicht erklärt. Aber er machte einfach mit. Das Lernen machte ihm ja auch Spaß, er hatte Erfolg und wurde gelobt. Das war wie kuscheln oder Kuschelersatz, das wusste er heute. So war dann sein Tag erfüllt mit Frühstück machen, wenn es dem Vater nicht gut ging, dann die Schule, lernen und wieder lernen, wieder mit dem Fahrrad nach Hause, etwas kochen, manchmal einkaufen.

Sie hatten sich einmal geeinigt, als gar nichts mehr da war, dass der einen Zettel schrieb, der etwas Fehlendes entdeckte und irgendwer kaufte das. Dafür gab es eine Wochenkasse, in der 100 € lagen, aus der sich der Einkäufer das nahm, was er brauchte und den Zettel zurücklegte.

Der Vater rechnete anfangs ab, dann ließ auch das nach und der Junge, jetzt Oberstufe, 8. Klasse, 14, rechnete mit einer Exceltabelle ab, die er gebastelt hatte.

Das überflüssige Geld sammelte er separat und kaufte sich dann ein gebrauchtes Schlagzeug. Aber erst einmal kochte er etwas, oder der Vater, aber immer mehr war er das, der Vater versank immer mehr ins Nichtstun, der Junge übernahm alles, auch das Rasenmähen.

Dann lernte er Schlagzeugspielen, auch mit dem Internet und er begann, als er etwas konnte, Musik zu machen. Er nahm einen Internetkurs und kaufte sich das Buch vom Schlagzeuger der Dream Theater, Mike Portney.

Dabei war eine DVD und damit brachte er sich das Spielen bei. Dem Vater gefiel das nicht, er bekam Kopfschmerzen davon und oft, wenn er spielte, ging er weg. Das war gut, das Spielen, besonders, wenn in ihm die Wut hochstieg.

Die Wut, warum die Mama sich einfach verpisst hatte, er liebte sie doch so, immer noch, über ihren Tod hinaus. Wie kann eine Mama ihren Jungen im Stich lassen. Die Wut auf den Papa, weil der ihm nicht ansatzweise helfen wollte und die Wut auf den Rest der Welt.

Gewiss er war gut, in der Schule, hatte keine Mühe, mitzuhalten. Konnte immer was sagen, denn er lernte und es fiel ihm nicht schwer. So war er wieder Außenseiter, obwohl alle sagten, lerne was, dann kannst du auch einen guten Beruf lernen. Welchen wusste er nicht, er kannte nicht wirklich einen Beruf. Der Vater des einen Jungen gegenüber war Lokführer, aber nie zu Hause.

Der andere Junge, gegenüber, da war der Vater bei der Polizei, der hatte sogar mal mit dem Papa gesprochen, weil der am Sonntag Rasen mähte. Das wollte er auch nicht. Also musste das Internet her, da konnte er nachsehen, was es für Berufe gab. Nichts gefiel ihm, aber er hatte ja noch Zeit.

Er war erst in der 8. Klasse und hatte noch 4 Jahre vor sich. Das würde sich ergeben.

Eines Tages aber, machte er eine schreckliche Entdeckung. Er wollte mal den Keller aufräumen und fand eine Tür verschlossen vor. Er kam nicht rein, egal was er versuchte. Was war das, was versteckte der Papa da, vielleicht die Mama?

Das, ließ ihn nicht in Ruhe, aber er vergaß es wieder, er wollte eher lernen und Musik machen. Das kostete Zeit viel Zeit. Und doch nahm er sich noch Zeit um den Rasen zu mähen oder das Beet umzugraben, wo er Salat gesät hatte, den er mit den Schnecken teilen musste und ein paar Gartenkräuter.

Er wollte mit ein paar Erdbeerenpflanzen anfangen und grub ein neues Stück Rasen um, als er ganz flach auf etwas stieß. Einen Beutel, der halb verwittert war. Er barg ihn vorsichtig mit dem Spaten und entdeckte einen Kopf. Nur einen Kopf, die Mama, dachte er, und es stank bestialisch.

Der Kopf war weiblich, aber nicht die Mama, das sah er. Er verstand nicht, was das sollte, einen menschlichen Kopf, das war widerlich, aber spannend zugleich.

Wo kam der her, was sollte der hier? Hier konnte der nicht bleiben, der musste weg und er packte ihn in einen Beutel und nahm sein Fahrrad und fuhr los. Das Loch hatte er planiert, es sah alles normal aus. Die Erde, die fehlte, nahm er aus dem Kompost. Der Vater würde das nicht merken, er kam ohnehin, selten in den Garten. Wohin, wusste er nicht, nur das es nicht so dicht an seinem zu Hause war.

Er wollte nicht ins Heim, wenn sein Vater etwas Böses getan hatte. So ließ er dann, den Inhalt des Plastebeutels in einem Waldstück, tief im Wald liegen und deckte ihn notdürftig zu. An einen Spaten zum Vergraben hatte er nicht gedacht, so musste es auch gehen. Vielleicht könnte er das Vergraben nachholen, aber er vergaß, dass er das wollte. Aber es würde noch bis 2015 dauern, ehe man den nunmehr völlig verwesten Schädel fand.

Die Soko Fahrradmörder II

Die Soko stand.
Am Montag war die Weisung aus dem Ministerium da, also wurde die eigentliche Besprechung verschoben, erst mal auf unbestimmte Zeit, über das Intranet würde es Bescheid geben.
Roman hatte genug zu tun mit den Autos und Anja half ihr dabei, so gut wie es ging, denn sie hatte noch mit den Berichten des letzten Fundes zu tun. Es war ja auch noch längst, spurenmäßig, nicht alles ausgewertet.
Der Staatsanwalt Dr. Christian Speyer und der bestellte Leiter der SOKO FM, wie sie, sie nennen wollten, saßen nun zusammen und bauten die Soko auf. Natürlich war der Kollege aus Magdeburg dabei, Holger Grimm, Hauptkommissar, der wurde berufen.
Das freute Bernd besonders. Nicht so sehr der Profiler, ein Doktor der Psychologie und Psychiater vom LKA, Dr. Müller, Helmut. Hier brachte er seinen Einwand vor. „Der war mal verdächtig, habt ihr die Akten nicht gelesen?"
Der Staatsanwalt nickte: „Habe ich Bernd, sehr genau, sogar noch einmal, aber da war nichts, glaube mir."
„Und wenn doch, was wissen wir denn wirklich, von dem Fahrradmörder. Wir wissen gar nichts, alles Annahmen und Vermutungen. Wir wissen nicht einmal, wo der herkommt, kann ja auch immer meilenweit fahren, um hier zu töten."
„Das ist richtig, aber wir machen das so."
Das sind doch selber Psychopathen, dachte Bernd dann leise für sich, warum sind die Psychologen!
Zwei Kollegen aus Berlin, die Bernd auch kannte, kamen dazu und aus dem Barnim holte man noch zwei

junge Leute, die gerade die Polizeischule abgeschlossen hatten. Die sollten gut sein, sollten sie nun beweisen und die Kleinarbeit machen.

Roman würde sich freuen, was er jetzt tat, war wirklich, die reine Routine, aber wichtig. Es gab einiges an Organisatorischem zu regeln und dann konnte es losgehen. Bernd setzte die erste Soko FM Sitzung für den morgigen Tag, dem Dienstag, um 10:00 Uhr fest.

Dann ging er zu Seinen, noch, nur beiden Kollegen, und erzählte ihnen strahlend die Neuigkeiten, auch das Roman endlich Verstärkung bekam, die Kollegen würde er bestimmt kennen und so war es, es war der Jahrgang vor ihm.

„Was hast du erreicht Roman mit deinen Autos?"

„Ganz kurz gesagt, nichts. Die Hälfte der Autos ist nicht mehr gemeldet, also nicht greifbar. Die Befragungen haben ergeben, dass keiner irgendwie in der Nähe von Hof war. Sollte man das auch noch überprüfen? Und wie ist das jetzt, sollten die alle vernommen werden, ich meine befragt, oder macht das ohne den Beweis, ohne den Autolack, einen Sinn?"

„Eigentlich müssten wir das Tun, wenigstens einen Zusammenhang ausschließen, also alle durch die Kartei laufen lassen, die irgendein Fahrraddelikt hatten. Also ein Motiv gehabt haben könnten. Vielleicht ist auch noch rauszukriegen, ob einer von denen einen Schuss hat."

„Und wann er den letzten Geschlechtsverkehr hatte, mache dem Jungen doch keine Angst Bernd!", Anja mischte sich ein, sie war zufrieden ihr Aktenstudium unterbrechen zu können. „Aber du hast irgendwo wieder recht. Nicht unbedingt diese Autofahrer, sondern vielleicht alle Vorfälle so etwa von 2000 bis 2005 im Barnim, in Oberhavel und Berlin. Fahrradfahrer und Autofahrer, oder Fußgänger geraten aneinander und es kommt irgendwie zu einem Eklat, der festgehalten ist. Ein Urteil, ein Strafbefehl vielleicht sogar nur eine Ordnungswidrigkeit."

Roman rollte mit den Augen, das wird Arbeit werden alles zu überprüfen, das hatte er noch nicht gemacht, aber es brauchte nicht viel Phantasie sich das auszumalen.

Bernd hob die Brauen hoch: „Das könnte ein Weg sein. Wenn das ein Psychopath ist, der Fahrradfahrer so hasst, dass er die umbringen muss und so sieht es ja aus, dann könnte das ein Hinweis sein. Wenn der Delinquent, der Bestrafte, dann noch einen seelischen Knacks hat, haben wir ihn vielleicht. Wenn wir das beweisen können."

Nun ließ Bernd wieder die Brauen fallen. Egal, ein Weg war das, jetzt wo sie Leute hatten.

„Prima, das werden wir machen, bringe morgen diese Idee ein, zur ersten Soko Sitzung, es ist deine Idee. Und wie bist du weitergekommen?"

„Alles, was bisher eingegangen ist, sind ja Vermutungen, die wir ja irgendwie aussortieren müssen und da bitte ich um Hilfe. Ich habe die beiden bekannten Fälle und noch zwei Kandidaten. Das Andere liest sich nicht plausibel, wie gesagt, das muss noch Jemand lesen."

„Keine Sorge, morgen sind wir dann etwa 6 bis 8 Leute mehr und die Bepo", und er winkte ab. „Das SEK können wir ja nicht zum Ermitteln einspannen."

„Schade eigentlich, die habe ja jetzt nichts zu tun", warf Roman ein, „aber tauschen will ich mit denen aber nun auch nicht."

Bernd nickte: „Ist etwas ruhiger bei uns im Durchschnitt. Nicht wie im Tatort, der immer brutaler wird. Vor allem der mit dem Schweiger, aber auch der Dortmunder mit dem kaputten Kommissar. Der Schweiger war zu lange, im Amiland, alle 90 Sekunden in New York ein Mord. Und so ruhig, wie jetzt, soll es bei uns bleiben, das reicht hier schon mit unserem Fahrradmörder."

Das Telefon klingelte. Der Chef der Bepo war dran, wir haben da was gefunden. Nach dem Fund der letzten Leiche wurde natürlich wieder nach dem Fahrrad und anderen Spuren gesucht. Selten fand man etwas außer dem Fahrrad, das irgendwo versteckt war. Meistens noch zerstört, bis auf dem, dass der Junge gefunden hatte.

Jetzt war es ein Schädel, ein menschlicher Schädel, der Beamte sagte, er meinte, das wäre eine Frau gewesen. Der lag frei im Gelände. Nachdem Fund hätte, sie sofort die Suche eingestellt und er hoffe, sie hätten die vielleicht noch vorhandenen Spuren nicht zertrampelt.

Natürlich hatten sie das, wenn es welche gegeben hätte. Aber das ist doch sowieso schon zu lange her, wenn der Verwesungsgrand fortgeschritten war.

Natürlich fuhren sie sofort raus, es war im Bereich des Fundortes der letzten Leiche, dort wo sie noch immer das Fahrrad suchten. Sie kannten den Weg und brauchten deshalb nicht lange, bis sie dort waren. Wieder der ganze Tross, mit der Spusi. Sie wurden per Funk zum Fundort beordert, Bernd und der Spusichef, Thomas Wenzel, gingen als Erste hin. Der Schädel lag eigentlich von Laub bedeckt am Boden, in einer kleinen Senke, war fast ohne irgendeinen Fetzen Haut und auch drinnen war nichts mehr. Sie betrachteten den Schädel und sahen sofort Spuren von Zähnen, Wildverbiss.

Der Pathologe kam dazu und begann dann als Erster. Währendessen befragten sie den jungen Beamten der Bepo, der den Fund gemacht hatte. Der Schädel lag unter dem Laub, wie schon vermutet, ohne Umhüllung, wie abgelegt. Natürlich hatte er alles sofort liegen lassen, aber finden, hatte er ihn schon müssen.

Das war ja klar und Bernd beruhigte ihn. „Der ist fast völlig verwest, wenn der hier abgetrennt wurde, dann sind, garantiert keine Spuren mehr da. Das sieht nach ein zwei Jahren aus."

Bernd ging immer erst einmal davon aus, dass der Kollege alles richtig gemacht hatte. Die Spuren, wenn es welche gab, mussten sie zum Finden zertrampeln, sonst hätten sie ihn nicht gefunden. Der Pathologe bestätigte das: „Ihr werdet sicher keine Spuren finden, hier war einiges Wild dran, auch Hunde, die haben alles Fressbare abgenagt. Wie lange der Schädel hier liegt, das ist ungewiss, aber es gibt Verwesungsspuren und Erdreste im Inneren, die muss man analysieren."

Er glaubte, das war nicht der eigentliche Ort, wo er abgetrennt wurde, auch könnte es sein, dass der irgendwo vergraben war und jetzt erst hier her verbracht wurde. Todeszeitraum ungewiss, er glaubte aber, es sei das Tourettemädchen. Denn das Alter stimmte und das Geschlecht, auch die Größe passte zu den Knochen, die sie gefunden hatten. Der Genabgleich, der wird es bringen.

„Wenn ihr den Täter findet, dann graben wir seinen Garten um, bis wir die Erde gefunden haben, die im Inneren steckt."

„Wieso das denn, wieso, glaubst du, dass der den Kopf in seinem Garten vergraben hatte", wollte Anja wissen.

„Trophäe", gab Bernd zurück. „Du glaubst, das war der Fahrradmörder?"

„Wenn sich herausstellt, dass das, das Tourettemädchen ist, dann behaupte ich das. Mit dem Erdvergleich haben wir dann Beweise."

Das freute ihn nun wieder. Traurig war, dass die Beerdigung der Überreste des Mädchens, der beiden

Oberschenkelknochen schon gelaufen war. Dann muss das Grab noch einmal aufgemacht werden, der Kopf gehört dann dazu.

Der Pathologe brauchte zwei Tage, ehe er die Ergebnisse vorlegen konnte. Es war aber das Mädchen, wie es dorthin kam, konnte nicht geklärt werden, aber er lang länger als ein Jahr dort. Man fand Plastereste am Kopf, wahrscheinlich eine Tüte, also war klar, dass der Kopf irgendwann hierher verbracht worden ist. Die Erdreste in ihm wurden sichergestellt, es war Erde aus der Region, man brauchte etwas zum Vergleichen, also wurde das auf Wiedervorlage gelegt.

Endlich konnten sie nun regulär mit der Arbeit beginnen und zunächst begrüßte Bernd alle Kollegen. Er stellte sich denen vor, mit denen er noch nicht gearbeitet hatte, und bat alle sich in dieser Soko dafür ins Zeug zu legen, das diese Bestie, so konnte man den Fahrradmörder schon bezeichnen, dass dem das Handwerk gelegt wird.

Dann umriss er die Ergebnisse der ersten Soko und schilderte die Arbeit an den neuen Fällen. Trotz aller erdenklicher Mühe und großer Kreativität waren sie auch noch keinen Schritt weiter gekommen.

„Was in jedem Falle eine gute Idee war, dass wir bundesweit nach ähnlichen Fällen gesucht haben und auch zwei gefunden haben, die wir mit großer Wahrscheinlichkeit dem Fahrradmörder zu ordnen können. Der Rest ist sehr fragwürdig und eher unwahrscheinlich. Dennoch müssen wir alles prüfen, was in diesem Zusammenhang relevant sein kann, vielleicht geben sich ja hier Anhaltspunkte, um dem Typ irgendwie näher zu kommen. Meine direkte Mitarbeiterin und meine Stellvertreterin in der Soko, Anja hat auch noch eine gute Idee gehabt, die viel Arbeit bringen wird, die uns aber vielleicht in die Nähe des Mörders bringen könnte, bitte Anja."

Auch sie begrüßte die Kollegen, ganz stolz und ein wenig unsicher, plötzlich, so jung, so eine hohe Verantwortung bekommen zu haben, denn ihr war klar, fällt Bernd aus, dann musste sie definitiv ran. Aber sie wusste, dass sie gut war, eine gute Kriminalpolizistin, das würde sie meistern.

Wenn sie nur zu Ergebnisse kommen würden, mit Bernd als Leiter, oder auch mit Ihrer Arbeit. Nur das war wichtig, nicht Posten oder Ränge.

„Mir ist beim Nachdenken über das psychische Profil des Fahrradmörders durch den Kopf gegangen, irgendwoher muss doch der Hass, der sich im Übertöten ausdrückt und daran, dass der nicht aufhören kann, das muss woher kommen. Das geht immerhin schon mindestens 13 Jahre. Das muss eine Psychose sein. Aber die muss ja woher kommen, die fällt nicht über Nacht über Jemanden her. Das ist ein Prozess, eine verhängnisvolle Entwicklung. Keiner von uns würde morgen losziehen und das Pack von Fahrradfahrern mit ihrem scheußlichem Benehmen umlegen. In der Straße, wo Bernd wohnt, ist gerade der Gehweg gemacht worden. Als ich ihn letztens abholen musste, jagte doch so ein Mensch auf diesen zwei Rädern, ein Erwachsener, den Gehsteig entlang, komplett rücksichtslos, ob jemand sein Grundstück verlassen will, ob mit dem Auto, oder als Fußgänger, ob Kind oder Erwachsene, das war dem egal. Ich wollte ihn stellen, aber er zeigte mir den Mittelfinger und jagte weiter. Die wissen, dass die narrenfrei sind, wir haben kaum Kräfte für schwere Straftaten, ganz zu schweigen für dieses Benehmen. Obwohl die Straßenverkehrsordnung solche Delikte ahnden würde. Ich habe mir den Typen gemerkt, man sieht sich im Leben immer zweimal.

Dennoch kann nur ein Psychopath dem nach dem Leben trachten, als normaler Mensch gehst du andere Wege."

„Es muss doch rauszukriegen sein, wo der wohnt, dann findet man doch vielleicht einen Schwarzbau oder hetzt den die Steuer auf den Hals, das geht doch auch", warf Roman ein, dem das Verhalten auch sichtlich empörte, er war dabei und wäre dem am liebsten nachgerannt. Anja lächelte, als sie daran dachte, der wird mal richtig gut, der Roman. Gelächter und zustimmendes Genicke kam auf.

„Wenn wir den mal auflauern, die meisten fahren doch nicht zum Spaß die Watthichstrasse runter, dann stellen wir den einfach," schickte er noch seiner Idee hinterher.

Anja nickte: „Ich bin dabei! Gut, also wir sollten nach Vorfällen mit Fahrradfahrern suchen, die aktenkundig geworden sind und dabei überprüfen, ob sich irgendwie eine Neurose finden lässt, die so schwer ist, dass das eine Psychose geworden sein kann. Also die Vita der Typen abklopfen auf Schicksalsschläge, Entlassungen und so weiter. Roman ist immer noch an den Autos dran, der braucht Hilfe, wer freiwillig? O. k. ihr beiden macht das mit den Entlassungen und der andere Kollege hilft Roman bei den Autos. Was unsere neuen Fälle angeht, wird Bernd euch einen Abriss geben und dann wird sicher unser Profiler noch etwas sagen wollen.", beendete Anja ganz Stellevertreterin, ihre Rede.

„Danke, Anja, dann lasst uns doch einmal den Fall genauer ansehen, vor allem für die Kollegen, die mit ihm bisher noch nicht so vertraut sind. Das Eine oder das Andere habt ihr sicher mitbekommen, offiziell oder über den internen Weg. Es begann nach unseren bisherigen Erkenntnissen 2002. Vielleicht gibt es noch einen davor, ich hoffe, wenige nach 2013. Also 2002 erster Toter im

Barnim, genauer in einem Waldstück bei Biesenthal. Das war der damalige Chefarzt der Inneren in Berlin Buch. Fahrradfahrer aus Leidenschaft, cholerisch, seine Freundin wollte sich sogar von ihm trennen. Die war es aber definitiv nicht. Der zweite Tote war im Frühjahr 2003 in einem Berliner Waldstück ermordet worden. Der war Manager, er sanierte unter anderem das ehemalige Bahnbetriebswerk Berlin Ostbahnhof zum Dichtmachen, also auch sowas wie töten. Ich habe gerade vor kurzem mit meinen Nachbarn darüber gesprochen, weil der dort gearbeitet hatte. Auch dieser Typ wurde von allen als ein unfähiges Arschloch gesehen, wie Hartmut ihn nannte, dumm und inkompetent."

„Sind doch die Manager oft, Psychopathen, Workaholics, hat gerade jemand ein Buch über veröffentlicht, [1] Psychopathen in Nadelstreifen", kam es aus der Ecke der Neuen und der Chefprofiler nickte dazu: „Da ist etwas dran, aber lass Bernd bitte weiter machen."

„Danke, der dritte Tote auch 2003 fand sich auch in Berlin. Das gleiche Muster, zwar ein Besucher Berlins, kam aus dem Schwabenländle, aber auch gnadenloser Sanierer, Choleriker und zerlegt wie die beiden anderen Toten. Der vierte Fall war in Oberhavel, gleiches Muster. Das war jetzt dann eine Serie. Nun wurde endlich die erste Soko gegründet. Jetzt hat mich unlängst ein Verdacht beschlichen, als wir die Leiche am Wehr in Zehdenick gefunden hatten. Denn der war nicht typisch für die bisher gefundenen Toten. Typisch ist, die sind alle zerlegt worden, dann vergraben. Oft findet sich ein Gliedmaß nicht mehr. Hier können wir vermuten, der lässt etwas draußen, für die Tiere im Wald."

„Ein Tierfreund", kam es aus der Ecke der jungen Leute.

---

[1]Dr. Carmen Kühn - Doktorarbeit Quelle Internet

Das brachte Fröhlichkeit in diesen tristen Vortrag, das war aber gut so.

„Dieser Mord, an der Bahnbrücke kurz vor Neuhof, der war plötzlich geschehen, denken wir, ein Zufallstoter. Also haben wir bundesweit suchen lassen nach ähnlich gelagerten Fällen und haben bisher einen Toten am Brocken gefunden, hier wurde die Möglichkeit einer Tötung übersehen und einen bei Hof, eine ungeklärte Fahrerflucht. Beide waren auch menschlich Arschlöcher, wie die Ermittlungen ergaben. Das zieht sich durch bei den zwei Toten in Oberhavel 2007, in 2008 haben wir nur Einen. Auch in 2009 und bis 2012 auch. Unlängst fanden wir dann Gebeine einer jungen Frau, die zwar auch mit dem Fahrrad unterwegs war, aber auch aus dem Raster fällt. Die wurde nicht vergraben, sondern fast nur bedeckt, so dass die Tiere des Waldes ran konnten und nur die Oberschenkelknochen übriggeblieben sind, aber der Kopf war weg. Den fanden wir gerade bei dem vorerst letzten Toten, in dessen Nähe, aber nicht am Ort, wo wir den Oberschenkelknochen des Mädchens fanden. Mehr war nicht dort. Wie kommt aber der Kopf des Mädchens an einem anderen Ort. Es stellt sich die Frage, wie kommt der von Malz bei Oranienburg, nach Mühlenbeck. Und warum dieses junge Mädchen, es war eine Tourette, eine geistige Behinderung, die zwar unangenehm sein kann, aber nicht an das unangenehme eines Fahrradfahrers herankommt."

Wieder fröhliche Zustimmung, wer kannte das nicht, weggeklingelt, weggebrüllt, langer Finger.

„Ergebnisse bisher, mager, kaum Spuren, gefunden werden die Leichen meistens einige Monate bis Jahre später. Viele mögliche Täter nach den Motiven, aber immer mit Alibi, so dass die erste Soko 2013 aufgelöst worden war. Es stellt sich ja auch immer die Frage, packt der zufällig diese menschlichen Arschlöcher, verzeiht bitte den Ausdruck, woher kennt der die, welchen Zusammenhang gibt es. Bisher kennt keiner den Anderen der Ermordeten und eine Verbindung, die auf den F.M. schließen lässt, ist einfach nicht zu finden. Der F.M. kann die einfach nicht kennen, außer dem Ersten vielleicht. Trifft der zufällig immer die Hardcortypen oder sind die halt die Übelsten.

Nach den letzten Funden, auch der des Mädchens, wird die Soko nun wieder neu aufgestellt. Es waren insgesamt 3 Leichenfunde, mit dem Mädchen vier, die wir neu zuordnen konnten. Jetzt müssen wir versuchen nach Vorfällen zu suchen, die Ursache einer Neurose sein können, denn jeder von uns hat sicher schon mal als Fußgänger oder Autofahrer einen Zusammenstoß mit mehr oder weniger großen Folgen mit einem Radler gehabt, aber die umbringen, wer würde das tun?"

„Der melde sich jetzt oder schweige für immer", warf wieder ein Witzbold ein.

„Ja, das wäre gut. Ich hätte das gerne erledigt, das ist eine unangenehme Geschichte, Kollegen. Nun bitte den Kollegen Profiler, haben wir was übersehen, in welche Richtung könnten wir noch ermitteln, vielleicht werden wir ja mit dem LKA schlauer."

Da war ein Unterton zu hören, den der Staatsanwalt gar nicht gerne hörte, aber er sagte nichts dazu, weil niemand darauf reagierte.

„Danke, Bernd, ich will es gar nicht so lang machen. Kurz das Profil. Eine Neurose, richtig, die zur Psychose geworden ist. Der bringt die meisten, ganz gezielt um. Gezielt heißt hier nicht, der kennt die Opfer, es gibt bisher keinen Zusammenhang. Das habt ihr schon richtig erkannt, der erwischt, die spontan. Die übelsten Wegklingler sind sicher auch die Übelsten menschlich. Der plant zwar die Tat, Jemanden umzubringen, einen Fahrradfahrer, bereitet alles gut vor, sonst wären es nicht 13 geworden, aber wen er nimmt, das scheint kein Algorithmus zu sein. Außer üble Fahrradfahrer. Der Tote vom Brocken und der von Hof, die waren mehr als spontan, hier hat er nichts vorbereiten können, auch das Mädchen, wenn er es war, gehört nicht ins Raster. Denn normalerweise übertötet er immer. Er schneidet denen die Eier ab. Das ist Ritual, es gibt die These, dass der, der die Eier frisst, auch ein Teufel wird, deshalb das Abschneiden und das Tiefe vergraben."

„Und wenn der die Eier selber frist, oder als Beute mitnimmt," warf Roman ein.

„Dann würde er selber zum Teufel werden, das glaube ich nun wieder nicht. Das ist aber sicher auch nicht auszuschließen, aber die Satanisten sehen das so. Werden wir vielleicht gar nicht klären können, wenn der nicht aussagt. Das Zerlegen der Leiche, vielleicht sogar das Quälen vor dem Zerlegen, lässt wirklich auf ein sehr krankhaftes Verhalten schließen, aber ein sehr planvolles. Die Opfer scheinen alle einiges gemeinsam zu haben, aber ein Zusammenhang, dass der Täter alle kannte, ist auszuschließen. Das ist ein komischer Zufall, woher sollte der wissen wer so ein Choleriker, oder irgendein Chef war, es sei denn der war sein Chef. Das ist auch nicht auszuschließen. Alle können aber nicht sein Chef gewesen sein. Wenn wir nur wüssten, was der für einen Beruf hat, Mediziner ist denkbar, weil das Zerlegen richtig gut gemacht ist. Ich hätte auch vorgeschlagen, in diese Richtung mal gezielt zu schauen, wer wurde entlassen, vorher schikaniert und gibt es aktenkundige Vorfälle mit Fahrradfahrern, also eine Rache als Einstieg. Schaut bitte auch auf medizinisch ausgebildete Leute. Bitte auch die Opfer prüfen, ob die nicht mal einen Unfall mit einem

Autofahrer oder Fußgänger hatten. Vielleicht ist der Erste der Auslöser. Mal bei den bekannten Satanisten nachsehen und lasst die Psychiater in Ruhe. Erstens werden die nicht reden dürfen und zweitens, können die diese Psychose damals, als es begann, gar nicht bemerkt haben."

„Wozu studieren die 5 Jahre, wenn die nichts können?", wollte Roman wissen.

„Gute Frage, soweit würde ich mich nicht raushängen, mit dem nichts Können, aber ich weiß es nicht, vielleicht Überlastung, lies das Buch, das vorhin erwähnt worden ist, das ist gut. Sonst Kompliment lieber Kollege, Bernd du warst ja schon in der alten Soko, die neuen guten Ansätze, was mache ich eigentlich hier?", beendete er auch scherzhaft seinen Vortrag.

„Das sage ich doch", gab Bernd dazu, „aber ich denke, wenn wir auf Kranke stoßen, ist das gut, eine fachliche Bewertung zur Hand zu haben. Danke Kollege", und damit waren sie fürs Erste, am Ende und jeder ging an seine Arbeit.

Die Soko stand, es ging wieder los, Bernd kümmerte sich zunächst um die Beerdigung des dritten Körperteils des Mädchens. Dazu fuhr er zu den alten Leuten. Man hatte nicht mitgezählt, es waren schon 14 Leichen und die zwei Zufallsopfer, also 16 und vielleicht auch noch das Mädchen.

Bernd und Holger ermitteln

Es war Samstag, der zweite Samstag in Folge an dem sie unterwegs waren. Diesmal war Bernd mit seinem Kollegen aus Magdeburg unterwegs, den sie zur Soko angefordert hatten, der ihm in Magdeburg vom Staatsanwalt zugesichert wurde und der gerne gekommen war.

Bernd Freitag und Holger Grimm kannten sich noch aus DDR-Zeiten, sie waren bei verschiedenen Weiterbildungsmaßnahmen zusammengetroffen und führten einmal eine Ermittlung gemeinsam durch, die Berlin und Magdeburg gleichermaßen betrafen. Damals war es eine Sexualstraftat, die schlimmsten ihrer Art, es waren kleine Mädchen.

Es war ein Täter, der gleichermaßen im Umkreis von Magdeburg seine scheußlichen Taten beging, wie im Stadtbezirk Pankow in Berlin. Damals arbeiteten sie eng zusammen und lernten sich schätzen.

Es blieb nicht bei diesem Kontakt, auch privat traf man sich ein, zwei mal im Jahr und Holger nutzte die Gelegenheit, um in Berlin ins Theater zu gehen und Nötiges zu beschaffen, und Bernd und Marlies nutzten die Gelegenheit ihnen etwas zu beschaffen, aber auch in Magdeburg und der Umgebung etwas zu unternehmen.

So war man dann gerne auch wieder hier zusammen, hier im Landkreis Oberhavel, denn sie waren heute, an diesem schönen Samstag unterwegs im Landkreis um Befragungen zu machen.

Es ging um Zwischenfälle mit Radfahrern, die aktenkundig geworden sind, hier im Landkreis, aber auch in Berlin. Meistens in Berlin, denn hier wird besonders aggressiv gefahren, nicht so sehr, dass die Autofahrer besonders gerne den Radfahrern schadeten, als dass diese ganz übel jede Regel missachteten. Dann kam es zu Unfällen, die aber allesamt von den entsprechenden Stellen, also den Richtern, die das Verkehrsrecht bearbeiteten, zugunsten der Radfahrer ausgelegt wurde. Der Dumme war immer der Autofahrer. Sie hatten fünf Fälle, an denen die Radfahrer, zu dicht an fahrenden Autos vorbeigefahren sind, und in sich öffnende Türen gefahren waren, drei Fälle beim Abbiegen und zwei Fälle von Rotlichtverstößen.

Nein keine Autofahrer, die bei Rot gefahren sind, nein Radfahrer, die bei Rot fuhren und von Autos erwischt wurden. Ein besonders krasser Fall war der von Herrn Hobel, der in Hohen Neuendorf wohnte. Dem ist ein Radfahrer in die Quere gekommen, der bei Rot gefahren sein musste, denn er hatte grün. Das wurde sogar durch Zeugen bestätigt, dennoch bekam der einen Strafbefehl, weil der Radfahrer recht schwer verletzt worden war. Bei dem waren die beiden Polizisten nun, es war die letzte Befragung, die sie durchführen wollten, heute, dann wäre Feierabend.

Endlich an diesem schönen Samstag, der eigentlich zu schade war, so etwas zu tun. Herr Hobel ein recht ruhiger Bürger, eher introvertiert, nicht der Typ, der sich rächen würde, hatte ihnen Kaffee angeboten, den seine Frau auch serviert hat und sie hatten seinem Bericht gelauscht, sie kannten alles zwar aus den Akten, hörten sich gerne aber die Version des Delinquenten an, die oftmals ganz anders war. Ganz besonders schlimm war aber, dass der Herr Hobel seinen Führerschein verloren hatte, er musste ein halbes Jahr laufen, dass heißt, er musste nun auch mit dem Fahrrad zur Bahn und damit zur Arbeit fahren. Die Alibis zu prüfen war oftmals schwer, weil einige Fälle mehrere Jahre zurücklagen, aber in seinem Fall, der eines, man könnte fast sagen, Pedanten, der hatte die Kalender der letzten Jahre noch.

„Was wollen sie wissen, wann brauche ich ein Alibi, da bin ich selber gespannt.", sagte er fast vergnügliche, als diese Frage kam. Seine Frau sprang sofort auf und holte die Bücher.

Holger Grimm, der Kommissar, war immer auf so etwas vorbereitet, und hatte sich schon seit erscheinen der Technik damit befasst, er war der Typ, der sich mit dem Positivem des Neuen befasste, nicht mit den Problemen, die damit sicher auch kommen würden. Das schätzte Bernd sehr und bat ihn auch mal um Hilfe, da auch Bernd sich dem Neuen, der Technik nicht auf Dauer würde verweigern können.

Nun hatten sie die Daten auf einem Tablet dabei und gingen nun zurück, in der Zeit. Holger blätterte, nein er wischte sich durch die Zeit und Herr Hobel blätterte in seinen Kalender. Es passte fast alles und in einigen Fällen liesse sich das auch noch durch die Befragung der anderen Terminseite festigen, wenn das nötig war.

Nicht in allen Fällen, aber es schienen sichere Alibis zu sein. Sie glichen alles ab und am Ende sagte Herr Hobler: „Wissen Sie, ich habe gar keinen Groll gegen diesen Typen, ich bin dem fast dankbar, ich meine, meinem Radfahrer." Herr Hobler sah, dass Bernd seine Miene verzog, meinte der den Fahrradmörder?

Nein, meinte er nicht, der meinte sein Opfer, wie man das nennen musste. Herr Hobler fühlte sich natürlich anfangs als Justizopfer, falsch behandelt, er fühlte Rechtsbeugung und das war es auch. Das Schlimme war, hier gab es keine Rechtsmittel, diese unsinnige Rechtssprechung in Berlin müsste eigentlich abgestellt werden.

Das waren zwei Richter, die man in die Wüste schicken müsste, aber Richter waren unantastbar, wen wundert da die Wut des Volkes?

„Nein Herr Freitag, tut mir leid, wenn sie den falschen Eindruck bekommen haben. Aber seit dem ich nicht mehr Autofahren durfte, das halbe Jahr bis zum Idiotentest, bin ich auch Rad gefahren und ich fahre heute noch Rad, aber anders als diese miesen Typen. Regelkonform, nicht bei Rot, ich halte mich an die Regeln. Euch bin ich gram, was tut ihr gegen dieses Gesindel, das sich außerhalb des Rechts wähnt, außerhalb des Verkehrsrechts. In der Schweiz bekommst du das Auto ab-genommen, wenn du mit mehr als 40 km/h zuviel durch den Ort rast. Das kann man doch auch mit Radfahrern machen, Führerschein weg, geht nicht, also Rad weg. Nach dem dritten Rad spätestens, es sind oft teure Räder, halten die sich an die Regeln. Das verspreche ich ihnen hier. Aber was passiert, gar nichts, keine Leute, kein politischer Wille."

Damit widmete er sich seinem Kaffee und Bernd nutzte die Pause, um schulterzuckend zu sagen: „Da bin ich auf ihrer Seite, aber wir sind leider nur die, die, die Folgen verfolgen müssen. Wenn nämlich einer, dem so etwas passiert ist, wie ihnen, durchdreht. Dann wird das schwer genug für uns. Denn wir haben zunächst überhaupt keinen Ansatz."

„Keine Sorge, das bin ich nicht. Ich habe mir damals einen Coach besorgt, keine Psychotherapie, da kommt nichts bei rum. Der hat mir geholfen damit umzugehen. Ich habe den Lappen jetzt zwar wieder, fahre aber wenig Auto. Zur Arbeit fahre ich Rad und Öffentliche, am Ende bezahlen die in Wolfsburg die Zeche, denn wir haben ein Auto abgeschafft. Im Winter teilen wir uns das Auto, im

Sommer hat das nur meine Frau. Nun machen die in Dresden, die gläserne Fabrik zu."

Sicher nicht deswegen und Herr Hobler trank Wasser, seine Frau nutze die Pause: „Was du wieder sagst, das ist die Strafe für Pegida, diese ahnungslosen Sachsen." Damit spielte sie auf das Tal der Ahnungslosen an, so wurden die Dresdner in der DDR bezeichnet. Diese dumme Formulierung kam jetzt wieder aus der Politik. Ja, beschimpfen geht immer gut, viel leichter als hinhören und einmal darüber nachdenken.

„Du nun wieder, liebe Frau", erwiderte Herr Hobel. „Ich grolle eher der Justiz, die auf einem Auge nur blind ist. Das Recht verbiegt, wahrscheinlich sind das Radfahrer, der Richter darf mir nicht über den Weg laufen."

Das klang jetzt aber böse, dachte Bernd.

„Konnte er aber nicht mehr, denn dieser Richter war inzwischen gestorben, Herzinfarkt, gefällt wie ein Baum", woher wusste der das, fragte sich Bernd noch. „Das hat aber der liebe Gott schon besorgt, das brauche ich nicht zu tun, denn der hat in Pankow gewohnt," mit dem hatte Herr Hobler entfernt zu tun gehabt.

„Ich habe mit dem hin und wieder sprechen dürfen, wir mochten uns nie, vielleicht war das eine persönliche Rache, aber ich konnte nichts machen wegen der Rechtsbeugung, leider. Auch Befangenheit ging nicht, denn das war er ja auch. Aber manchmal bestraft der liebe Gott ja die Sünden der Menschen."

Das bereitete ihm nun doch Vergnügen, was beide Polizisten verstanden. Dann war das auch geklärt, Herr Hobler war eher nicht der Fahrradmörder, und ihre Liste war nun leer, abgearbeitet, sie waren nicht weitergekommen, außer sie hatten mögliche Täter ausgeschlossen.

Das sie dennoch ganz dicht an der Lösung des Falles waren, ahnten sie nicht, woher auch, und nun machten sie sich auf dem Heimweg.

Herr Hobler wohnte in Hohen Neuendorf West, ganz dicht am Bahnhof, der heute fast bedeutungslos war, aber der 1971 eine Katastrophe erlebt hatte. Ein Zug wurde auf ein besetztes Gleis gelassen, ein Kesselzug, der fast in Brand geraten ist. Beide, der Lokführer und sein Beimann hatten überlebt, die Lok war bis zum Motor zusammengeschoben, die Baureihe 120 wie sie in der DDR hieß, die Taigatrommel.

Die Taigatrommel, 120 142, war Schrott und stand lange im Schuppen von Berlin Pankow herum, hatte Hartmut, Bernd erzählt. Er fotografierte sogar den Schrotthaufen, heimlich, er durfte sich nicht erwischen lassen. So etwas war gar nicht gerne gesehen. Herr Hobel hatte damals als Freiwilliger am Bahnhof geholfen, auch darüber sprachen sie noch kurz, bevor sie losfuhren. Also fuhren sie von hohen Neuendorf West bis zum Kreisel, dann bogen sie am Kaufland rechts ab in Richtung Berlin. Wieder kam ein Kreisel vor der Eisenbahnbrücke, bei der Gaststätte mit der Märchenstube, da waren auch noch ein Inder, ein Italiener und ein Grieche, drei Restaurants.

Den durchfuhren sie auch, unter die S-Bahn durch, vorbei an der Shell Tankstelle auf die B-96 die durch den Wald führte, das war aber schon Berlin, das Ortseingangsschild stand schon da, dennoch nahmen es einige mit der 50, die hier galt, nicht so genau. Das war eine schnurgerade Straße, einmal ging es nur leicht nach links, 60 hätte die auch gebracht.

Egal, sie waren auf dem Weg in den Feierabend und das interessierte sie nicht, sie waren keine Verkehrspolizisten. Bernd machte den Tempomaten an und rollte so mit 51 dahin. Nach der nicht sehr scharfen Kurve war der Pilz zu sehen, der Pilz in Frohnau.

Das ist eine Kreuzung, wo die Querstraße einmal nach Frohnau führte, zum Zeltinger Platz und zur anderen Seite führte die Straße zur Landesgrenze nach Brandenburg, zum ehemaligen Grenzstreifen und sie waren auf der B 96, die durch Berlin durchführte und unten wieder herauskam und bis Zittau verlief. Vor Ihnen waren zwei Radfahrer so etwa 300 m und sie waren Zeugen, als die mit unverminderter Geschwindigkeit gleichsam in Kamikazeabsichten, auf die rot zeigende Ampel zu strampelten. Sie waren die Ursache ihrer samstäglichen Untersuchung und fuhren nebeneinander und mit voller Kraft auf die rote Ampel zu.

Holger reagierte sofort, schaltete die Kamera an, die an dem Dienstwagen verbaut war, gab einen kurzen Kommentar ab. Dienstrang und Name und wo sie waren, da überfuhren die, die rote Ampel und ohne dass einer von beiden etwas gesagt hätte, handelte jeder, wie abgesprochen.

Holger fuhr sein Fenster herunter und pappte den blauen Pickel auf das Dach. Nun wurde die Ampel grün, der der hinter ihnen war, bremste sofort ab. Das wirkte immer solch ein Polizeizeichen. Der hatte gedrängelt, war nicht mit ihren 51 einverstanden und hatte nun Angst.

Querverkehr war nicht zu befürchten, also gab Bernd Gas. Als sie hinter den Radfahrern waren, sie hatten auch das Martinshorn angemacht an der Kreuzung, zur Sicherheit für andere Wahnsinnige, der Gegenverkehr hielt brav an, die Radfahrer machten aber keine Anstalten anzuhalten, Platz zu machen oder wenigstens die Nebeneinanderfahrt zu beenden. Sie fuhren stur mit knapp 50 weiter, Bernd dicht hinter ihnen. Dann überholte er, das war ihnen zuviel und zog dicht vor ihnen nach rechts, um sie zu blockieren.

Holger hielt die Kelle raus, und deutete ihnen anzuhalten. Was geschah, eine unglaubliche Ignoranz der Staatsmacht gegenüber, der Eine zog auf den Bürgersteig und fuhr weiter, der Andere wollte es ihm gleichtun, erwischte aber eine zu hohe Kante und stürzte.

Der Erste bog scharf ab, schleuderte, fing das Rad aber ab, und fuhr in die Straße ein. Bernd bremste scharf, Holger sprang heraus, noch bevor, der sich wieder richtig rappeln konnte und packte den Mann und warf ihn wieder zu Boden.

„Sie sind wegen Widerstands gegen die Staatsgewalt, Behinderung polizeilicher Maßnahmen, vorläufig festgenommen", und fesselte den Mann mit Handschellen, die er vom Gürtel abnahm.

Zwei Autos waren stehengeblieben, Bernd bat sie zu warten, sie bräuchten sie als Zeugen, nahm sicherheitshalber mit dem Handy die Kennzeichen auf und rief die Kollegen herbei. Dabei fluchte der festgenommene Radfahrer unflätig, laut genug um Zeugen zu haben, denn einer der beiden Autofahrer stieg aus und kam näher.

„Ich habe das gehört, Beamtenbeleidigung, ich werde das bezeugen.", sagte der mit Nachdruck, dass endlich mal einer dieser Idioten gefast worden war.

„Tiefe Genugtuung etwas gegen diese Penner tun zu können. Vielleicht ein wenig Rechtsstaat, hier läuft doch alles aus dem Ruder," bemerkte er noch und gab dem ersten Polizisten, der kam seinen Ausweis. Die waren schnell da, waren gerade in der Nähe und freuten sich auch, einmal einen solchen Typen, am Kanthaken zu haben, denen man hier, in dieser Stadt nichts anhaben konnte. Den anderen würde man nicht kriegen, aber vielleicht sang der Typ ja ein Lied über seinen Genossen, oder man merkte sich mal die Zeit, vielleicht machen die den Ritt regelmäßig, Bilder waren ja da.

Bernd und Holger übergaben den Fall an die Kollegen, sie würden ihr Protokoll am Montag bekommen. Morgen wäre besser. Holger versprach das morgen früh zu schreiben und Bernd nickte dazu, das würden sie machen, schon um den festzunageln.

Dann waren sie auch sehr schnell zu Hause, endlich Samstag, der Kaffee war weg, dafür wartete der Grill, den Bernds Sohn bediente. Der war KFZ-Meister, oder wie sich das heute nannte. Es wurden ja immer neue Namen erfunden, wer das machte, war niemanden klar. Sie begrüßten sich, „Kommt ja spät", empfing sie Olli, wie sich der Oliver selber nannte. „Musstet wieder Verbrecher jagen, am Samstag?"

Bernd grinste Holger an, beide strahlten: „Ja, Fahrradfahrer, wir haben Einen von Zweien festgenommen." Bernd war richtig stolz auf diese Aktion.

„Wegen was denn, Rotfahren?" Olli klang zynisch, auch er hatte wenig Sympathie für das Benehmen der Radfahrer, wusste aber auch, das denen wenig anzuhaben war.

„Nein, Behinderung eines Polizeieinsatzes, Rotverstoß, Widerstand gegen die Staatsgewalt, Beamtenbeleidigung, Flucht...."

Olli lachte: „Das gibt ja richtig Haue", er vertraute dem Staat sehr wenig, der Staatsgewalt. Es war alles zu unordentlich geworden.

„Gut ihr Helden," mischte sich Marlis ein. „Ihr geht euch jetzt die Nasen pudern und dann gibt es in 20 Minuten lecker Essen."

„Was, ihr wollt noch nach Essen, na dann gute Fahrt, Nachbarn", tönte es von der Tür im Gartenzaun. Hartmut kam rüber, er scherzte öfter mal mit der Sprache. Er sah den Wagen mit dem Pickel, von Bernd und legte noch einmal nach. „Von der Verbrecherjagd zurück, Respekt die Herren." Dann begrüßte er beide herzlich.

„Tür ist offen," schickte er den Holger in sein Quartier zum Nase pudern. Der wohnte beim Hartmut in einer schönen kleinen Ferienwohnung. Hartmut hatte vor zwei Jahren unter großen Problemen mit dem Bauamt eine Gaube und einen Vorbau angebaut. Einen Teil der oberen Räume hatte er als Ferienwohnung ausgebaut und da sein Haus zu weit hinten stand, nicht in einer einheitlichen sozialistischen Einheitsflucht in einer Reihe vorn, sondern eher fast hinten und auch noch länglich gebaut war, 17 m lang und 8 m breit, war das schwierig, laut Bebauungsplan, der keinen Bestandsschutz enthielt.

Aber es gelang ihnen.

Nun wird in Glienicke nur noch Einheitsbrei gebaut, viereckig, quadratisch, mit Krüppelwalmdach, so genau war dieses Einheitsdach nicht mal zu googlen. Mal eine Säule davor, mal keine, alles sieht fast gleich aus und

100 % Auslastung der Geschossflächenzahl. Deutsches, brandenburgisches Baurecht bringt den Einheitsbau.

Und ohne Bäume, wer baut, darf roden und weil er nicht wieder roden darf, wird kein Baum gepflanzt. Neubau heißt Baumlosbau, das ist politischer Wille, weder mit den Grünen noch mit irgendeiner Partei, ist vernünftig, zu reden, und der Bürger wird ohnehin nicht gefragt. Dazu kommt, dass hier offensichtlich das Grundgesetz, außer Kraft gesetzt wird, nach dem Eigentum geschützt ist. Die Bäume auf dem Grundstück sind also Eigentum des Besitzers. Der darf die nicht fällen, von Amtswegen nur mit Genehmigung, das heißt, hier fand eine Enteignung statt, durch die, die das Volk vertreten sollten. Holger ging rüber, die Außentreppe hoch und machte sich frisch. Er zog sich auch um, er wollte nicht in Dienstkleidung essen, so nannte er das Zivile, was er anhatte, wenn er arbeitete. Er zog einen fetten Strich unter diesen Tag und hatte Feierabend. Er sprach auch nicht über die Arbeit nach der Arbeit und da Bernd das auch nicht wollte und alles abgeblockt wurde, was irgendwie mit Arbeit, mit Polizeiarbeit zu tun hatte, wurde das ein schöner Abend, mit Biofleisch vom Grill, Kartoffelsalat selbstgemacht, Gurken, Backkartoffeln.

Dennoch gab es eine Störung, der Trommler begann um 19:00 zu trommeln. Da das auch den Holger nervte, ging er rüber. Er klingelte, natürlich hörte das der Typ nicht, oder er wollte das nicht hören. Es öffnete niemand. Sturmklingel half auch nicht. Holger überlegte, dann drehte er den Klingelknopf ab und steckte eine Büroklammer rein, er schloss das Ding kurz, jetzt klingelte es dauernd, den Knopf legte er auf den Fußboden und ging wieder rüber.

Es dauerte nicht wirklich lange, dann war Ruhe, die Dissonanz des Dauerklingelns störte das Trommeln des Trommlers erheblich, so das er aufhörte, da er die Ursache nicht fand. Die Klingel hat ja keine App.

Er stellte den Strom ab und hatte nun seinerseits Ruhe. Aber er begann nicht mehr zu trommeln.

Im Fernsehen

Irgendwer hatte aber doch noch eine Idee, die mit Arbeit zu tun hatte. Hartmut sah hin und wieder, Täter Opfer Polizei vom R.B.B. und schlug vor, da mal anzurufen. Vielleicht würde das weiterhelfen. Die Idee war so gut, dass Bernd sie gleich am nächsten Tag, dem nächsten Arbeitstag, zu realisieren begann. Im Büro nahm er den Hörer in die Hand und wählte die Nummer, die sie vom Chefredakteur hatten.

„Guten Tag, hier ist Hauptkommissar Bernd Freitag von der Mordkommission in Oranienburg, ich hätte gerne den Herrn Krüger gesprochen.", meldete er sich äußerst korrekt.

„Guten Tag, hier ist Brigitte Schubert, im R. B. B., er ist in einer Sitzung. Ich werde ihm Ihr Anliegen gerne vorlegen, um was geht es denn?", kam eine warme Stimme von der anderen Seite.

Das mochte Bernd überhaupt nicht, bei ihnen stand das Telefon in der Pressestelle nicht still, wenn die was wollten, die ließen einfach nicht locker und wenn er einmal was wollte, blockten die ab.

„Es geht um Ihre Sendung, Täter, Opfer, Polizei, ich hätte da was, was wir unbedingt reinbringen müßten. Denken sie daran, dass sie wichtige Dinge sogar bringen müssen. Was, werde ich nicht am Telefon erzählen, da ist einiges vertraulich, aber für die Sendung müßte er mehr wissen, wie gesagt nicht am Telefon."

Der Brigitte am anderen Ende war das natürlich klar, aber auch sie hatte einen Auftrag. „Ja natürlich, dennoch geht das im Moment nicht. So am Rande, ich bin nicht das Sekretariat, auch ich gehöre zum Redaktionsteam, bin aber bei diesem Gespräch nicht dabei, vermutlich wird das auch vertraulich sein. Ich schlage ihnen vor, ich komme zu ihnen nach Oranienburg und dann können wir das Vorgespräch führen, ich bringe das in die Readaktionsrunde und dann wird sicher etwas beschlossen."

Bernd überlegte einen Moment, das war auch gut, so musste er nicht wieder durch die ganze Stadt gurken, möglichst noch früh um 9:00 Uhr, wenn der letzte Rest in die Stadt floß, oder am Nachmittag, gegen 15:00 Uhr, wenn die ganze Welle wieder stadtauswärts floss und an den Kreuzen sich wie zäher Brei bewegte. Stau nennt man das heute und Bernd hatte schon lange die Idee, nicht der Arbeitnehmer sollte das Fahrgeld vom zu versteuernden Einkommen absetzen können, sondern das sollte der Arbeitgeber bezahlen. In einem Jahr hätten die, die Unternehmen umstrukturiert und der Lokführer aus Potsdam müsste nicht zum Dienstbeginn nach Oranienburg fahren und der Kollege aus Malz nicht nach Potsdam.

Was Geld kostet, würden die ändern, das würde auch was kosten, aber nicht so viel, wie 80 km Mal 0,30 Cent, was 24 € sind. Das dann im Jahr, bei 200 Arbeitstagen 2400 € vom zu versteuernden Einkommen weg, kann schon mal ein schöner Betrag werden, was dem Staat dann an Steuern verlorengeht, nur weil Unternehmen die Standorte so legen, wie es für sie am Besten ist, nicht für die Menschen.

Dann können die Lokführer wieder mit der Bahn fahren, und nicht mit dem Auto, denn 30 Lokführer sind nun mal 720 € am Tag und 144.000 € im Jahr.

Gut, dann würde die Reporterin morgen kommen. Bernd hatte keine Auswärtstermine, auch nicht im Innenbereich, so das er sie um 11:00 Uhr empfangen konnte.

Das hätte er gar nicht so legen müssen, denn die gute Brigitte, kam mit der Bahn.

Das war in diesem Falle bequem und sie konnte noch was arbeiten. So stand sie pünktlich, ja zu früh in seiner Tür, die ja fast immer offen war und entschuldigte sich freundlich, dass sie früher war. „Die Zugverbindung ging leider nicht später, dann wäre ich später gewesen. Ich denke, dass sie das bestimmt nicht mögen."

Sie lächelt ihn an, ein Lächeln einer etwa 30 jährigen, blonden, gut gebauten, ja schönen Frau. Sie war echt blond, nicht gefärbt, es stand ihr sehr und so bat er sie herein und auch das sie die Türe schließen sollte, sie sollten ungestört sein. „Nehmen Sie bitte Platz," sagte er und räumte die Akte weg, mit der er gerade beschäftigt war.

„Ich leite die Soko Fahrradmörder, sie haben sicher etwas gehört, aber sicher nicht so viel, weil wir nicht an die Öffentlichkeit wollten, die Menschen sollten sich nicht wie beim Terrorismus ängstigen, dessen Gefahr zwar da ist, aber nicht so real, wie sie dargestellt wird. Der Fahrradmörder ist viel realer."

Die Brigitte setzte sich hin und nahm etwas zum Notieren heraus und überreichte eine Visitenkarte. Brigitte Schubert, Redakteurin, BB Rundfunk, stand darauf und natürlich die Adresse, Telefon und auch Mail, sowie die Homepage. Oh sie hatte selber eine, ist ja interessant, dachte Bernd, bestimmt einen Blog, den würde er sich ansehen.

Auch er überreichte ihr seine Karte und erklärte ihr, um was es ging. „Es ist uns wichtig, keine Panik zu verbreiten, denn der schlägt nur ein, zwei Mal im Jahr zu, selten mehr und wir arbeiten mit Hochdruck in der neuen Soko."

„Ach es gab schon einmal eine?", fragte sie sofort neugierig zurück.

„Ja, die war aber in Berlin, das war 2011 und nach zwei Jahren in der wir auch hart gearbeitet hatten, wurde die wieder zugemacht, das Land muß sparen."

„Nach wie vielen Toten wurde sie wieder aufgemacht."

Die war ja bissig, sie war halt noch jung.

„So kann man das nicht sagen, aber wir haben den Ansatz geändert. Nach dem Leichenfund in Zehdenick, der auch ein Opfer des F. M. war, hatte ich die Idee mal in Magdeburg bei einem Kumpel anzurufen und just, hatten die eine Leiche, die vor ein paar Jahren übersehen wurde. Dann kam, meine Kollegin auf die Idee mal bundesweit rumzuhorchen, ob es nicht Vorfälle gab, die zwar aktenkundig sind, aber auch nicht geklärt worden sind, Unfälle, Fahrerflucht, das so aussehen könnte, als wenn der zufällig mal einen erwischt hatte. Auch hier wurden wir fündig. Das sind dann unerfreuliche 2 Tote mehr, plus des Toten am Zehdenicker Wehr, wo ja berichtet wurde, was wir nicht präzisiert hatten, aus vorgesagten Gründen."

Den Toten im Wald von Lehnitz und den Schädelfund erwähnte er gar nicht.

Sie nickte: „Die Terrorismusgefahr, habe ich mir gemerkt. Aber ich denke auch, wenn sie, wenn wir was gebracht hätten, hätte der das vermutlich gehört und wäre noch vorsichtiger geworden. Seit der T-Gefahr wird ja jeder komische Koffer zur Gefahr. Ehrlich, man kann uns heute nachhaltiger bestrafen, wenn man auf allen Bahnhöfen gleichzeitig einen Koffer deponiert und ihn dann als gefährlich erklärt, dann ruht der gesamte Verkehr für Stunden und ich denke, außer im Norden Berlins, wird es nicht so viele Sprengkommandos geben."

Damit sprach sie die Bombenstadt Oranienburg an. In der Tat, findet man hier genug Bomben, die die Alliierten auf dem Heimflug hier verloren hatten, die in Berlin nicht platziert werden konnten. Die haben sich mit ihren Langzeitzündern in den weichen Boden Oranienburgs gebohrt und sind deshalb auch nicht explodiert. Die sind sogar im Boden gewandert.

Bernd kannte das Problem zur Genüge, musste er schon einmal zu einem Einsatz in die Sperrzone. Das war überhaupt nicht lustig, er war nicht ängstlich, hatte aber Respekt vor diesen Dingern, aber sie mussten da rein und den vermeintlichen Tatort sichern, der am Ende gar keiner war. Wer weiß das vorher schon, unklare Todesursache, der Arzt fordert eine Obduktion, müssen wir halt nachsehen. Auch die Leiche musste abtransportiert werden, die hatten vielleicht schiss, die Leichenheinis, das war richtig lustig. Natürlich hielten die Kollegen vom Kampfmittelbeseitigungsdienst inne, bis sie fertig waren. Wenn man die Dinger, die Bomben, in Ruhe lässt, passiert auch nichts.

Aber es war schon bemerkenswert, dass bis jetzt sehr wenig passiert ist, außer eine eingefallene Laube. Hartmut, sein Nachbar, ist sogar noch auf den Bomben spazieren gefahren, er hat vor vielen Jahren, ja 40 werden das sein, auf dem Bahnhof Oranienburg rangiert und ist später mit der Ludmilla durchgefahren. Das hatte ihn einigermaßen mitgenommen, als die den Bahnhof beräumt haben, vor etwa 2 Jahren, da war der Bahnhof fast vier Wochen dicht, natürlich auch für die Rekonstruktion der Gleisanlagen.

„Sie sehen die Gefahr nicht als so real an, wie sie immer dargestellt wird?", wollte Bernd wissen, er war auch skeptisch, war er der Presse gegenüber sowieso, weil er die Wahrheit im Polizeibereich und bei der Bahn durch seinen Nachbarn kannte. Der berühmte Zugführer raste in den Sattelschleppzug, wie unlängst in Bayern.

Der Lokführer starb, ein Zugführer gab es gar nicht und als der Lokführer noch lebte, fuhr der mit Fahrplangeschwindigkeit auf den Bahnübergang zu, der in einer Kurve liegt. Er hatte keine Chance, nur durchreißen, also eine Notbremsung machen, mehr konnte er nicht tun. Aber selbst zum Aufstehen, von seinem Sessel, fehlte die Zeit bis zum Aufprall und die Bremsung hätte noch ein paar Sekunden gebraucht, bis sie die volle Wirksamkeit gezeigt hätte, zum Anhalten, vor dem Bahnübergang, hätte das auf Grund der langen Bremswege, nie gereicht.

„Ja, das was wir an Infos bekommen spricht eine andere Sprache, aber es wird so dargestellt, als wenn die morgen den Bundestag sprengen würden."

Bernd sah sie mit gekrauster Stirn an, er wusste mindestens Einen, der gesagt hätte, sollen sie doch, das trifft die Verantwortlichen, aber die sollen uns in Ruhe lassen, wir verdienen an den Waffen nichts, aber da laufen genug Lobbisten rum, sind die wenigstens weg. Das konnte er der Frau ja nicht sagen, er war ja auch immerhin der Staat.

Sie bemühten sich sehr, ihre Arbeit zu machen, dem Bürger zu dienen, nur das sie immer hinterher aufräumen mussten, vorher musste was passieren, aber das kostet Geld, das ist zu teuer. Das müsste man die Aktionäre zahlen lassen, denn die zahlen nur 25% Steueren, ein Autor der 60000 Bücher verkauft, 42 %.

Therapie für arme Irre, mit denen sie oft zu tun hatten, die war zu teuer, wie sich hier auch noch erweisen sollte. Aber erst einmal erklärte Bernd, was er eigentlich wollte, er braucht Hinweise aus der Bevölkerung, vielleicht brachte sie das weiter.

*

Es dauerte gar nicht lange, genau zwei Tage später rief sie wieder an, sie wäre gut nach Hause gekommen und sie hätten in der Redaktionssitzung beschlossen sie nehmen die Sache auf und wollten, dass in der nächsten Sendung bringen, nein, in der Übernächsten, die Nächste war ja schon morgen.

Also waren recht bald die Vorgespräche angesetzt. Bernd nahm natürlich Anja mit, der Polizeirat hatte leider keine Zeit, dafür kam sein Stellvertreter mit, ein politischer Beamter, schmierig, nur bedacht, dass nichts seinem Aufstieg, wohin auch immer, schadete. Das hieß, er war um jeden Preis politisch korrekt, egal wie albern das war, es musste nur nutzen.

Egal, was sollten sie tun, man traf sich im Studio in Neuruppin, Potsdam wäre auch gut gewesen, aber hier hatten sie einiges, was sie zum Drehen brauchten, die Fernsehleute.

Bernd hatte sich mit Anja abgesprochen und dann mit dem eigentlichen Chef, da war Gott sei Dank sein Stellvertreter nicht da und so konnte der jetzt relativ wenig machen, wenn es nicht so lief, wie er das für seine Karriere vor hatte. Auch die Fernsehleute hatten keinerlei Zweifel, wer der Held sein würde, denn Bernd und auch Anja, machten die Hauptarbeit, natürlich mit allen fleißigen Bienchen zusammen, die um sie herum summten und die allesamt ihr Bestes gaben, selbst die Verbindungen zum Staatsanwalt waren gut, aber hier ging es um den Fahrradmörder, nicht um Wahlkampf.

Das war wohltuend, doch eine gute Erfahrung mit der Presse, deren Anzahl sich in Grenzen hielt. Man wollte sogar mit X Y Aktenzeichen ungelöst, zusammenarbeiten und hatte beschlossen, den Beitrag weiterzureichen, zu heiß war das Thema.

Die Ansätze, die Neuen, verlangten einfach, bundesweit zu schauen, was ja nun wirklich Anjas Idee war, das betonte Bernd auch im Vorgespräch.

Sie machten Probeaufnahmen, würden einige Aufnahmen im Wald machen, nichts wirklich Echtes, hier spielte man Tatort und verpackte das, was die Menschen wissen mussten in Requisiten und Worten, die zu Bildern wurden.

Das Konzept gefiel allen, denn die Polizeivideos, die heute auch von den Tatorten gemacht wurden, auszuwerten auf mögliche Szenen, die man verwenden konnte, das würde zu viel Zeit kosten und Mühe.

Die Fernsehleute bedienten sich öfter dieser Requisiten, waren sie selten direkt an Tatorten. Hier kam es auf die Informationen an, nicht auf authentische Tatortbilder. In X Y wurden kleine Krimis gedreht, hier manchmal auch, in diesem Falle aber nicht, das war zu kompliziert.

Man wollte unter Umständen weitere Morde verhindern, wie nah sie dem Ende der Katastrophe waren, das konnte keiner ahnen.

Das war rundherum ein guter Termin in Neuruppin gewesen und so fuhren sie alle nach einem guten Essen in Neuruppin und einigen geistigen Getränken, die ein gutgelaunter, aufgeräumter Stellvertreter sogar spendierte, wobei sich Bernd die scherzhafte Frage erlaubte, ob das jetzt Vorteilsnahme sei. Das war sehr erheiternd und der junge Mann zeigte sogar, dass er Humor hatte. Dennoch hatte Bernd das Gefühl, der würde irgendwann an seinem Ehrgeiz und dem Korrektsein zerbrechen. Wenn er das so wollte, sollte er das so bekommen, Bernd wusste, dass er auf sich aufpassen musste. Sie wurden nach Hause gefahren und Bernd ging sofort in die

Dusche, seine Frau schlief schon, also duschte er sich und legte sich daneben.

*

Das Studio war riesengroß, so groß hatte er das nicht in Erinnerung, es war warm und stickig. Menschen wimmelten umher, Kameras wurden geschoben, getragen, Kabelträger zogen die Strippen hin und her und das Licht war grell, sehr hell.

Bernd wurde nach der Maske an einen Tisch gestellt, hinter sich ein großes Bild von einem Fahrradfahrer, so ein Hardcoretyp, bunte Klamotten mit Werbung, an der er nichts verdiente, mit Helm und verbissener Fresse auf einer normalen Straße. Er kämpfte um den Sieg in der Tour, nur das das hier Oranienburg war. Der Lärm wurde immer lauter, aber es war nicht wirklich zu verstehen, was es war, Sprechen, Musik und Strassengeräusche. In Bernd zog sich alles zusammen, als der Moderator dazukam.

Das war aber nicht der eigentliche Moderator, nein, wer war das. Er kannte ihn nicht. Sein Mund sprach etwas, was Bernd nicht verstand, was sollte er machen, sollte er einfach reden?

Er entschloss sich, das zu tun und begann von den Ermittlungen zu reden, aber auch seine Stimme hörte er nicht. Der Moderator fiel ihm ins Wort, das er nicht hörte und redeten nun wieder. Warum verstand er das denn nicht. Grelles licht blendete ihn, er blinzelte in das Licht, sah dahinter eine Kamera, die rotes Licht anhatte und plötzlich geschah es. Aus der Kamera heraus fuhr in rasender Geschwindigkeit ein Fahrradfahrer auf ihn zu, wie der auf dem Bild hinter ihm. War das alles der neumodische Quatsch, wo du selbst in einem Boot Angst bekommst, wenn eine harmlose Welle kommt? Ehe er sich entscheiden konnte, riss ihn der Fahrradfahrer um, ja, er fuhr ganz langsam über ihn rüber, fast genussvoll.

Nass und mit Schmerzen im Bauch wachte Bernd auf.

Einen Moment lag er still da, der Schmerz im Bauch und auf der Brust ließ nach, er atmete tief und lange durch, tief ein und aus, das war ein Antistresstraining, Sauerstoff musste ins Blut, ins Hirn und das Adrenalin weg.

Dann spürte er eine Hand nach ihm suchen, es war seine Marlis. Als sie ihn hatte, seine Hand, diese drückte, murmelte sie im Halbschlaf: „Mein lieber Mann, ich bin ja da, alle ist gut.", er hatte in seinem Albtraum nach ihr gerufen, wie sie später erzählte, sie schlief wieder ein, als sie ihn spürte und er sortierte seine Knochen, spürte die Schweißnässe und beschloss aufzustehen. Es war zwar erst 6:00 Uhr, aber was sollte es, an Schlaf war jetzt nicht mehr zu denken und duschte nun schon wieder, keine 6 Stunden nach dem nach Hause kommen, damit das alles wieder verschwand, was ihn diese Nacht gequält hatte. Es wurde Zeit, dass das aufhörte, dachte er unter der Dusche.

Pension, komme, ich warte auf dich, ich habe genug Elend gesehen, ich will nicht mehr.

*

Die wirkliche Sendung, die Aufzeichnung, die an diesem Tag lief, war easy und harmlos. Das Licht blendete nicht so, ja war nicht zu merken, die Fragen waren verständlich und seine Antworten fundiert, auch Anja schlug sich wacker, er hatte auf eine kleine Szene mit ihr bestanden. So war es in der Welt und brachte einige Informationen, aber noch nicht den wirklichen Durchbruch, der war aber auch nicht mehr sehr fern.

Die Reporterin

Berlin-Gesundbrunnen, der nördliche Berliner Fernbahnhof, wo heute wieder Fernzüge abfahren, aber auch Regionalzüge, wie die Heidekrautbahn. Nach über 50 Jahren ist sie wieder in Betrieb gegangen, die Heidekrautbahn und der Fernbahnhof Gesundbrunnen.

Das ist gar nicht lange her und schon sehr gut benutzt. Klar, die Leute müssen nicht mehr bis Berlin-Blankenburg fahren und dort umsteigen, nein sie können gleich hier einsteigen. Hartmut wurde gefragt, ob das der Zug nach Basdorf wäre, eine ganz junge Frau fragte das und er dachte, man ist diese Smartphongeneration doof, was steht am Fahrtzielanzeiger dran, gut lesbar, etwa 10 m entfernt, fast über sie, hing das Teil.

Er trank seinen Espresso, frisch gemacht aus heißem Wasser und einem Pülverchen, nein, nicht was sie denken, kein Instantkaffee, der nach Maggie schmeckt. Richtiger Arabica mit Reishipilz, nicht ganz billig, auch mit lauwarmen Wasser schmeckt der immer noch gut. Kommt aus Amerika, er mochte ja ganz wenige Sachen, die daher kommen, aber das war gut, vor allem im Dienst.

Der Espresso ist schweineteuer am Bahnhof, also hatte er immer heißes Wasser dabei und schlürfte seinen Trunk. Er blickte aus dem Fenster seines Triebwagens, eines Talents, BR 640 und wies mit der Hand zur Anzeigetafel.

Die junge Frau war schon wieder ins Handy vertieft, man ist die wichtig, dachte er und sagte: „Schauen sie dort oben, da steht es dran."

Sie lächelte zuckersüß, man Mädel, ich bin ein alter Knacker, schon 63, aber irgendwas in ihm hatte Freude daran.

„Ich wollte das von ihnen hören, sie sind das doch mit dem Eisenbahnbuch?", wollte sie wissen.

„Wie kommen sie denn da drauf?", fragte er schelmisch zurück und sie hielt ihm ihr riesiges Smartfon hin, fast ein Tablet und da blickte ihn sein Bild an.

„Komisch, was mache ich dann hier, das muss ein Irrtum sein", grinste er zurück. „Sicher ein Doppelgänger", fügte er hinzu.

„Vielleicht sollten sie schreiben und nicht fahren, vielleicht können sie das besser", und sie zuckte mit den Schultern. Er nickte nur, denn das tat er ja, er arbeitet ja nur noch halbtags, also 80 Stunden etwa. Was er nicht ahnte, er würde es bald nur noch tun können, aber wer ahnt schon so etwas wirklich.

„Darf ich ein Bild machen von ihnen und dem Triebfahrzeug?" Oh, die Dame kannte sich aus. Sie nannte den richtigen Begriff. „Wenn sie mich nicht entstellen und bei Twitter rumschicken, das müssen sie versprechen, sonst gibt es Ärger."

„Keine Sorge, ich mag ihr Buch und warte schon auf die Fortsetzung, da will ich doch nicht unbeliebt sein. Am Ende bin ich noch so eine doofe Tussi in Ihren Büchern, nein das will ich nicht.", sagte sie und schoss mit dem riesigen Ding ein Bild.

„Ich maile es Ihnen auf ihr Mailkonto, auch was ich damit mache. Ich studiere nämlich Journalistik und schreibe gerade über junge Autoren."

Nun musste er lachen: „Jung, sie sind lustig, aber kommen sie mal rein, ich muss los, kommen sie nach vorne, dann können wir quatschen."

Tatsächlich hatten sie die Ausfahrt bekommen, das Signal zeigte inzwischen statt des freundlichen roten Lichtes, ein grünes Licht oben und ein Gelbes unten, was heißen sollte, Ausfahrt mit 40 km/h und dann Streckengeschwindigkeit, hier 80 km/h. Die Uhr zeigte noch 30 Sekunden bis zum Zeigersprung, der Abfahrtzeit, und Hartmut öffnete ihr die Tür.

„Hallo, Hartmut Mertens, Lokführer, bitte treten sie näher."

„Anne Liesegang, Studentin, sechstes Semester Journalistik, darf ich rein?", sie zögerte ein wenig. Angst, nein, die hatte sie nicht, aber darf der denn das?

Eigentlich nicht, erklärte er ihr, aber das juckte ihn nicht mehr, er wusste, was er tat. Und was wollen die noch, bei der Personallage, er hatte nicht mehr lange, war lange krank gewesen, also machte er das so.

„Sie schreiben ja gut, das könnte vielleicht zum Leben reichen, bei ihnen, ich helfe ihnen."

„Danke liebe Anne, ich nenne sie einfach mal so", und Hartmut sah aus dem Fenster, als er das ZP 9, den grünen Strich am Signal, den Abfahrtauftrag, gesehen hatte. Er schloss die Türen, das heißt, er nahm die Türfreigabe zurück, mit einem Schalter, schaute wieder raus, es war alles O. k. und schloss das Fenster. Die Grünschleife kam, er schob den Fahrbremshebel nach vorn und der Zug fuhr an.

Punktförmige Zugbeeinflussung, das Sicherheitssystem, war restriktiv, wechselblinkend, also stellte er den Tempomat auf 20 km/h ein und der Zug zog an, am Signal vorbei. Es verschwand das rote Licht der PZB-Anzeige und er befreite sich aus der Beeinflussung, dem Wechselblinken der Lämpchen, mit der Freitaste. Dann tippte er auf dem Bildschirm herum, er stellte die Geschwindigkeit auf 40 km/h ein. Der Weichenbereich war hier sehr lang, da lohnte sich das, sie mussten über den ganzen Bahnhof links um die Ecke, am Bahnhof Bornholmer Straße vorbei, auf das linke Gleis. Das Rechte, das eigentliche Regelgleis kam bald dazu, es führte zum Innenring, Richtung Schönhauser Allee. Da war schon die Einfahrt des Bahnhofs Wollankstraße der S-Bahn, wirklich war es der Bahnhof Schönholz für die Fernbahn. Eigentlich war das bloß noch eine Blockstelle.

Irgendwer hatte ihm mal erzählt, dass die Genehmigung die Signale abzubauen teurer war, als der Strom es über Jahre zu benutzen, auch um es zu schalten. Also ließ man die frühere Einfahrt Schönholz stehen, als Blocksignal. Das Ausfahrsignal war weg, auch die Weichen hatte man ausgebaut, man wollte den Bahnhof nicht wirklich benutzen. Es fuhr ja auch fast nichts, wir die NEB, seit einem halben Jahr und manchmal fuhr etwas nach Velten, zu Stadler, dem Triebfahrzeugbau. Der Bahnhof war ja auch lange nicht mehr benutzt worden, fast vier Jahre nicht mehr, seit sie die S-Bahn saniert hatten, da brauchten die den Bahnhof zum letzten Mal. Das Ausfahrtsignal hatte irgendwer umgebaggert und die wurde nicht mehr aufgestellt, das wäre dann doch zu teuer geworden.

Inzwischen hatten die auch die Fahrpläne geändert, sonst gab es hier immer Malesse wegen des fehlenden Ausfahrtsignals. Ja, bei der Eisenbahn war alles geregelt, und ob Beamtenbahn oder privat, Behörden fahren zu langsam. Der Bahnsteig von Wilhelmsruh kam, neu gebaut, am Abhang des Bahnkörpers, hinter der Straßenbrücke, links die S-Bahn. Hier hielt er an und gab die Türen rechts frei. Sie hatten ein wenig Zeit, die Fahrzeit war recht lang hier. In der Zwischenzeit hatten sie ein angeregtes Gespräch, Hartmut konnte das alles im Schlaf.

„Kann ich mal offiziell mitfahren, kann man das einrichten?", wollte sie wissen, als Hartmut sie eingewiesen hatten.

„Ja sicher, das muss über die Firma offiziell beantragt werden, sie wollen wohl Malte spielen?", fragte er schelmisch, anspielend auf sein erstes Buch. Dort hatte der Anwalt Malte von Giesburg einige Mitfahrten gemacht, um die Eisenbahn kennen zu lernen.

Sie nickte: „Ja, sie haben das alles sehr gut beschrieben, aber live ist halt live, und so spannend."

„Ja, wenn sie das so sehen. Was soll das werden, was sie vorhaben?"

„Ich muss eine Diplomarbeit abliefern und da ist das Thema junge Autoren gut, wobei das auch interessant ist. Jung heißt ja nicht unbedingt an Jahren. Aber wie wirkt sich geistige Reife auf den Schreibstil aus, da will ich hin."

„Und wie wirkt er sich aus?"

„Ja, so weit bin ich noch nicht, aber meine ersten Recherchen haben ergeben, sie schreiben sehr jung vom Stil her. Ein anderer Autor, mit 10 Büchern, sehr reif, Name ist unwichtig. Das erste Buch ähnelt ihrem Stil."

„Uops", entfuhr es ihm, das schmeichelte natürlich sehr, aber er musste wieder losfahren. Sie fuhren jetzt die neu gebaute Strecke, die viele Jahre brachgelegen hatte, seit dem Mauerbau hatte man die nicht mehr genutzt. Die Brücken waren nur farblich behandelt worden, so ein toller Stahl wurde damals eingesetzt, verbaut. Nun kam der Abzweig der Strecke nach Hennigsdorf und Velten, da hatte man sich die Brücke gespart und ist weit rechts vorbei gefahren. Hier bauten sie eine kleine Rampe, die beachtlich steil war, aber nur 200 m lang, so ging das. Nur liegenbleiben war hier doof.

Rechts erschien Stadler, die Pankower Triebfahrzeugschmiede, auf dem Hof stand ein neuer Triebwagen für die Kollegen in Bayern, die drei Einheiten bei dem Unfall von Bad Aibling verloren hatten.

„Schauen Sie mal, da sind die neuen 442 der BOB, der bayerischen Oberlandbahn, die die zerschossenen Triebwagen von Aibling ersetzen sollen."

Hartmut musste sich im Zugleitbetrieb anmelden, dazu nahm er das Funkgerät und meldete sich beim Zugleiter an: „Darf Zug 81889 von Wilhelmsruh bis Basdorf fahren."

Die Antwort kam prompt: „Zug 81889 darf von Wilhelmsruh bis Basdorf fahren."

Hartmut wiederholte das noch einmal und musste dann noch die PZB quittieren, die hatten hier einen Klotz gelegt. Das war Zugleitbetrieb mit technischer Unterstützung, für ordentliche Signalführung hatte das Geld nicht gereicht. Na ja, es ging ja auch so, als es noch keine Signale gab. Sie hielten dann am neuen Bahnsteig, der für Stadler gebaut wurde, aber auch das Märkische Viertel und Pankow bediente. Sie fuhren entlang der Stadtgrenze weiter, mit 30 km/h, das war zwar, als wenn sie durch einen Wald fuhren, hier war dichter Baumbestand, dennoch hätten sie entweder einzäunen müssen, denn wäre man zügiger gefahren, oder man, hätte das Ganze als Straßenbahn bauen können. Sie haben sich für 30 mit PZB Beeinflussung, eigentlich 25, entschieden. Der nächste Halt dann im Märkischen Viertel/Niederschönhausen. Den Haltepunkt Rosenthal hatte man nicht mehr gebaut, dann hätte man vor Stadler durch das Industriegebiet fahren müssen, hier war noch eine Firma, die Eisenbahn auf dem Zettel hatte, das wäre zu gefährlich gewesen.

Natürlich war die Wilhelmsruher Straße beschrankt, die Quickborner Straße hatte man zugemacht. Hier konnten die Fahrgäste direkt in die Straßenbahn nach Pankow umsteigen. Man hatte die Bahnsteige aneinandergeführt. Türen auf, Aus-und-Einstieg und weiter geht es. Immer an der Stadtgrenze lang, die dann nach links verschwand und sie fuhren die alte Strecke, entlang bis zum Bahnhof Blankenfelde. Auch ein schönes altes Bahnhofsgebäude, das jetzt wieder zum Leben erwachte. Auch hier hielten sie, für die Blankenfelder und die Lübarser Bevölkerung.

Der Zug war schon recht gut angenommen, es war immer Betrieb, von wegen Nahverkehr bringt nichts. Weiter über die Felder bis Schildow. „Hier hat es anfangs jede Woche geknallt, zu lange ist hier nichts gefahren, trotz der Halbschranke, müssen einige immer noch durch", erklärte Hartmut.

„Wieso baut man eigentlich keine Vollschranken?", wollte sie wissen, sie war sehr neugierig.

„Halbes Material, kleinere Antriebsmotoren, leichtere Bauweise. Der große Nachteil ist wie beim Güllehängerunfall, einem Unfall, der unlängst in Westdeutschland passiert ist, verreckt einer auf der Schranke und geht die hinter ihm zu, dann ist der Überweg technisch gesichert, also für uns frei. Das heißt, der Überweg ist bereits für uns gesichert, wenn das rote Licht angeht. Das rote Licht für die Autofahrer, egal ob der Baum oben bleibt, oder runtergeht, das heißt immer anhalten, für Autofahrer. Wir bekommen das weiße Licht, das heißt, für uns ist der Überweg technisch gesichert. Ist er ja auch, rot heißt auch für Autofahrer immer anhalten. Und du kommst um die

Ecke und ach du heiliger Strohsack, da steht was auf dem Überweg. Bei einer Vollschranke würde die nicht runtergehen und das weiße Licht würde nicht kommen, das dort und Hartmut wies auf das SO 1. Bei großen Schranken, also wenn hier 5 Gleise wären, haben die manchmal Radar hingestellt, das meldet, wenn der Überweg nicht frei ist und wir bekommen kein SO 1, oder keine Einfahrt, wenn richtige Signale das abdecken."

„Was dann?", wollte sie wissen.

„Wenn das weiße Licht nicht angehen würde, liegt hier punktförmige Zugbeeinflussung, die muss quittiert werden und dann muss gebremst werden, oder es gibt eine Zwangsbremse. Dann steht man so oder so vor dem Überweg, es passiert aber nichts. Ja, das ist bitter, der Kollege war erst 28 Jahre alt, 5 Jahre Lokführer, zwei Kinder. Was passiert mit der Frau, was bekommt die? Ich meine die Angehörigen der Toten vom Flieger, haben ja 50 Riesen bekommen, erst einmal."

Sie zuckte mit den Schultern: „Gut, dass sie das erwähnen, da hake ich mal nach, das ist interessant."

„Recherchieren sie doch auch mal wegen der Opfer in Hordorf, ich habe die im Buch, ja erfunden, ich kenne die nicht, aber das wäre mal interessant. Das gäbe sicher einen schönen Film in der Reihe, nach der Katastrophe."

Sie nickte und tippte eine Notiz ins Handy.

In Schildow wurde wieder angehalten. Das Bahnhofsgebäude war jetzt eine florierende Kneipe, seit der Zug wieder fuhr, hier nahm der Eine oder der Andere, mal ein Bierchen zum Feierabend, ließ einen Zug fahren und fuhr in einer Stunde weiter. Es kam schon mal vor, dass ein Kollege Jemanden aus der Kneipe geholt hatte, beim letzten Zug, der wusste, dass sein Schwager da drinnen war.

Jetzt war es 12:30 Uhr, da war so etwas nicht nötig und sie fuhren weiter. Es ging durch Schildow, durch Mühlenbeck, auch hier war eine Gaststätte, ein Grieche, hier hielten sie auch, dann hielten sie noch einmal in Schönerlinde und fuhren nun bis Basdorf. Feierabend, er machte Schluss, rüstete den Führerstand ab und sie verließen das Fahrzeug. Der Kollege war hinten rauf, da war die PZB, da musste er Daten eingeben, seine, und dann bereitete der seinen Zug vor.

„Hallöle, alles gut, das ist hier Presse, ich bringe sie mal rüber zur Betriebsleitung", sagte Hartmut zum Kollegen, sie gaben sich die Hand, der Kollege war ein Maulfauler, aber eine Bemerkung musste er doch machen: „Schöne Presse."

Sie war doch sein Jagdschema, die jungen Frau, wenn er auch 10 Jahre älter war, aber das machte doch nichts. Irgendwie spürte man aber den Neid, der Hartmut und die Schöne, aber was soll es, soll er sie doch anbaggern oder Klavier lernen.

Vielleicht konnte man das mit der Mitfahrt gleich festmachen. Wenn es geht, wenn die in der Betriebsleitung Zeit haben. Sie gingen den Dienstweg, der etwas länger war, hier brauchte es keine Warnweste, das war Hartmut zu blöd die herauszukramen, außerdem hatte die junge Frau mit Sicherheit keine Warnweste dabei.

„Hallo, ihr Lieben, alles Tutti bei mir. Das ist hier Frau Anne Liesegang, die ist von der Presse, freie Mitarbeiterin, denke ich", und er sah sie an.

Der schwindelt für mich, ja Student wäre auch blöd und sie nickte nur. „Die junge Frau will eine Reportage schreiben über die Heidekrautbahn, wie sie heute ist, das wäre doch schöne Werbung für uns oder?"

Tja, Hartmut hatte Selbstbewusstsein bekommen, seitdem er wieder schreiben konnte und seit sein Buch erschienen war. Der Zugleiter war auch der Eisenbahnbetriebsleiter, E.B.ler. Dann war das ja gut, dass er vorhin die akkurate Zugmeldung gemacht hatte, sonst würde der jetzt meckern und das mit der Reporterin, wäre nicht einfach. Der Eisenbahnbetriebsleiter machte heute hier Schicht und gab der jungen Frau die Hand: „Herzlich willkommen bei der Niederbarnimer Eisenbahn, ja das lässt sich einrichten, nimmst du sie an die Hand, denke ich, ich mache alles fertig. Termine müsst ihr machen. Morgen geht noch nicht, aber ab dem Zwanzigsten habe ich das fertig, wenn du wieder Dienst hast."

Morgen hatte Hartmut noch einmal früh, dann 5 Tage frei, so war das mit einer halben Arbeitszeit. Dass das nichts werden würde, ahnte noch niemand wirklich, aber sie nahmen, dass Ganze in Angriff. So verabschiedete sich die junge Dame vom E.B.L., begleitete Hartmut noch zu seinem Fahrrad, denn er fuhr normalerweise von hier, mit dem Rad, nach Hause.

Er geleitet sie noch zum Zug, der hatte hier eine gute Pause und so konnte sie den Zug sofort zurücknehmen. Da sie so schön schwätzten und das natürlich auch den Hartmut bauchpinselte, dieses angeregte Gespräch mit der jungen Frau, stieg er mit ihr und seinem Fahrrad in den Zug ein, er würde ab Schönerlinde nach Hause fahren, das ging auch.

Darum fuhr Hartmut heute einen anderen Weg als gewöhnlich nach Hause, und das würde ihm zum Verhängnis werden. Das machte Anne auch später arg zu schaffen. Aber noch ahnte niemand etwas und so fuhr der Zug los, mit Anne und Hartmut, die noch schwatzten, in Schönerlinde stieg Hartmut aus und fuhr den anderen Weg Richtung Heimat.

Hartmut kommt nicht zu Hause an

Es war schon 16:00 Uhr und Monika wurde immer unruhiger. Hartmut hatte immer angerufen, wenn irgendetwas dazwischen kam, Verspätung, warum auch immer, schon um sie nicht zu ängstigen. Sie wusste ja, dass sein Beruf nicht ganz ungefährlich war, auch wenn die in Basdorf Nebenbahnbetrieb mit technischer Unterstützung hatten.

Ein Lokführer aus Mannheim hatte die PZB einfach ausgelöst und es hatte bum gemacht. Das muss gehen, sonst kann man nicht eine Lok um einen Zug schicken, sozusagen Kopf machen, auch zum Rangieren braucht man das. Egal wen das trifft, es ist immer unangenehm. Und da sie diese stille Vereinbarung hatten, besonders, seitdem er wieder zu Hause arbeiten konnte, war sie sehr unruhig.

Das war schön, dass er wieder zu Hause arbeiten konnte. Die Schicht an sich, so wie die gemacht war, ist schon schlimm genug, heute. Das war früher deutlich besser. Aber er war wenigstens abends oder morgens da. Sie hatte auch einmal Schicht gearbeitet, aber früh, nachmittags, nachts, das war lange her. Das war immer eine Woche lang. Da konnte man sich ein wenig dran gewöhnen, sich anpassen.

Aber das hier in Basdorf war früh, um 4:10 Uhr bis 14:10 Uhr und 14:00 Uhr bis 23:55 Uhr, das ging auch noch, aber dann zwei früh, eine Nachmittagsschicht, fünf Tage frei, wegen der 80 Stunden, die er bloß arbeiten musste, oder umgedreht.

Hartmut sagte immer, wenn die eine Nachtschicht hätten, von 22:00 bis 6:00, dann könnte man mit den Öffentlichen fahren, mit dem Fahrrad nach Schönerlinde und dann die Schicht machen, 8 Stunden, oder andersherum, um 22:00 Uhr abgelöst, nach Hause radeln.

Dann wäre man um Mitternacht im Bett, das ginge dann schon, wenn man, nur bis 8:00 Uhr schlafen konnte, das reichte, aber jetzt war er mit zwei Stunden Schlaf weniger unterwegs, das konnte man auch nicht, an freien Tagen aufholen.

Sie hatte ihn schon drei Mal angerufen.

Nichts!

Er schien es nicht zu hören, warum eigentlich? Er hätte sicher zurückrufen. Er würde anhalten, auf dem Rad telefonierte er nicht und würde zurückrufen. Eine böse Ahnung beschlich sie. Sie war nicht mehr alleine mit dem Fahrrad unterwegs, seit dem der Fahrradmörder umging, hatte sie alleine Angst. Nur ihr Hartmut, der sich immer als Weichfeige bezeichnete, der kehrte den harten Macker raus. Er könnte doch mit dem Auto fahren, 15 Minuten Weg, sie brauchte es auch manchmal, aber das ließ sich doch koordinieren, wenn nicht, nahm sie eine Taxe, oder konnte das Auto ihres Sohnes nehmen, im Sommer fuhr der mit dem Motorrad.

Nein Moped, das war nichts für Hartmut, man hätte auch so eine 125 iger Maschine kaufen können, vielleicht sogar einen Roller, nein da stieg er nicht auf. Wir müssen sparen, er hatte jetzt knapp 600 € weniger als bei der Transdev, hatte er gesagt. Das meinte er natürlich nicht wirklich ernst, sie hatten immer noch genug zum Leben, zumal sich ja sein Buch auch verkaufte.

So würde er bei der sitzenden Beschäftigung, mit dem Fahrrad, auch fit bleiben. Es machte ihm auch Spaß, er fuhr auch im Regen, nur im Winter nicht. Auch das war Quatsch, weil er ja auch im Sitzen fuhr.

Nein, jetzt war gut, sie griff noch einmal zum Telefon, suchte die Nummer vom Bernd, dem Nachbarn raus und ließ es wählen. Er war da und nahm auch gleich ab: „Mann, ob die das je begreifen, da klingelt ununterbrochen das Telefon", maulte er ins Telefon, ohne zu fragen, wer es sei. Auf das Display hatte er auch nicht gesehen. Eigentlich wäre sie jetzt angefressen, aber es ging um ihren Mann, da konnte sie wadenbeißen.

„Ich bin es", überhörte sie die raue Begrüßung, „die Monika. Tut mir leid, der Hartmut ist noch nicht da, da ist irgendetwas passiert, was soll ich machen?"

Einen kleinen Moment herrschte Schweigen, dann sagte Bernd: „Sorry für die Begrüßung, ich habe nicht hingesehen, bin im Garten, hättest einfach kommen können. Ich will, dass die sich dran gewöhnen, wenn ich frei habe, nur wirklich im Notfall. Komme rüber!"

Als sie da war, machte er erst einmal Kaffee für sie beide, die Marlis war nicht da. Das war wichtig, wenn jemand panisch wurde und ein wenig kannte er ja die Nachbarin und wie sie ihren Mann liebte. Sie sollte sich erst einmal beruhigen, alles würde gut werden.

Beim Kaffee erzählte sie von Hartmuts Gewohnheiten, er meldete sich immer, wenn etwas war, ein oder zwei Mal hatte er das nicht getan, einmal war er mit einem alten Kumpel von früher in der Kneipe und hatte sie vergessen, aber da war das hier, noch nicht so gefährlich und das andere Mal ging das Telefon nicht. Alte Gurke, wurde sofort erneuert.

„Formal kann ich gar nichts tun. 24 Stunden vermisst, du kennst das aus den Krimis, das stimmt. Es wäre nicht das erste Mal, das jemand versackt, ein Kerl, und trollt sich am nächsten Tag erst nach Hause. Das glaube ich bei Hartmut auch nicht, wenn der einen heben geht, warum soll der nicht anrufen, nach so einer langen Ehe, das ist unwahrscheinlich. Was Schlimmes will ich nicht glauben. Wir können erst die Pferde scheu machen, wenn 24 Stunden vergangen sind, dann kann ich suchen lassen."

Er griff zum Telefon und rief seine Marlies an. Das Gespräch war kurz, er wusste, sie hatte zu tun, er wollte nur wissen, wann sie etwa zu Hause war, wenn er das fragte, hatte das immer einen Sinn.

Sie hatten Zeit bis etwa 20 Uhr. Noch ein Anruf: „Sage Mal Horst", rief er einen Kollegen von der Bereitschaft an. „Wenn du was hörst, dass irgendwie ein Hartmut Mertens auftaucht, das ist mein Nachbar, nicht nach Hause gekommen. Spar dir den Kommentar, ich würde dich nicht bitten, wenn es der Hirnie vom Ende der Straße wäre. Kannst du noch eine Handynummer orten, ich glaube nicht, dass das was bringt, aber bitte versuche es." Der Kollege willigte ein, er würde es versuchen und würde einen Zettel hinlegen, man musste sich doch helfen, trotz der Vorschriften.

„Wie lange braucht der Hartmut denn von der Arbeit bis nach Hause", wollte Bernd nun von Monika wissen.

„45 Minuten früher fährt er los, plus 30 die er da für sich braucht."

„Das heißt, wenn der um 14:10 Uhr Feierabend hatte und ein wenig bummelt, ist er um 15:10 Uhr etwa hier? Kennst du den Weg, den er immer nimmt?"

Sie nickte eifrig, sie ahnte, was er vor hatte.

„Dann lass uns den Weg einmal abfahren, wir sind um 18:00 Uhr da, fragen da mal nach und fahren dann zurück."

Sie hatte auch dort schon angerufen, aber vielleicht half es ja, wenn er dabei war. Monika sprang auf, um ihr Fahrrad zu holen, er rief aber noch einmal beim Zugleiter an: „Grüß dich, hier ist Hauptkommissar Freitag, Mordkommission Oranienburg, der Hartmut Mertens hat der pünktlich Feierabend gemacht?", ein „Oh" kam zurück, der hatte sich erschrocken.

„Die Frau Mertens hatte schon angerufen. Der ist pünktlich weg, mit kleiner Verspätung, der hatte so eine junge Reporterin dabei, die wollte eine Mitfahrgenehmigung, die hat er noch zum Bahnhof gebracht. Aber das sind vielleicht eine Viertelstunde später und eine Kneipe ist hier nicht auf dem Weg, ach nein, in Schönfließ wäre eine."

„Das glaube ich nicht, ihr habt doch bloß zuverlässige Kollegen, da hätte er auch angerufen."

„Auch bei so einer Frau?", Bernd überhörte die süffisante Bemerkung. „Wir fahren mal den Weg ab, den er nimmt, dann sind wir in etwa 45 Minuten bei euch, dann kannst du mir ja mal die Visitenkarte der Reporterin zeigen." Bernd legte auf, er hatte schon mit dem Zugleiter zu tun gehabt, deshalb duzte er ihn. Das mit der jungen Frau war unwahrscheinlich, das machte der Hartmut nicht und wenn dann glaubte Bernd, der wäre intelligenter, als sich gleich erwischen zu lassen. Er sagte der Monika erst gar nichts davon.

Sie fuhren los.

In Schönfließ hielten sie an, fragten nach, aber da war heute noch keiner gewesen, sie hatten auch gerade aufgemacht. Sie fuhren dann über die Schranke, in den Wald, nach der Siedlung, die glaube ich schon zu Bergfelde gehörte, bogen sie ab, Richtung Basdorf. Sie fuhren gemütlich, sahen in den Wald hinein, stiegen auch mal ab und brauchten so 55 Minuten. „Grüß dich Kollege, ich bin der Bernd."

„Der Bulle", der Zugleiter grinste, und reichte ihm die Visitenkarte. Bernd nahm die Visitenkarte und lichtete sie ab, dann wählte er die Nummer der jungen Frau.

„Anne Liesegang", meldete sie sich hochkorrekt.

„Hauptkommissar Bernd Freitag, Mordkommission Oranienburg, sie waren doch heute etwa gegen 14:00 Uhr in der Zugleitung in Basdorf?"

„Ja, mit dem Lokführer Hartmut Mertens, der hat das Buch über das Unglück von Hordorf geschrieben."

„Wieso denn das?", wollte Bernd wissen.

„Ich wollte mal die wirklichen Schichten erleben, ich will eine Reportage schreiben, vielleicht die Diplomarbeit. Er hat mich danach zum Bahnhof gebracht und ich bin mit dem 14:30 Uhr Zug wieder nach Gesundbrunnen. Wieso, ist etwa etwas passiert," sie klang sehr erschreckt.

„Nein passiert ist nichts und das soll auch so bleiben. Sie wissen doch, dass wir offiziell nichts machen können vor Ablauf der 24 Stunden. Aber ich bin mit seiner Frau, die sich Gedanken macht, nach Basdorf gefahren." Da war auch ein ungewollter Vorwurf dabei.

„Das würde ich auch bei diesem Mann, die Frau soll den gut festhalten, aber keine Angst, ich könnte ja mehr als seine Tochter sein. Ja, seine Enkelin, glaube ich. Ich habe keinen Vaterkomplex. Bitte unterrichten sie mich, wenn er wieder auftaucht, auch wenn was passiert ist, sind sie so lieb, bitte."

„Na das wollen wir nicht hoffen, ich rufe sie an, wenn er wieder da ist, damit sie sich beruhigen, danke für ihre Mitarbeit, alles Gute, junge Frau."

Bernd rief noch einmal die Bereitschaft an, aber das Handy ließ sich nicht orten, wahrscheinlich ausgeschaltet, was anderes wollte Bernd nicht denken.

Das hatte er auch geklärt, also fuhren sie wieder zurück. Was sie nicht wussten, dass er einen anderen Weg genommen hatte, den er nur nahm, wenn er vom Bahnsteig startete, aber da hätten sie auch nichts bemerkt oder gesehen. Monika bedankte sich bei Bernd für den tollen Ausflug. „Wenn es zu schlimm wird, komme rüber, melde dich, ja. Ich rufe dich an, wenn ich was weiß." Er bot ihr die Hilfe an, er wusste, wie schlimm Warten für die Angehörigen sein konnte. Er wollte ja auch nicht, dass etwas passiert war, sie sperrten ihre Fahrräder wieder ein und begaben sich in den Abend.

Der falsche Weg

Heute hatte er einen anderen Startpunkt, normalerweise startete er am Büro in der Mühlenbecker Straße, fuhr in den Hohen Graben und von dort in den Wald. Am Mühlenbecker See fuhr ein Stück nach Westen, dann über die Autobahn, eigentlich darunter durch, und kam in Schönfließ an. Dort musste er hin und wieder an der Schranke warten und fuhr durch Schönfließ auf dem Radweg, bis Glienicke.

Heute war das anders, er fuhr bis Schönerlinde mit der Reporterin mit, sie schwatzten noch ein wenig, in Schönerlinde stieg er aus. Er schwang sich auf sein Rad und fuhr los. Erst musste er die Autobahn queren, dann fuhr er auf der Blankenfelder Straße. Am Fischerweg würde er an den Mühlenbecker Teichen vorbeikommen, dort wollte er auf die alte Strecke kommen, so war sein Plan. Das Wetter war schön, ein schöner Nachmittag, die Sonne schien und im Wald war das auch nicht so warm. Er hatte die Jacke aber aus irgendeinem Grund nicht ausgezogen, was er sonst immer tat, weil das Radeln warm machte. Das erwartete er, warum auch immer, nicht.

Irgendwie ahnen wir manchmal, was wir brauchen, wenn wir das immer täten, hätte ich nichts zum Schreiben.

Die Luft war schön frisch, das Rad machte wenige Geräusche, so konnte er dem Lärm des Waldes lauschen. Er machte sich keinen Stress mehr, das waren etwa 12 km, etwas mehr wie sonst, da war er gemütlich auch keine Stunde unterwegs und er hatte gleich ein wenig Bewegung in seinen unbeweglichen Berufen.

Als Lokführer bewegte er sich mittlerweile kaum mehr, im Gegensatz zu früher, lokbespannte Züge, da musst du runter, anhängen, abhängen, man geht Mal rum, um den Zug. Halt die Beine vertreten, heute ist das nicht mehr so. Wenig Abwechselung, das heißt gar keine. Du fährst, wie hier bei der N.E.B, die Strecken, die dort sind. Hartmut explizit meistens nur Basdorf - Gesundbrunnen, Wandlitz und der Bauermarkt.

Das war aber gut für ihn, sonst hätte er über eine Stunde mit dem Auto bis Beeskow fahren müssen, denn dort beginnen die Züge und dort gehen sie wieder schlafen. Sicher würde er auch hin und wieder Templin fahren, wenn sie das übernommen hatten, Templin Ostkreuz oder Hauptbahnhof. Nachtschichten gibt es nicht, dass man mit den Öffentlichen nach Hause könnte. Das ist zwar alles Schicht, und ungesund, aber gesünder, als wenn man nach einer 10 Stundenschicht, auch 8 Stunden reichen, vorher und nachher noch jeweils eine Stunde Autofahren muss. Genau sind es ja, 1,15 Stunden, nicht immer kann man auf dem Außenring blasen. Egal, er musste bloß noch nach Basdorf, das hatten sie nach seiner langen Krankheit ausgehandelt, ausgebrannt war er, aber nicht bei der N.E.B., sondern woanders.

Er hatte riesen Glück, der Klaus war raus, der war untauglich geworden, ihm hatten die Götter geholfen und Basdorf überzeugt, das er bis zur Rente, ja wenigstens halbtags könnte. Warum Arbeitgeber so wenig halbtags arbeiten lassen, ist ein Rätsel, denn die Abgaben sind die Gleichen, nur etwa halb so viel.

Von zu Hause aus, mit guter Ernährung, mit Sport, Fahrrad bei Wind und Wetter durch den Wald, ja so ging das. Und ihm kamen gute Ideen für seine Autorenarbeit, Geschichten fielen ihm beim Wandern ein oder auch beim Radfahren.

Heute aber war alles irgendwie anders. Die Vögel schienen irgendetwas zu rufen, er liebte die kleinen Biester, wie er sie nannte, die fleißigen kleinen Vögel, die picken, flattern und sangen, als ginge es um einen Grand - Prix. Der Specht pochte mit einer Kraft gegen den Stamm, da würden wir schon wegen des Wassers im Hirn, Hirntsunamie bekommen. Er bog um die Ecke, da stand ein Mann mit dem Rücken zu ihm.

Hartmut klingelte nie, er wollte einen Bogen, einen großen Bogen um den Mann machen, als der sich umdrehte und mit einem Ast, oder so was, auf Hartmut einschlug. Der fiel, so wie er war, vom Rad und wurde augenblicklich in die Welt der Dunkelheit gerissen, er wurde ohnmächtig. Das war auch gut so, nun blieb ihm doch noch eine kleine, aber reale Chance.

Irgendwie kam Hartmut wieder zu sich. Er nahm wahr, wie er am Boden geschleift wurde, er schützte sein Gesicht, so gut es ging, versuchte, aber tot zu wirken. Das dauerte nicht lange, der Unbekannte hielt inne, er lies ihn fallen, irgendwas musste der überlegen.

Ja, na klar, wie er ihn nun beseitigen würde, aber wer war der, was wollte der von ihm, warum gerade ich, dachte, Hartmut angestrengt, immer bedacht tot zu wirken.

Er atmete sehr flach, kaum sichtbar, sein Blick ging zur Seite, nein, er schielte nur zur Seite. Dort lag ein dicker Ast, dick genug und erreichbar. Der Mann stand mit dem Rücken zu ihm. Vorsichtig nahm er die Hände unter seinen Körper hervor, er griff sich den Ast, als der Mann, der ihm irgendwie bekannt vorkam, sich umwandte.

Der hatte sich offenbar entschlossen, was er tun würde und das konnte nichts Gutes sein. Also atmete Hartmut tief ein, so viel Luft, wie er bekommen konnte, damit er Kraft hatte, spannte alle Muskeln an und schlug mit voller Kraft zu.

Kurzer Hebel, aber die volle Kraft, er traf nur das eine Bein, weil der sich doch bewegte, aber es knackte höllisch, wie wenn Knochen brechen.

Dabei knickte der Mann weg und der Rest des Schlages traf dann das andere Bein. Der Mann sah ihn an, Hass war zu sehen, abgrundtiefer Hass und Entsetzen gleichzeitig, ertappt zu werden, zu verlieren.

Eine Mischung unglaublich starker negativer Gefühle waren in seinem Gesicht zu sehen. Es wurde zu einer Fratze, zu einer ganz bösen Fratze, der Teufel sieht wunderschön dagegen aus und die Masken bei der alemannischen Fastnacht auch. Das war erst einmal das Letzte, was Hartmut dachte, der Mann fiel und beim Fallen traf er Hartmut noch einmal am Kopf mit seinem Knüppel.

*

Er war etwas jünger als Hartmut, so um die 55, saß in dem Gebüsch neben dem Weg und wollte sondieren, wer hier so lang fährt. Dabei machte er sich Notizen und damit er auch bemerkte, wer von wo kam, hatte er Bewegungsmelder jeweils am Anfang des Weges installiert, jeder mit einem anderen Ton, den er auf Ohrstecker bekam.

Er wollte heute nur beobachten. Wer fährt hier regelmäßig lang und immer zur gleichen Zeit. Diese Teufel mussten nun mal weg, einfach getilgt von dieser Welt. Da plingte es in seinem Ohrstecker und irgendetwas trieb ihn auf den Weg. Von Weitem sah er, wer da kam.

Das war der Mertens sein Gegenüber, der ihn und seinen Sohn wegen der Trommelei mit Anzeigen überzogen hatte. Nun kam die Gier, diese Gier, die unvorsichtig werden lässt, Er begann Fehler, zu machen.

Aber vielleicht sollte das alles einmal zu Ende gehen. So ging das auch nicht weiter. Dieses Hin und Her, erst das Brummen, das fürchterliche Brummen im Kopf, keine Tablette half da. Das hörte einfach nicht auf. Dann das Tun, dann wurde das Brummen besser, aber nur kurze Zeit, das hielt nicht sehr lange an.

Es setzte bald wieder ein, dieses Brummen. Dann verkroch Er sich erst in seinen Verschlag, sah sich die Trophäen an, die Bilder, die Zeitungsausschnitte, die Kommentare. Das musste den ganzen Winter so gehen, weil es zu kalt war, der Boden dann gefroren, er konnte die Teufel nicht vergraben.

So konnte er die Zeit hinauszögern, bis Er wieder losmusste. Dann zog es ihn wieder in den Wald. Erst beobachten, wer so fährt, wer ist der Teufel, Frauen nicht, die haben keine Eier, die fuhren auch nicht so aggressiv. Dann wurde der Entschluss gefast, der Rest vorbereitet und dann schlug er zu.

Diesmal hatte er aus einem Impuls gehandelt, er hatte keinen Baseballschläger dabei und auch nichts richtig vorbereitet, als wenn er das diesmal nicht brauchen würde, das ist schon komisch, wie wir instinktiv vieles richtig machen.

Er drehte sich mit dem Rücken zum ankommenden Fahrradfahrer, konnte ihn aber dennoch sehen. Hinten hatte Er sich Augen montiert. Das pixelte, war kein schönes Bild, das auf seinem Handy ankam, welches an einer Schnur befestigt war, denn genau in dem Moment, wo Hartmut Mertens hinter ihm war, so dass der ausweichen musste, schnellte er herum und schlug ihn vom Rad. Dabei ließ er das Handy an seiner Schnur fallen.

Gut, jetzt musste der vom Weg geräumt werden, weg, in den Wald. Er musste improvisieren, eigentlich wollte er ja nur sichten. Nun musste er handeln, er packte den Fahrradfahrer Mertens an den Beinen und zog ihn in den Wald.

Aber Er hatte nicht richtig getroffen, weil Hartmut Mertens die Angewohnheit hatte, auszuweichen, nicht zu klingeln. Also ließ der das Klingeln, weil es ihn auch immer erschreckte. Menschen weg zu klingeln das war eine doofe Idee und er fuhr ganz langsam mit großem seitlichen Abstand an den Spaziergängern vorbei. Manchmal hielt er auch dahinter an und leihte vorbei. Er wollte niemanden erschrecken und das rettete ihn hier erst einmal das Leben, denn der Schlag holte ihn zwar vom Fahrrad, aber er verletzte ihn nicht ernsthaft. Doch das hatte Er noch gar nicht bemerkt, welche ein Verhängnis.

Was mache ich jetzt, ich habe kein Werkzeug dabei. Am Leben lassen geht nicht, ist zu gefährlich, dann haben sie ihn. Das Fahrrad musste erst einmal vom Weg, und da der Nachbar tot aussah, er war regungslos, ging er zum Weg zurück und zog das Fahrrad in die Büsche, so dass es vom Weg aus nicht zu sehen war. Das war gut so, denn es näherte sich wieder jemand, aber der war noch weit weg. Dann ging er zum Opfer zurück und überlegte weiter.

*

Hartmut hatte das mitbekommen, er nutzte die Gelegenheit sich anders zu positionieren, denn er sah wohl den Knüppel neben sich und hatte nicht vor, sich kampflos zu ergeben. Nur bewegen ging irgendwie nicht so gut, wie er es gerne hätte, aufstehen ging nicht, die Beine wollten nicht.

Also wegrennen fiel aus.

Der Mann war weg, aber es war zu früh, alles zu testen, um wegzukommen. Er kam zurück, der Mertens stellte sich wieder tot.

„Was sollte jetzt geschehen? Ich muss Werkzeug holen. Ich muss ihn eingraben. Kleinschneiden geht nicht, ist zu dicht am Weg und ich kann mich nicht wirklich umziehen."

Das hörte Hartmut, der dachte laut der Psychopath, was wollte der von mir, warum will der mich töten und sein Blick blinzelte ihn an, er linste und erkannte ihn.

Der Trommler, besser der Vater, Scheiße, doch nicht wegen seiner Anzeige. Soll der Arsch doch für Schallschutz sorgen, dann kann sein tumber Sohn trommeln, so viel er will. Aber das begriff der Depp ja nicht. Er schien bemerkt zu haben, dass Hartmut blinzelte.

„Also muss ich ihm noch richtig eine geben, dachte er wieder laut, dann hole ich das Werkzeug", und ehe er richtig ausholen konnte, traf ihn ein mörderischer Schlag am Bein, Hartmut war wie ein Panther hochgesprungen, obwohl er keine Steuerung für die Beine hatte. Es scheint so, als wenn der Wille zu überleben, lahmgelegte Synapsen wieder belebt.

*

Es knackte mörderisch, Er wurde umgeworfen, schlug aber beim Fallen noch einmal auf Hartmut ein. Da war keine Kraft mehr hinter, sonst wäre es aus gewesen.

Schmerz, höllischer Schmerz durchströmte ihn, verdammte Scheiße, was hatte der Idiot von Nachbar gemacht. Es ist doof so ungeplant zu handeln, dachte Er, es hatte sich nie Einer wehren können. Er holte tief Luft, er sah, dass der Nachbar am Kopf blutete und das er bewusstlos war. Das würde wohl schon gereicht haben.

Er musste sich jetzt sammeln, nachsehen, was geschehen war und die Sache zu Ende bringen. Sein Bein schmerzte, sein linkes Bein. Dass er auch am Rechten ein Problem hatte, merkte er noch nicht. Aufstehen ging mit dem Rechten, Belasten konnte er das Linke nicht, puh tat das weh. Gebrochen, dachte er, O. k., also schienen.

Er ging wieder in die Kriechstellung und suchte sich zwei Stöcke, die er mit dem Gürtel seiner Hose und einem langen Straps, den er dabei hatte, festband, ganz fest.

Dann nahm er sich noch einen Gehstock und wollte sich noch einmal Hartmut zuwenden. Er wollte ihm noch eine richtig geben, damit der ja nie wieder aufwachte. Und siehe da, wie recht er hatte, Hartmut sah ihn an, seine Augen fragten warum, was soll das und er sah Angst, Angst vor dem Ende, vor dem Tod, daran weidete er sich, das sah er gerne. Er hatte Macht über Leben und Tod und oft bettelten die Opfer um ihr Leben, flehten um Gnade, das genoss er, dann wurde sein Leben leichter und mit freudiger Inbrunst brachte er sie dann um.

Zerlegte deren Körper, vergrub sie, oder verteilte sie nur im Wald, sollten die Schweine doch was zu fressen haben. Nun musste es geschehen, auch wenn er ihn nicht mehr vergraben konnte, sollte er so verfaulen, das tat auch gut. Es bellte hinter ihm und er schlug blind in die Richtung des Hundes. Er traf ihn, aber nicht richtig und das war auch gut so, denn der Besitzer hätte womöglich den Wald nach dem Hund abgesucht und die Leiche bald gefunden, dann wäre es auch vorbei.

Es durfte noch nicht vorbei sein, es gab noch so viele Radfahrer, die er beseitigen musste, diese Pest, dieses Gesindel, ausgerottet werden mussten sie, vertilgt von der Erde, die teuflischen Radler. Der Hund jaulte auf, eine Frau rief und statt den Mann nun anzugreifen, wie es ein wilder Hund getan hätte, humpelte er davon.

Er hatte den Hinterlauf, den Rechten gebrochen und schleppte sich zu Mama, wie sie rief. Jetzt musste auch er weg, der Mertens, der hatte die Augen zu, der war sicher alle. Um die Frau konnte er sich auch nicht kümmern, die hätte er sonst auch noch geholt.

Die dachte bestimmt, der Hund hätte sich wehgetan, wegen eines Schweines und sie würde sich trollen, das musste Er jetzt auch tun. Er schleppte sich auf seiner Krücke durch den Wald bis zum Ende des Weges, dort nahm er den einen Bewegungsmelder ab, den Anderen konnte Er nicht abmachen.

Man würde ihn fragen, was er hätte und ihm helfen wollen, das ging gar nicht. Immer helfen die an der falschen Stelle. Sein Wagen stand nicht mehr weit entfernt, und als Er an ihm war, kroch die Ohnmacht hoch, er schloss auf und ließ sich auf den Fahrersitz fallen, dann wurde er ohnmächtig.

Eine Frau weckte ihn auf, es wäre nichts, sagte er, Er habe nur ein wenig geschlafen, sie trollte sich. Sein Bein sah sie nicht. Jetzt wollte Er doch noch die Leiche eingraben, er hatte einen Spaten im Kofferraum, aber die Schmerzen waren unglaublich, wenn er das Bein bewegte.

Also musste das so bleiben, wie es war. Er schloss die Tür und platzierte sich richtig zum Fahren. Gott sei Dank, hatte Er einen Automatikwagen. Er musste nur mit rechts bremsen, das hatte er sich schon mal angewöhnt, nutzt das auch hin und wieder. Hier brauchte er das jetzt wirklich. Er startete und fuhr los.

*

Hartmut hatte das mit dem Hund mitbekommen, es war ein schwarzer Hund, den den Mann angekläfft hatte und er sah ihm auch nach dem Schlag davon humpeln. Armer Hund dachte er und dachte gleich an seine Hündin, eine Dalmatinerin. Tolles weiches Herz, aber erst bist wohl du mal dran.

Aber er kam nicht zum Weiterdenken, er wurde ohnmächtig, sein Hirn schaltete auf Standby. Das sollte ihn rettete ihn, denn der Typ trollte sich, verletzt. Auch bemerkte er nicht, wie die Nacht kam, die vielen Spaziergänger, die in etwa 150 m auf dem Wege des Waldes gingen, die er mit Rufen hätte erreichen können.

Er hörte nicht die Rufe der Eulen, der Käuzchen im Walde und auch die Nachtigall, die ein Lied voller Inbrunst sang, aber tief in der Nacht kamen seine Sinne wieder. Er hörte ein Grunzen ch, ch, ch, ch, Schweine, ach du liebes Bisschen. Er versuchte wieder, seine Beine zu bewegen, es ging nicht, die Arme ja, ein wenig. Schmerzen hatte er nicht. In der Dunkelheit des Waldes sah er dennoch die Schwarzkittel vor sich, sie schnüffelten um ihn herum, mein Gott ich bin keine Beute.

„Ja, denkst du", würde das Schwein sagen, wenn es das könnte.

„Wir haben hier schon mal einen Menschen gefressen, der war lecker, einen Hund auch. Nur der Kopf des Menschen, das ging nicht, den haben wir dagelassen, vielleicht findet den ja Gevatter Wolf. Der wohnt hier, aber nur wenige erst."

„Aber ich lebe doch noch, ich bin nur verletzt."

„Ja, das tut uns leid, aber einen Fangschuss können wir dir nicht geben, wie das der Jäger macht. Sorry."

Hartmut sah den Tod vor sich, den Gevatter Tod mit seiner Sense. „Was, soll ich jetzt schon mit? Wer soll dann diese Geschichte aufschreiben, wer schreibt mein Buch zu Ende, das Buch mit dem Geheimnis der Anni. Ich habe spät angefangen zu schreiben, lass mich das doch tun."

Gevatter Tod sah seine Sense an, die er in der Hand hatte.

„Vielleicht hast du Recht, mein Lieber, wenn ich mir deine Lebensuhr so ansehe, da ist, noch was drauf, die ist noch nicht abgelaufen, du hast eigentlich noch viel Zeit. Gut, retten kann ich dich nicht, vielleicht kommt ja ein Hund vorbei, morgen. Gnade euch Gott, ihr fresst den an", drohte er den Schweinen und dann verschwand der wieder.

War das ein Traum, ein Albtraum?

Hartmut wusste es nicht.

Die Nacht verging, der Morgen kam, die Sonne ging auf. Schräg, wie ein Scheinwerfer beleuchtete sie den Wald. Das sah schaurig schön aus, dieses Licht, das er so bei frühen Spaziergängen mochte. Es war auch gut, dass er seine Jacke anhatte, er fror nicht, ihm war dann sogar warm. Er war dreckig, stellte er fest, er hatte geblutet, aber das war zu Ende, das Bluten, er war nicht ausgelaufen.

Die Beine spürte er immer noch nicht, aber die Arme. Der bewusstlose Schlaf hatte Kraft gebracht, der Morgentau den Durst gelöscht.

Das Handy fiel ihm ein, Mist, das ist nicht an, das war leer gewesen, alle, das konnte nicht mehr helfen.

Also versuchte er, Richtung Weg zu robben. Das ging nur zentimeterweise, er war so schwer. Rufen ging nicht, er bekam keinen Ton heraus, aber er musste zum Weg, man musste ihn finden, der Gevatter Tod sollte ihn noch nicht bekommen.

Wieder half ihm ein Hund, ein Retriever, den kannte er irgendwie, war es Unna, die Freundin seiner Hündin?

Sie schnüffelte an ihm herum, ja, sie erkannte ihn. Sie wunderte sich, warum der hier im Wald lag und die Ladybird nicht dabei war. Hartmut erkannte seine Chance. „Unna, komm her, komm her.", flüsterte er, denn das ging, nur rufen nicht, nichts Lautes kam aus seiner Kehle.

Folgsam kam sie zu ihm.

„Sitz!", befahl er, sehr leise, lauter ging nicht, aber das Kommando zählt, zumal er die Geste dazu gemacht hatte. Sie setzte sich.

„Platz", sie legte sich gehorsam.

„Brave Unna, bleib!"

Hartmut nahm, seine Uhr ab und band sie dem Hund an das Halsband, dazu einen Zettel der N.E.B, seinen Stundenzettel, den hatte er vergessen abzugeben. Der sah nicht mehr gut aus, aber das war egal, es würde seinen Zweck erfüllen.

„Los Unna geh zu Herrchen und hole mir Hilfe.", flüsterte er ihr ins Ohr und Unna trabte los, geradewegs zum Waldweg, wo Herrchen schon nach ihr rief.

Rettung naht

Herrchen von Una, so alt wie Hartmut, war aber schon Rentner. Glück gehabt, die Firma hatte ihn entlassen, zwei Jahre arbeitslos, man ließ ihn in Ruhe und mit ein wenig weniger Rente, war es zu Ende, das stressige Arbeitsleben von 2015.

Nun machte er ausgiebige Spaziergänge, ja Wanderungen, auch mal hier lang, bei den Teichen. Sein Hund war weg, er rief ihn, Unna kam.

Sie war anders, sie hatte was gefunden. Was war das denn, das am Halsband?

„Eine Uhr, wo hast du die denn her Una?", und er nahm sie ab, auch den Zettel. „N E B", las er ohne Brille, „Hartmut Mertens, Stundenzettel vom 20.7.2015. Scheiße, was war das?"

Sollte er dahin, wo Unna herkam oder erst Hilfe holen. Woher hat die den Zettel bekommen, gerade eben war sie noch da, hier bei ihm. Er nahm sein Handy heraus, Mist, kein Empfang. Notruf geht auch nicht. Er entschloss sich, den Wald zu verlassen, vielleicht ist es da besser. Er band seinen Gürtel an einen Baum, die Hosen hielten auch so, aber so fanden sie, die Stelle, schnell wieder.

Ein Fahrrad kam an. Eine junge Frau: „Entschuldigen sie, junge Frau, ich brauche ihre Hilfe!" Aber sie fuhr weiter. „Geh in den Puff Alter", höhnte sie nur. Schlampe dachte er, denkst wohl jeder, will dich vögeln. Am Waldesrand war immer noch kein Empfang. Also musste er weiter, er lief jetzt, mit dem Handy in der Hand immer mit Blick, auf den Empfang.

Die Fahrstraße kam, keine richtige Straße, dort hatte er Empfang. Er blieb stehen, er keuchte.

Notruf wählen, 110: „Horst Werner hier, Handynummer sehen sie. Ich bin mit meinem Hund ...", keuch, keuch.

„Beruhigen sie sich mein Herr, ähm, Herr Werner, Ihre Handynummer haben wir, atmen sie tief durch, was gibt es?"

„Mein Hund war im Wald und kam mit einer Uhr heraus und einem Zettel, auf dem N E B und Hartmut Mertens stehen. Den Mann kenne ich, hat auch einen Hund. Da ist was passiert, ich weiß nicht was, hier ist schlechter Empfang, ich musste eine Weile rennen."

„Wo sind sie denn jetzt?"

„Bei den Fischerteichen, Fischerweg, ja Fischerweg in Mühlenbeck, auf dem Weg in den Wald."

„Warte mal", hörte er eine zweite Stimme.

„Der wird glaube ich gesucht, der Hartmut Mertens, ja hier."

„O.k.", sagte die erste Stimme wieder. „Wir schicken Hilfe. Sie sind am Fischerweg, wie weit ist es zu den ersten Häusern?"

„Na so etwa 100 m."

„Gut gehen sie dahin, fragen sie, ob jemand da ist, und bleiben sie da. Wir kommen. Ist ihr Handy gut geladen?"

Kurze Pause. „Ja, aber die haben ja sicher Festnetz, ich gehe hin und melde mich noch einmal."

„Gut so machen wir das. Danke für den Anruf."

Horst hörte noch: „Rufe mal den H.K. Bernd Freitag an, der ist sein Nachbar, der hat das hier eingereicht. Du weißt ja, keine 24 Stunden vermisst."

Damit brach die Verbindung ab.

*

Man hatte Bernd ein GPS fähiges Handy verpasst, er war also fast in jedem Busch zu erreichen. Er hatte sich frei genommen, einige Überstunden und sie kamen sowieso nicht weiter. Das mit Hartmut ließ ihm ohnehin keine Ruhe. Also ist er mit dem Fahrrad los und war gerade im Wald, instinktiv ganz in der Nähe, da piepste es.

Scheiß GPS, aber sicher ist es wichtig, Hartmut, schoss es ihm durch den Kopf. Man ließ ihn mit Pillepalle in Ruhe. Er stieg ab und ging ran. „Was ist los, wo, warte mal, da bin ich fast, in 5 Minuten bin ich da."

Er stieg wieder aufs Rad und gab Gas. In drei Minuten war er an den Häusern. Dort stand auch schon der Horst, den kannte er auch und quatschte mit einem Menschen aus dem letzten Haus. „Tach Horst, Tachchen auch sie. Kriminalhauptkommissar Bernd Freitag, was ist hier los?"

Der Mann aus dem Haus grinste ihn an. „Was denn, schon ohne Blaulicht auf'm Fahrrad unterwegs? Und so schnell, du hast doch erst vor 5 Minuten angerufen?"

Bernd grinste zurück: „Ne mein Guter, noch können wir uns Autos mit blauem Pickel leisten und wenn, sind wir sicher nicht schneller mit dem Radel. Aber ich habe frei und GPS Handy, da gibt es keine Funklöcher. Also was nun, stimmt das?" Dann sah er die Uhr, die Hartmut immer umhatte und den Stundenzettel. „Ja, der ist gestern nach dem Dienst nicht nach Hause gekommen. Fahndung geht noch nicht, aber ich habe liebe Kollegen, die mich angepiepst haben."

Sein Herz schlug ihm bis zum Hals, Hartmut, sein Nachbar, kann das sein? Aber er war Profi, keine Jungfrau beim ersten Date. „Passt auf. Wo genau ist der Hund raus?"

„Da habe ich meinen braunen Gürtel rangemacht." Horst zeigte seine Hose unter der Jacke ohne Gurt.

„Gut, du kommst nach, ich fahre schneller vor. Und du bleibst bitte hier und schickst die Kollegen nach, bitte." Der Mann des Hauses nickte nur, das schien ernst zu sein, genauso ernst, wie die Frau vor einem Jahr, auch hier bei den Teichen. Da ist auch eine verschwunden, die haben die nicht mehr gefunden.

Also fuhr Bernd los und fand auch die Stelle mit dem Gürtel am Baum. Pfiffige Leute gibt es, dachte er. Unna war lose und schnell, sie blieb am Rad dran und rannte dann an ihm vorbei in den Wald. Bernd hinterher.

Unna führte ihn zu Hartmut, obwohl er das auch alleine gefunden hätte, zu viele Spuren, wobei er es vermied, sie zu zertrampeln. „Hartmut, Bernd hier, wie geht es?"

Er sah dreckig aus, etwas blutverschmiert, aber eigentlich heil. Eine riesige Beule zierte seinen Kopf. Bernd fühlte seinen Puls, der war gut, aber er war bewusstlos.

Horst stand nun am Waldesrand. Bernd machte einen Bogen um die Spuren und winkte Horst ran. „Pass auf, bleibe bei ihm, er ist nur bewusstlos, Puls ist normal, wenn er wach wird, horche, was er sagen will und helfe ihm, wenn nötig, ich hole alles ran."

Schon hatte er das Telefon in der Hand, er sah noch einmal auf Hartmut runter und sah seine Augen blinzeln: „Hartmut, wie geht es", und er beugte sich tief zu ihm hinab. Sein Ohr war an seinem Mund. „Beine", murmelte der und: „Fahrrad Trom ..." Hatte er das gehört oder wollte er das hören? Das war im Moment egal, er rief die Leitstelle an. „Bernd hier, also es stimmt der gesuchte Hartmut Mertens, liegt im Wald, verletzt, bewusstlos, also die Rettung, passt rein in den Wald und die ganze Mannschaft, Spusi und so, na ihr wisst ja. Fahrt bis zu dem letzten Haus dann bis in den Wald, so etwa 200 m wir erwarten euch."

„Hast du ′ne Landemöglichkeit für den Hubi?", kam es von der Leitstelle.

„Na der Parkplatz in Summt, müsste gehen, kein Markt, wenig geparkt, müsst ihr mal sehen." Damit war das Gespräch auch zu Ende. Er ging bis zum Weg und es dauerte noch etwa 30 Minuten, erst kam der Sankra, den wies er ein und dann die Kollegen. Die sperrten den Weg ab und die Spusi konnte beginnen.

Hartmut wurde geborgen, vorsichtig aus dem Wald, in den Sankra rein und der Notarzt sagte auf Bernds Frage: „Schwer zu sagen, Brüche an den Beinen, Wirbelsäule ist O. k., Kopf muss man sehen. Der hat jetzt Schock und ich habe ihn, schlafen gelegt."

„Wo fahrt ihr ihn hin?"

„Weiss noch nicht, wenn der Hubi geht, direkt nach Hennigsdorf, wenn nicht Oburg, ich melde mich dann."

Damit bestieg er das Auto, das Blaulicht zuckte los und ab ging es. Hubi ging nicht, keine Landemöglichkeit zu viele Bäume da. Wären noch die Wiesen bei Mühlenbeck, aber dann sind sie auch schon in Oranienburg, aber auch das ging nicht, der Notarzt entschied auf Grund der Verletzungen, nicht Notaufnahme Oranienburg, die waren ihm zu arrogant. Das mochte er nicht, also fuhren sie direkt Hennigsdorf an.

Bernd musste sich erst einmal um die Arbeit hier kümmern, doch eines ist noch wichtig, er muss Monika anrufen. „Monika, wir haben ihn gefunden, verletzt, es ist alles in Ordnung, habe keine Angst. Ich melde mich, wenn hier alles klar ist", sprach er ihr auf die Mailbox, klar sie war jetzt nicht da, was sollte sie zu Hause hucken.

Ein Kollege der Spusi kam auf ihn zu: „Wir haben das Fahrrad von Hartmut gefunden, aber nichts anderes, was auf den Täter schließen lässt."

„Warte mal, hier ich habe etwas", der junge Assistent kam, und hielt ihnen einen Knüppel hin, da ist Blut dran und Stoffreste. „Gut, das kann vom Täter sein."

„Aber warum vollendet der sein Werk nicht?"

„Das könnte es sein, der ist verletzt", gab Bernd dazu.

„Er hat auch eine vor den Latz bekommen und ist dann weg. Dann muss vorn noch irgendwas sein, Reifenspuren oder sowas."

„Haben wir uns auch gedacht und welche gefunden. Und am anderen Ende vom Weg einen Bewegungsmelder. Am Weg zu den Fischerteichen, an einem Baum Spuren, das könnte der andere Bewegungsmelder gewesen sein."

„Dann kann ich ja los, muss zur Frau von Hartmut. Die Aussage vom Horst habe ich schon notiert, muss der noch unterschreiben, wenn die fertig ist."

„Gehen wir an die Presse?", fragte eine Stimme hinter Bernd. Der Staatsanwalt war da. Bernd wiegte bedächtig seinen Kopf. „Ich habe hier jetzt 10 Passanten bemerkt in der letzten Stunde, da könnte einer was bemerkt haben, ja das machen wir. Wiegt aber den Täter in Sicherheit, macht wenigstens Koma, vielleicht sogar tot."

„Ist das nicht makaber, der liest seine Todesanzeige, wenn der durchkommt", fragte der junge Kollege, frisch von der Polizeischule.

„Ja, könnte es sein. Aber wenn es ein Motiv gibt, dass wir ja gar nicht kennen, dann kann das gefährlich sein für den Hartmut. Ich kenne den, der ist Lokführer bei der N.E.B., ich wüsste kein Motiv auf Anhieb." Den Nachbarn verschwieg er, sicherheitshalber. Bernd ist nicht befangen, er ist Profi, aber er will am Ball bleiben.

„Danke Kollege, ich denke darüber nach", sagte der Staatsanwalt und ließ sich von Bernd informieren.
„Gut dann kannst du ja los, den Rest morgen im Büro. Um 10:00 Uhr dann die Besprechung."
Bernd nickte nur und: „Ich brauche ein Auto, mein Rad hat kein Blaulicht."
„Die Kollegen vorne fahren dich, sind zu zweit", ordnete der Staatsanwalt an. Er wusste, dass Bernd eigentlich frei hatte und er schätzte ihn wegen seiner Einsatzbereitschaft, aber auch, dass er auf sich achtete. Niemanden nützen kranke Kollegen.
Bernd ging nach vorn, wo die Einsatzwagen standen und telefonierte dabei. Monika ging immer noch nicht ans Telefon, hoffentlich hatte die nur zu tun. Seine Frau ging sofort ran: „Wir haben Hartmut, verletzt, ich weiß noch nicht genau wo die ihn hingebracht haben, aber er ist eh bewusstlos. Weißt du, wo Monika ist?", legte er los, als sie sich gemeldet hatte. Er hörte ein Aufatmen, auch sie war erleichtert, seine Frau und dann hörte er noch im Hintergrund eine Stimme, die „was?", rief. „Sie ist bei mir, kam rüber, hatte deine Nachricht gesehen und Angst sie abzuhören, was ist geschehen?" Bernd war am Auto angekommen: „Wir wissen es noch nicht genau. Er wird durchkommen, ist nicht sehr ernst, aber vielleicht hat sein Opfer sehr geholfen, kümmere dich um sie, wenn ich weiß, wo er ist, sage ich es durch." Damit machte er Schluss und drückte die Verbindung weg.
„Hallo Kollegen, ich nehme den Barkas," sagte Bernd und schob sein Fahrrad zum VW Bus. „Immer zu Scherzen aufgelegt unser Kollege, ich fahre ihn," erwiderte der Polizist und verfrachtete das Fahrrad in den Bus, der natürlich kein Barkas war.

Die Entdeckung

Bernd wurde wach, was war das, ein Martinshorn? Aber er war gleich wieder weg, jedoch nur kurze Zeit. Wieder weckte ihn das blaue Geblinke. Da war nicht viel Zeit vergangen. Blaulicht, bei uns hier und nicht von mir, dachte er. Also stimmte das mit dem Martinshorn, er hatte sich nicht verhört.

„Oh, erst 5:10 Uhr, scheißegal", die Neugier zwang ihn, aufzustehen. Ein Sankra gegenüber blinkte blau, man die sollen das doch nachts ausmachen. Ist Gewöhnung und ein Blitz zuckte durch sein Hirn, Trommler, hatte Hartmut nicht Trom ... gehaucht? Wirklich Trom ...?

Egal, er musste Bescheid wissen, da hilft nur nachsehen. Seine Frau schlief tief und fest, leise schlich er sich aus dem Schlafzimmer, ins Bad und zog die alten Klamotten wieder an.

Das, dass ein langer Tag werden würde, das hatte er nicht auf der Uhr, dann roch er halt, das war egal. Jetzt reichte das. Noch den Schlüssel und er verließ das Haus, zog die Tür leise zu.

Als er an der Tür des Nachbarn war, schräg gegenüber, wurde der schon rausgetragen. „Morgen Bernd", begrüßte ihn der Notarzt als Erster. „Morgen Peter", man kannte sich aus diversen Einsätzen. Er hatte auch Dienst und war mit draußen, als Hartmut geborgen worden war.

„Was witterst du, fragte der Arzt", denn der Kriminalist kam sicher nicht nur aus Neugier zum Nachbarn.

„Ich ahne was, was hat er denn?" Das war jetzt hier nicht unbedingt Schweigepflicht, außerdem inoffiziell und mündlich, das konnte keine Probleme geben. Außerdem kannte man sich gut und vertraute einander.

„Beinverletzung, schwer, unbehandelt, notdürftig geschient, stark entzündet, fast nekrotisch. Ob da was zu retten ist, kann ich nicht sagen."

„Wie alt ist denn die Verletzung, was denkst du?" Bernd war sich klar darüber, dass der Kollege kein Pathologe war, aber es gab so Hinweise, wie lange sich eine Entzündung entwickelt.

„Na ich denke, so zwei, drei Tage sicher, kann auch kürzer sein, wenn die Brüche böser sind, als von außen zu sehen. Also wahrscheinlich Bruch, unbehandelt, der wollte nicht zum Arzt, warum wohl. Na ja, einfache Erklärung keine Krankenversicherung, aber das glaube ich nicht. Gibt es einen Zusammenhang mit der Story deines Nachbarn?"

Bernd zuckte mit den Schultern: „Möglich", er war immer vorsichtig mit Spekulationen und Beurteilungen, er wollte erst sichergehen, dass das auch handfest war. Gewiss, auch dann konnte man sich irren, aber nicht unnötig in die Irregehen, war seine Devise.

„Ich glaube, der wacht nicht vor 24 Stunden wieder auf, der ist ohne Bewusstsein, ich habe ihn stabilisieren müssen. Er muss operiert werden, denke ich, vielleicht kann man das Bein retten. Ich lege ihn auch auf ein Einzelzimmer, ich werde eine Suizidgefahr annehmen, dann habt ihr etwas Zeit."

Auch der Arzt ahnte etwas, er hatte Hartmut gesehen und den vermutlichen Ablauf der Tragödie mitbekommen und es passte hier irgendwie alles zusammen. „Ach hier für euer Labor!" Damit übergab er Bernd ein Tuch, blutverschmiert, wunderbar, war zwar halblegal, aber brachte Gewissheit, ob seine Vermutung stimmte und ein wenig Vorfreude schlich sich ein bei ihm. Er steckte das

Tuch in eine Tüte, die er immer dabei hatte und dann in seine Jackentasche.

„Prima! Das ist gut, ich sehe mich einmal um."

Der Arzt stieg in das Auto und sie fuhren blau blinkend los. Vorn an der Kreuzung machten sie keinen Krach, auch an der B 96 waren sie still, das war gut so, es war einfach zu früh, für so viel Lärm. Bernd ging ins Haus hinein, die Tür war offen, die Männer hatten sie nicht zu gemacht, sollte der Junge sich darum kümmern.

Männerhaushalt, die Frau war tot, Herzinfarkt, glaubte er, sich zu erinnern. Im Zimmer war Licht, im Wohnzimmer, das unordentlich war, unaufgeräumt, der Junge hatte keine Lust und der Alte konnte nicht. Es sah wirklich nach zwei Tagen aus. Auf dem Sofa eine dreckige Decke, Verbandsmaterial, eine Schere auf dem Tisch, dabei stand der Sanikasten.

Der halbwüchsige junge Mann, der Trommler saß in der Ecke und stierte an die Wand. „Morgen junger Mann", sprach Bernd ihn an.

„Max ist mein Name, Bulle", erwiderte der. „Hauptkommissar Freitag und Herr Bulle bitte, so viel Zeit muss sein, junger Mann. Max, woher hat dein Vater die Verletzung?"

„Was geht sie das denn an, was suchen sie überhaupt hier, Hauptscheißbulle."

„Ich suche immer nach der Wahrheit Max. Eine Verletzung, die kann passieren, dann geht man zum Arzt und lässt das behandeln. Warum das denn nicht, das hat doch einen Grund."

„Was weiß ich denn und wenn, dann verreckt der eben, ist die Strafe für die Mama." Tränen kullerten über sein Gesicht. „Was meinst du mit Strafe, was hat dein Vater mit deiner Mutter gemacht, dass er für ihren Tod büßen muss?"

Schweigen, der Junge schwieg. Er war so um die 16, 17 Jahre alt, machte Abitur, glaubte Bernd. Er sah sich im Zimmer im. Unaufgeräumt, staubig und das nicht nur, seit sein Vater krank ist. Bernd bewegte sich auf die Schrankwand zu, als der Junge aufsprang. Bernd hatte nicht gerade damit gerechnet, dass das hier eskalieren konnte, aber so ganz blauäugig war er nun auch wieder nicht. Er parierte den Angriff des Jungen, der Kraft durch das Trommeln hatte, bekam seinen Arm zu fassen und drehte ihn gekonnt nach hinten. Dann drückte er ihn unsanft mit dem Oberkörper an die Schrankwand. Die drohte zu kippen, konnte aber nicht weg, die Wand hielt sie fest. Er holte seine Handschellen hervor und drückte eine zu.

Die Andere klickte er am Heizungsrohr fest. Toll das es mal keine Fußbodenheizung gibt, hier in diesem Haus.

„Was sollte das denn, mein Lieber, das ist ein tätlicher Angriff auf einen Polizeibeamten. Was sollte das werden oder hast du deinen Vater verprügelt."

Wut und Hass in den Augen, schrie der Junge heiser: „Nein, der kam so nach Hause, der Arsch. Und dich zeige ich an, wegen Tätlichkeit, Hausfriedensbruch."

„Ist ja gut mein Lieber, ich bin ja nicht blöd. Die Tür war offen, es sah so aus, als wenn auch du hilfsbedürftig bist, da hilft mir der Arzt. Der hat mir gesagt, ich solle mal nach dir sehen, vielleicht kann ich ja helfen. Es ist ja auch so, du bist wenigstens seelisch krank. So reagiert kein normaler Mensch. Den Rest lassen wir gleich vom Amtsarzt untersuchen, da muss es Spuren dieser Tätlichkeit geben, die über die Fesselung hinaus gehen. Beruhige dich, aber jetzt hast du mich neugierig gemacht. Ich bin zu lange Bulle, um da nicht was raushören zu können." Bernd nahm das Telefon und rief in Hennigsdorf an, in der Wache.

„Bernd hier, morgen!"

Der Kollege der Wache musste erst kontern: „Bist du aus dem Bett gefallen Bernd?"

Der reagierte nicht: „Schickt mal einen Wagen vorbei. Vielleicht haben wir den Täter vom Überfall aus dem Wald."

Er legte auf und sagte noch zum Max: „Bis dahin bleibst du da sitzen, ich sehe mich mal um."

„Das geht nicht ohne Durchsuchungsbeschluss."

„Doch, das geht doch, das ist Gefahr im Verzug, die vom Tatort holen sich Rat bei uns. Außerdem durchsuche ich nicht, ich schaue nach potentiellen Gefahren, die uns hier noch drohen könnten. Du musst noch viel lernen." Zum Unterstreichen des Gesagten nahm er die Waffe in die Hand und lud sie durch.

„Meine Sicherheit, du ich habe keine Skrupel, wenn es um meine Haut geht", sagte er noch und ließ ihn zurück, er war ja angekettet und konnte nicht weg. Selbst wenn er die Heizung abriss, war das zu hören. Manchmal war er selbst erstaunt, wie hart er sein konnte, eigentlich war Bernd sehr gefühlvoll.

Im Erdgeschoss war noch die Küche, genauso unaufgeräumt wie das Wohnzimmer, das Geschirr türmte sich im Abwasch, es stank schon unangenehm. Ein Bad dreckig, übel riechend und noch das Schlafzimmer des Vaters, das er sicher seitdem er verunfallt war, nicht betreten hatte.

Das Bett war nicht angerührt, es sah gemacht aus, wie wenn Männer Betten machen und wenn es keiner kontrolliert. Man sah hier das über den Ausnahmezustand hinaus, den die Verletzung des Vaters brachte, eine Frau fehlte.

Er öffnete die Kellertür, Licht an und vorsichtig runter. Das Handy hatte Empfang, auch Internet, hier war wohl ein Umsetzer im Keller, W-LAN auch auf dem Klo. Die Wände weiß gekalkt, aber sauberer als ein wirklicher Keller, hier wurde also auch gewohnt. Es gab mehrere Türen, Eine führte in den Heizungsraum, die hatten Gas, und daneben stand noch ein alter Kohleofen. Der sah angeschlossen aus, schien benutzbar. Das mussten sie prüfen, ob man was verbrennen konnte. Bernd öffnete vorsichtig die Feuertür und sah Asche im Verbrennungsraum. Hier wurde also verbrannt. Die Verrohrung führte zu einem Wasserkessel, der machte so wenigstens teilweise Warmwasser, interessant. Neben dem Ofen stand ein blauer Sack, Bernd nahm seine Handschuhe, doch das war ihm zu unsicher, er steckte sie wieder weg und benutzte seine Waffe mit der rührte er am Sack, bis der sich öffnete, mit zwei Fingern zog er ihn auseinander. Darin waren Sachen zu sehen, eigentlich gutes Zeug, ordentliches Zeug, bis auf die Tatsache, dass alles nicht so sauber war, wie er das alleine gemacht hätte.

Eine zweite Tür führte in die Waschküche, auch unaufgeräumt, hier türmte sich dreckige Wäsche, offensichtlich kannte der Filius nur Smartphone und Trommel, Waschmaschinen konnte er nicht bedienen. Eine dritte Tür führte in einen unaufgeräumten Raum voller Gerümpel.

Dann fand er noch eine Tür, verschlossen.

Kein Schlüssel da.

Bernd sah sich um. Das war ungewöhnlich in diesem Haus, eine verschlossene Tür. Kein Sims, keine Nische oben herum, sein Blick fiel auf den Schornstein.

Der hatte eine Klappe mit Vierkant. Er ging in den Heizungsraum und suchte Werkzeug, da in der Ecke ein Kasten. Es fand sich eine kleine flache Zange. Mit der ließ sich die Schornsteinklappe öffnen, ja da war ein Schlüssel, das musste er sein, also sollte einer von den beiden diesen Raum nicht betreten.

Bernd war es gewohnt, an ungewöhnlichen Stellen Schlüssel zu suchen. Er passte und schloss. Bernd stieß die Tür auf und tastete nach einem Lichtschalter, Leuchtstofflampen flackerten, das Licht ging an. Er sah sich um, ein Büro, sauber aufgeräumt, ein Schreibtisch, ein Rechner darauf, deshalb also Internet hier unten.

An der Wand eine Tafel, Pinnwände, wie sie, sie früher bei der Polizei verwandt hatten. Er ging zu einer hin, was er nun sah, verschlug ihm die Sprache.

Bilder, Zeitungsausschnitte, Notizen, alles zum Fahrradmörder gehörend. Dort der Artikel der Zeitung von Zehdenick, dem Leichenfund vom Wehr.

War das hier die Zentrale des Täters oder nur ein Beobachter. Das mussten sie herausfinden. Er nahm den Hörer und stellte sich mit der Waffe in der Hand so hin, dass ihn keiner anfallen konnte. Denn es war nicht klar, war das der Junge, oder der Alte und drückte den Notrufknopf. „Bernd was gibt es?"

„Wir haben ihn, glaube ich, ich habe den Fahrradmörder vielleicht gefunden, volles Programm bitte, in die Watthichstrasse 147."

„Da wohnst du doch oder?", kam es von der anderen Seite.

„Ja, aber in der 144 mein Lieber."

„Hallo ist da jemand", kam es von oben.

„Die Kollegen mit dem Funkwagen sind da. Also macht hinne", er legte wieder auf.

„Hier unten, Hauptkommissar Bernd Freitag, ich komme mal hoch Kollegen."

Er ging hoch noch die Waffe in der Hand. Als er die Kollegen sehen konnte, sicherte er und steckte sie weg. „Morgen", begrüßten sie sich.

„Gefährlich?", fragte einer der beiden.

Bernd schüttelte nur mit dem Kopf.

„Den hier bitte mitnehmen, wenn die anderen Kollegen da sind. Max, ich nehme dich fest, wegen des Verdachtes des 17 - fachen Mordes und Mordversuches, und Widerstand gegen die Staatsgewalt. Abführen", befahl Bernd.

Max begann zu toben. „Ich doch nicht ihr Arschgeigen, das bin ich nicht, vielleicht habe ich auch noch die Mutter umgebracht." Er tobte voller Verzweiflung, wütend, aber mit wenig Kraft. Er war ohnehin verzweifelt, aber es war eine andere Verzweiflung, nicht die des ertappten Mörders, das sah anders aus.

Der war das nicht, das war der Alte, dachte Bernd. Egal, sie mussten handeln und es würden sich schon Beweise genug finden lassen, wem das Zimmer im Keller gehört. Die Beamten führten den Jungen ab, als der sich etwas beruhigt hatte.

„Holt sicherheitshalber einen Arzt, der Junge ist seelisch fertig, egal jetzt warum. Und er will Anzeige wegen Tätlichkeit stellen, der muss auch noch zum Amtsarzt." Das fügte er noch ein, damit Max klar war, das war kein Spiel auf dem Smartphone.

„Aber sind nicht alle Täter seelisch fertig?", gab einer der Beamten zurück. Bernd nickte: „Ja das ist so und das ist ja die Krux, bekommt man einen Therapieplatz, wenn man ein Problem hat?" Der Kollege schaute ungläubig zu Bernd.

„Erkläre ich dir ein andermal, sprich mich darauf an, bitte."

Sie führten den Jungen hinaus und setzten ihn ins Auto, bis der Notarzt kam. Das dauerte nicht sehr lange, es war der von vorhin. Der war gerade wieder auf dem Weg vom Krankenhaus, eigentlich hätte Feierabend sein sollen, aber er übernahm trotzdem, weil er den Ort heute schon mal hatte. Das konnte nur der Junge sein, von dem Alten, den sie weggeschafft hatten. Der war bereits im OP, der Kollege hatte Hoffnung gemacht, er würde vielleicht das Bein retten.

Das war immer gut, auch wenn es hinterher nur bedingt funktionierte, Arm dran ist besser wie Bein ab, war der Spruch des Chirurgen, oh, wie wahr das war. Auch wenn nicht der Arm gemeint war, sondern Armut.

Peter der Notarzt, unterhielt sich mit dem Jungen, er untersuchte ihn kurz körperlich, da war alles gut, aber seelisch stark gefährdet. Ok, soll das der Amtsarzt machen. Das berichtete er dann auch noch dem Bernd, der ihn einen Blick in den Keller werfen ließ und dann machte der sich auf den Weg in den Tag. Als der ganze Tross da war, wies Bernd sie erst einmal ein und ließ sie dann arbeiten, er brauchte was zu Essen und ging rüber.

Marlis war schon wach, sie hatte das Theater von gegenüber auch mitbekommen, und da ihr Mann nicht mehr neben ihr lag, war ihr klar, dass der dort war. Also begann sie das Frühstück zu richten, ein Blick aus dem Fenster hatte sie überzeugt, die Straße war langsam zugeparkt. So konnten sie dann in Ruhe frühstücken.

*

Die Spurensicherung hatte erst einmal zu tun, das würde seine Zeit dauern, also frühstücken, das ist eine gute Idee.

„Was machst du so früh hier?," Marlis trank warmes Wasser, das auf dem Tisch stand, nachdem sie sich gesetzt hatte. Bernd setzte sich dazu und begann erst einmal das Essen. Beim Kauen berichtete er: „Ich habe eine Entdeckung gemacht." Marlis begann dann auch, zu frühstücken.

Er erzählte die Geschichte des frühen Morgens. Ermittlungstaktische Details musste er sich nicht sparen, bei Marlis konnte er sich sicher sein, sie würde nicht zum Nachbarn gehen und alles erzählen. Ging ja auch gar nicht, mit den Nachbarn, Hartmut war im Krankenhaus und der Andere, den mochte sie nicht besonders. Sie lächelte ihn an: „Da hat doch mein großer Bernd so richtig gerochen."

Er winkte bescheiden ab. „Das war reiner Zufall."

„Du hast den Krankenwagen gehört, sonst wäre der vielleicht durchgerutscht."

„Das kann schon sein, denn die Verletzung, die der hatte, hätten auch einen Sturz zur Ursache gehabt haben können. Aber warum geht der dann nicht zum Arzt. Das hätte vielleicht noch eine Woche gedauert und so haben wir ihn jetzt."

Sie nickte nur, sie hatte den Mund voll. „Was macht ihr mit dem Jungen, ich meine, dass der Mittäter ist, glaubst du das?"

„Schwer zu sagen, wir brauchen Beweise, auch für ihn, sonst wird das sowieso nichts."

„Sei nicht so pessimistisch, ihr werdet was finden, vielleicht den Jungen entlasten."

„Den nehme ich mir heute gleich vor", sagte er und sah auf die Wanduhr.

„Ach der Herr Kommissar hat Hummeln im Hintern. Und bist du nicht befangen, wegen der Trommelei?", sie blickte ihn fragend an.

Er schüttelte nur mit dem Kopf: „Nein gewiss nicht, ich werde auch rauskriegen, wenn der unschuldig ist. Das wird sowieso schwierig, der ist minderjährig, mal abgesehen von der Schuldfähigkeit, wenn er das sein sollte. Da können wir nicht guter Bulle, böser Bulle spielen und hart an der Grenze der Legalität vernehmen. Wenn der beteiligt war, vielleicht drei, vier Jahre, mehr geht nicht. Das fing 2002 an, da war der erst 3. Da kann der unmöglich mitgemacht haben. Ich denke, das war der Alte, aber beweisen müssen wir das. Die Zeitungsausschnitte kann ja jeder sammeln."

„Wie ist das denn überhaupt, habt ihr euch immer in Gewalt, ich meine deine schöne Pension ..." Sie grinste ihn an und nahm wieder einen Bissen.

„Bist du wieder selbstsüchtig, meine liebe Frau. Aber im ernst, ich habe Mechanismen, ich denke, ich kann das."

„Überheblich oder im ernst?"

„Ja, glaube mir, das ist manchmal schwer, besonders, als wir das Albanerpack aus dem Rotlichtmilieu hatten, du weißt doch, dass das fest in der Hand von Albanerfamilien ist. Vielleicht erklärt das die Menge an jungen Albanern, die jetzt ins Land fluten. Die füllen ihre Kampfreserven auf. Aber dazu darfst du nichts sagen, dann bist du ein Nazi."

„Du bestimmt nicht Bernd, ganz bestimmt nicht, das kann ich beschwören."

Aber er war auch für Recht und Ordnung und da liefen sie oft gegen Wände. „Dann bist du immer ein Rechter, das scheint ein rechtes Phänomen zu sein."

Den Kaffee noch austrinken, dann brach er auf, er würde der Erste sein und Niemanden nötigen, auch so früh zu kommen.

Er ging aber noch einmal rüber und passte auch gleich Thomas Wenzel, den Spusichef ab. „Wie sieht es aus Thomas?"

„Müssen wir alles noch sortieren, ist jede Menge Material um und über den F.M., aber Beweise sind das noch nicht. Das kann jeder sammeln, alles was in der Presse war, da hat jeder Zugriff. Im Keller scheint es nur eine Sorte Fingerabdrücke zu geben. Verglichen wir gleich mit dem Jungen."

„Die Sachen im Keller, neben dem Ofen, habt ihr da was gefunden?"

„Nein, die sind sauber, aber die Asche werden wir untersuchen. Lass uns mal in Ruhe machen, verlasse dich auf uns, bitte."

„Ja, macht in Ruhe, lasst euch Zeit, wir brauchen ja Beweise.", trotzdem fühlte er eine Aufregung in sich aufsteigen, wie beim ersten Rendezvous. Damit ließ er die Truppe arbeiten und fuhr nach Oranienburg.

Im Büro machte er sich über die eingegangenen Informationen her. Sie recherchierten jetzt bundesweit wegen eventueller Fahrradvorfällen, die nicht wirklich geklärt waren und auch im Land Brandenburg und Berlin wegen Männer, die psychische Störungen hatten, die irgendwie aufgefallen waren.

Eine Entlassung wegen Krankheit wäre auch eine Möglichkeit, da hatten sie, die Kollegen, die Arbeitsrechtskanzleien angeschrieben. Er konnte nicht alles durchgehen, aber er sondierte erst einmal.

Roman war zuerst da: „Hallo Chef aus dem Bett gefallen?" Bernd nickte nur: „Das habe ich heute schon mal gehört." Und da Anja auch gleich kommen musste, bestellte er den Max in den Vernehmungsraum. Als sie da war, erzählte er ihnen erst einmal kurz, was er am frühen Morgen entdeckt hatte.

„Da bist du ja seit um fünf auf den Beinen."

„Richtig mein Guter, und das wird auch ein langer Tag werden, denn wenn die Spusi fertig ist, gehen wir auch noch einmal rein, in das Haus und den Keller."

„Ein eigenes Bild machen, sozusagen, die Energie spüren", erklärte Anja, dem Roman, der ungläubig guckte.

„Gut, also, ich mache die erste Vernehmung, wenn es irgendwie kritisch wird, kommst du rein Anja. Und du Roman kannst mit ihm auch noch einmal reden, so von jungem Mann zu jungem Mann, vielleicht erzählt der dir was, was er dem alten Knochen nicht erzählen will."

„Warte mal", Anja war zu ihrem Schreibtisch gegangen. „Das hier ist vom Amtsarzt, das sollten wir wissen." Sie las und blickte Bernd an. „Das ist doch rechtlich Grauzone, der ist doch minderjährig."

Bernd nickte. „Was steht drin?", wollte er wissen.

„Was denkst du", und sie lächelte.

„Na alles ohne jede Besonderheit, was sonst. Ich vergreife mich an niemanden."

Anja nickte: „Das hätte ich auch gar nicht erwartet, aber immer diese Alleingänge, Kollege", sie lächelte immer noch.

Das waren Vorwürfe ohne Schärfe. „Tja wie im richtigen Tatortleben, hebt ungemein die Spannung. Keiner da, gehst du alleine rein. Du denkst gar nicht darüber nach, dass das gefährlich sein könnte. Nimm dir das nicht zum Beispiel Roman, bitte. Rufe erst die Kollegen, das M E K, dann hast du auch Zeugen, wie du siehst, hast du mindestens den Verdacht eines Übergriffes. Außerdem kann dich dein Kollege vielleicht vor dir selber schützen, ist manchmal auch hilfreich. Das rechtlich ganz Korrekte, das machen wir danach, denn wenn der einen Anwalt hat, bekommen wir gar nichts mehr heraus."

So sollte es auch werden, aber sie hatten vorher Glück, denn auch Entlasten war Ermittlungsarbeit bei einem Verdächtigen.

Bernd ging als Erster in der Vernehmungsraum und begrüßte den Jungen. Er startete das Aufnahmeband, diesmal als Beweis für ihn, dass Bernd ihn nicht attackieren würde. „Du weißt, warum du hier bist?"

Der Junge blickte auf den Tisch.

„Ok, wir glauben, dass du mitschuldig bist an der Ermordung einiger Menschen. Das ist Beihilfe zum Mord §27, Beihilfe, das Strafmaß richtet sich nach der Haupttat. Hier ist das Mord und versuchter Mord, also bis lebenslang. Verstehst du, dein Leben hinter Gittern, oder in der Geschlossenen, Maßregelvollzug, da kommst du erst recht nicht mehr raus." Dass hier Jugendrecht galt und er vielleicht nur 15 Jahre Jugendhaft zu erwarten hatte, das verschwieg er, war im Moment auch nicht wichtig.

„Max, rede, was weißt du. Was ist geschehen, warum hat dein Vater im Keller das Verlies?"

Max blickte vom Tisch auf und sagte hasserfüllt: „Sie hassen mich, weil ich Musik mache!"

„Max, das ist keine Musik, das ist Terror, Schlagzeugsolo ist Terror für die Ohren, ich habe deinem Vater gesagt, er solle Eierkisten an die Wand machen, das dämmt den Schall. Dann kannst du Tag und Nacht trommeln, dann stört das nicht. Oder gehe in den Keller trommeln, das reicht vielleicht. Es gibt aus solche Waffelschaummatten im Baumarkt, die klebt man an die Wand und Ruhe ist im Busch."

Der blickte auf, verwundert. „Das hat der nicht gesagt, hätte man doch machen können." Anja kam rein, sie hatte Angst, dass hier Befangenheit ihre Arbeit kaputtmachte.

„Der Staatsanwalt will dich sprechen", und sie blinzelte mit einem Auge. Das war ein Vorwand, das sah Bernd und das war auch gut so, so würden sie nicht weiterkommen, nun versuchte Anja ihr Glück, aber es brachte auch nichts. Erst Roman erzählte er, dass er nur den Kopf in den Wald gebracht hätte, mehr nicht.

Der war im Garten vergraben, er wollte Gemüse anbauen, nein Erdbeeren und hatte dafür das Stück umgegraben, da fand er den. Das war so schrecklich und ihm rollten die Tränen über die Wangen. Auch Roman nahm das mit und so unterbrachen sie das Verhör.

Das brachte so nichts. Auch mit einem Anwalt ging das nicht besser, hier bekamen sie keine Informationen. Da sein Vater nicht in der Lage war, sich um den Jungen zu kümmern, übergaben sie ihn erst einmal der Jugendhilfe, die ihn, erst einmal in die Geschlossene brachten, denn man musste Suizidgefahr annehmen, der Junge war seelisch sehr instabil. Natürlich informierten sie auch die Spusi, die musste Proben der Erde aus dem Garten nehmen. Dann trafen sie sich in Bernd Büro: „Was haltet ihr von dem jungen Mann", Bernd hatte zwar Mühe nicht Bengel zu sagen, denn das war er für ihn, aber er wollte Profi bleiben und dazu gehörte Sachlichkeit und Objektivität, egal, ob das jetzt, bei einem solchen Verdacht überhaupt möglich ist.

Denn die Gefühle ganz auszublenden, wer schafft das schon. Immerhin wohnte der mit der Bestie zusammen, vermutlich, und sie kannten nicht dessen Motive, aber die Arbeit ging voran. Noch hatten sie aber keine Ergebnisse, noch nicht.

„Roman, du warst als Letzter mit ihm im Raum, was denkst du?" Roman war erschüttert, der Junge hatte ihn schon berührt, aber er wusste auch, dass das bewusst gespielt werden konnte, immerhin ging es hier um lebenslang, das dürfte einem Monster auch klar sein. Oder um die Weiterführung seines Auftrages, wenn das ein Psychopath war. „Tja Chef, du hast ja sicher mitgehört. Er hat diesen Kopf im Garten gefunden beim umbuddeln, und den Kopf dann in den Wald gefahren, wo wir ihn zufällig in der Nähe der letzten Leiche gefunden haben. Aber er weiß nicht, was das zu bedeuten hatte. Immerhin würde das Bedeuten, auch noch den Vater zu verlieren. Das hätte der mir nicht erzählt, wenn er dabei war."

„Wir werden sehen, wenn er uns die Stelle zeigt, und wir haben die Erde als Vergleich, die vom Kopf und bald aus dem Garten. Die Kollegen habe eine relativ frisch gegrabene Stelle gefunden, Erdbeeren standen darauf, frische Erde, Kompost in altem Boden, also ein Loch zugemacht."

Bernd blickte Anja an und die nahm den Faden auf: „Das ist ja schon einmal eine Information, denn ich habe einmal nachgedacht. Es wird schwer werden den Mord an dem Mädchen zu beweisen, nur der Besitz des Kopfes und seine Verbringung in seinen Garten, zeigt zwar, dass der den Kopf hatte, aber nicht woher. Das kann auch bedeuten, dass der krank ist, aber nicht zwangsläufig der Mörder. Wenn wir keine anderen Beweise finden, Erde sicher, dass der dort war, aber das wird nicht reichen. Der Junge ist sensibel, psychisch gestört, aber kein Psychopath, glaube ich. Der braucht Hilfe, ohne die Mama aufzuwachsen, das ist schon schwer, mit einem gestörten Vater, sicher noch schwerer, aber vielleicht redet der Junge ja noch über sein Leben."

„Na gut, ich sehe das noch etwas strenger, aber das hat seine Ursachen, die hier nicht hergehören, ihr weist mich weiterhin darauf hin und Anja, ich fürchte, du hast Recht. Wichtig aber wäre, dass es zu Ende ist, das Thema. Ich will nicht als bewaffneter Rentner durch unsere Wälder fahren, es ist einfach zu schön hier."

Bernd hatte auch schon daran gedacht, wenn sie den Fall nicht klären konnten, aber er kam zu keinem Schluss, was dann wäre. Was sie hatten, war mager, aber erst einmal galt es abzuwarten, bis alles ausgewertet war und das dauerte noch einige Zeit. „Ja, das wäre schon ein Ergebnis, wie hat Einer letztens in einem Bericht gesagt, lieber eine Schlacht verlieren und den Frieden gewinnen, das wäre ja dann der Frieden."

Still für sich dachten sie, vielleicht findet das Monster, ja einen Weg aus dem Leben, denn gibt es wenigstens keine milden Richter. Es war nun schon spät, Nachmittag und Anja musste in den Feierabend. Heute noch ins Haus zu gehen war wohl zu spät. „Bernd ich muss dann mal los. Ich hole dich morgen ab, wir vernehmen die Nachbarn und gehen dann noch einmal ins Haus."

„Gut das machen wir so, schönen Feierabend ihr beiden."

„Tschüss Chef", kam es auch von Roman.

Bernd fuhr direkt nach Hause, stellte das Auto in die Garage und wollte gerade ins Haus gehen, als er noch einmal den Impuls hatte rüber gehen zu wollen. Mann, was man immer für Ahnungen hat, die Tür, die zwar versiegelt wurde, war offen. Das Siegel war erbrochen. Es waren keine Einbruchspuren zu sehen, also war sie offen gewesen, als das Siegel gebrochen wurde. Wer hatte einen Zweitschlüssel oder wurde nachgeholfen, wie im Krimi, mit der Kreditkarte.

Die Spusi musste das noch einmal anschauen, aber nicht mehr heute, die hatten alle Hände voll zu tun. Er machte Fotos, ja dazu waren die Wischdinger, die Smartphons gut, auch die Qualität der Bilder war recht gut, aber sperrig waren die schon und er ging rein.

Er nahm sicherheitshalber die Waffe in die Hand und begann erst im Erdgeschoss zu suchen, nicht so vorsichtig, er erwartete niemanden mehr hier. Der, der hier war, war wieder weg, da war er sich sicher. Das Erdgeschoss war sauber, er nahm sich einen Schlüssel, da hatte bestimmt die Spusi vergessen zuzuschließen, die Schlawiner.

Auch der Keller war sauber und im Obergeschoss war niemand da. Dafür war das Schlagzeug zerstört, die Felle zerschnitten, die Stöcke symbolisch zersägt. Das musste ja so kommen, wenn man die Interessen der Nachbarn negiert, wenn die sich schon auseinandersetzten, also sagten, hey das stört uns.

Bernd würde nie verstehen können, warum Menschen so dumpf oder dumm sind und nicht verstehen, dass das, was sie tun, Andere stören könnte. Ob das der irre Lärm inzwischen ist, Rasenmäher werden immer lauter, klar Benzinrasenmäher haben keine Schalldämpfer, wie Autos. Die haben eine aufwändige auch schalldämmende Auspuffanlage, die haben Rasenmäher schon des Platzes wegen nicht. Laub wird weggebrüllt. Letztens saß ein Kurzzeitmieter bei dem anderen Nachbarn auf dem Balkon und brüllte in sein Handy, wie er die Umgebung hier abgeklappert hatte.

Jeder denkt inzwischen, er ist der Einzige hier, außer sein direktes Umfeld, schien keiner mehr Rücksicht auf den Anderen nehmen zu wollen. Auch nicht wenn sie bei einer politischen Versammlung zu irgendeiner Wahl, über die CO_2 Belastung reden und nachher seelenruhig den Rasen mit Benzin mähen und hinterher auch noch einen Laubwegbrüller mit stinkendem Zweitaktmotor nehmen. Bernd konnte sich noch sehr gut erinnern, dass der Trabant nach der Wende, sofort wegmusste, der Umweltsünder, der Stinker.

Heute hat Jeder, seinen Stinker im Garten, das war hip. Mit Gehörschutz das Laub wegbrüllen, Hauptsache meine Nerven bleiben in Ordnung, die Anderen sind mir egal. Im Mehrfamilienhaus, zwei Häuser weiter, braucht eine gewerbliche Firma zwei Stunden für wirkliche 300 qm Rasen, zwar nicht zusammenhängend, aber immerhin. Die Frau schlief beim Mähen fast ein. Bernd hätte das in einem Bruchteil der Zeit gemacht. Sie hatten auch nicht mehr Rasen, aber zwei zusammenhängende Flächen und sie benutzen Akkurasenmäher, weil der mit der Strippe nicht mehr wollte, aber eine halbe Stunde, dann war er fertig. Die Straße noch und weg mit dem Ding, obwohl der echt leise war. Manchmal fragte er sich, ob er immer empfindlicher wurde, das Alter, oder ob alles immer lauter wurde.

Gut, das war unschön hier, er machte auch hier, noch Aufnahmen, dem musste nachgegangen werden und er rief noch einmal die Spusi an: „Sorry das ich euch bei eurer Arbeit stören muss, zumal ihr ja wieder länger macht."

„Macht nichts Bernd, ich will das hier zu Ende bringen, nehme mir, wenn wir hier fertig sind, Sonderurlaub, das kannst du glauben."

„Mache das, sage mal, wann seid ihr hier weg."

„Du meinst aus dem Haus?", fragte der Spusichef.

„Ja genau, meine ich."

„So gegen 15:00 Uhr, was ist denn?" Die Stimme von Peter, dem Chef der Spurensicherung wurde unsicher, der ahnte was, dachte Bernd. „Die Tür war offen und das Siegel gerissen."

Einen Moment herrschte Schweigen, dann vernahm Bernd die gereizte Stimme von Peter: „Scheiße, ich habe dem Hansi noch gesagt, schnapp dir einen Schlüssel. Ich weiß, ich hätte das wenigstens prüfen müssen, stimmt, hier ist auch kein Schlüssel." Sie hatten bei sich im Labor ein Schlüsselbrett für durchsuchte Wohnungen.

„Ist gut, ich schließe zu, hier lag noch ein Schlüssel, das Siegel ist egal, komme ein paar Minuten früher morgen bei mir vorbei, wir gehen zusammen noch einmal rein, Anja holt mich ab, wir befragen die Nachbarn dann, morgen."

„Sind die denn da?"

„Ja, ich habe mich angemeldet, sonst hätten wir das heute noch machen müssen. Das Schlagzeug war noch in Ordnung, als ihr los seid?", wollte Bernd noch wissen.

„Das ist kaputt? Mist verdammter, aber das ist doch zu verstehen, Bernd."

„Ja, solche Gedanken kann man haben, man sollte es aber nicht tun, denke ich. Gut, wir machen das so, ich befrage morgen die Nachbarn, auch des Schlagzeuges wegen. Mich kannst du ja befragen."

„Nein das bestimmt nicht, du warst hier, das weiß ich, brauche ich bloß nach unten gehen und deine Daten abfragen. Außerdem bist du nicht dumm!" Peter war heilfroh, keinen Ärger zu bekommen, aber er würde Bernd auch nicht schützen, wenn der schuldig wäre.

„Danke das du mich schützen willst."

„Machst du doch auch, selbst bei Fehlern, außerdem, ich halte dich nicht für dumm, das ganze Gegenteil ist der Fall."

„Danke für die Blumen, also mache nicht mehr so lange", und Bernd legte auf.

Er schloss zu und legte sich noch eine Notiz auf dem Handy an. Als er wieder drüben war, kam gerade seine Marlis an und er nahm sie erst einmal in den Arm und sagte ihr.

„Es ist schön, dich zu haben, das war wieder ein Tag."

Sie nahm das gerne hin und erwiderte das, aber sie musste erst einmal etwas essen, reden ging dann auch noch.

Die Nachbarn

Bernd wachte wieder recht früh auf, neben sich seine Marlis, die friedlich schlummerte, von der stahl er sich einen Kuss und betrachtete sie liebevoll, seine tolle Frau. Das war immer wieder komisch, diese Gefühle. Sie entstammten einer Generation, in der Frau nicht so wählerisch gewesen sein durfte, es gab nicht genügend Kerle, oder sie kamen erst sehr spät aus dem Krieg. Da hatten so viele danebengegriffen, wie seine Eltern.

Bei denen hatte er immer den Eindruck, sie hätten sich scheiden lassen müssen, als die Kinder aus dem gröbsten heraus waren, aber auch das tat man nicht in der DDR.

Man blieb halt zusammen, ein Leben mit Fremdgehen ging auch nicht. Auch in seiner Generation wurde früh geheiratet, wegen der Wohnung, es gab wenige und die bekam man nur, verheiratet. So griff man auch hier oft daneben, aber man ließ sich auch wieder scheiden. Das war anders, als bei seinen Eltern.

Heute wurde zwar nicht so schnell geheiratet, oder gar nicht, oder man nutzte die Gelegenheit und lief sehr schnell auseinander.

Er hätte selber nie geglaubt, dass das bei ihm so lange, hat halten können, es gab schon schwere Jahre, besonders als die Kinder aus dem Gröbsten raus waren. Aber er wollte nicht einfach weglaufen, nicht einfach etwas Frischeres suchen, als es mit dem Sex nicht mehr so ging. Gelegenheiten hätte er genug gehabt, ob das Kolleginnen waren, die dies mit ihm gerne getan hätten oder Frauen, mit denen er reden musste, im Rahmen seiner Fälle. Aber da musste er ohnehin vorsichtig sein, schnell war er da, in sehr schwierigen Situationen.

Ihm war klar, dass Frauen manchmal ihre Reize nutzten, um ihn zu beeinflussen. Es war ohnehin schwierig sich von einer schönen Frau nicht beeinflussen zu lassen, objektiv zu bleiben, und das musste er.

So entwickelten sich das dann, durch viele Gespräche, Auseinandersetzung ist das falsche Wort, sie setzten sich zusammen und besprachen alles. Es entwickelte sich, was man als bedingungslose Liebe bezeichnen könnte.

Liebe, weil sie, die Marlis, da ist.

Einfach nur da.

Neben ihm liegt und jetzt mit den Augen blinzelte. Trotzdem war da immer diese morgendliche Lust, das ließ nie nach. Auch das wusste sie, es war immer besser, man weiß vom Anderen auch so etwas, dann kann man sich darauf einstellen.

Sie spielte dennoch mit ihren Reizen, aber sie wusste, wo es genug war, und sie sagte es dann auch immer. Dann war es auch nicht schwer, wieder abzulassen.

„Na, mein großer Bernd, ich sehe deine Augen schon wieder funkeln", sagte sie mit noch schwacher Stimme und nahm ihn in die Arme. „Aber du weißt ja, was die Amerikaner festgestellt haben, war für die Sexindustrie gedacht, nicht für die heimischen Betten." Schon war die Stimme wieder fest und Marlislike, um beim Kontext zu bleiben. Also hieß es aufstehen, duschen und Frühstück machen.

Beim Frühstücken klingelte es schon, es war Anja, er ließ sie eintreten, sie war sehr früh. Sie hatten noch eine gute halbe Stunde, so früh, wollte er Niemanden vernehmen, vor Plan, wie sein Nachbar sagen würde. Pünktlich reichte.

So tranken sie noch einen Kaffee und die Frauen besprachen etwas, was sich um die Kinder drehte. Das war auch schön, wenn man heute offen war und ehrlich.

Man konnte sich besprechen, wie hast du dies oder das gemacht, wie läuft das heute. Die Großeltern der beiden Kinder von Anja wohnten im Berliner Raum, also gab genug Hilfe und Rat, aber der Rat einer unabhängigen Frau, die unbefangen war, nicht zur Sippe gehörte, der war schon wertvoll. Aber das Gespräch konnte jetzt nicht ewig gehen, zum Termin wollte Bernd drüben sein, so verabredeten sich die Frauen zum Plausch. Das war schön, herzliche private Kontakte in denen man sich, mal ehrlich was sagte, Bernd mochte das.

Marlis musste aber auch los, sie war beim Landrat tätig, Referat Bauplanung, sie hatte noch zu fahren, also brachen alle auf.

Die Spusi war auch gerade angekommen, der Chef telefonierte, also reichte Bernd dem Kollegen Beifahrer den Hausschlüssel. Der beendete das Telefongespräch und gab Bernd ein Zeichen: „Warte mal Bernd!". Der Chef, Thomas Wenzel, stieg aus dem Auto aus.

„Danke für den Schlüssel, wie war das noch einmal bitte mit der Tür?"

„Ich hatte eine Ahnung." Thomas grinste, das kannte er, auch er hatte Ahnungen und Ahnung.

„Da bin ich also hin und sah das Siegel angerissen, also klinkte ich an der Tür, sie war offen, dann habe ich nachgesehen. War keiner mehr da, war auch besser so."

„Wieso, hättest du ihn festgenommen?"

Bernd lächelte: „Nein sicher nicht, aber ich hätte Ärger machen müssen, wegen des Schlagzeuges."

„Kaputt?"

Bernd nickte nur.

„Und wenn ich nun Spuren finde?"

„Dann machen wir Ärger, das geht nicht anders."

Thomas wollte sichergehen, wie er sich verhalten sollte, denn immerhin, hätte auch Bernd ein Motiv gehabt. Das war zwar absurd, unglaubwürdig, dass der so etwas tat, aber jeder Anwalt würde darauf rumhacken.

Ihm war auch klar, ohne Indizien kann man keinen kriegen, er mochte aber keine Selbstjustiz.

„Du, ich mache mir die Finger nicht dreckig, kannst du mir glauben, nicht wegen Ruhestörung, außerdem habe ich Bilder gemacht, du weißt ja mit Zeit, also können wir die Tatzeit eingrenzen. Anja kann ja gerne mein Alibi überprüfen. Hartmut, mein Nachbar ist im Krankenhaus, die Frauen kannst du vergessen, sowas machen Männer, so einen Blödsinn. Außerdem wäre doch jetzt Ruhe, warum jetzt?"

Thomas überlegte kurz. Er schätzte Bernd, aber er wollte und musste korrekt arbeiten, nicht nur wegen seiner Pension. Er hatte für einen Teil des Rechts zu sorgen. „Ja, dass können nur ein paar Leute wirklich wissen, die betroffen sind."

„Ist schon O. k., mache du deinen Job richtig, ich werde das jetzt auch noch ansprechen." Bernd gab dem Thomas, einen freundschaftlichen Klaps auf die Schultern. Sie wandten sich dem Haus des Nachbarn zu.

„Ist das korrekt so?", wollte Bernd noch von Anja wissen. Die nickte nur: „Der will, was wir alle wollen, wegen irgendwelcher Fehler, ist der Richter wieder so milde, oder unsere Arbeit kaputt. Das muss man nicht haben."

Bernd klingelte, das Haus der Schuberts lag ziemlich weit hinten, das waren bestimmt 60 m bis dahin und es dauerte ein wenig, ehe Frau Schubert, eine agile 70-jährige Frau am Tor war. „Verzeihung ich war noch nicht aufmachen und wir wollen nicht den Weg hochnehmen, für so eine moderne Klingel, so mit Öffner. Und zu machen wir immer, die Schweine haben uns schon einmal das Tor aufgestoßen. Gestern war sogar die Presse raufgeschlichen."

Bernd stellte sich förmlich vor und seine Kollegin, das war zwar eigentlich für ihn überflüssig, das tat er aber offiziell immer so, um auch das Dienstliche zu unterstreichen. Man verliert sonst die Distanz, und die wollte er heute behalten, sonst war das egal.

Sie liefen den ganzen Weg zum Haus. Herr Schubert stand schon in der Tür und erwartete sie. Anja stellte sie nun vor, das fand sie besser, ist komisch, wenn man sich eigentlich kennt, sogar duzt und nun so komisch förmlich ist. Dann mache ich den förmlichen Teil, dachte sie und Bernd ließ sie gewähren. Sie wurden hereingebeten, platziert und bekamen Kaffee. Anja begann: „Ihr Nachbar, sie haben das sicher mitbekommen, steht im dringenden Tatverdacht, der Fahrradmörder zu sein. Wie haben sie den wahrgenommen?"

„Was? Um Gottes willen, hoffentlich nicht!", Herr Schumann war sichtlich erschüttert. Er fing sich aber schnell.

„Na ja, es war schon ein komischer Kauz, nicht unbedingt typisch schwäbisch, ich hatte viel mit denen zu tun, mit den Schwaben. Ich würde schon sagen, der war seelisch nicht ganz gesund. Besonders nach dem Tod seiner Frau ging es bergab. Er arbeitete nicht mehr, genau weiß ich das aber nicht, er war nur ständig zu Hause. Aber das hätte er sicher auch nicht gemusst, es ging da unten, in den Kreisen seiner Eltern das Gerücht um, der Vater zahlte, damit der Sohn fernblieb. Er sollte eigentlich nie mehr auftauchen, dort unten. Für Max war das bitter, er liebte seinen Opa."

„Ist ihnen in den letzten Jahren irgendetwas aufgefallen, was sie in irgendeinem Zusammenhang bringen könnten, er hätte etwas mit den Leichenfunden im Landkreis zu tun?"

Michael Schubert schüttelte den Kopf und sah seine Frau an: „Du bist öfter zu Hause als ich."

Auch sie schüttelte den Kopf: „Nein nicht was verdächtiger wäre, als irgendetwas umgraben. Er war ja manchmal tagelang nicht zu sehen. Der Junge kochte in der letzten Zeit fast nur noch, war im Garten, baute sogar Gemüse an und erntete das Obst, das sie haben. Der Vater hatte gar nichts mehr gemacht zum Schluss. Das wurde seit dem Tod seiner Frau immer schlimmer. Ich glaube, der hatte Depressionen. Wir hatten gar keinen Kontakt mehr, er wollte einfach nicht. Ja man hätte doch geholfen."

Das war zu erwarten gewesen, dass das nichts brachte, also ging Bernd zum Trommeln über: „Warum habt ihr eigentlich nichts unternommen, gegen das tumbe Trommeln."

Michael Schubert rollte mit den Augen. „Ich habe sehr viel mit der Sippe zu tun gehabt, du weißt, als Unternehmensberater war ich bundesweit unterwegs, besonders in Baden Württemberg. Der war dort fast 20 Jahre im Wirtschaftsministerium, zuletzt Staatssekretär. Minister ging nicht, das ärgerte ihn sehr, aber einen SS-Mann von Oradour, wollte man doch nicht in die erste Reihe stellen."

„Was?", unterbrach ihn Anja, „der war bei dem Massaker von Oradour dabei?"

„Woher willst du das wissen?", auch Bernd war sehr ungläubig.

„Was glauben sie denn", der Schubert stockte, ging erst gar nicht auf Bernd ein. „Verzeihen sie, ich hätte fast Genossin Kommissar gesagt."

Bernd grinste, er kannte das Gefühl, noch viele Jahre nach der Wende so reden zu wollen. Nach dem Samstag bei Bernd ging sie gelassener mit so etwas um. Es prägte sicher sehr, 30 Jahre Genosse Polizist sagen zu müssen und jetzt bei seltenen Begegnungen, wer hat schon öfter die Mordkommission im Haus, in die alte Terminologie zu verfallen.

„Was dachten sie denn Frau Oberkommissarin, wo die ganzen Nazis geblieben sind? Aus dem Osten sind die meisten abgehauen, die paar, die geblieben sind, wurden irgendwann gefasst und hingerichtet, der Letzte war Dr. Fischer der KZ Arzt. Hier konnte man sich nicht auf Dauer verstecken. Die Amis in Süddeutschland waren ahnungslos, wie in Vietnam, auch im Irak. Die wissen nicht wirklich, wer ihr Feind ist. Sieg und Ende, die kennen keine Strukturen, nicht die Ursachen, die Hauen bloß drauf, damit die Läger wieder leer sind, und sind gegen den Kommunismus, der jetzt Terrorismus heißt. Vorher züchten die aber die, wie Al Kaida, oder den IS. Und Waffen verkaufen, das ist auch cool. Vor allem, wenn man Aktien von denen hält, der Dollar muss rollen. Daneben wird man mal Präsident und kämpft für den Frieden, kann den Krieg nicht beenden und wird Nobelpreisträger, was für eine Verhöhnung von Alfred Nobel. Hören sie auf, ich hätte das Eine oder das andere Mal gerne auf den Konferenztisch gekotzt. Die waren sich so sicher unter dem Marinerichterminister Filbinger, die haben über ihre Heldentaten sogar am Tisch gequatscht, habe ich selber gehört. Sonst wüßte ich das gar nicht."

Damit hatte er auch Bernds Frage beantwortet, woher er das wusste.

„Hätten sie das nicht auch anzeigen müssen?", Anja ließ nicht locker.

„Habe ich versucht, trotz der beruflichen Kontakte, ich mache für Geld nicht alles, aber der Staatsanwalt hat bloß abgewunken und etwas von seinem Karriereende gesagt. Haben sie mal gehört, wann der Auschwitzprozess war?"

Anja schüttelte den Kopf, nein, traurig aber wahr, im Geschichtsunterricht kam da nicht sehr viel, und es hat sie auch nicht so interessiert, als Frau.

„Auschwitz ist schon eine Schande, egal wie viele wirkliche Morde das waren, aber der Prozessbeginn ist noch einmal eine Schande und die Urteile auch. Da bekommt jetzt ein angeblicher IS - Kämpfer, nur weil er gesungen hat, nicht lebenslang mit Sicherheitsverwahrung, sondern vielleicht 12 Jahre. Ohne dass man vor Ort ermitteln konnte, in Syrien, am Geschehen der Verbrechen. Man kann den Tätern keine vor Ort ermittelten Indizien präsentieren, keinen Mord wirklich nachweisen, keine Leiche obduzieren. Oder sind etwa für sie solche Handyfilmchen, auf denen Enthauptungen gezeigt werden ein Beweis? Ergebnisse des Assad-Regimes kann man auch nicht nehmen, weil man sie nicht bekommen würde und weil man sie nicht verwenden dürfte. Das Ganze ist ein Showprozess, der gar nicht stattfinden dürfte, die syrischen und irakischen Behörden sind für Morde auf ihrem Territorium, zuständig, keine deutschen Behörden in Deutschland. Dafür bekommt man für Beihilfe in 600.000 Fällen, Beihilfe zum Mord in 600.000 Fällen," er weidete sich fast an der Zahl, aber voller Bitterkeit: „Nur vier Jahre Haft, vor 20 Jahren vielleicht 15 Jahre. Und das ist alles bewiesen. Tut mir leid", entschuldigte er seinen Ausbruch gegen eine wohl immer willkürlicher werdende Justiz, die immer komischere Urteile fällt.

Das kannte Bernd nicht von ihm, er hatte ihn immer nur als Genussmenschen, der Autos mit dem Stern fuhr, wahrgenommen, und Wein trank, den er sich schicken ließ, aber so ist das mit den Nachbarn.

„Ok, ich habe verstanden, sie haben also auf Anzeigen gegen die Ruhestörung verzichtet, weil sie zu enge, berufliche Kontakte hatten.", wollte Anja zum Thema zurück.

Michael blickte kurz zu Bernd, der zuckte nur mit den Schultern, sein Blick forderte, sage die Wahrheit.

„Ja, das habe ich. Gespräche brachten nichts, der Vater begriff zum Schluss gar nichts mehr, der Junge war verstockt. Bei uns hier hinten ist das auch nicht so schlimm, der Schall, geht zu euch rüber", und er zeigte in die Richtung von Bernd und Hartmuts Grundstücken. „Wobei, was macht die Gemeinde dann? Bernd, du weißt das, ich glaube, der Hartmut war da, seine Frau die Monika."

Bernd nickte nur, ja die Nachbarin war in der Gemeinde, und die wollten akribische Aufzeichnungen haben, wann der trommelt und das begann Monika auch zu leisten, ließ es aber irgendwann wieder, es war einfach sinnlos.

„Sie haben nicht zufällig gestern nach 16:00 Uhr das Haus betreten und das Schlagzeug beschädigt?"

Er schwieg einen Moment. Er bekam einen bösen Blick seiner Frau, aber er beschloss zu lügen: „Nein, war ich nicht, obwohl ich manchmal große Lust gehabt hätte, denen einen Stein in die Scheibe zu schmeißen. Fällt den Menschen denn heute nichts anderes ein, als Krach zu machen, ohne darüber nachzudenken, dass das stören könnte?"

„Die Spusi ist noch einmal drüben, finden wir Spuren, müssen wir was machen, das ist dir klar, denke ich", sagte Bernd zu ihm und Anja nickte dazu. „Ich würde nichts anderes von dir erwarten. Vielleicht können wir dem Jungen ja helfen, wenn er wieder da ist.", sagte Thomas Schubert.

Ja, warum machst du dann so einen Mist, dachte seine Frau, denn sie hatte das sehr wohl mitbekommen, dass er drüben war.

„Was sagen sie dazu Frau Schubert?", bohrte Anja nach, obwohl sie wissen musste, dass sie ihren Mann nicht im Stich lassen würde, müsste sie ja auch gar nicht. Sie sah aber die Bewegung in dem Gesicht der Frau, das Zucken, wie ertappt.

„Frau Oberkommissarin, da kann ich gar nichts zu sagen, denn ich würde da nicht mitgehen, und will das auch gar nicht wissen. So etwas ist ohnehin dumm", damit hatte der Mann seine Watsche offiziell auch weg.

„Gut, dann war es das, wenn wir noch was brauchen, dann melden wir uns", beendete Anja das Gespräch und Bernd sagte noch: „Dann lass dir mal was einfallen, wegen der Trommeln", und Bernd meinte, dass er ja für Ersatz sorgen könnte, dann war das ein dummer Scherz. „Und noch etwas, es gibt Funkklingeln, die reichen heute so weit und sind zuverlässig, hat der Hartmut für seine Mieter angebracht."

Sie fanden aber keine Spuren und Bernd war überzeugt, die würden dem Jungen schon helfen, wenn der nach Hause durfte, also blieb das, so wie es war.

Der andere Nachbar war genauso wenig ergiebig, der kannte seinen Nachbarn fast gar nicht. Aber das Trommeln regte sie so auf, dass sie ihr Leben dem Trommeln anpassten, denn die Gemeinde forderte auch von ihnen detaillierte Aufzeichnungen als Beweis der Ruhestörung und das wollte sie nicht leisten. Sollten die alleine ermitteln, schlimm genug war das Straßenfegen, nicht so sehr das Fegen, aber die kostenpflichtige Entsorgung des Abfalles der Straßenbäume, der gemeindeeigenen, nicht der volkseigenen. Aber Bäume nur anzufassen, wurde fast mit dem Tode bestraft, der Lehrer echauffierte sich mächtig.

Ja, so ist das in einer Demokratie, die Volksvertreter müssen irgendwas tun und machen irgendeinen Mist, ohne darüber nachzudenken, welche Folgen das hat. Seine Bäume, sagte er, hat sein Vater gepflanzt, aufgezogen und gepflanzt, veredelt und nun darf er sein Eigentum, dass Holz, nicht nutzen. Er darf sie nicht fällen, obwohl sie ihm gehören. Er ist faktisch durch die Baumschutzordnung enteignet worden, darf aber weiter Steuern zahlen.

„Na ja, wenn man die Steuern dann als Miete sieht für das Grundstück, dann ist das ja preiswert", wollte Bernd das Gespräch mit einem Scherz beenden.

Der alte Lehrer lachte doch ein wenig: „Tut mir leid, so was regt mich aber auf. Ich hatte ein anderes Bild von einer Volksvertretung."

Man sind die Leute heute alle wütend, die Landtagswahl im übernächsten Jahr wird wohl lustig werden, dachte Bernd, als sie gingen, Bundestagswahlen waren ja auch noch.

Erfahren hatten sie nichts Wirkliches, was helfen könnte. Niemand hatte etwas gesehen oder Verdächtiges bemerkt, na klar, sonst wäre es längst vorbei gewesen.

Hartmut im Krankenhaus

Nach gut einer Woche wurde er wach, ganz langsam kam das Bewusstsein zurück. Erst sah er alles verschwommen und dachte, ach Gott meine Augen. Das war immer seine allergrößte Angst, die Augen, das Licht der Augen.

Aber langsam schärfte sich der Blick und er sah sich in einem weißen Zimmer liegen. Einzelbett mit einem Beistellbett daneben. Dort lag eine Frau und er dachte, was sind das für Zeiten, dass die jetzt bisexuelle Zimmer, oder wie das hieß, im Krankenhaus machen.

Nein, das heißt Unisex beim Frisör. Denn dass er im Krankenhaus lag, das hatte er mitbekommen, nur nicht warum. Dann kamen die Gedanken, denn bewegen ging irgendwie nicht so richtig.

Wie kommt er hierher?
Wie spät ist es?
Und wer macht jetzt meine Schichten?
Er war doch Lokführer und nun bei der N.E.B., das war nicht so einfach, denn er hatte sich dort drei Mal beworben, und war immer abgelehnt worden. Selbst als Disponenten wollten die ihn nicht haben.

Muss man für alles denn heute studieren? Aber irgendwer hatte ihm geholfen, nach einem Gespräch, damals nach der Reha, als es auf der Kippe stand, ob er noch einmal fahren könne, nach dem Krankenjahr, da haben die ihn angerufen und selbst gefragt, ob er wolle.

Na klar wollte er. Das hatte er zwar nicht gesagt, aber das war seine einzige Chance im Beruf zu bleiben, denn eines war klar, er würde wieder ausbrennen, wenn er weiter durch Deutschland ziehen müsste. Dieses ewige hin und her, dieses unstete Leben, immer in der Fremde, mal die Nordostseebahn, mal die Bayerische Regionalbahn, ein halbes Jahr wieder bei der Korntalbahn, dann fast ein Jahr die Bayerische Oberlandbahn, als die, die Strecke München - Salzburg übernahmen.

Das war einfach zu viel. 8 bis 10 Tage von zu Hause weg, dann vier bis fünf Tage frei, davon fast einen ganzen Tag Heimfahrt. Selbst als die Schnellfahrstrecke nach München auf wäre, würden es zwar 2 Stunden schneller, aber es waren immer noch 5 Stunden, mit der S-Bahn zum Hauptbahnhof, der ICE nach München und wieder mit ihrem Zug bis nach Rosenheim, waren es auch 7 Stunden Fahrzeit. Gut das er die Eröffnung nicht mitmachen musste, durch das Chaos, bei der Eröffnung, wären mal aus 7 Stunden 24 und mehr geworden.

Na klar, er bekam inzwischen alles bezahlt, hatte also eine tatsächliche Arbeitszeit in Rosenheim von etwa 30 Stunden, weil er halt 10 Tage blieb, also nur drei Heimfahrten im Monat hatte. Er hatte das mit Monika arrangiert, sie kam immer mal mit runter, so war das nicht so schwer. Und eine Ferienwohnung hatte er durchgesetzt, so konnte er kochen und ordentlich essen.

Jedes zweite Mal, kam sie 10 Tage mit, sie waren zusammen, auch wenn er arbeitete, diese vier oder fünf Tage am Stück, dann ein oder zwei Tage frei und dann wieder fünf Tage Schicht. Da fielen dann auch noch Überstunden an und die nahm er immer im Dezember. Da blieb er zu Hause. Dennoch hatte das so geschlaucht, dass er Fehler machte, er erkannte Störungen nicht, schlief schlecht.

Er brannte aus.

Monika schickte ihn zum Arzt und der hätte ihn gar nicht mehr arbeiten lassen, wenn er nicht hätte, wollen.

So kam das Gespräch mit seinem Chef. Er liebte seinen Job, er war zufrieden bei Veolia Verkehr Personalservice, das war ein Lokführerpool, der die Kollegen an die Töchter im Konzern vermietet. Es fehlten immer mehr Leute, überall, also musste er der Arbeit hinterherziehen.

Gerade hatte ein englisch-niederländisches Unternehmen eine Ausschreibung gewonnen im Ruhrpott. Die Bahn garantierte allen eine Weiterbeschäftigung, aber nicht in NRW.

Das heißt, man musste umziehen oder zu der Privatbahn gehen, zu wesentlich schlechteren Konditionen. Auch bei der HEX, dem Harz Elbe Express, wurde es

259

knapp, die hatten die Strecke im Harz nur bis 2018 und wer konnte, orientierte sich um. Also fehlten auch hier wieder Leute. Wer wartet heute schon, bis er abgewickelt wird! Aber das hatte er hinter sich, er fing bei der Niederbarnimer Eisenbahn an und konnte sogar erreichen, dass er fast nur auf der Strecke Basdorf - Gesundbrunnen eingesetzt wurde, da war er zu Hause und das belastete nicht so sehr.

Nur gelegentlich, wenn es brannte, oder zum Erhalt der Streckenkenntnis musste er nach Beskow, das war eine Stunde hin und eine Stunde her, egal ob es glatt war oder nicht. Dann fuhr er den anderen Kram. Und er würde nach Templin fahren, Ostkreuz-Templin, wenn sie die Strecke übernehmen würden.

Warum aber lag er jetzt schon wieder im Krankenhaus und dann nicht alleine wie in der Reha in Bad Zweesten, das wollte ihm nicht klar werden, als sich das zweite Bett regte und Monika ihn ansah. Augenblicklich erstrahlte sie, die schöne Frau mit den großen Augen, in die er sich sofort verguckt hatte, vor 42 Jahren, die ihn nie mehr losließen. Sie strahlten ihn jetzt an, sofort sprang sie aus dem Bett, kam zu ihm und nahm seine Hand, ganz vorsichtig, denn da hingen Schläuche dran.

Bin ich jetzt verschlaucht, dachte er und sie küsste ihn.

„Ist das schön, du bist wieder da. Wie geht es dir?", sprach sie ihn an.

„Wo bin ich eigentlich, warum schlafen wir im Krankenhaus, was soll das. Schön aber, dass du da bist. War ich die ganze Zeit hier?"

„Du weißt nicht, was passiert ist?"

„Nein", das Kopfschütteln ging nicht, aber reden ging, das war gut.

„Ich soll dir das nicht erzählen, hat man mir gesagt, das soll alleine wiederkommen, wird es auch. Nur, dass wir hier in der Havelklinik liegen, privat, weil das die Versicherung bezahlt und bestens versorgt werden. Ich darf bei dir sein, das ist gut und ich bin so gerne bei dir. Ich hatte so eine Angst, dass du mich verlässt, schön das du geblieben bist. Die Ärzte sagen, wenn du aufwachst, wirst du wieder."

„Das ist ein weiser Satz, dafür muss man 5 Jahre studieren", er hatte seine Ironie wieder. Was die Ärzte sagen, was bedeutete das schon, jeder Mensch ist anders, nichts ist zu verallgemeinern, aber er lag hier, er würde nicht am Rad drehen. Er hatte überhaupt kein Vertrauen in die Schulmedizin, musste hier aber einsehen, das eine Sparte wenigstens ihre Berechtigung hatte.

Langsam Stück für Stück kam sie wieder, die Erinnerung. Es wurde besser. Er erholte sich von dem Kampf im Wald und der Nacht des Bangens, der Furcht es nicht zu schaffen, auch wegen der Schweine.

Gewiss, der seelische Schaden, würde lange brauchen, ehe er heil wird, aber er hatte ja ein Instrument, er würde alles Aufschreiben.

Bernd kam sofort, nachdem er aufgewacht war, die Ärzte sollten ihn benachrichtigen, wenn er aufwacht. Aber auch Monika rief ihn an, als sie sah, das würde gehen.

„Was machst du denn für Sachen, altes Haus", begrüßte er seinen Nachbarn freundlich, ja fast liebevoll.

„Ich bin bloß Rad gefahren", erwiderte der. Der hatte seine Ironie wieder, wie wunderbar. Eigentlich mochte er die Ironie seines Nachbarn manchmal nicht, ja das war sogar manchmal Zynismus. Aber Bernd wusste, das war Selbstschutz und war nachsichtig mit ihm. Gerne hätte er ihm auch von seiner Heldentat erzählt, denn Hartmut hatte es geschafft. Das was sie, die Polizei trotz emsiger

Arbeit, nicht schaffen konnte. Das hatte er nun erreicht, ein schrecklicher Umweg.

„Na dann erzähle mal, was ist geschehen."

Anja machte das Aufnahmegerät an, sie wollten das aufzeichnen. Ein Arzt war dabei und natürlich seine Frau die Monika. Hartmut erzählte nun, wie er die Reporterin am Bahnhof abgesetzt hatte und dann den Entschluss gefasst hatte, weil das von hier aus bequemer war, den anderen Weg zu fahren. Den fuhr er selten, eben in solch einer Situation, wenn er noch mit einem Kollegen schnattern wollte. Und wie er auf den Manoult traf, seinen Nachbarn gegenüber, den hatte er erkannt.

Den Rest kennen wir ja schon. Bernd sagte ihm noch, dass die junge Frau untröstlich sei und sie würde ihn gerne einmal besuchen.

Das könne sie gerne machen Hartmut würde sich freuen, es war halt Schicksal und so plauderten sie noch ein wenig.

Bei einer Visite fragte er den Arzt, was das sei, er könne sich noch immer nicht richtig bewegen. Der ihm daraufhin erklärte, dass er einen Schlag gegen den Hals bekommen hatte und der wurde beim Sturz noch ungünstig beeinflusst. Das wäre die Halswirbelsäule, sie hätten im MRT Schwellungen gesehen, aber keine Brüche, das war gut, aber auch wieder nicht. Sie müssten nicht operieren, aber es dauerte, bis es wieder würde. Der Schlag auf den Kopf verursachte eine leichte Hirnblutung, wo sie noch nicht zu 100 % wüssten, ob die Schwellung und damit der Druck sich abbauen würde, deshalb das Koma in den ersten 7 Tagen seines Aufenthaltes. Jetzt heiße es geduldig sein, und wenn die Beweglichkeit sich einstellte, üben. Auch jetzt mit der Therapeutin, machen was ging, sich einfach ein wenig anstrengen. Dann würde eine Reha kommen, sie bemühten sich schon um einen Platz.

Oh nee dachte Hartmut, schon wieder eine Reha, aber diesmal musste Monika mit. Finanziell war alles klar, es war ein Unfall, ein Wegeunfall und den zahlte anstandslos die Berufsgenossenschaft und die wiederum hielten sich an der Haftpflicht des Herrn Manoult schadlos, so war wenigstens das Geld da.

*

Anna Liesegang erfuhr die Nachricht von Bernd. Der rief sie an und bat sie ins Kommissariat. „Was ist denn überhaupt passiert?", wollte sie unbedingt wissen. Das wolle er ihr am Telefon nicht sagen. Sie machte sich seit dem jedenfalls Gedanken, aber da der Termin bereits am selben Tag war und sie einer Vorlesung lauschen musste, die die moderne Journalistik aus der Sicht betroffener Personen schilderte, war sie gefesselt und hing an den Lippen des Referenten. Das war kein regulärer Professor, sondern ein Gastlektor.

Die Uni in Potsdam leistete sich diesen Luxus, weil man der Meinung war, sich dem seriösen Journalismus verschrieben zu haben. Am Ende blieb der jedoch die Frage schuldig, wie man fairen, ethischen Journalismus mit der Notwendigkeit bei einem Verlag seine Arbeit machen zu müssen, oder als freier Journalist seine Arbeit verkaufen zu müssen, in Übereinstimmung bringen konnte.

Denn es war schon eine Krux die Balance zu finden zwischen Broterwerb und investigativen Journalismus, dem Nachhaken, dem nicht Lockerlassen, dem Dranbleiben, für die Freiheit, für unsere Werte. Diese großen Worte nahm der gerne in den Mund.

Nach der Mensa, wo sie an einem lebhaften Gespräch teilnahm, in der genau das diskutiert wurde, denn am Ende fragt man sich ja auch immer, ob man bei dieser großen Zeitung, die eigentlich keiner liest, eine Festanstellung annehmen würde, in dem Wissen seine Unabhängigkeit zu verlieren.

Man musste vielleicht über die in der Gesellschaft herziehen, die die Gesellschaft nicht bereit ist mitzunehmen. Da zählen nicht nur Generationen von Sozialhilfeempfänger, die lauthals behaupten, noch nie gearbeitet zu haben, sondern auch Menschen, die vielleicht durch Krankheit immer tiefer rutschen.

Eine Depression, die auf keinem Fall besser werden kann, wenn man den Job verliert, ausgesteuert wird, das Finanzamt ärger macht, oder die Frau nicht versteht, und auf Grund seiner Qualifikation nichts mehr anderes machen kann. Sie hatte so einen Fall in der Familie und sie würde das noch am Fall Hartmut Mertens beobachten können, nur dass der den Ausweg des Schreibens gefunden hatte und sich somit fangen konnte. Doch zunächst musste sie erst einmal nach Oranienburg fahren, und war auch fast pünktlich dort. Hinter der Abfahrt Waidmannsluster Damm, war auf einmal Stau.

Es war noch keine Rushhour und im Radio kam wieder einmal nichts und auch das Navi war ahnungslos. Auf dem Rückweg sah sie die Baustelle hinter dem Anschluss Stolpe, die ganz sicher, ganz plötzlich entstanden war. Aus dem Boden gewachsen, denn Gerstern war hier noch nichts.

Jedenfalls ist sie Schulzendorfer Straße raus und entschloss sich über Hennigsdorf zu fahren. Das Navi natürlich wollte sie immer wieder auf die eigentliche Autobahn zurückhaben, aber sie blieb hart. Deshalb kam sie in Oranienburg Süd raus und fuhr dann in die Stadt. Sie kannte sich hier aus, das Navi hatte sie ausgemacht, unnötig das Geplärre der Uschi. Am Kreisel ließ sie das Gewerbezentrum rechts liegen und bog am nächsten Kreisel rechts ab. An der B-96 dann links und stellte sich auf dem Parkplatz der Polizei. Sie holte das Schild Presse heraus und legte es in die Windschutzscheibe, so ließ man sie meistens in Ruhe. Der Hauptkommissar Bernd Freitag mochte keine Unpünktlichkeit, aber er hatte auch eine Einsicht, was sollte sie machen, es hätte gereicht, sie wäre sogar früher da gewesen und hatte pfiffig entschieden, denn sie wäre noch nicht durch den Stau gewesen.

Oft ist ja die Entscheidung einen Stau zu umfahren Unsinn, weil das Umfahren mehr Zeit kostet, als den Stau zu durchfahren. Aber hier hatte das geklappt, wie Roman bestätigte, der irgendetwas in Berlin zu tun gehabt hatte und ganze 30 Minuten später kam, obwohl sie in etwa zur gleichen Zeit in Waidmannslust unterwegs gewesen sind. Sie machte ihre Aussage und erfuhr von dem Unglück, das Hartmut Mertens, dem Lokführer widerfahren war.

Das nahm sie sehr mit, war sie es offenbar, die durch ihre Bitte dafür gesorgt hatte, dass Hartmut den anderen Weg nahm, so wie er es sehr selten getan hatte.

Dass er hin und wieder dort lang fuhr, tröstete sie wenig und so wollte sie nach der Aussage wieder los, als sie Roman in die Arme lief. „Was machst du denn für ein Gesicht", fragte er sie völlig ungeniert duzend. Das fiel ihr erst gar nicht auf, sie war froh, Trost zu finden, und lies sich, nach dem Roman sich bei seinem Chef zurückgemeldet hatte und ganz kurz das Ergebnis seiner Fahrt berichtet hatte, zu einer Tasse Kaffee einladen.

Es war schon Nachmittag, recht spät, eigentlich könnte er Feierabend machen, aber er wollte noch einiges festhalten. Doch diese junge Frau, die gerade von Bernd kam, hielt ihn davon ab. Die konnte er nicht so ohne weiteres ziehen lassen, die war zu schön um nicht wenigstens den Versuch zu starten sein Privatleben zu ordnen.

Aus den Unterlagen ging hervor, dass sie keine wichtige Zeugin war, das hätte sonst Probleme gebracht, wegen der Ermittlungen, nur dass sie eine Schlüsselfigur war, ohne ihr Wissen.

Sie hatte eigentlich das Ende des Falles in Bewegung gebracht, ohne es zu ahnen oder zu wollen. Sie nahm die Hilfe des Kommissars gerne an, weil sie gerade welche brauchte und auch ihr Privatleben könnte Ordnung vertragen.

Kontakte zur Polizei waren auch nicht verkehrt, obwohl sie noch gar nicht wusste, was sie vor hatte, nach dem Studium, Zeitung, Zeitschrift, Verlagsarbeit oder was Freiberufliches. Aber das hatte ja noch Zeit. Erst einmal saß sie mit dem jungen Kommissar in der Kantine und trank Kaffee, dazu gab es ein Stückchen Kuchen.

Sie berichtete auch ihm, was sie mit Hartmut erlebt hatte und das sie, dass sehr mitnahm. Sein Trost, seine Anteilnahme war wunderbar, er schien sie zu verstehen und so verabredeten sie sich wegen des Gesundheitszustandes des Lokführers auszutauschen und das Treffen ganz privat in den nächsten Tagen fortzusetzen.

*

Aber es dauerte noch gute zwei Wochen, ehe man ihr erlaubte dem Lokführer einen Besuch abzustatten, einmal um ihre Anteilnahme auszudrücken und ihr Bedauern, die Mitfahrt nicht mit ihm haben machen zu können, da es so aussah, als wenn das noch lange dauern würde, bis er gesund wäre. So musste sie die Mitfahrt mit einem seiner Kollegen machen, was dennoch sehr interessant war. Zum Anderen wollte sie die quälenden Gewissensbisse loswerden. Sie wollte einfach nicht schuld sein an seinem Elend. Das hatte Roman nicht geschafft, obwohl er sich alle erdenkliche Mühe gab und sie inzwischen ein Paar waren und nun lag die Hoffnung bei Hartmut selbst.

Sicher hätte er ihr grollen können, denn den Weg nahm er sonst ganz selten. Aber was sollte denn das. Wer konnte ahnen, dass er dem Fahrradmörder in die Arme lief und aber auch nicht das Opfermuster war, aber durch diese unselige Trommelei hatte er sich bei dem Nachbarn unbeliebt gemacht.

So war er ein zufälliges Opfer geworden, aber wahrscheinlich das Letzte. Nein, er musste sich korrigieren. Da war einmal eine Sendung, der Jauch war das, glaube ich, da war eine alte Dame, die war in Auschwitz gewesen. Survivor, hatte sie gesagt. Sie sei Überlebende von Auschwitz, kein Opfer.

Als Überlebende hatte sie eine Chance im Leben gehabt, nicht danach noch daran zu zerbrechen, an dass, was man ihr angetan hatte.

So war sie frei, von Rachegedanken und das machte das Weiterleben leichter. Sie fraß sich nicht innerlich auf, der Hass fraß sie nicht auf. Sie konnte loslassen und ein neues Leben starten. Sie konnte verzeihen, was ihr half und das war wichtig. Das fand Hartmut beeindruckend und genauso wollte er es auch machen. Das beruhigte dann die junge Frau endlich und sie konnte sich ihrem Leben widmen, das einen großen Korb voller Liebe für sie bereithielt.

Was soll nun werden?

Langsam wurde es heller, klarer, aber es war doch hell! Er konnte wieder sehen. Ja, das Bewusstsein kam wieder, die Nacht wich der Helligkeit. Das Zimmer war weiß, ohne jeden Schmuck, es waren noch zwei Betten drin, aber sie schienen leer zu sein. Er fühlte nichts Körperliches, nur ein Schwindelgefühl war da. Irgendetwas hing an seinem Arm, aus seiner Nase, er konnte nicht hingreifen. Bewegen ging nicht, warum eigentlich nicht? Er dämmerte dann wieder weg.

Der Teufel stand vor ihm und grinste ihn an.

Rotes Gesicht, scharfe Augen.

Er hatte einen Helm auf und die Tourklamotten an, die sein Chef, sein Exchef immer getragen hatte. Der kam sich vor wie der Armstrong, ja der dopte sich auch, der soff ziemlich viel. Ein Schwanz war gar nicht da, der hinten, war wohl in der Buchse versteckt, auch den Pferdefuß sah man nicht, solche Sportschuhe gibt es wohl nicht, dass ein Pferdefuß reinpasste.

Aus dem Helm guckten die zwei Hörner raus, eine Sonderausgabe. Der Teufel grinste ihn an, verdammt noch mal, der grinste ihn an: „Wir sind wohl doch zu viele und es werden immer mehr, vielleicht hatte das gar keinen Sinn."

Er höhnte ihn, für seine Arbeit, diese Teufelsfratze.

In der anderen Ecke dort stand etwas Anderes, etwas ganz Helles, es überstrahlte den ganzen Raum, es erleuchtete das Zimmer.

Das war Gott, der leuchtete das Zimmer aus.

Er sagte zu ihm ganz sanft: „Du hast dir Mühe gegeben, mein Sohn, große Mühe hast du dir gegeben. Aber solange es Menschen auf dieser Welt gibt, solange wird es auch den Teufel geben. Der Teufel ist der

Mensch. Ich habe einen Fehler gemacht, ich hätte auch am sechsten Tage ruhen sollen. Selbst Eva ist mir missraten. Bereite dich vor mein Sohn. Ich nehme dich bald zu mir, es gibt keine Hölle, mein Sohn, habe keine Angst. Du hast Großes geleistet, mehr war nicht möglich. Selbst ich habe das nicht schaffen können, ich kann das nicht ändern. Das werden die Menschen selbst tun, sie werden sich ausrotten, glaube mir das. Es wird alles gut."

Der Teufel war bei dem Erscheinen des Lichtes verschwunden, er konnte das Helle nicht vertragen.

Damit verschwand auch Gott, das Zimmer wurde wieder dunkler, jemand betrat das Zimmer. Das hätte sein Vater einmal zu ihm sagen sollen, das hast du gut gemacht, mein Sohn, das war optimal, besser wäre es nicht gegangen. Selbst als er die Eins in Geschichte bekommen hatte, war nicht getadelt, gelobt genug. Das tat immer so weh.

Aber Gott liebte ihn, er wird mich zu sich nehmen, das wird gut werden.

„Er ist wach", sagte eine Stimme an seinem Bett. Es war tatsächlich jemand reingekommen, deshalb waren Gott und der Teufel weg. Den Schwefelgestank nahm er aber noch wahr! Es war ein weißer Kittel, der an seinem Bett stand: „Herr Manoult, hören sie mich?", fragte ihn der weiße Kittel, er konnte sich nicht zu ihm wenden, er sah nicht sein Gesicht.

„Hier ist Hauptkommissar Freitag von der Mordkommission Oranienburg, der will sie sprechen."

„Ich aber nicht", dachte er in sich hinein und er schloss die Augen, um das zu dokumentieren. Er versuchte erst gar nicht, seine Stimme auszuprobieren, vielleicht ging die ja. Es gibt nichts zu erzählen, dachte er dann. Von nun an war öfter jemand bei ihm, unbekannte und bekannte Gesichter, denn den Bernd kannte er ja, das war sein Nachbar von gegenüber, der mit dem Rasenmäher. Aber er wollte nicht reden, es auch nicht probieren.

Was hatte Gott gesagt, Er käme bald zu ihm, er nimmt mich zu sich, ja das hatte er gesagt. Wie wollte der das machen, er lag im Krankenhaus, sicher wurde er bewacht, man hatte die Beschuldigung gegen ihn vorgetragen, mit der rechtlichen Belehrung, dass er die Aussage als Beschuldigter verweigern könne.

Auch ein Anwalt war bei ihm, der hatte ihm auch gesagt, er dürfe gar nichts sagen, sonst belastete er sich. Was sind das für Menschen, ich bin ein Mörder, dachte Er bei sich, aber er nickte nur. Was sollte er auch sagen. Er musste aber ins Handeln kommen, Gott hatte gesagt, er solle sich vorbereiten und er würde das Tun, Er würde bereit sein.

Gehen, ja zu Gott gehen, aber wie, ein Bein fehlte ganz, das Andere spürte er nicht. Er kam nicht selbst aufs Klo, man reichte ihm die Ente und den Schieber, die Beine waren einfach irgendwie weg.

Schmerzen hatte er nicht, sicher flößen die ihm irgendetwas ein und ihm fielen Schmerzmittel ein, die man in solchen Fällen geben konnte. Sicher achteten die auch nicht darauf, ob das die Leber vertrug und die Nieren, war ja auch egal, Gott würde ihn bald zu sich nehmen.

Inzwischen aß er selbst, meist suppenähnliche Geschichten oder Breie, das musste er bloß schlucken, irgendwie ging das nicht so einfach. Vielleicht war sein Kehlkopf entzündet durch die Schläuche, die er eine Weile gehabt hatte. Er hatte aber Hunger, verhungern wollte er nicht, er wollte bereit sein, also quälte er sich.

Sein Sohn kam einmal zu Besuch, er sah älter aus, erwachsener: „Was hast du gemacht Papa, die sperren mich ein. Die denken, ich war dabei. Warum hast du das getan. Ich habe doch bloß den Kopf in den Wald gebracht, das war so ekelig."

„Alles Teufel Junge, das verstehst du noch nicht", seine Stimme funktionierte, zwar schwach, aber es ging.

„Und Mama, auch ein Teufel?", fragte der Junge weiter. „Teufel sind männlich Junge, deine Mama war eine Hexe. Den Teufeln muss man die Eier abschneiden, wenn sie tot sind und verbrennen. Wenn die ein Hund frist wird der auch zum Teufel, zum Kampfhund."

„Mama, warum Mama?", der Junge ließ nicht locker, Tränen kullerten über sein Gesicht.

„Die hat mich so gequält."

„Mich aber nicht, das war meine Mama, du Ungeheuer!", und damit ging er, jetzt heftig heulend, los.

Ja, das war schon ein Elend, aber was sollte er machen, sie war ein Biest, er konnte nicht anders. Sonst ließ er Frauen ja in Ruhe, aber das ging nicht.

Er wurde stärker und stärker, kam zu Kräften und als einmal der Bulle kam, ihm Fragen zu stellen, die er nicht beantworten wollte, sagte er doch einen Satz. Das war ihm wichtig und das hatte er mit seinem Anwalt abgesprochen: „Lassen sie den Jungen in Ruhe, der ist unschuldig. Sperren sie den Jungen nicht ein."

Mehr sagte er nicht, die mussten ihm alles beweisen, er musste nur schweigen. So ging die Zeit dahin, man wollte ihn fit machen, zum Schlachten wollte man ihn fit machen, dabei wäre es ein Leichtes gewesen, ihn abzuschalten. So komisch ist diese Gesellschaft, dachte er manchmal, sie pflegen Monster und die Opfer lassen sie links liegen.

Er wurde bewacht, rund um die Uhr war Einer in seiner Nähe. Wegrennen ging ja nicht und auch die Fenster bekam er nicht auf, er konnte ja nicht stehen. Er sammelte Pillen, die Schmerzen, die dann kamen, ertrug er.

Er versteckte sie gut, aber sie fanden sie. Regelmäßig wurde sein Zimmer durchsucht, das ging also nicht. Es würde sich etwas ergeben. Wieder in einer Nacht, als er mit Gott sprach und der Teufel wieder höhnte, da wurde ihm klar, Gott hatte einen Weg für ihn bereit, den musste er bloß erkennen und handeln.

Der Tag würde kommen.

*

Aber es sollte noch ein wenig Zeit vergehen, seine Wunden an den Beinen machten den Ärzten Sorgen, die eine entzündete sich, die andere wollte nicht zuheilen, sie eiterte wieder. Er wurde noch einmal operiert. Dann war das andere Bein auch fast ganz weg. Man fragte gar nicht. Sie machten das einfach, er hätte auch nein gesagt, nichts hätte er unterschrieben.

Das war eine Körperverletzung, vielleicht war es das ja, was Gott vorhatte. Sie machten es einfach, offenbar hatte man ihn schon entmündigt, oder per Gerichtsbeschluss das angeordnet. Man sind die blöd, wenn die ihn verrecken lassen würden, hätten sie nichts mehr mit ihm zu tun.

So mussten sie ungeheure Kosten auf sich nehmen, die Operation, die Nachsorge, eigentlich eine Reha, dann das Gericht und die Forensik, denn das war ihm klar, da würden sie ihn verbringen, für immer.

Da wollte er aber nicht hin. Als Er wieder einmal aufwachte, war er in einem anderen Raum, diesmal mit Gittern, vor der Tür und am Fenster. Man hatte ihn verlegt, die hatten ein Knastzimmer hier, das wusste er gar nicht. Er fühlte sich sehr schwach, das war gut so, vielleicht gibt es eine Embolie und Gott holte ihn zu sich. Er dämmerte wieder weg. Was war das, ein Lichtschein, war das wieder Gott? Nein das sah anders aus, das war seine Frau, was wollte die denn noch von ihm. Sie stand dort hinten in der Ecke, blond, lange Haare, blaue Augen kräftige Gestalt, aber kein Gramm zu viel.

Ja, da hatte sie drauf geachtet, sie aß nur, was sie brauchte, sagte sie, nie zu viel. In Gaststätten ließ sie oft was liegen, oder sie bestellte mit dem Jungen nur ein Essen und sie teilten das beide. Das machte Er nicht. Er brauchte sein eigenes Essen. Das war fast das Einzige, was ihm sein Vater nicht streitig machte, wo er mit ihm nicht meckerte, herumschrie, hysterisch wurde. Aber loben, weil er brav abaß.

Das ging nicht.

Loben geht gar nicht, so etwas hatte er nie gehört. So stand sie dort in der Ecke und sah ihn mit ihren blauen Augen an, die fragten, warum das alles?

Er zuckte mit den Schultern und sah auch sie an. Dann kamen wieder diese Bilder, von damals, das war 1988. Irgendwann, er glaubte, es war im Sommer, da kam der Vater mit dieser Frau an, damals natürlich viel jünger, sie war 22 Jahre alt, sie war schön, aber sah mitgenommen aus, krank, wie, wenn man zu viel gearbeitet hatte.

Der Vater stellte sie als Sabine Gönner vor. Die hätte er aus dem Osten freigekauft, aus dem Stasigefängnis, sie würde bei ihnen wohnen und wieder Medizin studieren. Den Rest wollte er nicht hören, Er wollte es einfach nicht hören, was für ein toller Hecht sein Vater war.

Der war Staatssekretär im Wirtschaftsministerium und hatte bei Verhandlungen in der DDR mit einem der Verhandlungspartner Einen gehoben, da hatte der ihn von der Geschichte seiner Tochter erzählt und der Vater hatte sie freiverhandelt. Dann kamen noch Hasstiraden, auf die Kommunisten, die ja so dumm seien und wie er gedenke, das Pack auszurotten, genau, wie er es damals bei der SS, in Oradour, gemacht hatte.

Das Mädchen war da gerade nicht da, sie war krank und hatte sich nach der Begrüßung aufs Zimmer begeben dürfen. Nun musste sein Vater von den Gräueltaten erzählen, die er damals begangen hatte. Wie stolz sein Vater damals, der Opa, auf ihn war, der war ein großes Tier im Reichssicherheitshauptamt.

Der Opa war Nazi der ersten Stunde, Jurist und nach dem Krieg, konnte er weiter machen, er war dann wieder in der Staatsregierung, aber nur in Stuttgart, das hielt er für sicherer, kurz nach dem Krieg wusste niemand so recht, was die Tommys hier in Stuttgart mit den Nazigrößen machen würden.

Gar nichts machten sie, das war verblüffend, war den Großen wohl bewusst, was sie getan hatten. Als das klar war und die Bundesrepublik gegründet, da kamen sie wieder aus den Löchern und wurden wieder eingesetzt in wichtige Positionen. Das hatte er recherchiert, als das im Geschichtsunterricht alles kam. Genau das erzählte der Lehrer nicht, eigentlich kam gar nicht viel, er recherchierte fast alles selber.

Er behielt das natürlich für sich, obwohl ihn darum niemand gebeten hatte, so sicher waren die sich, aber die Eltern verlieren, wer will das schon. Dann hörte das auch auf, der Vater wollte einen Bericht über seine Erfolge im Medizinstudium. Das tat Er, ganz der brave Sohn, auch die gute Anatomiearbeit erwähnte er, aber es gab keine Lobe.

Das wurde registriert, und er wurde ermahnt zu lernen, sie bezahlten das alles, sie ernährten ihn schließlich, da müsste Er was für tun. Sie würden alle was tun.

Er durfte nicht einfach mal Kind sein, Jugendlicher, junger Mann, mit guten Seiten, mit Fehlern, mit verrückten Ideen. Nein er musste gut sein, sehr gut, aber das war er nicht. Medizin war nicht sein Fach, lieber hätte er Germanistik oder Geschichte studiert, Geschichte das machte er heimlich, er besuchte Seminare der Geschichte des Dritten Reiches, das interessierte ihn. Das hatte er mal gesagt und sie hatten das vom Tisch gewischt.

Medizin war gut, die verdienten gut, wenn Jurist nicht ging, wie in der Familie üblich. Also fügte er sich und schaffte aber nur 3er und 2er. Auswendig lernen ging, Anatomie und Physiologie war nur auswendig lernen, nichts war abzuleiten, alles nicht logisch und ganz wenig war wirklich bewiesen. Alles nur Augenschein, beobachtet und aufgeschrieben.

Das wurde immer schlimmer. Als er in die Pathologie eintauchen musste, stellte er fest, dass die Medizin nichts vermochte. 40 Jahre Krebsforschung, und man hatte keine Ahnung, woher das kam, wie das entstand und was man wirklich dagegen tun konnte. Das Einzige war wegschneiden, bestrahlen, Chemo. Er besah sich die Fälle genauer und musste feststellen, dass nach der Chemo oft die Krisen kamen und der Tod. Darüber schrieb er eine Arbeit, gab sie ab, aber es interessierte niemanden.

Der Zustand der Patienten verschlimmerte sich, mit der Chemo, klar das war ja Zellgift und woher sollte die chemische Substanz wissen, welche Zellen sie töten sollte. Sie tötete die falschen Zellen und oft starben dann die Patienten. Er musste einige Obduktionen erleben von Patienten, die er beobachtet hatte. Da kam eindeutig heraus, dass es das Zellgift war, was todesursächlich war, der Krebs war gar nicht weitergewachsen. Die sind einfach vergiftet worden.

Man schrieb etwas anderes hin, da war dann eine Embolie oder ein Infarkt. Herzstillstand, ja, na klar, das Herz blieb irgendwann dann einfach stehen, das ist immer das Ende. Man hätte ganz leicht auf die Chemo verzichten können, aber sie brachte Geld, das war schnell klar. Er stellte Fragen und bekam keine Antworten.

Also schickte Er sich, er fügte sich in sein Schicksal. Auch seine Mama half ihm nicht, als er sich ihr anvertraute, da war er schon drei Jahre im Studium, da hätte er noch was anderes machen können, sie half ihm einfach nicht.

Die hatte ihm nie geholfen, egal was Er hatte, die kuschte vor dem Vater, und als sie schwer krank wurde, half er ihr auch nicht. Er hätte das können, vielleicht wäre es was geworden, aber er stand dabei, niemand Anderes war da und Er sah traurig zu, wie sie davonging.

Damals begann das Rachevirus, in ihm zu wirken. Dem Vater hätte er auch nicht geholfen, nein da hätte er nachgeholfen, das wusste er.

Die Mama war Unterlassung, bei Papa hätte er nachgeholfen, das wusste er heute, aber als der einmal kollabierte, war er schon in Glienicke, da konnte Er leider nicht unterlassen. Er musste diese blonde Tante aus dem Osten in die Uni einführen und sie fuhren auch täglich hin, er hatte ja ein Auto, vom Vater gestellt und so musste Er sie mitnehmen. So studierte er mit ihr, sie musste auch im zweiten Jahr anfangen und so lernten sie auch zusammen.

Als die Mutter starb, war sie nicht da, sie hatte irgendeinen Termin, der nicht mit der Uni zusammenhing, heute wusste er, das war der BND, der was von ihr wollte. Schließlich hatte man sie freigekauft, da musste sie was für die tun.

Irgendwann sagte der Vater, sie würden sich nun hinreichend kennen, nun würde es Zeit, dass sie heirateten.

Was sollte er, heiraten? Er liebte diese junge Frau nicht, ja er empfand nichts für sie. Obwohl, schön war sie ja, er wurde von den Kommilitonen beneidet, weil sie immer zusammen waren.

Ihr war das ganz recht, kannte sie Niemanden hier und so war sie geschützt und bewahrt vor irgendwelchen Attacken. Selbst Verbaltattacken musste sie nicht hören, nichts Anzügliches, keine Frotzeleien, obwohl sie sich als aufgeklärte Ex-DDR-Bürgerin zur Wehr hätte setzen können. Aber so war das besser.

Auch hier schickte Er sich in sein Schicksal, die schlechteste Wahl wäre das nicht gewesen. Er entwickelte aber keine Liebe, nach der Hochzeit musste er mit ihr ins Bett, ja das war schön, er musste es nicht selber machen und Mädchen hatte er bisher nicht nachgestellt. Sein Trieb war sicher da, aber nicht der Trieb, ihn beim anderen Geschlecht zu befriedigen. Er hatte keine Liebschaften.

Sicher, weil er nicht wusste, was das ist, Liebe. Das kannte er nicht, das hatte er nie erlebt, es gab keine Liebe in der Villa in Stuttgart, nur Sex nach Kalender. Das hatte er mitbekommen, wie die Mutter sich einmal über die Unfähigkeit ihres Mannes erregt hatte, sie zu befriedigen. Das hatte er belauschen können, die Tragik aber erst viel später verstanden.

So war er dann verheiratet, machte das Staatsexamen, bekam eine Assistenzarztstelle und nebenbei auch eine Frau. Sie wohnten im Westflügel der Villa, hatten nicht viel zu tun, geputzt wurde, gekocht auch und so konnte er seine freie Zeit mit Geschichtsstudien verbringen. Sie büffelte weiter Medizin, sie wollte promovieren.

Sie stand immer noch in der Ecke dort, in seinem Zimmer, dem Weißen, und sah ihn an, dann kam sie zu ihm rüber und setzte sich hin. Neben dem Bett stand ein Stuhl, den nahm sie. „Warum?", fragte sie nur, „warum hast du das alles getan?"

Er sah sie an: „Ja Herr Gott, weißt du das nicht. Du bist ja kalt wie meine Mutter."

„Ich wollte, dir helfen, damals, wirklich helfen", und er sah die Zeit vor sich, als sie nach Glienicke in den Osten gezogen waren. Der Vater wollte ihr abraten nach Dunkeldeutschland zu gehen, wo die Kommunisten hausten, ja sie hausten bei ihm.

Aber sie bestand auf die Stelle, sie wurde Oberärztin in der Charité, in Ostberlin. Das war ihre Heimat, da wollte sie hin. Sie war stark, die junge Frau Doktor, er hatte manchmal Angst vor ihr, besonders nach dem tragischen Fall, seinem Versagen.

Das wusste sie, sie hatte das mitbekommen, was sie nicht wusste, hier hatte er nachgeholfen, nicht wie bei der Mutter unterlassen, sondern er hatte bewusst die Aorta angeritzt. Man hatte das alles vertuscht, der Vater griff ein, aber die Stelle für die Frau seines Sohnes, kam dem Staatssekretär, auch gelegen, dann verschwand sein unfähiger Sohn aus seinen Augen, aus seinem Wirkungskreis, aus Baden Württemberg.

Als auch Er eine Stelle, dank der Protektion seines Vaters bekam, aber in Berlin Buch, im Norden des Stadtbezirkes Pankow zu Berlin, da zogen sie los.

Sie fanden ein Haus, zogen ein und richteten sich ein. Der Junge kam, sie musste pausieren, da geschah das zweite Missgeschick, diesmal war es eine Unachtsamkeit und er war seinen Job los.

Der Vater konnte hier nicht helfen, im Osten hatte er wenig Macht, hier war auch die Protektion weg. Irgendwie ging es mit ihm, aber auch immer weiter bergab.

Er bemühte sich um keine neue Stelle, seine Frau konnte arbeiten, er machte den Rest.

„Du warst krank damals, sagte seine Frau, ich wollte dir helfen. Du hattest Depressionen, eine Angststörung, ich wollte dir da raus helfen."

Ja, das kann man jetzt sagen, jetzt wo sie tot war, damals fühlte sich das ganz anders an. Sie meckerte nur rum, war mit nichts zufrieden, schickte ihn zum Arzt, obwohl er es auch war, selber einer, aber der Kollege konnte auch nichts tun.

So zog er sich zurück, die Sextermine fielen auch aus und immer wieder war dann dieses Gemeckere, die Nötigungen eine Therapie zu machen, er hielt das einfach nicht mehr aus.

Dann war sie krank, sie lang im Bett und konnte sich nicht rühren, ein Virus, grippal und mit einem Male überkam es ihn. Er musste es tun, sie musste weg, und er nahm das Insulin, das er sich besorgt hatte, für den Fall der Fälle, und spritzte sie erst einmal handlungsunfähig, ehe er die tödliche Dosis des Zeugs aufzog und es in sie hinein drückte. Sie würde nie mehr meckern. Diese Situation würde Er aber nie wieder vergessen können, der Junge stand in der Tür, als er die Spritze noch in der Hand hatte, und blickte ihn sehr traurig an.

Sie sagte noch, kümmere dich um den Jungen, denn sie ahnte, was er getan hatte und welche Folgen das haben würde. Sie konnte sich ja nicht wehren, sie hätte ihn sicher erschlagen, dennoch verzieh sie ihm, im Antlitz des Todes. Es ist nicht schön, dahinzugehen mit dem Hass, besser ist, du gehst im Verzeihen, in der Liebe, die leider nicht wachsen konnte, so sehr sie sich auch darum bemühte.

Jetzt saß sie wieder neben ihm und sah ihn mit ihren blauen Augen an und sagte wieder: „Ich wollte dir helfen", aber er erwiderte nichts mehr, er sah nur die

Augen des Jungen, und wie er ihn beruhigte, dass seine Mutter schlafen müsste, sie wäre sehr krank.

Das Leben der Gabriele Gönner

Sie fühlte sich wahnsinnig krank, die Glieder schmerzten ihr. Sie konnte sich nicht bewegen. Frau Dr. Manoult blieb einfach im Bett, sie hatte ohnehin keinen Dienst heute und ihr Mann würde sich sicher um den Jungen kümmern, um ihren Sohn. Der war jetzt schon 3 Jahre alt.

Irgendwie kamen Bilder aus ihrem Leben, wie ein Film. Sie war 1966 geboren.

Ihre Eltern waren irgendetwas Hohes, sie redeten nicht darüber. Sie blieb ein Einzelkind, nicht verhätschelt, nicht von Liebe erdrückt, aber doch geborgen aufgezogen. Mit 6 kam sie in die Schule, lernte gut, von Anfang an, es machte ihr Spaß, es gab keinerlei Druck, warum auch, ihre Eltern sahen nie schlechte Noten und auch politisch hatten sie kein Grund zur Sorge. Zu Hause im Sinne des Sozialismus erzogen, auch in der Schule, fand sie die kritischen Kinder irgendwie suspekt.

Sie petzte aber nicht, irgendwie hatte sie ein demokratisches Gen in sich. Es konnten neben ihrer auch andere Meinungen und Ansichten existieren, sofern sie nicht gegen den Staat kämpften. Das ging nicht, einem Feind würde sie nicht helfen, das war ja klar. Sie war Pionier, erst Junger, dann Thälmann-Pionier und auch diese außerschulischen Tätigkeiten, machten ihr Spaß. Nur einmal, als sie in der 5. Klasse das KZ Sachsenhausen in Oranienburg besuchten, das war zum Tag der Befreiung am 8. Mai, da konnte sie tagelang nicht mehr richtig schlafen und fand das so furchtbar grausam, zuviel für eine empfindsame Kinderseele.

Warum tat man das den kleinen Kindern an, mit 11 kann man doch das noch nicht ertragen. Der Tod eines lieben Menschen, wie das ihres Onkels, der an Krebs starb, ein Jahr davor, war ja schwer genug. Da hatte sie beschlossen, Ärztin zu werden, sie wollte helfen, heilen. Den in Sachsenhausen war nicht mehr zu helfen, dennoch, sie konnte mit diesen Grausamkeiten nicht umgehen.

Sie war ein Mädchen, für das Leben geschaffen und nicht zum Töten, das haben meistens Männer gemacht und sie entwickelte eine merkwürdige Haltung zu den Jungen in ihrer Umgebung.

Nicht, dass sie Mädchen anziehender fand, aber die Jungen waren einfach doof. Ab der 8. Klasse ging sie dann in die erweiterte Oberschule, sie musste mit der Straßenbahn fahren, das kostete 10 Pfennige, man war das mal billig.

Das Abitur legte sie mit „Summa cum laude" hin, wie sie stolz erzählte, denn sie war auf einer Latein-Oberschule. Sie wollte Arzt werden und lernte jetzt schon in der Biologie fleißig, mehr als sie musste. Sie hatte sich einen Atlas des menschlichen Körpers gewünscht und benutzte jetzt schon die Terminologie der Ärzte, als Tante Erika sich den Oberarm gebrochen hatte, Fraktur des Humerus lateral.

Alle waren stolz auf sie, es wurde toll gefeiert auf dem Abiball. Dann durfte sie gleich anfangen zu studieren, eigentlich wollte sie erst Krankenschwester werden, sie wollte alles wissen, aber man drängte sie ins Studium, die Partei und das Volk brauchten gute Ärzte. Was komisch war, Arbeiterkinder wurden bevorzugt, sie war aber kein Arbeiterkind, deshalb wollte sie ja erst Krankenschwester werden, sich in der Arbeit bewähren, wie es die Ilona, deren Eltern Anwälte waren, tun musste. Sie bekam sofort den begehrten Medizinstudienplatz. 1984 begann sie also dann doch sofort und war von Anbeginn eine der Besten. Die Pathologie machte ihr Schwierigkeiten, aber das ging vielen so.

Sie jobbte nebenbei, neben dem Studium, nur aus Spaß an der Freude, nötig hatte sie das nicht. Sie hatte inzwischen herausbekommen, dass ihr Vater ein hohes Tier in der staatlichen Plankommission war, und die Mutter war Dozentin für Marxismus Leninismus an der Humboldt Universität. Auch das es Protektion war, sie verabscheute das, das war der entwickelten sozialistischen Gesellschaft nicht würdig, aber es war so.

Die Eltern, sah sie jetzt öfter, man lief sich sozusagen in den Pausen hin und wieder über den Weg. Das heißt, sie hatte ein Auge auf sie, aber das war nicht nötig, sie war eine brave Tochter, auch politisch gut erzogen. Sie war eine Schönheit, blond, blaue Augen, die Kerle rannten ihr reihenweise hinterher, aber sie interessierte sich nicht für sie.

Das verwunderte die Mutter, aber sie war auch nicht an Mädchen interessiert. Vielleicht war sie nur extrem ehrgeizig und vielleicht hatte sie als Kind die Liebe bekommen, die sie brauchte. Sie musste sie nicht im Außen suchen, sie hatte ja sich.

Dann kam der unheilvolle Abend. Gefeiert wurde öfter, da war sie auch dabei, aber auch angedudelt konnte sie sich der Kerle erwehren.

Sie feierten das 4. Jahr, das 8. Semester, die Prüfungen. Sie hatten dem Alkohol schon ziemlich zugesprochen, auch weil der Alkohol nichts kostete. Sie nahmen den einfach aus den Schränken der Uni, denn aus Geldmangel wurde der nicht vergällt, den Alkohol, den man zum Präparieren nahm. Deutschland war Dritter in der Europameisterschaft und da gab es zusätzlich was zum Feiern.

Die DDR war gar nicht in der Endrunde dabei, aber was sollte das, das war ihr Deutschland, sie redeten deutsch, also waren sie das. Das sah Gabriele ein wenig anders, das waren zwei Systeme, das eine war auf einem guten Weg, in dem anderen waren die Nazis nie ausgesondert worden.

Aber sie machte keinen Stress, sie hielt sich auch mit Diskussionen raus. Das hatte sie am Anfang gemacht und war auf Ablehnung gestoßen, denn oftmals waren ja gerade die Kinder der Bonzen rebellisch.

Das ist ja auch richtig so, dachte sie immer, denn wie soll sich eine Gesellschaft weiter entwickeln, wenn man sie nicht kritisieren darf. Das erkannte sie auch, Kritik wurde nicht geduldet, Kritik, das war der Klassenfeind, und obwohl es wirklich einiges zu verbessern galt, es durfte nur ganz vorsichtig benannt werden.

Sie hatte den Einen und den Anderen schon verschwinden sehen, nein nicht mehr ins Gulag, aber sie wurden dann Krankenpfleger, nicht mehr Arzt. Irgendein Depp hatte die DDR - Fahne vom Kuller befreit, und als sie, „We are the champion", sangen, wurde die Fahne ohne dem Kuller geschwenkt.

Alle grölten mit, auch sie, alle waren ziemlich angedudelt, also hatte niemand irgendwelche Bedenken. Das musste einer gepetzt haben, ein Spitzel und sie bekam nach der Wende auch heraus, wer das war.

Mit dem war dann nicht mehr zu reden gewesen, der hatte nichts begriffen, auch nicht, dass der ihr Leben zerstört hatte. Auch das Leben ihrer Eltern, denn die sollten wohl auch Probleme bekommen. Uneinsichtig, verbohrt, verblendet, genau wie die Nazis, die glaubten ja immer noch, die hatten alles richtig gemacht und saßen wieder hoch auf den Posten, in dem nun demokratischen Staat, und spielten jetzt mal Demokratie. Die Nazis im Westen und die gewendeten Kommunisten jetzt im Osten. Ein wenig noch gemeinsam, bis die alle dann in Pension waren.

Das musste sie ein halbes Jahr später lernen und nach der Wende noch einmal begreifen.

Aber zunächst einmal kam sie zur Klärung eines Sachverhaltes in die Stasizentrale nach Lichtenberg. Dort wurde sie verhört, geschlagen, beschimpft und wurde dann verurteilt, staatsfeindliche Tätigkeit, Verleumdung der DDR, ab nach Hoheneck, dem wohl schlimmsten Frauengefängnis der DDR.

Das war eine sehr schlimme Zeit, vor allem für die, die für diesen Staat brannte und alle Gespräche in der sie ihren wirklichen Standpunkt zu ihrem Staat darlegte, wurden gegen sie ausgelegt.

Aber sie hatte Glück, sie blieb nicht lange in dem Elend der Frauen, von Frauen überwacht, von den gleichen Typen Weibern, Verzeihung, das kann man nicht anders sagen, die in Ravensbrück die Bestien waren, der gleiche Frauentyp, sie lernte das in Psychologieseminaren, die sie über ihre Ausbildung hinaus belegt hatte.

Es waren ihre Eltern, ihr Vater intervenierte, leider aber beim Klassenfeind. Das brach ihnen endgültig das Genick, danach stürzten auch die Eltern ab. Aber vielleicht wäre es besser gewesen, für sie, ihrer Tochter und sich selbst, denn das hätte alles ohnehin nur noch ein Jahr gedauert, dann wäre dass vorbei gewesen. Ein Jahr vor der Wende, aber das ahnte niemand. Sie mussten ihrer lieben Tochter doch helfen.

Auch das hätte sie überstanden das eine Jahr und würde jetzt nicht hier liegen, in ihrer letzten Stunde.

Diese Ahnung kam in ihr hoch, als sie ihren Mann hantieren sah.

+

Zu dem Zeitpunkt als sie in Honneck war, verhandelte die DDR gerade mit Baden-Württemberg in wirtschaftlichen Fragen. Der verantwortliche Staatssekretär war gerade in Berlin, in Ostberlin und während eines Gelages mit zwischenzeitlicher sexueller Einlage, von extra dafür bestellten Mädchen im Metropol-Hotel am Bahnhof Friedrichstraße, beichtete ihm ein Ostbeamter, dass seine Tochter im Knast sei, sie hätte eine Dummheit gemacht, keine wirkliche Straftat, aber so war das bei ihnen.

Er war schon abgeschossen worden, das war seine letzte Tätigkeit, die Verhandlungen hatte er aber begonnen und sollte sie zu Ende führen.

Das wusste er natürlich nicht und so ritt er sich noch tiefer in das Ungemach, als er seiner Tochter helfen wollte. Das bekamen die natürlich mit, die von der Firma.

Eine Hure.

Vielleicht könne er, der Staatssekretär, etwas tun für die Tochter. Darauf wollte der verhandelnde Beamte, Horst Manoult die junge Frau sehen. Das wollte man eigentlich nicht machen, aber der drängte darauf, sonst würde er abreisen.

Man brauchte aber das Westgeld, den Geschäftskontakt, dafür verraten auch die Parteien heute die Menschenrechte, für Geld, ob das die in der Türkei, oder in China ist.

Für eine Eindämmung der Flüchtlingswelle sich mit einer Diktatur gemein machen, anstatt für den Frieden in den Ländern der Flüchtlinge zu sorgen, für Brot und Arbeit.

So kamen dann die Verräter auch frei, für Westmark. Nach Hoheneck, in das Frauengefängnis, ließ man ihn aber nicht, dafür wurde die Sabine Gönner in einem Barkas gesetzt, der sie nach Berlin fuhr.

Sie war schön, sehr schön, sah fast aus wie eine Jean D´Arce, in ihren grauen Anstaltsklamotten, ja sie war fast noch schöner in ihnen. Eine schöne Gespielin dachte er so, jung und hübsch und dann von ihm abhängig, aber er dachte auch an seinen Sohn, der musste unter die Haube, der hatte nichts mit Mädchen, er glaubte insgeheim, der wäre schwul.

Der Schein musste gewahrt bleiben, so etwas ging gar nicht, schon gar nicht 1988, da gab es den 175-er noch, den Schwulenparagrafen, der würde erst 10 Jahre nach der Wende abgeschafft werden, als man merkte, da gab es zwei Gesetze und eine unterschiedliche Handhabung konnte nicht gut gehen.

Dann presste er sie bei den Verhandlungen frei. Das war dann das endgültige Ende der Karriere ihrer Eltern, als hohe Tiere im DDR-Apparat.

1 Jahr vor der Wende, aber auch wenn sie das gewusst hätten, sie hätten ohnehin keine Wahl gehabt, Vater, Mutter, Kind.

Wer in Hoheneck war, musste hier wegwollen.

*

Sie, die Gaby, fand sich morgens, ganz früh in einem Bus wieder, nachdem man sie zurückgekarrt hatte. Es waren 20 Frauen aus dem Knast. Zuvor musste sie was unterschreiben, was las sie nicht, ihr war klar, tat sie das nicht, käme sie nicht frei, denn das hatte man gesagt. Sie würde in die BRD verbracht. Oh, das hatte sie überhaupt nicht vorgehabt, sie wollte gar nicht weg aus ihrem Land, das war ihr Land und wenn man das, was sie erlebt hatte, abschaffen würde und ein wenig bessere Planung an den Tag legte, dann war das Land gut.

Sie wollte eigentlich nicht in das Deutschland, wo die Nazis nie wirklich bestraft wurden, zu sehr hatten sich die bösen Bilder aus Sachsenhausen und die aus Ravensbrück, wo sie später hinmusste, eingebrannt.

Das durfte nicht mehr sein.

Aber sie hatte auch erlebt, das Ravensbrück gar nicht so weit weg war, von dem Frauenknast, wo sie war, und ihr Überlebenstrieb wollte sie aus dieser Hölle raushaben. Außerdem konnte sie ihren Traumberuf gar nicht mehr ausüben, welcher Arzt will mit so einer schlauen Krankenschwester arbeiten.

Sie wäre vielleicht nach Karl Marx Stadt gegangen, dort kannte sie keiner, außer die Firma, das wäre sicher gegangen. So hatte sie die Hoffnung, dort drüben weiterstudieren zu können.

Ihr fehlte ein Jahr, nur ein Jahr. Inzwischen hasste sie aber die Neurose des Systems, nach der Jeder der etwas kritisches, vielleicht konstruktives sagte, ein Staatsfeind war. Sie wäre gerne hiergeblieben und hätte den Bonzen eine Zwangstherapie verpasst.

So etwas gab es in der sozialistischen Demokratie, Therapie zwangsweise. Nun saß sie im Bus und der fuhr am Grenzübergang bei Herleshausen ein, sie wurden ausgeladen und dann weitergekarrt.

Alle jubelten, nur sie nicht, als die Grenze überschritten war. Sie hatte eher das Gefühl, ihr ist etwas genommen worden. Doch sie hatte es gut, sie kam in eine Familie, wo der Mann auch ein hohes Tier war, baden-württembergisches Wirtschaftsministerium mit guten

Kontakten nach Bonn und wo ein junger Mann, der Sohn, lebte, der auch Medizin studierte. Sie lebte sich ein, musste hin und wieder mit einem oder zwei Herren sprechen, BND, wie sie irgendwann erfuhr, und musste berichten, was sie wusste.

Sie hatte wenig Ahnung, auch nicht von dem, was die Eltern taten. Sie hatte keinen Kontakt, das ging nicht, das würde die Eltern gefährden, dachte sie, aber die hatten schon ihr Schicksal bekommen, als Eltern einer Verräterin.

Das sagte man ihr nicht, sie ahnte das zwar, aber sie informierten sie nicht. Sie hätte sich für ihre Eltern eingesetzt, etwas gefordert.

Den Sohn fand sie sogar nett, sie fuhren gemeinsam in die Uni, er war ein Jahr zurück, das musste sie auch, weil man den Kommunisten keine Bildung zutraute. Sie musste ein Jahr wiederholen. Anfangs langweilte sie sich in den Vorlesungen, dann ging sie in Andere, sie belegte zusätzlich Psychologie.

Das interessierte sie, sie wollte wissen, wie eine Neurose funktionierte, wie die der Kommunisten. Sie ahnte, dass das krank war. Da sie immer alles wusste und dem Jungen helfen konnte, sagte er kein Wort zu seinen Eltern, wenn sie eine andere Vorlesung besuchte. Und sie behielt für sich, dass er in Geschichtsseminare ging.

Interessant war auch hier, wieder waren alle Kerle scharf auf sie. Alle konnte sie um den Finger wickeln und der junge Mann, er hieß Eve, ihr späterer Mann, der wurde von allen beneidet, auch weil sie dachten, sie wären zusammen.

Auch hatte sie sehr schnell begriffen, dass es galt, keinerlei Schwäche zu zeigen, und zweitens waren Beziehungen genau-so wichtig wie in der DDR.

Auch war der Nazimief hier nicht verzogen, die Italiener wurden verächtlich Itaka genannt, galten als faul, hatten Deutschland im Krieg verraten und die Pollaken klauten.

Das waren nur einige Vorurteile, die sich hartnäckig hielten und gepflegt wurden. Später waren dann auch noch die Griechen faul, und als sie diese Länder, außer Polen, einmal besuchte, sah sie etwas ganz anderes.

Lebensfrohe Italiener, die lebten und auch sehr fleißige Griechen, alles, sehr liebe, ja sogar herzliche Menschen.

Die Nazis liefen alle noch frei rum, der Vater von Eve war 60 Jahre alt, also 25 geboren, ab 1943 war er bei der SS gewesen, sie sah einmal das Tattoo unter seinem Arm. Das versuchte der auch gar nicht zu verbergen, ja einmal zeigte er es auch voller stolz.

Sie belauschte einmal ein Gespräch, da war von Oradour die Rede, das war das Massaker in Frankreich und niemand ging ihm an die Wäsche. Der Großvater von Eve, prahlte sogar noch mit den Heldentaten seines Sohnes.

Sie konnte schnell promovieren, so gut war ihr Staatsexamen, „Suma cum laude", auch bei der Verteidigung ihrer Doktorarbeit.

Sie bekam eine gute Stelle im Universitätsklinikum. Der Eve war halb so gut wie sie, das belastete ihn auch noch und sie hatte das Gefühl, das der Vater großen Druck auf ihn ausübte, denn es konnte nicht sein, dass die aus dem Kommunismus schlauer war, als er, der aus der Herrenrasse stammte. Sie war doch die minderwertig. Ja, das hatte er mal gesagt, nicht wissend, dass sie das hören konnte. Und doch sollte sie ihn heiraten. Sie wurde gefragt, ja Gebeten es zu tun. Sie hatte immer noch kein Interesse an Männern, die waren alle, irgendwie wie kleine Kinder, mit so etwas wollte sie keinen Umgang, intim. Irgendwie hatte sie auch keinen Arterhaltungstrieb, sie hatte das Mal untersucht, aber nichts gefunden.

Doch sie fand ihn nett, sie konnte mit ihm umgehen, na ja, vielleicht war das nicht schlecht, vielleicht kamen sie aus diesem Haus einmal raus, das zwar schön war, aber dumpf, muffig, hier müsste mal ein Sturm durch, eine Revolution.

Die dachten wie Neandertaler.

Das eine Jahr Psychologie hatte gereicht, um das sehen zu können. Sie willigte ein. Sie heirateten, mit allem Pomp eines Staatssekretärs, mit Presse, mit dem Filbinger, dem Marinerichter, der zwar nicht mehr im Amt war, aber immer noch gerne eingeladen wurde, von den alten Kameraden. Der bemühte sich um eine Rehabilitation, vier Hinrichtungen, vier Morde, da würde heute keiner mehr nach 25 Jahren rauskommen, damals nicht einmal vor Gericht.

Sie hatte schon zu tun, den Ekel vor den alten Nazisäcken zu unterdrücken. Eigentlich war sie gegen das Hassen, aber diese Brut gehörte eigentlich vernichtet.

Nun hatten sie auch ihren ersten Sex, das war fast ulkig, die beiden Ärzte, sie Chirurgin, er Internist, beide kannten alle Organe, sie konnten sie benennen, lateinisch und die Funktion erklären.

Dass sie beide irgendwie mit dem Liebesakt nicht zurechtkamen, weil Liebeslust fehlte, nahmen sie das medizinisch und hatten doch so ihren Spaß.

Aber die Hoffnung verflog, sie wohnten weiter bei den Eltern.

Schon 1990, nach dem Fall der Mauer, fuhr sie in ihre Heimat. Es war um Weihnachten herum, es war klar, dass ihr keiner mehr an die Wäsche wollte, von wegen

Verrat. Da niemand je auf ihre Briefe geantwortet hatte, die sie so neutral wie möglich hielt, wusste sie auch nicht, dass die Eltern nicht mehr in dem Haus wohnten, sie hatten eine Wohnung, das fand sie schnell heraus, fuhr dorthin und klingelte.

Der Vater machte auf, er war alt geworden in den paar Jahren, er sah sie an und erschrak. Sie war ein Gespenst aus einem früheren Leben. Er sagte nichts, hielt die Tür in der Hand. Die Mutter kam dazu, auch sie erschrak, in ihren Augen spielte sich ein Drama ab. Sie zerriss innerlich in zwei Teile, aber das Böse war größer, als das Mütterliche und so wurde sie zur Hexe.

„Wir kennen sie nicht, wohl aus dem Westen, was wollen sie?"

„Mama, Papa", sagte sie nur: „Wie geht es euch, ich habe euch so vermisst."

„Wir kennen sie nicht, verschwinden sie, sonst rufe ich die Polizei", und sie warf die Tür zu, die ihr an den Kopf knallte, aber sie war zu.

Gabriele wollte gerade zu den Eltern gehen, deshalb war sie schon auf der Schwelle. Ihr wurde schwarz vor den Augen, sie sackte in sich zusammen. Eine Stimme weckte sie: „Fräulein, wachen sie auf, was ist, passiert, ich bin der Kurt Hauer, wohne unten, ich habe das Knallen der Tür gehört und dieses dumpfe Geräusch, ja das war ihr Kopf. Können sie gehen? Kommen sie mit, ich helfe ihnen."

Er nahm sie mit, in seine Parterrewohnung und kühlten ihr die Beule. Als Herr und Frau Hauer erfuhren, wer Gabriele war und was sie wollte, erzählten sie die Geschichte der Eltern.

Wieder hatte einer gepetzt, hatte die Eltern, besser den Vater verraten, die Bitte des Vaters, die Tochter aus

Hoheneck herauszuholen und das vom Klassenfeind. Man bittet den Klassenfeind um nichts.

Also wurde er degradiert, er musste in eine Fabrik und als Abteilungsleiter arbeiten, immerhin.

Die Mutter wurde Verkäuferin. Ihr Bruder durfte nicht studieren, er wurde Schlosser. Sie wollten sie nicht sehen, beantworteten keinen ihrer Briefe, sie machten sie verantwortlich für ihr Unglück. Auch sie waren nicht in der Lage zu verzeihen, sie hatte doch nur eine Dummheit mitgemacht, nicht einmal angestiftet, oder selber gemacht, war nur dabei gewesen. Das hätte sie doch dann erzählen können, wenn man nur geredet hätte. Einen dummen Jungenstreich, wie man das so nennt.

Deshalb die harte Strafe, das war überzogen und auch die Sippenhaft ihrer Familie, war überzogen, das hätten sie erkennen müssen, aber das wollten sie nicht.

Nun brach die DDR-Wirtschaft zusammen, sie verloren ihre Jobs, der Vater begann zu saufen und verstarb dann plötzlich 1995. Der Bruder sackte auch ab und nahm sich kurz danach das Leben und die Mutter landete von Gram geschüttelt in der Geschlossenen.

Gabi konnte sie nie wieder sehen. Nur die Begräbnisse besuchte sie, sie nahm noch einmal Abschied, von denen, die ihr immer wichtig waren, die sie nie verraten hatte, auch wenn die das glaubten. Sie hätte ihnen so gern geholfen, Geld war kein Problem, Beziehungen auch nicht, aber sie hätten verzeihen müssen.

Sie wollte zurück in ihre Heimat, nach Hause, auch wenn die in Scherben zerfiel, noch einmal nach dem großen Krieg, und nach dem die Russen sie ausgeplündert hatten, vielleicht auch eine Folge dessen.

1992 war eine gute Stelle in der Charité frei, da bewarb sie sich und sie wurde genommen. Ihr Mann wollte eigentlich nicht mit, aber da er einen Riesenfehler machte, ein Patient starb ihm unter den Fingern weg, infolge eines ungeschickten Schnittes. Nun wollte er auch.

Es war eine große Aorta verletzt worden, das ließ sich nicht mehr flicken. Man vertuschte das zwar, und da sie mit der Stelle kam, war das dem Vater von Eve sogar recht, der Sohn, der Versager, war aus seinen Augen.

Sie kauften ein Haus in Glienicke am nördlichen Stadtrand von Berlin, ganz dicht bei Frohnau in einer gepflasterten Straße und verließen das muffige Schwaben, vom Vater bekamen sie genug Geld und die Reputation. Der Eve bekam auch eine Stelle in Berlin Buch. Dann kam der Junge, ja sie hatten mal Sex und sie wollte ein Kind, das ging ja nicht ohne. Eine Frau muss einmal gebären und sie wollte das.

Sie setzte dann ein Jahr aus. Mit ihrem Manne ging es aber bergab. Er verlor die Stelle in Buch wieder, da war der Junge ein Jahr alt.

Das war auch gut, konnte sie wieder arbeiten, sie drehte es so, dass er krank war und es war in der Tat dann so und es wurde immer schlimmer. Sie wollte ihm helfen, sie redete, sie bat, sie bettelte, sie besorgte ihm gute Fachärzte, aber er blockte ab.

Er weigerte sich, eine Therapie zu machen. Es ging immer tiefer in die Depression, sie sah das, aber sie war machtlos. Als der Junge dann 3 Jahre alt war, erhöhte sie den Druck, ja sie drohte ihn rauszuschmeißen oder auszuziehen.

Sie erkannte einfach nicht, dass er gefährlich geworden war. Sie wusste ja nichts von dem Vorfall mit dem Fahrradfahrer, als sie noch im Knast war. Sie wusste auch nicht, dass der Kunstfehler damit zusammenhing, dann hätte sie eine Psychose angenommen und sie hätte ganz anders gehandelt. Ja, sie hätte ihn zwangseinweisen lassen können.

Ihre Kräfte ließen nach, sie konnte nicht mehr.

Sie war über Nacht krank geworden, ganz plötzlich so schwach, dass sie sich nicht rühren konnte. Das war bestimmt ein Virus. Sie hatte noch eine Spritze von ihm bekommen, danach wurde es noch schlimmer, so konnte nichts mehr bewegen, außer die Augen und den Mund.

Sie sah noch, wie er wieder eine Spritze aufzog, der Film ihres Lebens war zu Ende und sie beschlich eine böse Ahnung, das war das Leben, ihr Leben gewesen, der Film ist zu Ende, sie bat ihn noch, gut auf den Jungen aufzupassen, den hätte sie nicht alleinlassen wollen.

Niemals!

Bitte!

Jetzt wusste sie, dass das ihre letzten Minuten waren, sie sah den Jungen durch die Tür schauen, sie sah zwei erschreckte Augen und sie fügte sich nun in das Unvermeidliche, jetzt ohne Groll und Wut gegen ihn. Er hatte den Inhalt schon abgedrückt und hielt die Spritze nun in der Hand und lächelte sie an. Sie versuchte ein Lächeln, es wurde nur eine Fratze, und dann wurde es dunkel, ihr Sein erlosch an diesem Morgen für immer.

Entlassung

Er saß nun vor dem Tribunal, sein Kopf war leer, es war nur ein Sausen da. Vor ihm saß der Chefarzt, der Klinik, der technische Leiter und der große Chef, der Professor.

Der aber tobte. „Wie konnte das passieren, das haben Sie doch nicht zum ersten Male gemacht. So ein tiefer Schnitt in die Aorta Abdomalis, das ist doch kaum zu reparieren." Er war außer sich.

„Dass in meiner Klinik, ein Toter auf einem meiner OP- Tische, ein unbedachter Schnitt in die Aorta Abdomalis, ein tiefer Schnitt, der Mann ist schlicht verblutet. Das müsste nun eigentlich richtig untersucht werden. Das Ergebnis wäre jedoch jetzt schon klar."

Wenn dieser Depp doch bloß reden würde, Burnout oder so etwas, das würde gehen. Als Arzt war der jedoch nicht zu halten. Der Professor hielt kurz inne in seinen Gedanken, holte tief Luft und trank etwas Wasser, ein Kognak wäre jetzt gut und er sehnte sich in sein Büro, wo er etwas im Schrank hatte, gut versteckt.

Danach eine dieser neumodischen Pillen, die den Atem neutralisieren. Na gut, das geht jetzt nicht. Sein Puls raste, wenn er so weitermachte, war er auch bald Patient.

Wichtig war nur, das durfte nicht raus, nicht an die Öffentlichkeit, vertuschen, welch ein hässliches Wort. Aber es kommt schon mal vor, wo gehobelt wird, da fallen auch Späne. Personal gibt es nicht genug, soll es nicht genug geben, zu teuer.

Alle waren bis an ihre Belastungsgrenzen und darüber hinaus eingespannt. Aber dafür gibt es keine Anzeige, wie bei Druckkesseln, keinen roten Bereich, bevor der Kessel platzt, kein Sicherheitsventil das abbläst. Einen Moment lang überkam ihm eine Angst. Wenn der Vater, der Staatssekretär nun Ärger machte, weil man sich seines Sohnes entledigte. Der musste noch einmal kontaktiert werden. So aber ging das nicht weiter, hier konnte der Mann nicht bleiben.

Eine Störung, die Sekretärin, seine, kam herein, leise, auf leisen Sohlen. Niemand Anderes würde das wagen. Sie wusste, dass der Alte das nicht mochte, aber wenn es wichtig war ...

Sie übergab ihm einen Zettel.

Den bösen Blick steckte sie weg, aber sie sah noch das Aufhellen in seinem Gesicht, denn der eben gedachte Kontakt wartete draußen.

„Meine Herren, wir unterbrechen an dieser Stelle die angeregte Unterhaltung, wir sehen uns in einer halben Stunde wieder hier", warf er ironisch in die Runde, ärgerlicher als er es wollte. Auch ihm war das alles zu viel, wird Zeit, dass die Rente kommt, dachte er noch und erhob sich als Erster.

Der Staatssekretär wartete in seinem Büro. Der war sein Jahrgang, beide hatten bei der SS gedient, sie waren sozusagen Kameraden. Nur war der Professor Arzt, Sanitäter, Feldarzt, ohne Tätowierung. Das mit der SS hatte sich bei ihm so ergeben, wurde gut bezahlt und war hoch angesehen, damals. Heute auch noch im Kameradenkreis, bei seinem Jahrgang, in seinem Umfeld. Leise, heimlich nur noch, offiziell wusste keiner was. So hatte man sich in der Hand, half sich, wenn es notwendig war und wenn es ging.

Was würde hier gehen?

Der Staatssekretär wollte noch einmal Minister werden, das war bekannt, da half sein missratener Sohn überhaupt nicht. So hatte er den Unglücksraben nun benannt. Der Professor hatte den Staatssekretär anrufen wollen, den Kameraden, sie hatten eine Nummer für alle

Fälle. Wenn die Kameraden den kurzen Dienstweg brauchten. Er wollte ihm den Fall schildern und um ein Gespräch bitten.

*

Nun war er gleich hier, das war am besten. Was sollte nun werden, was kam von ihm? Klar die Beerdigung und die Absicherung für die Witwe hatte man organisiert. Versicherungen und andere Ämter würden bezahlen, das konnte man problemlos regeln.

Die Frau war sogar froh, dass sie diesen Choleriker los war, sie war geschlagen worden, hielt aber dennoch die Hand auf. Sie würde den Mund halten, es gab genug Zucker um ihn zu stopfen. Die war also zufrieden.

Aber was würde mit dem Jungen?

Hier kam dann der Wunsch der Schwiegertochter des Staatssekretärs gerade recht. Sie wollte wieder in die Heimat zurück, einmal Ossi, immer Ossi, dachte der Staatssekretär verächtlich. Er hatte nichts über, für dieses Kommunistenpack. Die hätte man alle auslöschen müssen, radikal.

Er verjagte den Gedanken. Das ging leider so nicht mehr. Dafür rief er sofort das Gesundheitsministerium in Berlin an. Da hatte er Kontakte, die sind immer gut. Es dauerte gar nicht lange, da bekam er Antwort, die Charité suchte und man hängte sich rein. Der Staatssekretär schob seiner Schwiegertochter die Offerte zu, vorsichtig, sie sollte nicht mitbekommen, dass er seine Hände im Spiel hatte. Sie biss sofort an. Der Rest regelte sich fast von alleine. Protektion ist immer gut, wenn man sie hatte.

Nun saß der Staatssekretär entspannt vor dem Professor, der nervös und fahrig wirkte. Ihm war klar, dass der Professor handeln musste, aber nicht ohne seinen Segen konnte. Obwohl, das könnte auch zu seinem Nachteil laufen, das könnte das Ministeramt kosten, sollte es auch, auch wenn alles geregelt war.

„Gut mein Lieber, danke für die Zeit, aber ich habe gerade mal eine halbe Stunde. Wie weit seid ihr gekommen, mit dem Jungen?", fragte der Politiker.

Herrgott der war sein erwachsener Sohn, der Junge, Doktor der Medizin. Dem Professor wurde ein bisschen klar, warum der Junge, wie der den nannte, so verschlossen war. Eigentlich bräuchte der Hilfe, aber was ging ihm das an. Sein Laden musste sauber bleiben.

„Wir haben gerade unterbrochen, die Frage ist nur, was wir machen können. Der Betriebsrat ist dabei, in jeder Hinsicht."

Oh diese bescheuerten demokratischen Verhältnisse, waren das noch Zeiten, wo man einfach die Pistole ziehen konnte, um einen Verräter abzuknallen. Hier würde die Ostfront sicher reichen. Das, dass sein Sohn war, das hatte sein krankes, faschistisches Hirn, das jetzt den Demokraten heuchelte, nicht auf dem Tablet.

„Ist doch ganz klar, entlassen, das ist das Beste. Der wird das Maul halten, macht er ja jetzt schon. Seine Frau geht nach Berlin und ich schaue Mal, ob sich was für ihn findet, dort, in der Reichshauptstadt," und dabei grinste er genüsslich.

„Dann wird alles wieder ruhig werden."

Der Staatssekretär war sehr entspannt, obwohl es innerlich brodelte. Aber das konnte er, sich im Griff behalten, sich unter Kontrolle haben.

Das war heute wichtig.

Der Professor entspannte sich sichtlich: „Ja, das ist es, entlassen und dann verschwindet er, das ist eine gute Lösung, für alle. Das mit der Witwe, das ist auch geregelt, ich habe da so etwas gehört?" Er wollte sich noch einmal versichern, dass das stimmte, was man sagte. Denn normalerweise zahlen die Versicherungen sehr ungern, kassieren ja, leisten nein.

Ein Geschäftsmodell, wie die große Autofirma, umweltfreundlich ja, aber nur auf dem Prüfstand.

Aber das machen ja alle, die Verbräuche an Kraftstoff werden doch alle getürkt.

Der Staatssekretär nickte: „Das ist alles geregelt. Die Versicherungen und die zuständigen Ämter bezahlen, auch eure, dafür sind sie doch da", und er grinste weiter süffisant.

„Die Frau ist also versorgt, das geht in Ordnung."

Das waren ja mal insgesamt gute Nachrichten, der Klinik gereicht das alles nicht zum Nachteil, der Delinquent verschwindet von der Bildfläche, ganz weit weg. Berlin, das sind immerhin 600 km weit und alle halten die Füße still. Gut so würden sie das machen, so war das gut. Dass man hier hätte helfen können, ja müssen, wenn man das untersucht hätte, damit das Ganze nicht irgendwann eskalieren würde, das interessierte Niemanden, nicht einmal den Vater des Jungen.

Schuldgefühle

Eigentlich müsste sie schon zum Arzt gehen. Sie war lustlos und antriebslos, man könnte das fast depressiv nennen. Sie hatte einmal einen Artikel darüber geschrieben und sich natürlich intensiv mit dem Thema befasst. Das hatte seine Zeit gedauert, war aber sehr gründlich. Dennoch musste sie bald einsehen, das ging so nicht.

Entweder lebte sie mit guten Recherchen und sehr wenig Geld, oder mit einer Ablehnung des Geschriebenen, weil es nicht passte.

Ja, Pressefreiheit heißt nicht, man kann alles schreiben, auch wenn es wahr ist, es musste dem Redakteur passen, nix da, mit eigener Meinung. Die Kollegen nahmen oft nur noch dass, was in einschlägigen Kanälen zu finden war und passten das bloß noch an. Das wollte sie nicht, das war kein Journalismus mehr, das war nur noch, nachbeten, abschreiben, umformulieren.

Da verreckt dein Talent.

Seit sie den Lokführer im Bahnhof Gesundbrunnen angesprochen hatte, und der sie sogar ganz lieb behandelte, mitnahm und ihr alles geduldig erklärte, obwohl er gar nicht gut auf die Presse zu sprechen war, hatte sie noch größere Probleme mit dem Widerspruch zwischen Anspruch und Wirklichkeit, der Realität.

Sie fühlte sich nun irgendwie mitschuldig, denn weil sie ihn sozusagen weggelockt hatte von seinem eigentlichen Heimweg, ist er niedergeschlagen worden und kämpft seit dem um ein Leben, nach dem Attentat. Was sie nicht wusste, um ein weiteres Leben nach dem Burnout.

Denn wenn sie ihn in Ruhe gelassen hätte und auch das genommen hätte, was sie zur Verfügung hatte, im Netz, dann hätte der das nun nicht so schwer. Sie machte sich Vorwürfe, schlief sehr schlecht, war am Tage kaum zu gebrauchen, aber auch Schlaf nachholen, ging nicht so recht.

Wenigstens hatte der Hartmut überlebt, oder wäre es besser gewesen, nicht?

Oft ist das so, dass manche Opfer lieber tot gewesen wären, aber nicht diese Qualen hinterher gehabt hätten. Sicher aber war, das ist vielleicht ein Glück, das der Hartmut nicht das Schicksal der anderen Opfer des Fahrradmörders erleben musste, denn das schien klar zu sein, das sollte dieser Killer gewesen sein.

Nun hatte die Kripo einen Zeugen, Einen der was sagen konnte und nicht nur stumme Knochen, das zerlegte Skelett. Sie hatte sich belesen, hatte alles rausgesucht, was es an Informationen gab, aber das war nicht viel. Die hatten die Presse, vor allem die Yellow Press, rausgehalten.

Die Kripo gab sowieso nicht viel raus.

Hartmut hat sich wehren können, das hatte niemand bisher gekonnt, alle waren überrascht worden und damit verloren. Da war der Hartmut stolz drauf, trotz seiner Pein, sie hatte ihn mehrfach besucht, ihm Obst gebracht und sich dabei auch einmal mit dem Kommissar unterhalten, der gerade beim Hartmut im Krankenhaus war, von dem hatte sie die Informationen, mit der Bitte, sie für sich zu behalten.

Sie forderte nicht einmal die Story ein, was sollte das auch. Dennoch hoffte sie insgeheim, sie würde die schreiben können, diese Geschichte, das war doch ihr Job und sie brauchte das Geld doch auch so nötig.

Klar ihre Eltern halfen, wo es nur ging, aber viel ging nicht, so musste sie jobben, in einer Kneipe arbeiten, oder Stadtführungen machen, was so kam.

Die Stadtführungen machten aber auch Spaß, konnte sie Geschichten erzählen, das machte sie sehr gerne.

Mit dem Geld hatte sie dann ein wenig Luft, sie konnte so fast ein Jahr in ihrer bescheidenen Art leben, dann würde sie fertig sein. Ihren Eltern hatte sie schon gebeichtet, wie das alles war und ihr lieber Vater hatte sie in den Arm genommen und getröstet.

Sie solle sich nicht fertigmachen, das war eben Schicksal, für den Lokführer, leider für den armen Kerl schlecht, was das für sie Gutes hätte, wüsste er noch nicht, aber es hat immer etwas Gutes, so ist das Leben. Er brachte das Beispiel, das er ja auch indirekt schuld am Elend dieser Welt wäre, denn seine Firma baute Teile, die man sehr wohl in Waffen verwenden konnte. Sicher war das auch geschehen, sie waren ja Zulieferer für eine dieser Firmen, aber er grämte sich deswegen nicht. Er arbeitet ja nicht direkt in der Waffenindustrie, man brauchte diese Teile auch im zivilen Bereich.

Das war auch so ein Kapitel und das lenkte sie endlich vom ewigen Grübeln ab.

„Würdest du dann diese Teile in Gewehre einbauen, wenn du das müsstest?", fragte sie dann ihren Vater. Der war 45 Jahre alt, ein schöner stattlicher Mann, sie war stolz auf den Papa, den würde sie auch heiraten, hatte sie mal als kleines Kind gesagt. Sie hatte viel von ihm, sie sah sehr gut aus, etwas weniger stattlich, ja fast zierlich, aber sie war ja eine Frau. Sie hatte so viel von ihm, stellte sie irgendwann fest, aber das freute sie, im Gegensatz zu mir, dem Autor und seinem Vater.

Der Vater runzelte die Stirn und wiegte seinen Kopf hin und her, dabei lächelte er und sah sie liebevoll an: „Du kleine schlaue Maus. Das würde ich wohl müssen, was sollte ich sonst anderes Tun?"

„Was Anderes machen!"

„Ja, was Anderes machen", echote er und dachte lange nach. Man sah ihm das an, ihm war unbehaglich zumute, wie konnte er sich bei dem Gedanken wohlfühlen und Lügen wollte er einfach nicht, nicht zu ihr. „Das wäre in der Tat eine Alternative, bei so einer Tochter, müsste ich das wohl machen."

„Was würdest du im inneren deines Herzens, tun wollen?"

„Keine Verantwortung an den Kriegen dieser Welt haben, aber dann hätten wir unter anderem eine recht große Arbeitslosigkeit, statt am Morden beteiligt zu sein."

Es war ironisch gemeint, ja fast zynisch, aber diese Frage stellte sich ja nicht so wirklich. Seine Firma, belieferte die Fahrzeugindustrie, aber jeder wusste es sowieso, das ging auch in andere Fabriken, die nicht ausschließlich Friedenstauben züchteten.

Jeder hatte wohl so ein Paket zu tragen, das beruhigte sie wieder ein wenig.

Es klingelte, der Vater schaute sie fragend an und sie zuckte nur mit den Schultern, ihre Mutter konnte es nicht sein, also half bloß nachsehen. Sie ging zur Tür und öffnete, vor ihr stand der Kommissar Freitag, der von der Kripo und lächelte sie an: „Wollen sie mich verhaften, wegen Mitschuldigsein?"

Ihr lächeln war verkrampft, aber der Spruch kam schon ein wenig lockerer, etwas entspannter. Bernd schüttelte nur seinen Kopf und streckte ihr die Hand hin: „Nein, das habe ich nicht vor, es gibt auch diesen Straftatbestand nicht, in diesem Fall, sowas wie Beihilfe zum Totschlag, so würde ich das juristisch nennen. Außerdem wären sie doch nur mitschuldig, wenn sie gewusst hätten, was passieren könnte, dass der Typ da nämlich im Wald lauerte. Dafür gibt es aber keinerlei Anhaltspunkte, Verdachtsmomente, kein Motiv, oder sonst welche Hinweise, darf ich reinkommen?"

„Dann bin ich ja beruhigt", sie atmete hörbar aus. „Und vorsichtig, ich habe starken männlichen Schutz hier, Herr Hauptkommissar, kommen sie bitte mit und schließen die Tür, dass sich nicht noch mal Einer anschleicht."

Anne Liesegang ging voran, vorbei an ihrer guten Stube, ganz einfach aber liebevoll eingerichtet, Ikea oder gebraucht gekauft, halt ihr kleines Reich. Die Tür stand offen. Beiden ging die Szene im Kopf herum, als sie im Revier war und vom Schicksal des Lokführers erfahren hatte, das sie so mitnahm.

Sie sahen beide die Tränen, die sie dort vergossen hatte noch einmal. Im Wohnzimmer begrüßten sich die Männer und Bernd mutmaßte, dass das ihr Vater sei, was auch bestätigt wurde.

„Nichts zu trinken bitte, ich habe nur eine Frage, nämlich, ob sie uns helfen würden?"

Bernd nahm Platz und sah sie an. Sie zuckte nur mit den Schultern, „Wenn ich kann, gerne."

„Wir würden gerne die Motive kennenlernen, die diesen Mann getrieben hat, so auszurasten. Deshalb wollten meine Kollegen in Stuttgart und ich den Vater befragen. Der ist aber ein Politstar, zwar gewesen, aber dennoch lässt der sich abschotten und da dort bald Wahlen sind, wollen die natürlich überhaupt keinen Skandal und das könnte Einer sein. Da haben wir gedacht, wir fragen mal bei der Presse nach, ob die nicht mal einen Ballon starten können. Schreiben sie doch einmal einen Artikel, egal wie scharf, den spielen wir denen zu. Dann wird er mit uns reden, wenn wir sagen, die Presse wird sich sonst nicht zurückhalten lassen, dann wird der Artikel erscheinen."

„Ist das nicht Erpressung?", wollte sie wissen.

„Ja wenn jemand für das Zurückhalten des Artikels Geld verlangt, dann ist das so, wir wollen aber nur reden, das ist zwar auch eine Gegenleistung, aber das geht schon. Anders wird es nicht funktionieren, außerdem stärkt es den Verdacht, den wir haben. Sie würden doch sicher mit uns über das Leben Ihrer Tochter reden, wenn wir das wollten", sprach Bernd den Vater an.

„Ja, wenn es nicht intim wird, warum nicht. Mein Gewissen ist rein, sie ist eine tolle junge Frau, was gibt es da zu blocken. Der Typ muss Dreck am Stecken haben, denke ich, wie der Filbinger, der Marinerichter, der Rechtsbeugung betrieben hat, für die Nazis. Denn Hochverrat war das, was die Nazis gemacht haben und nicht Menschen, die den Krieg satthatten, oder einfach nur Angst."

„Genauso ist das, ich würde sogar weitergehen und die Menschenrechte dazunehmen und dann das die Würde des Menschen unantastbar ist. Wir vermuten und ich habe auch schon konkrete Informationen zugespielt bekommen, ich sage nur SS, mehr nicht. Woher soll ein Kind eine solche Psychose bekommen, wenn nicht von so einem Vater. Nur wollen wir da ein genaueres Bild haben. Wiewohl das sicher im Prozess wenig bringen wird, weil es hier um Schuldfähigkeit gehen wird, ist er schuldfähig, dann lebenslang mit Sicherheitsverwahrung, oder er ist nicht schuldfähig, dann lebenslange Klapper mit Sicherheitsverwahrung. Der kommt eh nie wieder raus. Noch ist aber keiner so richtig wach geworden und sie könnten bei dieser Hatz dabei sein, ganz vorne. Ich biete selten Reportern so etwas an, zu gespalten ist mein Verhältnis zur Presse, aber hier kann es mal richtig Kachelmännern."

Der Vater lachte auf: „Das ist ja mal eine neue Wortschöpfung", und auch sie grinste sich einen, „Kachelmännern, tolles neues Wort. Ich verstehe aber den Journalismus so nicht."

„Das ist auch gut so, junge Frau, aber die Journaille ist halt so." Sie nickte nun wieder traurig, sah sie ihren Berufswunsch hier wieder in sich zusammenfallen. „Das ist leider so, ich werde wohl doch Bücher schreiben müssen und Feuilletons in der Zeitung, um Brot zum Essen zu haben."

„Wenn sie den Journalismus so sehen, dann ist das wohl besser so. Vielleicht helfen sie dem Hartmut, dann so am besten. Die Vorfälle in Stuttgart, vor der Entlassung aus dem Klinikum, ich meine die des Herrn Manoult, scheinen wohl doch ursächlich zu sein, für das, was dann gefolgt ist. Wir wissen, dass er einen Unfall hatte, mit einem Fahrradfahrer und äußerst ungerecht behandelt wurde und dann den Fahrradfahrer, auf den OP bekommen hat. Ich glaube die Geschichte ist wahrscheinlich auch interessant, weil der Profiler aus Stuttgart, das als Habilitationsarbeit benutzen will. Mehr darf ich jetzt noch nicht verraten. Machen sie einfach mit."

Ihr blieb die Luft weg, was war das denn, das kann doch nicht wahr sein, wieder eine kleine Ursache mit extrem großer Wirkung. Sie überlegte kurz und entschloss sich dann. „Sie wissen aber, das ich noch bei keiner Zeitung wirklich arbeite?", das musste sie klarstellen, damit die sich nicht Hoffnung machten, die sich nicht erfüllen ließen.

„Das ist erst einmal egal. Es geht erst einmal darum, Druck auszuüben, für ein Gespräch. Wenn das nicht klappt, kann man immer noch sehen, ob wir das dann an die Presse lancieren, das machen sie dann, wie sie wollen." Bernd war klar, wenn der wirklich recherchieren sollte und mitbekam, dass die nicht bei der B-Zeitung war, kann das schiefgehen.

„Bekomme ich auch dann alle Kontakte?", die brauchte sie nun wirklich.

Bernd nickte: „Klar der Profiler ist interessiert und wenn sie wollen, können sie bei dem Gespräch mit dabei sein, so haben sie alles aus erster Hand."

Das war natürlich sehr verlockend, solch eine Story aus erster Hand zu bekommen, auch wenn sie schon abgeschlossen hatte, aber erst kommt das Fressen, dann die Moral, hatte Brecht geschrieben und der hat, leider Recht, es ist so. Wenn der Hartmut kein Buch daraus machte, dann sie, aber sie hatte wenigstens die Story exclusive.

„Also die Eckpunkte sind eine schlechte Kindheit, ein rigider Vater, wahrscheinlich Nazi, kein Missbrauch, nicht zu dick auftragen. Ich denke äußerst strenge Erziehung eines Faschisten, denn das ist belegt, ich lasse ihnen das Zukommen. Falscher Beruf, Medizin statt Kunst, oder Literatur und diese Heirat, die wohl arrangiert war, wohl auch ein Nagel zum Sarg der Persönlichkeit des Manoult. Seine Frau hatte der Vater aus dem Osten freigekauft, vielleicht brauchte er eine Gespielin, aber das hatte sich anders entwickelt. Denken sie an Nele Neuhaus, Böser Wolf, es ist nicht gesichert, aber deuten sie das ruhig an. Danach sind sie in den Osten zurück, sie als Chirurgin und er als Arzt in Buch bis er wieder entlassen wurde, auch hier muss es Probleme gegeben haben. Die kennen wir allerdings noch nicht wirklich. Hier kommt wahrscheinlich auch der erste Fahrradmord her, sein Exchef. Dann bekommt er keine Arbeit mehr, oder er will nicht mehr, seine Frau arbeitet weiter, bekommt ein Kind, das hält kein Mann aus."

Sie grinste: „Ist das heute immer noch so?"

„Ja, was soll sich denn geändert haben. Wir haben auf einigen Gebieten zwar Gleichberechtigung, ich habe eine wunderbare kluge Kollegin, aber wer bekommt die Kinder, und wer zieht sie groß. Das Mannesbild ist doch nicht verändert worden, immer noch nicht, wer sollte das auch, dann gibt es gar keine Soldaten mehr. Wir hatten einen solchen Fall in Berlin, ein Mann erschlägt seine Frau, weil er seine Rolle nicht mehr begreifen kann. Ertragen! Mann hütet Haus und Frau verdient das Geld! Traurige Geschichte, ist etwa 6 Jahre her. Der müsste bald wieder frei sein, war ja nur Totschlag."

„Arme Welt", mischte sich ihr Vater ein, „Die Genderisierung der Welt, wie der Feminismus Kulturen zerstört, habe ich unlängst gelesen, ein kleiner Verlag, Aavaa heißt der, glaube ich. Da wollen wir gutes Tun, für die Frauen in der Dritten Welt und zerstören die Rolle des Mannes. Die gehen dann zu Boko Haram, da können sie Mann sein, Machos, und werden gebraucht, für die böse Welt."

Damit war das dann beschlossene Sache, sie schrieb einen bissigen Artikel und Bernd bekam, was er wollte.

Die Dienstreise

Bernd und Anja saßen nun im Schnellzug, dem ICE nach Stuttgart. Es galt nicht nur die Tat zu beweisen, sondern auch das Entlastende zu untersuchen. Sie fuhren nun also zu den Eltern des Eve Manoult ihres derzeitigen Hauptverdächtigen. Der liegt im Krankenhaus und noch ist nicht klar, ob der durchkommen wird, aber das war nicht so wichtig, welche Strafe sollte der auch bekommen, wenn der der Fahrradmörder ist. Die junge Journalistin konnte nicht mitfahren, der Termin kam zu kurzfristig, es hatte ja alles auch sehr gut geklappt, ohne großes Aufsehen.

Bernd war schon tief in seinen Gedanken versunken und Anja machte ein Nickerchen. Na klar, sie waren früh los, damit sie am Abend wieder zu Hause sein konnten, so war das geplant. Es würde anders kommen, aber noch lief alles planmäßig, wie Hartmut, sein Nachbar immer zu sagen pflegte, denn der war ja Lokführer.

War, ja, das war es wohl, das wird wohl vorbei sein, so verletzt, wie der war.

Was würde sie wohl erwarten in Stuttgart, was würde der Vater sagen, die Mutter? Quatsch, die Mutter war ja schon tot, die Stiefmutter. Er hat die Mama sterben gesehen, auch ein Drama am sich.

Das hatte er aus den Unterlagen, die er im Keller gefunden hatte. Eve stand am Bett seiner Mutter und sah zu, wie sie starb. Nach dem was da stand, hätte er wohl was tun können, er unterließ es. Das war nicht gerichtsverwertbar, weil nicht handschriftlich, im Computer geschrieben, das könnte auch erfunden sein. Man könnte versuchen Beweise zu finden, Exhumieren, aber wenn das Unterlassung war, würde das sicher nichts bringen.

Vielleicht nur eine Wahnsinnsphantasie, wie sie manchen Autoren eigen ist. Es gab keine Beweise dafür, keine Obduktion, also auch keinen Bericht und der Totenschein war so nicht anzufechten.

Was war das auch für eine Generation! Bei den Nazis und durch die Nazis sozialisiert, dort groß geworden, im Hass erzogen gegen das Andere, das ihnen eigentlich gar nicht wehgetan hatte.

Es war nicht das Weltjudentum, das Deutschland in den Versailler Vertrag gezwungen hatte, nein, es waren die Konzerne, die nach Märkten streben, nach Macht, nach Absatz. Es war die Börse, die Gewinne verlangte und die bedienten sich der Politik, die benutzte sie und die ließ sich benutzen.

Der zweite Krieg war eine direkte Folge, sozusagen eine logische Folge, des Ersten. Das Ziel war nicht erreicht, die Weltmacht nicht wirklich verteilt, neu aufgeteilt und Deutschland einfach zu stark, die Menschen einfach zu fleißig, zu manipulierbar, als das es das nun gewesen wäre.

Irgendwo, auf einer Nordseeinsel, auch dienstlich, hatte mal bei einem einsamen Abendessen ein Chinese in einem Chinarestaurant zu ihm gesagt: „Er verstehe nicht, warum die Deutschen so negativ sind. Was die geleistet hätten, kaltgestellt durch den ersten Krieg, stiegen die in knapp 6 Jahre zu einer Weltmacht wieder auf, hochgerüstet, die halb Europa beherrschte. Er, der Chinese, der hier lebte, bewundere Deutschland, die Deutschen."

Bernd war nicht wohl bei diesem Gedanken, leicht wirst du ein Nazi, wenn du so etwas sagst, aber der hatte irgendwie recht. Das sagte ein Chinese zu ihm, kein Nazi, kein Neonazi. Dumm ist aber nur, dass das wieder in so ein Desaster enden musste, weil wie immer, die Politiker, die Lage nicht wirklich einschätzen können, verpeilt und dumm sind.

Eve Manoults Vater war bei der SS, als junger Mann eingezogen und freiwillig dorthin gegangen. Einsatz im Westen, er war bei Oradour dabei gewesen. Warum ist der nie bestraft worden, das war Völkermord. Aber es sind doch wenige, die bestraft wurden. Schau dir den Auschwitzprozess an, das hat sehr lange gedauert, die Justiz, die ja unabhängig sein soll, und blind, wurde jahrelang von der Politik behindert, von einem Kanzler, der kein Nazi gewesen war, aber Nazis ins Kabinett geholt hatte.

Die Gesinnung streift man nicht ab, wie eine Jacke, die Sozialisierung sitzt fest wie eine Haut. Das sieht man jetzt gut an den Stasifritzen, die ihre Arbeit behindert hatten, die Arbeit der Ostberliner Kripo, die mit etwas Öffentlichkeit, etwas erfolgreicher gewesen wäre. Diese Typen sitzen jetzt wieder warm und trocken, und tun nun so, als wenn sie die geborenen Demokraten wären.

Das sind sie aber nicht!

Immer wieder kommen befehlsähnliche Weisungen. Klar als Beamter, und Bernd hatte Glück, er wurde verbeamtet, muss man dem Dienstherrn gehorchen, aber nicht, wenn es Unsinn ist, oder rechtswidrig, nicht Heute.

Bernd war gespannt, wie der Alte sich geben wird, was er von seinem Sohne sagen würde, wenn er erfährt, dass er der Hauptverdächtige ist, in diesem Fall von Serienmorden. Gerade sind sie durch Potsdam gefahren, Bernd sah den Bahnhof den Neugebauten und wunderte sich, dass es hier entlang ging. Das ist doch die Strecke nach Magdeburg, vielleicht wieder eine Umleitung, sie würden dann über Marienborn und Braunschweig fahren, das gab Verspätung. Der Zugführer hatte noch nichts durchgesagt.

Der Kaiserbahnhof flog vorbei, Werder mit dem Blütenfest und dem Bahnhof in der langgestreckten Rechtskurve, von der Hartmut erzählt hatte, das er seine Züge, den Sputnik, den Doppelstockzug, ganz lang kuppeln musste, um hier abhängen zu können.

Dann ging es wieder gerade aus, als es einen dumpfen Knall gab. Augenblicklich setzte die Schnellbremsung oder sogar die Zwangsbremse ein, was, war noch nicht klar. Bernd hatte ja ein wenig Ahnung, durch seinen Nachbarn, der Lokführer hatte durchgezogen, oder die Sicherheitssysteme hatten angeschlagen. Wenn er wie der

Streckenkenntnis gehabt hätte, wüsste er, hier war kein Sicherheitssystem verbaut, waren keine Signale.

Bernd wurde in seinen Sessel gepresst und konnte gerade noch die Anja abfangen, die auf ihn zuschoss. Da sie immer noch nickerte, hatte sie das nicht Mitbekommen und sie hätte sich sicher wehgetan, aber Bernd fing sie ab.

Es tat zwar ein wenig weh, aber er schaffte es, ohne sie beide zu verletzen. Nun hielt er sie im Arm, die weiche, warme Anja und ihm ging ein wohliges Gefühl durch seinen Körper.

Nein, nicht was sie denken, Anja, könnte seine Tochter sein, genauer, nicht nur seine Tochter, sondern sein Enkelin. Es hätte nicht einmal der allererste Schuss gewesen sein müssen. Er sah sein kleines Mädchen, seine Prinzessin, die jetzt groß war, studiert hatte, und ihr eigenes Leben lebte. Bernd war Opa, ein süßes kleines Mädchen und sie erwartete ein zweites Kind. Das war schön, ja sein Leben war schön.

Dann stand der Zug, er war gerutscht, es hatte geregnet, das wird Flachstellen geben, dachte Bernd noch, als sich Anja regte.

„Was war das denn?", murmelte sie verschlafen und irritiert, wie kam sie in die Arme von Bernd.

„Lass mich bitte los Papa", ja er hielt sie fest, ganz fest, wie der Opa, sein Enkelkind festhält. Er hatte sie beschützt, wovor wussten sie noch nicht.

Bernd ließ sie los. „Wir haben eine Schnellbremse bekommen, ich weiß nicht warum, du bist auf mir zugeschossen, ich musste uns schützen", Anja nickte noch verschlafen. Sie hatte einen Traum gehabt, genau wusste sie nicht mehr, wie das war, aber sie war gefallen und ihr Papa hatte sie aufgefangen.

„Ich habe geträumt, Papa hat mich aufgefangen", sagte sie und ordnete ihre Haare, die etwas wirr waren.

Bernd schaute sie liebevoll an, liebevoll wie seine Tochter.

„Ja Anja, das Bild hatte ich auch, ich fange meine Tochter auf, sie fällt auf mich zu, durch die Schnellbremse und ich fange sie auf." Sein Instinkt täuschte ihn nicht, das konnte hier keine Zwangsbremse sein, die kommen von den Sicherheitssystemen, die Schnellbremse macht der Lokführer.

„Noch einmal danke Papa", wiederholte sie sich und lächelte ihn an. In dem Moment kam der Zugführer vorbei, der hörte nur das Wort Schnellbremse und dachte sich, da hat einer Ahnung und blieb stehen: „Schnellbremse, sie haben Ahnung?"

Bernd sah ihn an und hatte schon seinen Ausweis in der Hand: „Hauptkommissar Bernd Freitag, Kripo Berlin", das war nicht ganz richtig, war ihm so rausgerutscht, aber er änderte das nicht, war ja auch egal. „Mein Nachbar ist Lokführer, was ist denn passiert."

Der Zugführer antwortet nicht und winkte ihn einfach hinterherzukommen. „Wüsste ich auch gern", murmelte er in seinen Bart. Bernd deutete Anja, erst einmal sitzen zu bleiben, sie hatten ja Kontakt durch die Telefone.

Sie waren fast vorn, saßen im dritten Wagen und so war der Weg nicht sehr weit, nach ganz vorn, dort wo der Lokführer war. Der Zugführer öffnete die Tür, die sie zum Führerstand bringen sollte, der ICE 1 war wie eine Lok und deren Wagen aufgebaut, nur dass man die nicht so leicht voneinander trennen konnte und dass er wie eine Einheit aussah. Normalerweise war es recht laut, wenn der Zug stand, die Lüfter liefen aber jetzt nicht mehr, entweder war der Hauptschalter aus, oder aber sogar der Bügel ab.

Na klar, wenigstens der Hauptschalter war aus, denn die Klimaanlage hatte nicht mehr gesummt, das Rauschen der Klimaanlage war nicht mehr da, als der Zug zum Stehen gekommen war.

Notaus war die Erklärung dafür, ein Notknopf, der den Zug zwangsbremst und den Hauptschalter rauswarf, wenn nicht sogar den Stromabnehmer absenkte. Das ersparte die Handgriffe, durchziehen, Hauptschalter aus, Bügel ab und ging viel schneller. Am Führerstand angekommen, war immer noch nicht zu sehen, was genau die Ursachen für die hektische Bremsung war, aber als sie die Tür zum Führerstand offen hatten, sahen sie das Unheil.

Der Führerstand war bis zum Pult zertrümmert, der Lokführer war eingequetscht, in seinem Stuhl und bewusstlos. Vor ihnen war irgendetwas, dass wie ein LKW aussah, der war offensichtlich im Wege gewesen, auf der Strecke sozusagen, von einem Überweg war aber nichts zu sehen.

„Der Überweg liegt etwa 500 m hinter uns.", sagte der Zugführer und wandte sich an den Lokführer. „Peter hörst du mich?"

Nein, er war nicht ansprechbar. Bernd fühlte den Puls, der war gut, die Atmung war auch da. Sie versuchten, den Sessel vom Pult wegzubekommen, aber es gelang ihnen nicht. Der Zugführer nahm sein Telefon und holte Hilfe, der Zugfunk lag abgerissen im Führerstand und war nicht zu gebrauchen, gut dass es die Handys gibt, zeigte sich hier wieder.

Bernd bat den Zugführer, beim Lokführer zu bleiben, und telefonierte mit Anja, sie sollte nach vorn kommen und beim Lokführer aufpassen, falls der kollabierte, dass jemand erste Hilfe leisten konnte, dann ging er in den ersten Wagen. „Ist hier jemand Techniker, wir brauchen jemanden, der sich mit dem Gestühl der Triebfahrzeuge auskennt."

Es war die Erste Klasse, zwar unwahrscheinlich, hier jemanden anzutreffen, der so etwas konnte, aber durchaus möglich.

„Was gibt es denn?", fragte ein kräftiger Fahrgast, fast zwei Meter groß, der zwar den Managerstrick umhatte, aber dessen Hände verrieten, dass er auch arbeiten konnte. „Sicher haben sie bemerkt ...", begann Bernd, aber der Mann stand auf und sagte nur: „Los, was soll ich tun."

Gut der Bahnvorstand wäre sicher nicht aufgestanden, der hatte ja nicht einmal Ahnung vom Eisenbahnbetrieb, geschweige von der Technik, aber dieser Typ?

Egal, Bernd lotste ihn nach vorn und der besah sich den Sitz. Der war defekt, aber der Mann wusste sich zu helfen und so holten sie den Lokführer von seinem Sitz.

Der blieb, wo er war, im Land des Unbewussten, sicher besser für seine Seele, für den Körper und sie lagerten ihn sicher im Fahrgastraum. Bernd ging dann mit dem Zugführer nach draußen, sie stiegen vom Triebkopf herunter, der hatte seitliche Einstiegstüren, die Tür des Fahrgastraumes wollte der Zugführer noch nicht entriegeln, aber bei einigen Türen hatten das die Fahrgäste schon besorgt.

Es turnten schon welche draußen herum, sich die Beine vertreten, ja das war wichtig, vielleicht gab es noch mehr Verletzte, sollte man da nicht helfen? Der Zugführer musste sich nun um seinen Zug kümmern, sicher hatte der Lokführer schon den Notruf abgesetzt, damit nicht noch der Gegenzug in den Haufen raste, aber dennoch war es gefährlich, im Gleis der Strecke herumzuturnen. Wie egal das manchen war, klar der Draht da oben hat nur 15000 Volt, da kann man ja mal anpacken.

Ach Gott die Fahrleitung, nein die war in Ordnung, hatte sicher der Zugführer hingesehen. Bernd war ganz heiß geworden.

Er wusste um einige Dinge bei der Bahn, hatte aber nicht dauernd Umgang damit, so dass er gar nicht daran gedacht hatte, dass der LKW eventuell die Fahrleitung zerstört haben konnte, und da ging man lieber erst einmal nicht raus. Im Umkreis von 30 m sollte man sich dann nur hüpfend bewegen, ob das aber 30 m waren oder mehr, so genau konnte er sich nicht erinnern. Aber das war nicht der Fall, die Fahrleitung war unversehrt, das hatte in der Tat der Zugführer schon auf dem Führerstand gesehen und auch, dass die Strecke sofort gesperrt worden war, durch den Fahrdienstleiter, der den Gegenzug am Bahnhof davor noch stoppen konnte.

Das ist immer besser für die Fahrgäste, wenn der Zug in einem Bahnhof mit Bahnsteig stehenbleibt. Der Strom der Fahrleitung würde sowieso abgeschaltet werden müssen, so können die Leute wenigstens an die frische Luft, am Bahnhof vorher, wo der Gegenzug gehalten hatte. Das ist auf der freien Strecke nicht so gut, vom Zug herunterzuklettern, das ist oft sehr hoch.

Mit diesen beruhigenden Gedanken kletterte auch Bernd vom Zug, hinunter in den Schotter, Mann war das hoch. Glücklich angekommen ging er zur Front des Zuges und sah in ein Trümmerhaufen, der noch gerade erkennbar ein LKW war und die Schnauze des ICE Triebkopfes, die man noch erahnen konnte. Es sah auch überhaupt nicht nach Feuer aus, denn das könnte auch noch geschehen, Diesel läuft aus und ein Funke entzündet ein kleines Feuerchen.

Und auch die Fahrleitung war unberührt, auch der Sicherheitsabstand von 1,50 m schien eingehalten zu sein. Der LKW war nicht auf den Zug aufgeklettert, nur bis zum Führerstand hoch. Dort hing er halb auf dem Triebwagen, halb stand er mit abgeknickten Rädern auf dem Gleis.

Der Zug hatte den LKW direkt am Fahrerhaus getroffen, er war ein Trümmerhaufen, und da es die linke Seite war, war auch nicht mehr damit zu rechnen, dass der Fahrer das überlebt haben konnte. Das Gegengleis im Auge behaltend, Bernd wusste ja noch nicht, dass die Strecke schon gesperrt war, inspizierte er die andere Seite des Fahrerhauses, das es eigentlich gar nicht mehr gab. Er konnte nicht hochklettern und nachsehen, da war nichts zum Klettern, aber in der Ferne war schon ein Martinshorn zu hören, die Feuerwehr und die Krankenwagen.

Bernd konnte hier nichts tun und sah sich die Gegebenheiten neben der Strecke an und dort gab es links in Richtung Berlin, neben dem Gleis, auf das sie standen, einen befahrbaren Weg.

Der Zugführer kümmerte sich um die Reisenden, das hieß wohl, dass die Strecke schon gesperrt war. Also ging er zum Weg und dort kamen sie schon, die Feuerwehr voran, dahinter sah man einen Krankenwagen, der würde sicher für den Lokführer gebraucht werden und auch der Bundesgrenzschutz kam schon hinter dem Krankenwagen.

Die Feuerwehr hielt direkt vor ihm an und die Kameraden sprangen heraus, ein Mann, der Wehrleiter kam zu Bernd, sie stellten sich vor und Bernd berichtete. Mit einem Blick auf die Fahrleitung sagte der Wehrleiter: „Wir sehen wenigstens nach, ob da noch einer lebt, eigentlich müssten wir auf den Notfallmanager warten, der die Strippe erdet."

Bernd nickte nur, war klar, wer will sich unnötig in Gefahr begeben, Selbstsicherung ist wichtig. Der Zugführer kam um die Ecke: „Ist zwar nicht geerdet, aber abgeschaltet ist schon, der Notfallmanager ist erst in 30 Minuten da, kommt von Kirchmöser, dort war der gerade unterwegs. Gott sei Dank, denn sonst käme der aus Magdeburg, das dauert noch länger."

Das war zwar nicht der rechte Dienstweg, aber nachsehen, ob der Kumpel, in dem LKW noch lebt, wollte der Wehrleiter wenigstens, wenn der tot war, konnte man warten, wenn nicht, würde man sehen, was möglich ist, ohne sich zu gefährden, er würde was tun, auch ohne Notfallmanager und Erdung. Man muss sich schon auf Jemanden verlassen können, wie den Fahrdienstleiter. Früher konnte das Erden der Fahrleitung jeder E-Lokführer, aber das würde jetzt sowieso ausfallen, der war ja auch verletzt.

Das hatte sich sehr schnell erledigt, der Feuerwehrmann, der nachsah, ob der Fahrer des LKW noch lebte, kam schnell wieder heruntergeklettert.

„Da ist nichts mehr zu machen, wir können den Notfallmanager abwarten."

Das taten sie dann auch. Sie sicherten lediglich die Betriebsstoffe des LKW, damit hier nichts anbrannte, im wahrsten Sinne des Wortes.

Der Bundesgrenzschutz, die Kollegen von Bernd sozusagen, waren auch ausgestiegen und kamen zur Unfallstelle, der Eine begann zu fotografieren, der Andere zu telefonieren, und der Dritte kam zu Bernd.

„Mensch Bernd, altes Haus, was sucht die Berliner Kripo hier?" Der BGS-Beamte reichte Bernd die Hand, die dieser gerne nahm, auch er freute sich, den Kollegen zu sehen. Sie waren vor vielen Jahren auf der Polizeischule und begannen auch ihre Laufbahn in Berlin, doch die brauchten Leute bei der Trapo, der Transportpolizei und da Jürgen Lenz Hobbyeisenbahner war, ist er dorthin gewechselt, Einsatzstelle Ostbahnhof, später Hauptbahnhof.

„Und was macht der Ostbahnhof hier im Brandenburgischen?", konterte Bernd gekonnt.

„Erst Du, dann ich, du bist der Jüngere, Jugend vor", und er lachte Bernd ins Gesicht. Man war das lange her, waren das Zeiten damals.

Er erklärte kurz, was er hier tat und Jürgen faste sich genauso kurz, dass er irgendwann vor 25 Jahren ein Haus in der Pampa geerbt hatte, von seiner Tante, und da ist er hin. Das liegt näher an Potsdam, als an Berlin und dann ist er dorthin gewechselt. Aber mehr ging nicht, man hatte ja etwas zu tun, er musste sich der Arbeit widmen, aber nicht ohne sich zu verabreden, zu einem langen Plausch über all die Jahre, die sie sich nicht gesehen hatten. Sie mochten sich damals, haben sich aber aus den Augen verloren, schön sich wieder zu sehen.

Bernd hatte nun genug Einmischung geübt in den Bahnbetrieb und bahnpolizeilicher Tätigkeit und ging nun zurück zum Zug, für ihn war nichts zu tun, das war nicht sein Feld, wenn man ihn bräuchte, würden sie sich schon melden. Er traf Anja auch am Zug, sie unterhielt sich mit einem Mann, das war der Techniker von vorhin. „Wie geht es dem Lokführer?", wollte Bernd wissen.

„Er ist verletzt, jetzt aber bei Bewusstsein, der Arzt ist bei ihm, ist noch unklar, ob das böse ist."

In dem Moment hievten sie den Lokführer aus dem Zug, das war bei der Höhe nicht so einfach, aber im Moment waren genug Leute da.

Es gab etwa 10 Verletzte, durch die schnelle Notbremse und den Ruck beim Aufprall. Anja hatte Glück gehabt, Bernd hatte sie aufgefangen.

Es gab Beulen, Platzwunden nichts Schlimmes, außer dem Lokführer und der war schon fast auf dem Wege ins

Krankenhaus. Die Anderen würden nach und nach versorgt werden. Nun juckte es Bernd doch in den Pfoten, zu sehr war er Ermittler und er wäre gerne zum Überweg zurückgegangen, um sich das Ganze anzuschauen, als der Zugführer mit dem Jürgen vom B G S zu ihnen kam.

„Busse sind bestellt, der Hilfszug ist unterwegs. In etwa 2 Stunden wird es wohl weitergehen, vielleicht früher, wir werden sehen, wann die Busse kommen", offenbarte der Zugführer dem kleinen Trupp, der hier rumstand.

„Und den Lokführer müsst ihr euch backen", gab Jürgen, der Mann vom B G S dazu, wobei auch der Zug, der ICE nicht mehr zu gebrauchen war, also abgeschleppt werden musste. Das würde der Hilfszug besorgen.

Die Zugbegleiterin machte sich auf, um im Zug die Nachricht zu verkünden, wann es weiter gehen würde.

„Oder habt ihr es eiliger?", wollte Jürgen wissen.

„Na ja eigentlich wollten wir nach Stuttgart, eine Befragung machen und abends wieder zu Hause sein, nicht wahr Anja", und damit stellte er dann auch seine Kollegin vor.

Jürgen nahm charmant ihre Hand und deutete einen Handkuss an. „Werden immer schöner unsere Kolleginnen, nicht Bernd. Früher war das viel öder, all die Kerle, auch die von der Firma", und er grinste Bernd über beide Backen an. Bernd lächelte zurück, ja das war heute schöner, ihm machte es Spaß mit den Kolleginnen zu arbeiten, besonders mit Anja, die hatten so andere Ideen, dachten oft querer, als wir Kerle.

„Das glaube ich, schafft ihr ohnehin nicht mehr. Es ist jetzt 10:01 Uhr, vor 11:00 Uhr kommt ihr nicht weg. Sinnvoll ist es vielleicht, gleich nach Braunschweig zu fahren da bekommt ihr sicher irgendwas Schnelles nach Stuttgart. Aber vor 12:00 Uhr seit ihr nicht dort, dann seid ihr nicht vor 16:00 Uhr in Stuttgart."

Bernd blickte Anja an. Die zuckte mit den Schultern: „Um die Kinder hätte sich ohnehin mein Mann kümmern müssen, ich regele das mit einem Zimmer, rufe du wegen unseres Termines an."

Damit zückte sie ihr Handy und ging ein wenig zur Seite. „Gut, dann fügen wir uns in unser Schicksal."

„Kommt mit, ich versuche einen Fahrdienst, zu bekommen, dann geht es ein wenig schneller."

Sie gingen los und nahmen Anja mit, die Gott sei Dank ordentliche Schuhe anhatte, mit denen man auch im Gleisbett laufen konnte. Das heißt, es ist ein Schwellenlauf, der Abstand der Schwellen ist etwa 50 cm, der normale menschliche Schritt ist gut 75 cm, also war das ein getippele. Das Schotterbett war hier zu hoch, um runter zu klettern, ohne Gefahr zu laufen, zu fallen, also ging man den Zug entlang, ein Schwellenlauf.

Sie reagierten nicht auf die Ansprachen neugieriger Fahrgäste, am Ende des Zuges sahen sie schon die Staudengärtnerei und am Überweg die Absperrungen und Neugierigen, die, die Hälse reckten.

Auch Presse war schon da, man ließ sie aber nicht durch. Hier kannte man keine Gnade, der Notfallmanager musste erst kommen, die Gefahr war zu groß.

Am Anfang der Staudengärtnerei war ein illegaler Fußüberweg, hier konnte man das Gleisbett verlassen und ging nun einen schmalen Fußweg, der neben der Strecke, Richtung Berlin führte. Am Überweg angekommen war schnell klar, was hier passiert ist. Die Spurenlage war eindeutig, ganz offensichtlich hatte der LKW versucht, den Überweg zu queren, obwohl die Schranken, hier Halbschranken, zu waren. Da das hier aber nicht sehr übersichtlich war, hätte er das sein lassen sollen. Die Strecke ist nicht wirklich gut einzusehen und ein ICE fährt hier selten entlang, aber sehr schnell, schneller als die RE´s. Das letzte Mal fuhr ein ICE hier, als die Überschwemmung in Fischbeck war, das muss so 2012 gewesen sein. Da gingen alle schnellen Züge über Magdeburg, bis man nach einem halben Jahr festgestellt hatte, dass das auch über Halle möglich ist und so konnte wieder die totale Überlastung der Strecke aufgehoben werden.

Jürgen, der B G S - Mann, hatte auch telefoniert, und als jetzt sein Funk schnarrte, bekam er die Meldung, dass der PKW da sei. Das ging zwar alles schneller als gedacht, es war erst 10:15 Uhr, aber man wusste noch nicht, wann man in Stuttgart sein würde, also beließ man es bei dem Hotel in Stuttgart und man würde sich mit dem Vater von Manoult so gegen 17:00 Uhr treffen.

Das würden sie sicher schaffen. Anja hatte schon im Internet nachgesehen, wie sie weiterkämen und da war Braunschweig ungünstig, ab 12:41 Uhr in Hannover, hier könnten sie durchfahren, müssten nicht mehr umsteigen. Außerdem kam der Zug von Hamburg, sicher würde der nachfolgende Verkehr auch wieder umgeleitet werden müssen. Dazu kam, dass man ab Braunschweig mit dem Zug um 11:41 Uhr, in Frankfurt umsteigen müsste und so entschloss man sich nach Hannover zu fahren und konnte vielleicht sogar noch etwas essen.

Der Fahrer, ein junger Polizist fuhr sie zunächst mit Blaulicht aus dem Bereich des Unfalles hinaus, so hatten sie genug Platz, um zügig zu fahren.

Er fuhr auf die A 2 und gab Gas. Hier auch noch mit Blaulicht und so hatten sie freie Bahn.

Anja sah nicht hin, das war ihr zu schnell, außerdem war sie immer noch müde, denn immerhin war sie auch noch Mutter zweier Kinder und das Eine war nicht gesund, es war erkältet, aber auch das Andere forderte die Mutter für sich und so hatte sie wieder einmal eine kurze Nacht gehabt.

Also nutzte sie wieder einmal die Tatenlosigkeit für ein Nickerchen, in der Hoffnung nicht wieder irgendwen auf dem Schoss zu landen. Die Sorge war aber unnötig, denn zweimal hintereinander passiert so etwas nicht.

Durch das hohe Tempo waren sie schon um 11:45 Uhr in Hannover, der Zug fuhr gerade aus dem Bahnhof, aber den wollten sie eigentlich gar nicht bekommen, dafür aßen sie zu Mittag.

Das ist recht gut geworden auf den großen Bahnhöfen, außer dass sehr viel Fastfood vertreten ist. Aber es war ein gutes Essen und so fuhren sie dann gesättigt und pünktlich weiter. Plätze waren auch kein Problem, der Zug war nicht sehr voll. So verlief dann der Rest der Fahrt, wenn auch mit erheblicher Verspätung, sehr entspannt.

Im Gestern

In Stuttgart angekommen erwartete sie schon ein Kollege der hiesigen, Mordkommission und sie fuhren dann in einen Stuttgarter Vorort, dem man ansah, das hier die Bessergestellten wohnten. Sie durften auf das Grundstück fahren, das von einem massiven Eisengitter abgesperrt war, welches sich langsam vor ihnen aufschob und sich hinter ihnen wieder schloss. Gut gesichert, man hatte wohl Angst um sich, dachte sich Bernd.

Ein Diener empfing sie und dann saßen sie vor einem sehr alten Mann, der lange schon die besten Jahre hinter sich hatte. Er hatte sich zur Ruhe gesetzt, oder besser gesagt, als er dann 75 war und immer noch nicht den heißersehnten Ministerposten innehatte, legte man ihm nahe, nun endlich in den verdienten Ruhestand, zu gehen.

Das tat er auch, eigentlich hatte er genug, obwohl der Alte, der Adenauer noch mit 86 Kanzler geworden war. Aber Jüngere drängten nach vorn und er hatte wohl nicht mehr den Hauch einer Chance, Minister zu werden. Das war dann doch eine kluge Entscheidung, denn die Wahl verloren sie und dann hätte er den schwarzen Peter gehabt, so hatten Andere ihn. Und mit den Grünen, wie der Strauß mal sagte Außen grün, innen rot, also mit dem roten Pack, hätte er sowieso nicht können.

Freundlich blickte er drein, sah weise aus, ein weiser alter Mann?

Bernd schüttelte es innerlich, sah so ein Mörder von Oradour aus? Sah so der Vater des vermeintlichen Fahrradmörders aus?

Leider sah man es den Menschen selten an, in welchen finsteren Ebenen sie dachten, lebten, wie sie fühlten.

Das Gespräch begann mit Vorstellungen, der Sachverhalt wurde erläutert, alles war sehr entspannt, zumal niemand Angst haben musste, dass die Politik wieder einmal in Ermittlungen rein pfuschte, weil das Ergebnis nicht zu passen schien. Außerdem ging es hier doch nur um ein Gespräch, man wollte doch nur wissen, wie die Sozialisierung des Mordverdächtigen aussah.

Dann begann der alte Mann zu erzählen. Seine Frau, die Mutter von Eve ist schon 23 Jahre tot, seine zweite Frau auch schon 3 Jahre. Er lebt alleine hier und hatten seinen Sohn etwa 5 Jahre nicht mehr gesehen. Dessen Frau war da auch schon, wie viele Jahre tot? Er wusste es nicht mehr so genau, tragisch, dass sie so plötzlich verstorben war und auch den Jungen mit 5 Jahren, oder Vieren, alleine gelassen hatte.

Er, Dr. Manould hatte sie aus dem Osten mitgebracht, sozusagen freigekauft als Staatssekretär damals und die Kinder hatten sich ineinander verliebt. Sein Junge war etwas eigenartig geworden, er sollte Jura studieren, hatte sich aber für Medizin entschieden, aber eigentlich wollte der irgendetwas mit Kunst machen, er wusste nicht mehr, was es war, er glaubte, das wäre Malerei gewesen.

Stimmt, dachte Bernd, sie hatten wunderbare Skizzen gefunden, Kohlezeichnungen, Radierungen, der hatte so einige Orte aufgemalt, wo die Morde stattgefunden hatten. Deshalb konnten sie die auch recht gut örtlich zuordnen. Das hatte zwar Mühe gemacht, etliche Diskussionen gekostet, aber letztendlich wurde man sich über die Orte einig.

„Warum hätte er denn nicht Kunst studieren können", wollte Anja wissen.

Der alte Mann sah sie vorwurfsvoll an. „Was sollte das, er musste etwas Ordentliches lernen." Am liebsten hätte er es gesehen, wenn er in die Politik gegangen wäre, wie er, aber gegen Jura wehrte er sich. Dann überfiel dem alten Mann aber sein Dämon, der Despot, der in ihm war, zu dem er erzogen worden war. Nazischule, bei einem strammen Nazi, Eliteschule, Gleichschaltung der Gedanken, die nicht frei waren, sondern dem deutschen Volke zu dienen hatten und der Hass auf alles Nichtdeutsche. Das brach aus ihm heraus, aber nicht als Vulkan, sondern als wohlgesetzte Worte.

Wohlgesetzte Worte, Hochdeutsch, nicht schwäbisch, intellektuell gesprochen. Das ist ja das Schlimme, das klingt so glaubhaft dieses Geschwafel. Es klang überlegt, nicht auswendig gelernt, das war Überzeugung.

„Nein entartete Kunst, so wie der die sah, das ging gar nicht." Er habe nicht umsonst sein Leben riskiert für das Deutsche Volk und bei der Wehrmacht gekämpft.

Bernd als Ostdeutschem kam die Galle hoch, dieses Nazipack, kam so ungeschoren im Westen davon, aber dass sein Kollege im tollsten schwäbisch in diese Kerbe hieb, das überraschte ihn doch sehr.

„Nach meinen Erkenntnissen und ich habe auch in den Archiven nachgesehen, sie sind als Held in Oradour dabei gewesen?", da klang so viel Bewunderung mit.

Bernd wollte etwas sagen, hielt sich aber zurück, denn irgendwie war da ein anderer Unterton. Er sah zu Anja, die rollte mit den Augen und deutete ihr nicht dazwischen zu gehen. Eine stille Verabredung, mal sehen was kommen wird. Nun ging das los, mit dem Schwelgen in Erinnerungen.

Na klar war er in der Kompanie gewesen, die in Oradour für Ordnung gesorgt hätte. Das kann man sich doch nicht gefallen lassen. Heute bekämpfen wir ja auch den Terrorismus, aber er glaubte, das ginge alles viel stringenter, viel härter.

„So, wie wir das gemacht haben, müsste man das heute auch machen. Wir haben mit diesem Pack nicht lange gefackelt." So ging das eine Weile weiter, es war schier unerträglich, da fiel der junge Kollege aus Stuttgart dem alten Mann ins Wort, Gott sei Dank.

Der fragte nur, und die Ironie war sehr gut zu hören: „Ist doch wohl etwas ganz anderes, als an der Ostfront dem Ansturm der Russen zu trotzen, als ein Dorf in Frankreich platt zu machen. Mich wundert es sowieso, dass es nur drei Beteiligte zu einem Prozess geschafft haben. Interessanterweise hat der Einzige, der im Osten deswegen verurteilt wurde nach der Wende eine Opferrente bekommen, als Kommunistenopfer, bis Opferverbände protestiert haben."

Es war wirklich so, dieses Verbrechen, an dem wirklich, wesentlich mehr Männer beteiligt waren, aktiv, aber auch passiv, was immer Beihilfe zum Mord ist, wurde so mangelhaft gesühnt, wie so viele SS-Verbrechen. Damit war natürlich das Gespräch beendet, denn das wollte sich der uneinsichtige alte Mann nicht anhören.

Es hatte ihm, dem SS-Mann Manoult, einige Mühe gekostet da außen vor zu bleiben, nicht angeklagt zu werden, denn man wollte Anklage erheben. Doch seine Kontakte halfen ihm und sein Wissen, die drei, die verurteilt wurden, mussten sich opfern, damit die Anderen weitermachen konnten und ihnen wurde hinterher auch geholfen, weiterzuleben. Was nicht jedem Mörder wirklich gelingt.

Verbrechen gegen die Menschlichkeit der Nazis sind eben was anderes wie ein Mord im zivilen Bereich. Es sind sehr wenige Kriegsverbrecher am Galgen gestorben, aber viele zivile Mörder sitzen sehr lange. Der SS-Mann warf sie einfach raus, die Befragung war zu Ende.

Sie waren alle drei sehr froh wieder draußen zu sein, an der frischen Luft.

Anja blickte den jungen Kollegen an: „Das hätte so nicht sein müssen, aber wir wissen ja, was wir wissen wollten, was wir wussten. Aber hoffentlich kostet es nicht deine Karriere."

„Tut mir leid Kollegen, aber wenn dann, kann ich dann zu euch kommen?," das sagte er fast fröhlich, erleichtert, denn er hatte Mut bewiesen, man nennt das Zivilcourage, die gilt nicht nur, wenn ein Flüchtling beschimpft wird und auch er hatte Beziehungen, das wussten die beiden noch nicht, immerhin war ein Grüner Ministerpräsident.

„Wenn du Licht mitbringst, nach Dunkeldeutschland, wir brauchen fähige Nichtnazis." Bernd lachte ihn an, er hatte immer gute Laune, wenn er Courage begegnete. Sie fuhren dabei in ihrem Dienstwagen aus dem Tor heraus, auf eine Straße wieder Richtung Stuttgart, wo sie im Hotel eincheckten und dann noch einmal essen gingen, zusammen mit dem Kollegen. Sie besprachen nur kurz das Ergebnis, sie waren sich einig, bei einem solchen Vater kann man als sensibler junger Mann nur verlieren und Bernd nahm sich vor, mit seinem Vater noch einmal zu reden, der nur bei der Wehrmacht dienen musste, aber an der Ostfront gewesen war und bis jetzt sehr wenig darüber geredet hatte.

*

Die Rückfahrt war dann weniger spektakulär, sie sind einfach in den Zug gestiegen und kamen sicher zu Hause an, diesmal waren sie auf der Regelstrecke unterwegs und mussten keine Umleitung fahren. Da es Freitag war, schickte er Anja nach Hause, selbst fuhr er noch einmal ins Büro, nach Oranienburg.

Dort sah er die Unterlagen durch, die Arbeit der Kollegen und machte sich selbst Notizen, was die Dienstreise anging. Er rechnete noch die Reise ab und ging noch einmal zum Staatsanwalt, der eigentlich auch schon auf dem Sprung ins Wochenende war, der hatte aber Bereitschaft, und wollte nicht unbedingt zu lange im Büro zubringen, wer weiß, was da kommen würde.

„Bernd, kurzer Bericht, ich will los."

„Kein Problem Christian, wir hatten einen Unfall, das heißt, unser Zug hat einen LKW vom Gleis geschoben, der glaubte, er wäre stärker als die Bahn. Darum sind wir über Nacht geblieben. Meine Vermutung hat sich bestätigt, schlechte Kindheit, aber nicht die, Vater säuft, Mutter muss anschaffen und bekommt Prügel, wenn sie nicht genug nach Hause bringt, sondern scheinbar fürsorgliche Eltern. Der Alte hat verhindert, dass der Sohn, seine sicherlich schon seinerzeit vorhandene Sensibilität als Künstler ausleben konnte. Er hat starken Druck ausgeübt und auch noch eine Frau besorgt, eine Ossitussi."

Der Staatsanwalt runzelte die Stirn: „Was sind das für Töne?"

„Ironie, Sarkasmus, oder Zynismus, nimm was du willst. Außerdem bin ich Ossi, ich darf das. Was mich an dem Fall so ankotzt, ist, dass wieder einmal die nachgeborene Generation, den Mist der Eltern ausbaden muss. Das wird verminderte Schuldfähigkeit, wenn nicht sogar die Klapper auf ewig. Was da besser ist, weiß ich nicht so recht, aber so wird das werden."

Es wird anders kommen, aber davon ahnte noch niemand etwas.

Sie sprachen noch einmal kurz die beiden letzten Tage durch, der bestehende Verdacht verdichtete sich, der Manoult war der Fahrradmörder. So trennten sie sich, sie würden in der nächsten Woche den Sack zumachen und der Staatsanwalt würde dann Anklage erheben.

Im Auto klingelte Bernd seinen Vater an, der nahm auch gleich ab und sie zogen ihre Verabredung vor, sie wollten mal wieder quatschen. Dann rief er noch einmal seine Frau an und berichtete der Marlis, dass er zu seinem Vater gehen würde und sie gerne nachkommen könnte, denn sie würde seine Eltern auch gerne wieder besuchen, das Verhältnis war sehr gut und ihre waren schon nicht mehr da.

*

Sein Vater empfing ihn wie immer mit den Worten: „Mein Großer", und Bernd war ja knapp einen Kopf größer als sein Papa. Ja, die Kinder würden immer größer als die Eltern, sie würden nichts mehr auf die Birne bekommen, wie er immer zu sagen pflegte, der alte Mann.

Und in der Tat hatte Bernd, ein, zwei mal eine gelangt bekommen, mehr nicht. Das hatte aber auch gereicht, war auch zu rechtfertigen. Mehr gab es nicht, sein Vater ging nach einer schweren Kindheit andere Wege in der Kindererziehung. Auch die Mutter begrüßte ihn herzlich, seine Mama, die erste große Liebe von Bernd, vielleicht sogar aller Männer. Sie war zwar nicht unbedingt bedingungslos, weil Essen und Trinken auch Bedingungen waren, eine warme Stube, warme Sachen, und alles wenn es geht auch trocken. Trösten, wenn etwas passiert ist, in den Arm nehmen und das Köpfchen streicheln.

Aber nur das, würde es nie wieder so geben.

Da war noch eine andere Forderung, die immer im Raum stand und ein wenig Kraft kostet, sie im Zaum zu halten. Nein nicht bei der Mama, bei den Frauen, bei seiner Frau, bei seiner Marlis.

Sie nahmen erst einmal einen Kaffee und ein Stück Kuchen und redeten belangloses. Über den Fall wurde er nicht ausgefragt, seine Eltern haben sich damit abgefunden, dass er nicht viel darüber redete und gelegentlich gefährlich lebte und sie wollten das auch gar nicht wissen.

Dem Papa reichte der Tatort oder die Soko Leipzig. Einmal hatten sie darüber geredet, was ist wahr und was nicht. Sie kamen überein, dass das auch so etwas wie

Kunst war, der Tatort, und in der Kunst, war alles erlaubt.

Nur wenn es durch die Presse war, der Fall erledigt, dann wollten sie schon die reine Wahrheit wissen, nicht die Wahrheit der Presse.

Marlis kam dazu und nach einer herzlichen Begrüßung war das nun der Zeitpunkt, wo die Männer sich mit einem Bier und einem Kognak zurückzogen und die Frauen sich um den Frauenkram kümmern konnten.

„Papa, du weißt, es kann nicht mehr lange dauern, von mir aus bleibe noch lange hier, bei uns, mit uns, du weißt, was ich meine."

Papa nickte nur, er ahnte, was sein Sohn nun wollte. Ihm fiel es schwer, über den Krieg zu reden, das war alles zu böse, zu hart, auch wenn man nicht unbedingt sensibel war. Er ahnte, dass sein Sohn darüber reden wollte, darum eierte er auch nicht lange rum.

Er wurde mit 17 eingezogen, Grundausbildung bei der Wehrmacht, einen Heimaturlaub und dann in den Osten, Russlandfeldzug. Der Junge hatte recht, das durfte nicht verlorengehen, die Wahrheit, die es auch gab, von wegen, die Wehrmacht war sauber, die Bösen waren die von der SS.

Es gab kein Handy damals und nicht immer Feldtelefon, oft war das Bataillon, ja die Kompanie auf sich alleine gestellt. Dann mussten sie eben tun, was zu tun war.

Es war im August, der Vormarsch war gestoppt, der Krieg drehte sich in Richtung Westen. Er hatte schon ein Jahr im Feld zugebracht, einmal Urlaub, aber da war auch ständig Gefahr von oben und die Partisanen.

Dann geschah es.

Sie waren in einen Hinterhalt geraten, Partisanen. Sie zogen sich zurück, mussten sich sichern, eingraben, verstecken. Die hatten offensichtlich gute Vorräte an Munition, denn es dauerte ziemlich lange, ehe die Kompanie sich geordnet hatten.

Es geschah am Nachmittag, neben ihm ging eine Handgranate hoch, er warf sich in den Dreck und hatte Glück, dass er einen Mauervorsprung fand, der ihn schützte. Im Fallen sah er seinen Kameraden, den Paul, mit dem er zusammen durch dick und dünn gegangen war, bis jetzt. Von der Grundausbildung bis hierher, kämpfen, schlafen, saufen, marschieren, ins Bordell gehen. Er sah, wie er in Stücke gerissen wurde. Damals, in dem Moment, hatte er überhaupt keine Zeit nachzudenken, Wut zu entwickeln, aus dem Hass entstand, hier ging es um sein Überleben.

Seine Einheit, eine Infanteriekompanie der Wehrmacht, bekam die Situation, den Überfall, in den Griff, sie wehrten den Angriff ab und zerrieben die Partisaneneinheit. Dann stand er vor ihm, vor dem Papa von Bernd, der Mörder seines Kameraden. Karl hatte ihn im Springen gesehen, beim Werfen der Handgranate.

Sie hatten ihn gefasst. Er war auch leicht verletzt, ein Splitter hatte ihn am Kopf getroffen und als Karl dem Manne in die Augen sah, sah er Hass und das, was er bis jetzt nicht besessen hatte, jetzt war er da, der Hass, sein Hass.

Bernds Papa war recht normal erzogen worden, kein Nazihaushalt, auch keine Sozis, nur normale Menschen, die den Braunen sogar argwöhnisch gegenüberstanden, ihre Arbeit machten, Kinder groß zogen und einfach lebten, so wie das damals möglich war.

Es wurde nun nicht lange gefackelt, sie hatten keine Zeit und auch keine Möglichkeit Gefangene zu machen, außerdem waren Partisanen keine Soldaten, sie hatten keine Uniformen und waren nicht der Genfer Konvention unterworfen, so erklärte das der Oberleutnant. Wer hätte das prüfen sollen, damals, im Feld.

Googlen?

Sie taten, was ihnen geheißen wurde, befohlen. Karl meldete sich nun voller Hass, freiwillig, er wollte seinen Freund rächen.

Sie haben die Gefangenen erschossen, den Mörder seines Freundes. Dann ging der Tanz weiter, wochenlang hatte er keine Gelegenheit sich darüber Gedanken zu machen, aber als ein wenig Ruhe eintrat, sie waren zur Erholung weit hinter die Frontlinie verlegt worden, die sie sicher in zwei Wochen eingeholt hätte, da kamen die Albträume.

Immer wieder sah er nachts die jungen Männer vor sich, besonders diesen Mörder des Kameraden, des Pauls. Erst sah er seinen glühenden Hass, dann seine Angst, die fürchterliche Angst, die kommt, wenn du weißt, du wirst gleich sterben, erschossen.

Du blickst in die Mündung der Gewehre.

Als es wieder losging, die Front war eingetroffen, sie mussten wieder kämpfen, um jeden Meter, da verschwand erst wieder die Traurigkeit, schlug aber in eine tiefe Depression um. Er wollte auf einmal nicht mehr, er wollte nicht mehr töten, nichts und Niemanden mehr, auch kein Reh gegen den Hunger und da er Niemanden hatte, der auf ihn wartete, außer seine Eltern, wollte er bei der nächsten Gelegenheit nicht schießen.

Die kam auch recht bald.

Es war schon Oktober, es war noch dunkel, aber die Russen wollten nach Berlin, also machten sie Druck.

Dann stand er vor ihm, ein Russe, der Feind, die Kalaschnikow im Anschlag und Karl hatte seine MP im Anschlag und sie sahen sich in die Augen, Karl in braune Augen voller Angst und der Russe in blaue Augen mit der gleichen Angst, aber bei Karl war noch etwas dabei, was der Russe nicht kannte und das wurde ihm zum Verhängnis. Nicht Karl hatte geschossen, sondern eine Salve aus einer MP und im Fallen dachte er noch, das ist doch keine Kalaschnikow!

Er spürte einen Schmerz im Arm, offensichtlich hatte es ihn auch erwischt. Das hatte er ja vor, nur ahnte er nicht wie. Er wusste auch nicht, ob der Russe seinerseits schießen konnte, als die Salve kam.

Das war auch egal, jedenfalls blieb er erst einmal liegen, und wartete auf den Tod. Der kam aber nicht, dafür stürmten Russen über ihn rüber, einer stolperte sogar über ihn und fluchte auf Russisch, dass die Scheißdeutschen sogar im Tode noch Beine stellten.

So viel russisch verstand Karl inzwischen, war das aber nun Traum oder Realität?

Er blieb liegen und fiel in eine tiefe Ohnmacht. Als er erwachte, hörte er deutsche Worte. Da liegt der Karl, kümmere du dich um ihn. Im Lazarett erzählten sie ihm, dass sie die Russen zurückgeschlagen hatten.

Karl, der 91 Jahre alte Mann, sass zusammengesunken auf dem Sofa und heulte. „Das tut mir so leid, ich habe getötet, das weiß niemand bisher außer Mama", und die stand in der Tür und kam herein. Sie nahm ihn in den Arm, den anderen Arm hatte Bernd schon um seinen Vater gelegt.

Bernd hatte schon lange gespürt, wie schwer die Last war, die sein Vater tragen musste, er hatte es nur nicht gewusst, und es nie spüren müssen. Und Bernd wusste inzwischen, wie schwer so manch ein Mörder an dem trug, was er getan hat, hier im zivilen Leben.

Dann dachte er an den Anderen, den SS - Mann, der überhaupt keine Reue, oder irgendwelche Gefühle kannte und ihm war nun klar, warum er, Kriminalkommissar geworden war und der Manoult Mörder.

Er tat ihm eigentlich leid, der Fahrradmörder, aber es gab hier nichts zu deuten, der Fall musste endlich abgelegt werden und der Mörder bestraft.

Was nützte eigentlich dann die Strafe, die Toten wurden nicht lebendig, sühnen konnte man das gar nicht, auch nicht mit dem Tod. Er mochte die Amis nicht, mit ihrer Rachejustiz, pervers, dass das auch noch das Volk machen musste, Geschworene mussten Schuld sprechen.

Aber Bernd hatte auch kein Rezept, wie man das auch in einer zivilisierten Welt beenden könnte, diese Spirale aus Hass und Widerhass, Rache und Sühne, die ja nichts anderes als Rache ist, die Sühne.

Er hatte nur eine Idee, wie das gehen könnte und das war die Liebe. Er sah seine Frau an und nahm seinen freien Arm und legte ihn um sie, da sie auch in das Menschenknäuel gekrochen war.

Wut

Doch es dauerte noch eine Weile, bis sie hochziehen konnten, Er, der Delinquent und seine Frau, die kleine Familie, die so eigentlich nicht glücklich werden konnte. Es musste erst ein Haus her, wo sie wohnen konnten. Der Umzug musste realisiert werden, vorher noch organisiert, das brauchte alles seine Zeit, auch wenn man Beziehungen besaß. Also hatte er Zeit, viel Zeit, nach dem Er entlassen worden war.

Nach der Pause in der entscheidenden Sitzung kam der Professor wesentlich entspannter zurück, als er vorher gewesen war. Nach der Wiedereröffnung der Sitzung strich er sich erst einmal sein Haar glatt, sein eigentlich schon zu langes, graues Haar. Die extreme Röte war aus seinem Gesicht gewichen, das Rot machte einer wesentlich gesünderen Gesichtsfarbe platz. Der Chefarzt war schon sehr besorgt gewesen und hatte das Handy griffbereit, falls der Professor kollabieren sollte. Doch das geschah Gott sei Dank nicht.

Nun ging alles sehr schnell: „Ich hoffe, sie haben nachgedacht", kurz hielt er inne, aber es sah überhaupt nicht so aus, als wenn Eve reden wollte und so fuhr der nach kurzer Pause fort. Was hätte Eve auch reden sollen, dass er Angst hatte, schreckliche Angst, vor jeder Entscheidung.

Angst hatte, alles falsch zu machen, immer wieder und wieder. Wer würde ihm das glauben, würde man ihm helfen? Nein, Niemand würde ihm helfen, Niemand würde ihn verstehen können, alle waren so tough, so cool, hatten alles im Griff.

Immer!

Er hatte gelernt, dass Mann, Männer, immer stark sein mussten. Schwäche leisten sich nur Schwule oder Pfeifen, wie die Politik heute.

Das hatte er immer so gehört, und als der den Typ auf dem Tisch hatte, wegen dem Eve den Strafbefehl bekommen hatte, da kam die Stärke durch den sensiblen Jungen. Und in einer plötzlichen Anwandlung von Wut und Verzweiflung, einem plötzlich aufsteigenden Rachegelüst, dem er spontan nachgab, hatte er den Schnitt getan.

Das einzige Starke in seinem Leben, aber das konnte er nicht erzählen. Dann kam er in den Knast, dann war er erst recht fertig, das ging nicht.

„Gut, wenn sie nicht wollen, das war die letzte Chance gewesen, etwas zu sagen", der Professor seufzte, aber nun war es vorbei. Er wollte ihm dennoch diese Chance zum Reden geben.

„Es gibt eine Lösung für das Problem. Wir werden sie entlassen. Sie sind suspendiert, erhalten noch 3 Monate ihr Gehalt. Wichtig und Voraussetzung ist, wenn es zu keinem Strafverfahren kommen soll, das alle Seiten sehr belasten würde und sie wissen, die Staatsanwaltschaft könnte schon mal einen Totschlag daraus machen. Das sind dann bis zu 15 Jahren Haft. Das können wir uns aber alles sparen, wenn Sie Stillschweigen bewahren, wir werden das jedenfalls tun. Damit ist die Sache dann erledigt. Von der Frau des Opfers ist nichts zu erwarten, das ist erledigt worden. Gibt es hierzu Einwände?"

Wer ein wenig Ahnung vom Strafrecht hatte, wusste, dass das sogar Mord gewesen sein könnte, wenn man die Vorgeschichte mit in Betracht zog, die kannte aber nur Eve. Außerdem war das auch noch Strafvereitelung, man deckte ein Verbrechen.

Der Professor sah streng zum Betriebsrat hinüber. Der hätte sehr gerne etwas gemacht, wusste aber, dass sie da nicht so gut aussehen würden, wenn das breitgetreten wurde. Denn die Arbeitsbedingungen kämen dann auf dem Prüfstand und die waren nicht besonders, dafür waren auch sie verantwortlich. Also gab es keine Einwände, lediglich der Chefarzt bestand auf eine Neueinstellung, sonst würde das arbeitsmäßig nicht zu schaffen sein und blickte seinerseits den Betriebsrat böse an, müsste der das nicht anmahnen, diese Pfeifen, und so bekam dann der Chefarzt noch zwei Planstellen. Also kam aus dem Desaster auch noch was Gutes für die Klinik heraus.

Damit war das auch erledigt. Ob sein Schweigen nun hilfreich war oder nicht, mit der Kündigung hatte Er gerechnet und sie freute ihn sogar, war er jetzt raus aus dieser Tretmühle.

Er musste keine Angst mehr haben, etwas falsch zu machen. Er atmete innerlich auf, was anderes konnten die auch nicht tun und so nickte er nur. Er würde das unterschreiben.

Dennoch stand Er dann wie betäubt auf und verließ grußlos den Raum. Hass flammte in ihm auf, abgrundtiefer Hass, auf das System, das ihn immer benachteiligte. Dazu die Ohnmacht nichts tun zu können, außer es einfach zu schlucken, alles, seine Kindheit, das tumbe Auswendiglernstudium, die Arbeit, seine Ehe.

Er dachte überhaupt nicht darüber nach, was jetzt werden sollte, in ihm loderte nur die Flamme des Hasses, das Gefühl nach Rache, für alles, was er erleiden musste. Aber wie sollte das geschehen, wem galt dieses Gefühl, was sollte er tun, dass das wieder verschwand, denn es tat auch irgendwie weh.

*

Im Büro packte er seine Sachen zusammen. Schwester Klara, eine stämmige 40 jährige Frau, die sehr einsam war und irgendwie nie Anhang finden würde, stand in der Tür und sah ihn traurig an.

Auch so ein Looser dachte Er, eine Loserin, berichtigte er sich im Geiste, als er sie sah. Trauer sah Eve in ihren Augen, Mitleid, ja, Leid, kein Mitgefühl, Mitleid war das. Das sah man bei Anderen sehr genau, bei sich eher nicht.

„War der noch zu helfen?", fragte er sich und dann dachte er kurz daran, dass er auch Hilfe gebrauchen könnte. „Es tut mir so leid, Herr Doktor, flötete sie."

Er nickte aber nur, lahm und traurig. Das ist schön, dachte er nur und hatte seine sieben Sachen zusammengepackt. An den Rest konnte er sich nicht mehr erinnern, plötzlich war er in einem Wäldchen.

Er saß auf einer Bank und musste wohl geschlafen haben, denn seit er eingepackt hatte und losgefahren war, waren über 5 Stunden vergangen. Die Bank stand an einem Weg, den sich Fußgänger und Radfahrer teilen mussten. So wollte es die Politik, die Grünen im Landtag, die wollten das Fahrrad fördern.

Sie setzten auf die Vernunft und den §1 der Straßenverkehrsordnung und scheinbar sind die wirklich gut.

Was sich hier aber abspielte, war Krieg, brutaler Krieg. Die auf dem Fahrrad wähnten sich als Übermenschen, als Siegertypen und schienen die, die liefen, als Untermenschen, als Verlierer zu betrachten. Diese Untertanen hatten beiseite zu springen, wenn sie angeradelt kamen, wenn Gott und der König kommen, hat das niedere Volk zur Seite zu treten, das Haupt zu neigen und sie passieren zu lassen.

Die hatten zu spüren, wenn seine Majestät hinter ihnen war, denn wenn seine Hoheit von vorne kam, taten sie das. Die Untertanen sprangen zur Seite, sie hatten keine Wahl, sie würden sonst erbarmungslos umgekarrt.

Hier wurde oft bis zu 30 Stundenkilometern gefahren, also sehr schnell, der Weg war gut, der ließ das zu, ganz brutal schnell für einen gemeinsamen Weg. Hinten hatte aber niemand Augen, auch die Untertanen nicht, und sie spürten nicht, wenn Gott angerast kam.

Vorne gab es vielleicht bei Manchen das dritte Auge, aber hinten nicht und so wurde weggeklingelt, gepöbelt, gebrüllt. Er sah das mit Entsetzen auf seiner Bank. Selbst nur klingeln, vielleicht nicht einmal aus böser Absicht, nur, bleibt bitte rechts, erschreckte viele Spaziergänger sehr. Die zuckten zusammen und sprangen zur Seite. Da half dann auch ein Danke nichts, das war wenigstens ungezogen.

Was war das nur für eine Welt und seine Wut wurde immer größer. Sie wuchs und wuchs, mit jedem Klingeln, mit jedem Pöbeln wurde sie größer, sie drohte in ihm zu zerplatzen und ein inneres Blutbad anzurichten. Dazu kam das Brummen, erst war es das Quietschen mancher Bremsen, das weh tat, dann wurde es zum Brummen, das ständig mehr wurde. Ein fürchterliches Brummen im Kopf.

Als eine Frau mit einem Kinderwagen dann sogar angefahren wurde, weil sie in die falsche Richtung auswich, sie konnte nicht ahnen, wohin der wollte. Auf dem Gehweg galt nicht rechts gehen. Als die hinfiel, weil sie den Wagen nicht kippen lassen wollte, damit das Kind nicht herausfiel, da sprang ein Schalter in seinem Kopfe um.

Er sprang auf, eilte zu der jetzt schimpfenden Frau, sah kurz nach, ob sie alleine hochkam, und schlug dem Mann, den Radfahrer, der auch gefallen war und nun aufstand mit einem Faustschlag, der ihn wieder vom Fahrrad warf, nieder.

Das kam so unerwartet für den Rüpel, dass er nicht wirklich die Lage einschätzen konnte.

Wehren und zurückschlagen, oder fliehen, das sind die Möglichkeiten, die man hat und er entschied sich für die Letztere. Er sprang wieder auf, achtete nicht auf das Blut, das aus seiner Nase lief, sprang auf sein Fahrrad und brauste los. Die Räder drehten durch, griffen dann ganz schnell wieder und weg war er.

Die Frau war nicht sehr schön, eigentlich war sie potthässlich, leider gibt es auch so etwas und stand jetzt neben dem Kinderwagen, rieb sich den angestoßenen Arm und das Kind schrie.

Sicher wusste es nicht, was hier geschehen war, es ahnte nur das, dass es nicht gut war und die Frau dankte nur kurz ihrem Retter und eilte auch weiter.

Ehe er etwas sagen konnte, denn als Arzt hätte er sich gerne den Arm angesehen, sah aber ihren ängstlichen Blick und nickte nur. Dann war sie weg. Was war das nur, dachte er sich, dann strömte ein warmes schönes, freudiges Gefühl durch seinen Körper. Adrenalin, Pheromone, Hormone überschwemmten ihn und machten ihn glücklich. Er hatte etwas getan und das war gut. Ohne lange zu überlegen, versteckte er sich hinter einen großen Baum und wartete. Es dauerte gar nicht lange, Fußgänger liefen und Fahrradfahrer fuhren und es wurde geklingelt und gemeckert.

Dann kam er hinter dem Baum vor, diesmal ging das nicht mit der Faust, er schubste. „Der Teufel fällt", dachte er dabei, als der Fahrradfahrer umfiel, und sah den dabei bitterböse an. Merkwürdig war aber, wenn die lagen, dann waren die ängstlich, verschüchtert. Die starrten ihn an, als wenn sie eine härtere Bestrafung erwarteten. Doch die kam nicht sofort, also sprangen sie auf und radelten davon, ohne sich irgendwie zu äußern.

Das sollte hier noch nicht so sein, die harte Bestrafung, das Ausrotten des Teufels, das musste noch Zeit haben, das musste geplant werden. Den meisten passierte dabei nichts Ernsthaftes, jedenfalls merkte das niemand sofort.

*

Bernd saß vor den Akten, die ihm die Stuttgarter Kollegen haben zukommen lassen. Es waren drei Anzeigen darin wegen Körperverletzung gegen unbekannt. Zwei Armbrüche und ein Beinbruch keiner war aufgeklärt worden. Selbst die Personen, die angefahren worden waren, haben sich nicht gemeldet, und da es keine Ergebnisse gab, hatte man die Ermittlungen eingestellt.

Bernd griff zum Hörer, den Kollegen aus Stuttgart erreichte er sofort. Sie begrüßten sich herzlich, die Chemie stimmte. Bernd mochte den Dialekt und der Kollege hatte Verwandte in Berlin, böse Zungen behaupten ja, der Prenzlauer Berg sei von Schwaben eingenommen worden, besetzt.

In der Tat wohnten viele dieser Menschen dort, aber Bernd sah das alles gelassen, er mochte diesen Völkerstamm. Bernd fragte sofort, was der Kollege wohl meinen würde, könnte das der Fahrradmörder gewesen sein? Der Anfang des Dramas?

In dem betreffenden Waldstück war großer Spazierverkehr, aber auch viele Radfahrer waren dort unterwegs. Das war einmal nicht so, aber das war politischer Wille, es mag ja gut sein für die Umwelt einzutreten, aber irgendwie verwechseln die immer Ordnung mit Unordnung. Seit dem das für alle frei ist, gibt es immer wieder Vorfälle, ja Zwischenfälle in diesem Waldstück, wobei nur sehr wenige zur Anzeige gebracht werden.

„Wir haben auf eure Bitte hin, die Menschen befragt, eine Woche lang haben wir uns die Mühe gemacht. Viele wussten nichts, das liegt ja immerhin viele Jahre zurück, doch haben wir ein paar Informationen bekommen, die zwar vage sind, mit denen wir heute ermittlungstaktisch wenig anfangen können, weil sich nichts mehr beweisen ließe, aber es gibt ein Bild von den Geschehnissen damals. Vor allem nach dem X Y - Auftritt, das hast du übrigens super gemacht, haben wir noch ein paar Hinweise bekommen. Danach sind es etwa 15 Fahrradfahrer, die angefallen wurden, und etwa 20 Menschen, sind angefahren worden. Wenn wir von einer Dunkelziffer von 50 % ausgehen, so ist das statistisch, der Profiler meinte das auch. Dann können wir von 30 Radfahrern und 40 Fußgängern ausgehen. Wobei ich glaube, dass das die gleiche Zahl sein muss. Denn wenn der Rächer der armen Fußgänger zuschlägt, hier noch mit der Faust, dann immer 1 zu 1, also 30 Radfahrer und 30 Fußgänger sind, involviert. Es gibt keinen Fall, der wirklich geklärt ist, einen nur vage, aber ohne wirklichen Täter.

Den Verdächtigen, einen Harry Schulz, der ist aber Schlosser gewesen, der wird einfach nur zurückgeschlagen haben, als er angefahren worden ist. Der ist nicht der Fahrradmörder. Der wohnt hier und fährt nie weg.

Wir haben dann noch einmal in den Krankenhäusern nachgefragt, ob an den Daten der Überfälle, die man datumsmäßig beziffern konnte, Brüche kamen, die auf Stürze zurückzuführen wären und da kam auch nicht so viel heraus. Es könnte aber so gewesen sein. Ungeklärte Mordfälle haben wir, aber die sind in keinem Fall mit dem Fahrrad in Verbindung zu bringen, also keine Fahrradfahrer, auch keinen, die in den Typus fallen, die der Fahrradmörder bevorzugt hat. Obwohl das alles mehr oder weniger Zufall sein muss, meint der Profiler, denn so, wie wir die Akten kennen, kannte der FM in den seltensten Fällen seine Opfer. Hier hat das Morden also nicht angefangen, das können wir mit Sicherheit sagen. Bei uns hat das angefangen, aber nur der Rachefeldzug, nur als Körperverletzung, bei euch muss der Druck so groß geworden sein, dass es Morde wurden. Bei euch musste der den Druck ablassen."

Der Kollege musste eine Pause machen, die Bernd nun nutzte. „Das hört sich ja wie Zwang an."

„Das war Zwang", eine weibliche Stimme mischte sich ein. „Guten Tag, ich bin die Profilerin hier, Dr. Maria Holzig. Ich habe mir das alles auch intensiv angesehen, auch die ungeklärten Fälle, die in Frage kommen könnten, aber es hat wirklich keiner ansatzweise mit dieser Psychose zu tun. Hier geht es um eine Angststörung, die durch den Unfall des Täters mit dem Fahrradfahrer, wesentlich verstärkt worden ist. Die aber sicherlich aus der Kindheit herrührt. Die Tötung auf dem OP-Tisch, so wie wir das heute Wissen, war ein Zufall. Der Fahrradfahrer auf dem Tisch des Chirurgen, der ihm das alles eingebrockt hatte, war das Ventil, das er ganz plötzlich und zufällig gefunden hatte, um mit der Psychose fertig zu werden. Der Aortenschnitt, der Aorta Abdomalis, auf dem OP, war eine Zufallstat, sonst hätte der hier schon weitergemacht. Der Typ kam ihm wirklich zufällig auf den Tisch, der, der ihm das eingebrockt hatte, den Prozess, die Strafe, das empfundene tiefe Unrecht. Wenn man die Akte kennt, würde man selber wütend werden, dann würden sie auch wütend werden. Nicht, dass man das dann auch täte. Der Fahrradfahrer hätte dem Chirurgen nicht auf dem OP-Tisch kommen dürfen, aber das wusste ja Niemand, ein schrecklicher Zufall. Die Ungerechtigkeit mit dem Autofahrer gegen Radfahrer rechtlich behandelt werden, ist himmelschreiendes Unrecht und kann durchaus zu einem zwanghaften Verhalten führen. Wenn das dann nicht behandelt wird, dann kann das zu einer Psychose, einem zwanghaften Verhalten werden. Das muss keine solche Grausamkeit haben, Selbstzerstörung, Autoaggression, aber auch ein Polizist, der schnell bei der Waffe ist. Verzeihen Sie Kollege, das Beispiel nehme ich immer, ich kenne so einen Fall, der ist jetzt im Innendienst. Ursache ist immer eine Konditionierung in der Kindheit, wie Druck von den

Eltern in allen Bereichen, in der Schule, Beruf, Partnerwahl und vieles andere mehr, was unbehandelt, letztlich in eine Psychose münden kann. Da solltet ihr noch einmal nachhaken, war der in Behandlung, und warum hatte der keine Hilfe bekommen und, oder was sagen dann die Kollegen Behandler über den Täter."

Das hatten sie noch nicht gemacht, sie wussten ja nicht wirklich, wo sie ansetzen sollten. Das musste unbedingt geschehen, er würde sofort nach dem Gespräch zum Staatsanwalt, wegen der Papiere für die Ärzte.

„Ja den richterlichen Beschluss holen wir uns, das haben wir auch schon gedacht, um den Fall verstehen zu können, und jetzt wissen wir ja auch, wen wir befragen können. Das ging ja lange Zeit nicht. Der Sohn ist überhaupt nicht kooperativ, der könnte uns auch helfen." Sie hatten ja Jemanden, der dringend tatverdächtig war und konnten nun gezielt Informationen sammeln.

„Warum wollen sie das denn eigentlich wissen, ist doch nicht ihr Fall, wo kommt das Interesse her?" Wollte Bernd noch wissen.

„Ich arbeite an meiner Habilitation, das ist das Thema, Entstehung von Psychosen, das ist hochaktuell in einer Zeit, die immer schneller wird, immer hektischer wird, wenige können Schritt halten, aber auch die laufen Gefahr auszubrennen. Da ist es gut zu wissen, wie entsteht so etwas heute und was kann man tun, präventiv, denn jetzt geht nur noch wegsperren. Das ist auch gleichzeitig eine Arbeit für das Gesundheitsministerium in Berlin, welche Maßnahmen nötig wären."

Gut, Bernd nickte, obwohl das keiner sehen konnte, er wusste, was er wissen wollte, da fiel ihm noch etwas ein: „Gut Kollegin, vielleicht hilft die Idee uns auch noch weiter. Könnten sie den Vater noch einmal befragen, das hätte möglicherweise auch noch hohen informellen Wert."

„Ja das habe ich auch schon getan. Das hat eindeutig ergeben, dass der Junge, also der Hauptverdächtige, eine schwere Kindheit hatte, aber der Art, sich nicht entfalten zu können. Der Vater war mal SS-Mann, also die übelste Art der Erziehung junger Menschen, nach dem Heim. Hier könnte also das Herrühren, die Angststörung, die zu einer Psychose geführt hatte."

„Gut, den Eindruck hatten wir auch, ich war mit einer Kollegin zu einer Befragung bei ihm, wann haben sie ihn denn befragt?" Bernd wollte das wissen, denn eigentlich hätte er mit einem größeren Widerstand gerechnet, sich einer Befragung zu entziehen. Bernd musste die Journalistin nicht einsetzen um sie pressemäßig anzusetzen, als Drohung gewissermaßen und er erwähnte auch den falschen Weg des Hartmut.

„Ich habe das getan, sofort, als ihr euer Interesse bekundet hattet, nach der Festsetzung des vermeintlichen Täters. Was war das für ein falscher Weg?", wollte sie noch wissen.

„Die wollte einen Artikel schreiben über die Niederbarnimer Eisenbahn und ist bei dem Hartmut Mertens, dem Lokführer, eingestiegen und der hat sie zur Firmenleitung in Basdorf gebracht und wieder zur Bahn zurück und darum ist er einen anderen Weg gefahren, mit dem Fahrrad. Und da war der Fahrradmörder gewesen. Das hat aber alles nicht so geklappt, der Hartmut hat sich gewehrt, es ging nicht wie immer. Der FM wurde sogar verletzt und Hartmut wurde gefunden und ist zwar noch behindert, aber er hat überlebt und lebt weiter. Das ist übrigens mein Nachbar, ich bin noch mit seiner Frau suchen gewesen, als er nicht nach Hause kam."

„Das Leben schreibt seltsame Geschichten, ja dann machen wir das so." Die Kollegin war sehr nachdenklich am anderen Ende. Bernd beendete das Gespräch nicht ohne den Kollegen herzlich zu danken und er lud sie ein vorbei zu kommen, wenn sie einmal im Groß-Berliner Raum wären. Das Gleiche taten die Kollegen und Bernd ging daraufhin sogleich zum Staatsanwalt.

Der Behandler

Die Unterlagen kamen sehr schnell vom Staatsanwalt, so schnell hatte Bernd nicht damit gerechnet, er hatte zwar schon einmal bei dem Psychologen angerufen und um einen Termin gebeten, sich aber nicht festgelegt. Das war erst 3 Stunden her, also nahm er wieder den Hörer hoch und rief noch einmal an. Er hatte wieder Glück, der ging wieder ran und das war wohl eines der Probleme, aber das sah Bernd jetzt noch nicht.

Der Doktor wollte rumeiern, aber Bernd blieb direkt: „Das Problem ist, Herr Doktor Hermler, wir können sie auch herbringen lassen und an die Akten kommen wir auch, dafür habe ich einen Beschluss der Staatsanwaltschaft in der Hand. Sie entscheiden Herr Doktor."

Das reichte. Sicher wäre das für Bernd hier ein Heimspiel, bei dem Doktor ein Auswärtsspiel, das immer mehr Kraft kostete, aber er wollte die Atmosphäre erleben, die Energie der Praxis, wollte sich reinfühlen. Auch die Akten hätte er von den Grünen holen lassen können. Oh Pardon liebe Kollegen, das war so lange grün, verzeiht mir bitte, dachte er und verließ sein Büro.

Anja sass an ihrem Schreibtisch und war mit einem Akt, ach das kann ja missverstanden werden, nein mit einer Akte beschäftigt. Jetzt fängt man auch noch politisch korrekt an zu denken, dachte Bernd.

„Was machst denn du für ein Gesicht Chef", sprach ihn Anja an, die sein Kommen bemerkt hatte.

„Ich hatte gerade gedacht, du bist mit einem Akt beschäftigt." Anja blickte erst, als wenn er arabisch gesprochen hätte.

„Der Akt ist aus dem Österreichischen und bezeichnet das Ding da, was du da gerade bearbeitet hast."

Er musste nicht weiter erklären, sie lachte los. Sie verstanden sich scheinbar prächtig, sie hatte den Witz, der im Kopf von Bernd ablief verstanden.

„Politisch korrekt lieber Kollege, wenn ich mal diesbezüglich etwas äußern muss, dann werde ich dich, als selbst in Gedanken, als korrekt bezeichnen.", sagte sie, als sie sich wieder ein hatte, vom Lachen.

„Das werden komische Zeiten, wenn du mit dem rechten Arm den Weg weisen willst, wie Lenin," sie deutete das an und es sah fast aus wie der komische Gruß der Braunen. „Dann hast du fast ein Problem, wenn der Winkel nicht stimmt."

In dem Moment kam auch der junge Kollege rein: „Was macht ihr denn da, übt ihr die Machtübernahme", grinsend natürlich, hatte er die Hälfte, das Wichtige, mitbekommen. Bernd auch grinsend, aber auch erfreut über seine Art witzig zu sein, erwiderte: „Nein, mein lieber Roman, diesmal sind es die, deren Gottesname mit A anfängt und da grüßt man anders."

„Gott behüte uns davor", und aus der gelösten Stimmung wurde eine Anspannung. Roman, der junge Kommissar hatte wirklich Mühe, das locker zu sehen. Der schien richtig Angst zu haben nur bei diesem Gedanken, Deutschland eine Islamische Republik, die Sprache Arabisch und Türkisch, wer deutsch spricht, wird bestraft.

„Nun bleib mal locker Roman, da sind wir noch weit weg von und wir sollten uns, dass was von der sogenannten Demokratie, noch übrig ist, nicht auch noch kaputt machen lassen. Aber genug der Scherze und der komischen Gedanken. Ursprung war eigentlich der Gedanke von mir, Anja sitzt bei ihrem Akt, kennst du die Formulierung?" „Ja, das benutzen die Österreicher für die Akte, der Akt, ist leider zweideutig bei uns, ich weiß nicht wie das die Ösis sehen." Er benutze sonst das Wort Schluchtenscheißer und hatte sich einen Rüffel dafür eingefangen, also vermied er diesen Slang. Bernd grinste wieder, er wusste, was der sagen wollte. Er fand das auch nicht so böse, musste er sich doch auch den Saupreißen gefallen lassen, aber immer in der Form des Hänselns, das war nie böse gemeint und ein wenig Spaß muste man schon verstehen können. Aber manch einer verstand keinen Spaß, vor allem wenn der Polizeirat war, dann musste man halt die Vokabeln wechseln.

Rassismus war das wirklich nicht, da hätte auch Bernd was gesagt, denn das duldete er auch nicht. Dennoch war Neger kein Schimpfwort, wenn man es nicht so benutzte. Saupreiß wäre auch ein Schimpfwort, wenn man es so benutzte, aber auch ungläubig ist dann rassistisch. Es wurde langsam alles grotesk, in diesem Land.

„Gut liebe Kollegen, dann wollen wir mal wieder den Ernst vor holen."

Roman bückte sich und sah unter dem Schreibtisch nach, nein nicht unter den von Anja, das hätte anrüchig sein können, sah aber keinen Ernst. „Wo habt ihr den versteckt?"

Das war ein guter Abschluss der nicht gerade dienstlichen Besprechung und Bernd und Anja zogen los um zu dem Herrn Doktor zu fahren, das wollte Bernd nicht alleine machen. Da wäre auch Roman gerne dabei gewesen, das hätte ihn interessiert, also ließ er sie schmollend ziehen.

Er hatte sich gut eingelebt in das Team in Oranienburg, leistet gute Arbeit, fleißig umsichtig, aber auch auf sich achtend. Und auch in der Soko spielte er eine gute Rolle, das war sehr erfreulich und führte zum Wohlfühlen des Teams, so wie wir das sehen konnten.

*

Sie fuhren mit dem Dienstwagen von Bernd, er würde Anja zu Hause absetzen und morgen wieder abholen, sie wollten am Vormittag noch eine Befragung durchführen. Der Arzt erwartete sie schon, es war ein hagerer, ja dürrer Mann, dessen Gesicht einiges an Chaos verriet. Er hatte offensichtlich auf sie gewartet, obwohl seine Praxis gut ausgelastet sein sollte.

Ihnen kam auch eine Frau entgegen, die verärgert aussah, aber auch den Eindruck vermittelte, als wenn sie diesen Termin gebraucht hätte. Es war eine volle Stunde, deshalb ging Bernd davon aus, der Arzt hatte dieser Patientin abgesagt. Der Doktor arbeitet scheinbar alleine, in der einen Ecke des Raumes stand sein Schreibtisch mit dem Telefon und einem Router darauf, natürlich ein Laptop und Papierkram.

Die andere Ecke, nahmen die beiden Sessel ein, auf dem Einen saß er und die Patienten auf dem Anderen. Neben diesem Sessel war ein Tischchen, auf dem die berühmten Tücher in der praktischen Box standen.

Hier wurde also auch mal geheult, das ist sicher gut so, das soll erleichtern. Sie stellten sich wie immer vor, der Arzt auch und wurden gebeten Platz zu nehmen. Es begann mit den üblichen Erklärungen, die Papiere der

Staatsanwaltschaft wurden vorgelegt, die das Schweigerecht außer Kraft setzten.

Die Krankenakte bekamen sie ausgehändigt. Die nahm Bernd, der kurz darin blätterte und dem sich der Eindruck verschärfte, hier war das Chaos zu Hause. Gut, das musste nichts bedeuten, denn es war sicher, auch ein schwerer Job, so in den Seelen der Anderen zu wühlen. Das machten sie ja auch, sie mussten sich Lügen anhören, dumme Rechtfertigungen, Erklärungen, die auf dem ersten Hören verrieten, hier stimmte was nicht. Also auch oft kranke Seelen, nur das sie diese nicht zu behandeln hatten, sondern das Gesagte in Verbindung zu den Beweisen zu bringen hatten, oder auch nicht.

Ausschluss war auch ein wichtiger Teil ihrer Arbeit, Entlastung des Beschuldigten.

Bernd verspürte eher Freude, wenn es eine Entlastung gab, als eine Belastung, auch wenn die Ermittlungsarbeit weitergehen musste. Er wollte nicht falsch liegen, das hatte er ein oder zweimal in seiner Praxis gehabt, aber da auch die Richter falsch lagen und die Verteidiger der Beschuldigten Flaschen waren, war er zwar nicht ganz raus, aber selber seelisch entlastet.

Er hatte Fehler gemacht, die Anderen hätten das bei den weiteren Untersuchungen, beim Prozess, bemerken müssen, denn vor Gericht wurde alles noch einmal aufgerollt, der Richter, der Anwalt und der Staatsanwalt, alle lasen die Akten und beschäftigten sich damit und das war die Gelegenheit, das alles noch einmal sachlich aus einem anderen Blickwinkel zu betrachten.

Was passiert aber bei einer Fehlbetrachtung eines Psychiaters? Das hatte sie auch Mal gehabt, dann läuft da draußen ein Psychopath rum, das ist gar nicht lustig.

„Sie wissen ja, dass wir gegen Eve Manoult ermitteln, er steht in dringendem Verdacht, der Fahrradmörder zu sein. Das sind etwa 14 Morde, die wir ihm schon recht sicher nachweisen können. Wir haben einige Beweise, müssen sie aber untersuchen inwieweit sein Sohn auch involviert sein könnte. Kennen sie den Sohn und wie war das Verhältnis zu seinem Sohn?", eröffnete Anja die Befragung.

Das Telefon klingelte, der Arzt stand auf, murmelte Entschuldigung und ging zum Schreibtisch und nahm ab: „Ja, Frau Müller, das ist gut so, atmen sie tief durch, ja so ist es gut, weiter so, wie geht es, ja prima. Atmen sie weiter, ich habe ein Gespräch." Er legte auf und kam wieder rüber. „Verzeihung, das war wichtig."

Anja verzog das Gesicht, dachte aber nur, sind wir jetzt nicht wichtig?

„Den Sohn kenne ich nicht, also auch das Verhältnis zum Sohn nicht. Herr Manoult redete nicht darüber."

„Aber sie wissen, dass dessen Mutter gestorben war, also mit einiger Wahrscheinlichkeit Trauer gehabt haben muss?"

„Das mit der Frau, der Mutter ja, das mit der Trauer ist wahrscheinlich, aber Herr Manoult hat nie darüber geredet."

„Und sie haben ihn nie gefragt, wie es alleine mit dem Sohn geht, also ein Mann ohne Frau, mit kleinem Kind, das ist doch problematisch für beide."

Bernd ließ nicht locker, warum kennt der die beiden nicht, warum bezieht der den Sohn nicht ein. F 32. Z, hatte er als Diagnose gelesen, er wusste, das das eine schwere Depression war, da bezieht man nicht das Kind mit ein? „Es wäre doch denkbar, das bei dieser Krankheit eine Vernachlässigung des Kindes stattfindet, müssten sie da nicht nachsehen?"

Anja wusste das zwar noch nicht, konnte sich aber gut vorstellen, was Kranksein in dem Falle bedeutet hatte.

„Dafür ist das Jugendamt da, das ist nicht mein Gebiet." Der Arzt schien stur zu werden, wieder klingelte das Telefon, diesmal das Handy und er ging auch sofort ran. „Frau Ebert, ja gut, dann machen sie das so, ich habe nicht viel Zeit, auf Wiedersehen."

Das geht gar nicht, was sollte das. Anja machte sich Notizen, vielleicht fanden sie ja die Frau Ebert und die Frau Müller, können die den immer und überall anrufen? Bernd wollte gerade weiterfragen, als wieder das Handy klingelt. Er stand auf, nahm es ihm aus der Hand und schaltete es aus. Dann ging er zum Schreibtischtelefon und zog den Stecker raus. Sind wir denn nicht wichtig, sind deine Patienten nicht wichtig, wenn sie auf dem Stuhl sitzen, was sind das für Methoden. Laut aber sagte er: „Verzeihen Sie, lieber Herr Doktor, aber ich glaube, es ist wichtig, wenn wir in Ruhe reden können, dann sind wir schneller fertig. Also sie kennen nicht das Verhältnis von Vater und Sohn. Gut, dann können sie sicher auch nicht beurteilen, inwieweit Vater und Sohn, beim Morden gemeinsame Sache gemacht haben könnten?"

„Das ist eine Vorverurteilung, das ist nicht in Ordnung."

Der indirekt gemaßregelte Arzt wurde bockig, wie ein kleines Kind.

„Ja, sie haben Recht, genau wie das laufend gestörte Gespräch. Wir haben wenigstens in zwei Fällen genug Beweise für eine Anklage. Es wird sicher noch Gutachten geben über die Schuldfähigkeit des Hauptbeschuldigten und auch der Junge wird noch diesbezüglich untersucht werden. Uns interessiert aber, wie sie das einschätzen, inwieweit kann die Krankheit des Herr Manoult zu einer Psychose geführt haben und war das vielleicht erkennbar?" Bernd wollte ihm eine goldene Brücke bauen. Der konnte aber gar nicht ja sagen, auch wenn die Gutachter, denn es wird nicht nur Einer sein, was anderes sagen werden. Das lässt ja sein Ego schon nicht zu und so war es auch.

Natürlich war das nicht herzuleiten. Sein Patient hätte eine starke Angststörung gehabt, eine schwere Depression, aber gerade wegen des Kindes wollte er nicht in eine Klinik. Er meisterte seinen Alltag, das Kind ging wohl auch zur Schule. Bernd hörte nicht mehr hin, ach, der ging zur Schule, auf einmal wusste er was über den Jungen. Na klar redete der sich jetzt raus. Versagt hatte der, komplett versagt, blind auf beiden Augen, taub auf beiden Ohren, die Nachbarn kannten den ja besser und ich bin einer davon. Nur haben wir als Nachbarn nicht die Aufgabe den Anderen zu heilen, oder wenigsten zu helfen, zurechtzukommen.

Anja stellte noch ein paar Fragen, die Aufschluss über das Aggressionspotential des Manoult geben könnten, denn das Übertöten war massive Aggression. Aber das war alles wenig hilfreich, weil der entweder völlig daneben lag, unfähig war, oder gar nichts verstanden hatte, was seinen Patienten bewegte.

Und in der Tat war es sicher auch nicht einfach, so etwas im Vorfeld einzuschätzen, in den Kopf gucken ging nun einmal nicht.

So waren sie dann bald fertig, Anja hatte auch bemerkt, dass Bernd nicht mehr richtig dabei war. Das war ja auch nicht so nötig, hier hätte sowieso nicht viel herauskommen können. Der musste nichts sagen, was ihn belasten könnte, außerdem, war er ja nicht beteiligt, nur indirekt. Was blieb, war sich zu verabschieden und zu gehen. Vor dem Haus stand eine Frau herum, sie wirkte nervös und fahrig und sah die beiden erschreckt an. „Was war das, was dachte die, wer wir sind?", fragte sich Anja und sprach die Frau an. „Guten Tag, ich bin die

Anja, gehst du auch zu dem Doktor Hermler, kannst du den empfehlen?" Anja sah sie direkt an und lächelte. Die Frau atmete tief durch, sie hatte wohl Panik und Bernd ging ein paar Schritte zur Seite, damit die Frau auch redete.

„Ich weiß nicht," begann sie und atmete noch einmal tief durch. „Ich brauche doch Hilfe, aber dauernd ruft jemand an, der Doktor ist zu spät oder er macht was anderes, ich brauche doch Hilfe!", und sie brach in Tränen aus.

„Danke meine Liebe, hier nimm das Taschentuch. Suche dir jemanden Anderes, wenn du mal Hilfe brauchst, hier ist meine Karte," und Anja steckt ihr ihre Karte zu und ließ sie stehen. Sie ging zu Bernd, der schon am Auto stand, und im Begriff war es zu öffnen. Er stieg ein und als Anjas auch sass, sahen sie die Frau in das Haus gehen, sie hatte die Karte weggesteckt.

„Was meinst du, ich denke, der Mann ist unfähig, der braucht selbst Hilfe. Der hat den Manoult komplett vergeigt. Vielleicht wären ein paar Tote weniger auf der Welt."

Anja lachte auf: „Das ist ja drollig, ein paar Tote weniger auf der Welt und ein paar Lebende mehr."

Und auch Bernd lachte über seinen unfreiwilligen Sprachwitz.

„Im ernst", und sie mussten wieder an den Joke von Roman vorhin denken. „Ich glaube, der ist krank, auch ein Psycho, vielleicht, hätte der was tun können", und sie sah in die Akte hinein.

„Der Manoult war seit dem 12.2.2008 bei dem in Behandlung, als Patient zum Arzt, und dann als Psychotherapeut. Die erste Leiche haben wir aber schon 2002 gefunden. Nach 2008 kamen noch", sie überlegt kurz,

„Das waren vier Tote, vielleicht fünf. Die kamen dann noch dazu, also so um die 8."

„Vielleicht auch 9, wenn wir noch wen finden,"gab Bernd dazu und in der Tat werden noch Leichen gefunden, die man dem Fahrradmörder eindeutig zuordnen konnte, das steht aber in einem anderen Buch.

„Leider können wir dem das garantiert nicht nachweisen, wie sollten wir dem beweisen, dass der bewusst und mit Vorsatz gehandelt hat. Ja, selbst Fahrlässigkeit wird schwierig werden, der kann sich doch immer rausreden, er könne nicht in die Köpfe der Patienten gucken. Ich rede mal mit dem Staatsanwalt, eigentlich müsste der weg," Anja war richtig wütend.

„Egal was das für Typen waren, diese Fahrradfahrer, aber so etwas ging nicht. Aber auch nicht, dass man das nur Ansatzweise duldete, dass da einer, Gott spielte."

Bernd sah sie an: „Das lass man mich machen, ich sehe das genauso, der Vater hätte den ja sofort, mit seiner Walter P 8 erschossen, glaube ich. Aber vielleicht bekommen wir ja ein Ermittlungsverfahren, an Hand der Akte und diesem Falle, vielleicht verschwindet der dann wenigstens aus der Heilerbranche."

„Heilerbranche, das ist gut gesagt. Geld verdienen geht in dem Beruf wohl eigentlich gar nicht, deshalb sind einige von denen ja so korrupt. Du hast doch auch gestern das von der Dialyse gehört?"

„Stimmt nicht ganz, der Durchschnittverdienst eiens Arztes liegt ungefähr bei 150 Tausend, das könnte reichen, aber da spielt vielmehr die Gier eine Rolle und Standesdünkel, ich hab studiert, ich muss gut verdienen." Bernd startete den Motor und fuhr los. Ja, das hatte er auch gesehen, da werden Menschen nicht zur Transplantation angemeldet, weil die Dialyse mehr Geld bringt, mal abgesehen, was man von dem Ersetzen von

Organen hält. Das ist doch widerlich, dieses Geld scheffeln auf Kosten Kranker. Bernd fuhr Anja nach Hause, wo ihr Mann schon mit den Kindern auf sie wartete und Bernd dann zu sich Heim. Für heute war es genug mit dem Wühlen in anderem Leben.

*

Anja war gerade zu Hause, hatte ihre Familie begrüßt, alle bekamen einen Kuss und wurden gedrückt, als ihr Handy klingelte. Die Nummer kannte sie nicht, leider konnte sie es nicht ausmachen, sie hatte auch noch Bereitschaft heute Abend. Hoffentlich nicht schon wieder eine Leiche.

Aber das konnte es nicht sein, denn die Nummern kannte sie und wenn dann erschien ein Name auf dem Display. Sie meldete sich, es war die Frau, der sie vorhin ihre Karte gegeben hatte. Sie war aufgelöst, heulte, war fast hysterisch und bat um Hilfe. Nun sind wir auch noch Seelsorger, dachte sie und fragte: „Wo sind sie?"

Die Frau war vor der Praxis des Arztes, wo sie gerade auf Hilfe gehofft hatte. „Gut ich komme, warten sie dort, bitte." Anja hätte auch den Notdienst anrufen können, wollte das aber selber machen, weil sie hoffte, sie würde noch etwas erzählen. So fuhr sie hin, nahm zwar den privaten Wagen, und sie nahm den blauen Pickel, das ging schneller, das würde sie rechtfertigen können, dachte sie und es stellte sich auch heraus, dass das gut war.

Die Frau sass vor dem Haus auf dem Boden und heulte. Sie heulte inzwischen trocken und Anja setzte sich neben sie: „Was ist denn passiert, meine Liebe.", wollte sie wissen. Die sah sie an, ihre Augen waren rot, ausgeheult, nun trocken. Sie sagte mit heiserer Stimme: „Der hat mich angebrüllt, der hat getobt, wie mein Mann. Der schlägt mich, ich habe solch eine Angst und bin weggerannt." Anja legte ihren Arm um sie. „Ich rufe wirkliche Hilfe für dich, ich habe guten Kontakt zum Frauenhaus, da fahren wir dann hin. Aber erst einmal rufe ich, meine Kollegen."

Sie rief eine Streife und bis die da war, setzte sie die Frau in ihr Auto, „Warte hier auf mich, wir fahren los, wenn die Kollegen da sind."

Sie kamen auch recht bald, sie gingen hoch in die Praxis und fanden den Doktor zusammengebrochen in einer Ecke sitzend.

Hat er doch Skrupel, dachte Anja und organisierte auch hier Hilfe. Die Kollegen der Streife blieben bei ihm, sie musste sich um die Frau kümmern und fuhr sie in das Frauenhaus, wohin, darf ich hier nicht schreiben.

Auf der Fahrt dorthin erzählte die Frau von ihrem brutalem Mann, und das sie sich helfen lassen wollte. Aber der Arzt hätte nie wirklich Zeit für sie gehabt, da klingelte immer das Telefon, er kam zu spät und beendete die Sitzung früher. Warum sie nie gewechselt habe, wollte Anja noch wissen. Die Frau sagte: „Dann muss ich dem doch alles noch einmal erzählen."

Ja, das würde sie müssen, auch wenn es weh tat, aber so konnte das doch nicht weitergehen.

Anja kannte die Leiterin des Frauenhauses gut, sie hatten zusammen studiert, Psychologie und Soziologie, fast zwei Jahre, bis sich Anja entschloss, doch zur Polizei zu gehen, da musste sie noch andere Dinge lernen. Sie begrüßten sich herzlich und Anja erzählte ihr die Geschichte und gab die Frau in gute Hände ab.

Gott ruft endlich

Es dauerte noch eine ganze Weile. Die erneute notwendige Operation zog sich hin. Tabletten zu sammeln hatte keinen Sinn, die durchsuchten täglich sein Zimmer. Er hatte praktisch kein Privatleben, er würde sich beschweren, wenn er wieder fit war, das war gegen die Menschenwürde. Aber erst einmal hatte er Schmerzen, die sie bekämpften und die Pillen, jetzt die Injektionen über einen Zugang, lähmten ihn und seine Gedanken.

Er musste viel schlafen, er konnte gar nicht denken. Immer wieder hatte er dieselben Begegnungen, der Teufel höhnte, aber nicht mehr so oft, dafür erschienen ihm die Opfer, fast der Reihe nach.

Sie hatten das alle verdient, nur das Mädchen tat ihm irgendwie leid. Die war eigentlich wunderschön. Er hatte sich nie sonderlich viel aus Frauen gemacht, nein Männer auch nicht, auch pädophile Neigungen konnte er nie beobachten. Er hatte einfach keine Lust auf andere Menschen.

Arzt, Heiler, musste er werden, Maler oder Leser, nein Schreiber, wollte er werden. Ihn zog die Sprache an, die Malerei, er konnte sich gut mit dem Auseinandersetzen. Er fand es unglaublich dumm, wie heute mit dem Deutschen umgegangen wurde. So oberflächlich, so einfallslos, da werden irgendwelche Lehnwörter einfach übernommen und bürgern sich ein, obwohl sie falsch sind.

Kundenservice ist so etwas, Service heißt ja schon Kundendienst oder Servicepoint bei der Deutschen Bahn. So ein Quatsch, Information würde jeder verstehen, obwohl das auch nicht deutsch war. Das ist Latein, der Wortstamm ist informare und bedeutet, formen, Gestalt geben. Aber er musste Medizin studieren. Einmal, ganz vorsichtig hatte er nachgefragt, nachdem er in der germanistischen Fakultät gewesen war und als Gast eine Vorlesung gehört hatte. Da ging es um Lehnwörter in der deutschen Sprache, das fand er fesselnd und interessant, da wäre er gerne wieder hingegangen. Es kam ein Klares nein, in der Familie gab es nur Ärzte, Offiziere und Juristen. „Für Jurist bist du zu weich, da musst du knallhart sein, für Offizier auch, da musst du sogar brutal sein, wenn es darauf ankommt, Partisanen oder Verräter zu erschießen, wie den Leutnant, aus einer Wehrmachtseinheit, der kapitulieren wollte."

Den hatte sein Vater eigenhändig erschossen, zwei Tage später war der Krieg vorbei und Generalfeldmarschall von Keitel hatte unterschrieben.

Auch das wäre ein Verbrechen gewesen, aber niemanden interessierte das, in der amerikanischen Besatzungszone. Das war ein Kommunist und damit war das gut. Also musste Eve Medizin studieren. Er war nicht dumm, das Auswendiglernen, das fiel ihm nicht schwer, dennoch war er eher Logiker und in der Sprache war manches logischer als in der Medizin. Als das Mädchen, nein sie war ja schon eine junge Frau, zu ihnen kam und er mit ihr zur Uni fahren musste, da hatte er mal den Mut etwas zu machen, was sie sich mit links erlauben konnte.

Sie hatte schon vier Jahre Studium hinter sich, 8 Semester und sie zitierte den Stoff, der Vorlesung, bevor er in eine Vorlesung kam, also ging sie in die Psychologie, weil sie alles schon drauf hatte.

Er schwieg, sie bat ihn darum, denn sie half ihm lernen und auch bei den Klausuren. Nein das konnte er nicht machen, nebenbei zur Germanistischen gehen, das ging nicht, dann hing er durch. Er hat das bloß ganz wenig gemacht. Also fügte er sich in sein Schicksal. Er schaffte es nicht wie sie, mit „Summa cum laude", nein, er kam zwar mit einem ordentlichen Ergebnis durch, aber gelobt wurde sowieso nicht und bei der Feier dann, erzählte Gabriele, so hieß die junge Frau, die im Nebenzimmer neben ihm wohnte, die Geschichte von dem Besäufnis zum 8. Semester, als sie noch im Osten war.

Sonst lief nichts, sie mochten sich, er schätzte sie sehr, sie war so schlau, dagegen war er dumm, ob die Ossis alle so schlau sind, dachte er manchmal.

Sie war schön, sehr schön, aber irgendwie war es das auch. Das war bei ihr auch so, sie hatten sich einmal darüber unterhalten, sie wohnten Tür an Tür und hätten jede Gelegenheit gehabt, aber keiner wollte das. Dafür war sie froh, mit ihm an der Uni zu sein, und somit geschützt vor den Nachstellungen der räudigen Köter, wie sie es ausdrückte, denn man hielt sie für ein Paar.

So lebten sie in einer Symbiose, wie Bakterien in einem Darm, sagte sie einmal. Der Darm tut ihnen nichts und die Bakterien taten den Darm nichts, in der Lunge wären sie, die Bakterien tödlich gewesen, im Darm hilfreich, ja notwendig. Das war ein komischer Vergleich von Gabi, fachlich richtig, ja sogar literarisch hätte man das einsetzen können, das war fast prosaisch. Sie lebten wie Bakterien im Darm, wie Darmbakterien.

Sie begannen zu arbeiten, erst als Assistenzärzte, dann nach den Promotionen, bei der sie ihm auch half, bekam jeder eine Stelle an der Uniklinik. Sie, weil sie so gut war, und er, weil sein Vater eingriff. Das war ihm nicht angenehm, aber auch das nahm er hin, das war ja auch besser, für ihn.

Nur dass er nicht so gut war, für die Stelle, schlechter als nötig. Er fühlte sich ständig überfordert und hatte keinerlei Mechanismen, wie er dem begegnen konnte. Er erzählte das einmal der Gabi und die riet ihm, wenn er das Gefühl bekäme, bei einem Gespräch mit einem Assistenzarzt, den zu fragen, was er machen würde und ihn machen zu lassen.

Das half, er hatte nicht mehr so viel seelischen Stress, aber wenn er selber entscheiden musste, ging das nicht. Doch wäre es gegangen, er hätte nur einen der Assis holen müssen und die Frage stellen, was würden sie tun.

So baute sich dann ein Riesenproblem auf, das er nicht im Griff hatte. Dann kam diese unheilvolle Begegnung mit dem Teufel. Er hatte hin und wieder schon, wenn es ihm sehr schlecht ging, verrückte Gedanken, aber er konnte sie wegschieben, verdrängen. Gabi hätte sicher helfen können, das wollte er aber nicht, das war so schwach. Der Vater hatte recht, er war schwach.

Er hatte irgendwo eingeparkt, er wusste nicht einmal mehr wo. In den Rückspiegel sehen, das war sinnlos, hinter ihm stand ein Transporter, in den Außenspiegel sehen, den Kopf drehen und dann die Autotür langsam etwa 20 Zentimeter öffnen.

Rums, die Tür flog auf, überdehnte sich, sie war hin, aber das war ihm egal, das war die alte Karre vom Papa, uralt. Vor ihm lag ein Radfahrer, auf der Straße. Es krachte noch einmal, die Tür wurde abgerissen. Das Auto, das seine überdehnte Tür abgerissen hatte, fuhr über den Radfahrer.

Es holperte richtig.

Die anderen Autos hielten an, es rumste hinter ihm, nachdem die Bremsen gekreischt hatten. Da ist auch noch einer aufgefahren. Eve sprang aus dem Auto, der Verkehr stand, Jemand rief einen Notarzt und irgendwer telefonierte. Er kümmerte sich um den Verletzten, einen Fahrradfahrer, mit Helm und Tourklamotten, mit Rennrad. Der war zu dicht an seinem parkenden Auto vorbei und zu schnell gewesen oder bei Rot gefahren, denn eigentlich war er noch bei Gelb gerade durch und die

Rotphase kam. Als er eingeparkt hatte, war sicher noch rot an der Kreuzung davor, auch Rechtsabbieger hätten weg sein müssen. Das hatte man ermittelt, dennoch wurde Er vor Gericht gestellt. Das war so ungerecht, der Typ ignoriert die Regeln, er handelt regelkonform, er hatte ja gar keine Chance, denn der seitliche Abstand von 50 Zentimetern, hätte den Unfall verhindert. Das kam alles zur Sprache, aber der Richter wollte ihn verurteilen, wegen schwerer Körperverletzung.

Das hätte zwar Bewährung gebracht, weil er unbescholten war, aber riesige berufliche Probleme. Also dealte man, die Beziehungen seines Vaters, gaben dem Richter ein Einsehen und er stellte das Verfahren gegen ein hohes Bußgeld ein.

Diese Ungerechtigkeit, auch wenn sie gut ausgegangen war, für ihn, war ungeheuerlich. Er verdiente so gut, dass er die 2000 € locker bezahlt hätte, aber dieses offensichtliche Unrecht.

Von nun an machte er einen großen Bogen um Radfahrer, nahm aber jede Fehlhandlung, als Bedrohung für ihn war. Da waren Rotverstöße, abbiegen, ohne anzuzeigen, der Mittelfinger, Hassgebrüll und jede erdenkliche Unflätigkeit, wie Wegklingeln der Fußgänger.

Als er einmal weggeklingelt wurde, er hatte sich mächtig erschrocken, als Fußgänger, hatte er zugeschlagen, den Typen in die Fresse gehauen und war weggelaufen. Das brachte ihm große Befriedigung, man war das schön. Das blieb ungesühnt, dafür kam ihm der Fahrradfahrer auf den Tisch. Genau der, der sein Leiden verursacht hatte. Das stimmte ja so nicht, der Richter war es, die Rechtsprechung, die Ungerechtigkeit.

Der hatte durch die Überfahrung einige Verletzungen erlitten und irgendwie hatten die Kollegen etwas nicht erkannt. Oder er hatte noch ein Problem vorher gehabt, das durch den Unfall akut geworden war. Das war etwa einen Monat, nachdem sein Fall eingestellt worden war. Sie mussten operieren, er war ausgeruht, frisch, kam in den OP und erkannte den Typen wieder. Nun hätte er es ablehnen können, ja, er hätte das müssen, er dürfte diesen Typen nicht operieren. Nein, er wollte keine Schwäche zeigen, ein Profi kann das.

Einmal nicht schwach sein.

Sie begannen und mitten in der OP, schoss ihm ein Gedanke durch den Kopf, der Typ musste erledigt werden, das war der Teufel. Sie hatten etwas freigelegt, er wusste nicht mehr was, aber es war im Bauchraum und da ging eine fette Aorta lang, er schnitt vorsichtig herum, das Übel sollte heraus, da, in einem winzigen Moment, als der Assistenzarzt sich die Stirn wischte und nicht dabei war, schnitt er an der Aorta, einen winzigen Schnitt nur und verdeckte das Ganze.

Natürlich bemerkten sie etwa 20 Sekunden danach, dass das Blut unkontrolliert lief und in einer großen Menge. Jetzt wollte er Zeit gewinnen und fragte den Assistenzarzt, was er machen würde. Dann war es zu spät, viel zu spät. Sie stillten die Blutung, der Kreislauf kollabierte und Exitus auf dem Tisch. Der Assistent fuhr mit dem Fahrrad nach Hause, also hatte der auch seine Strafe, dieser Teufel, ging es ihm dann durch den Kopf, als er am Abend aus dem Fenster sah. Der hatte dann beruflich Probleme Fuß zu fassen, der musste die Klinik verlassen und wurde Landarzt, was anderes ging nicht mehr. Bei ihm wurde wieder vertuscht, der Vater intervenierte wieder, aber man war froh, als er kündigte, um mit seiner Frau in den Osten zu gehen.

Er fühlte sich nach dem Schnitt so unglaublich leicht, alle schlechten Gedanken waren weg und in der Nacht erschien ihm Gott zum ersten Male, im Schlaf, und sagte ihm, gut gemacht mein Junge.

Das war es, was er gerne gehört hätte, als Junge, als junger Mann, wenn er etwas gut gemacht hatte. Das kam aber nie. Jetzt stand er im Flur der Klinik, im Rolli, nachdem er so viele Teufel erledigt hatte. Er rollte langsam den Flur entlang, der Pfleger hatte etwas vergessen und die Wache war auf dem Klo, er war alleine.

Das erste Mal seit langem nicht bewacht und er erreichte das Treppenhaus, es verlief in einem großen Bogen nach unten, sie waren ganz oben. Links die Fahrstühle, rechts das Geländer. Das war zu hoch, abstützen und hochdrücken ging nicht und so rollte er entlang am Geländer und entdeckte eine lose Strebe. Da kam er noch nicht durch und Gott stand am Rand, diese helle Erscheinung, ganz im Licht im hellen Licht, weiß, ganz weiß und rief: „Jetzt ist die Zeit mein Sohn, du hast es gut gemacht, brich den anderen Stab heraus."

Das gab ihm die Kraft, er griff die Strebe, zog sie heraus und hebelte eine Zweite kaputt. Es knackte sehr laut. Da er sehr schlank war, konnte das gehen, er stieß den Rollstuhl weg und spürte stechende Wundschmerzen, egal, er biss die Zähne zusammen und kroch zu dem Loch.

Ja, er passte durch, er zog sich hindurch und kippte nach vorn und fiel in die Tiefe. Er sah den Boden kommen, kopfüber, das war komisch, urkomisch und er musste im Fallen lachen. So glücklich war er überhaupt noch nie gewesen, ein Glücksgefühl durchströmte ihn, nur diese wenigen Sekunden seines ganzen Lebens, diese waren glücklich.

Dann knallte es und es wurde dunkel.

Der Pförtner hatte das Aufprallen gehört, eilte hin und sah einen lächelnden Mann mit zertrümmerten Gliedmaßen, ja es musste der ganze Knochenbau zertrümmert sein, aber der Typ lächelte.

*

Bernd Freitag wurde natürlich geholt, obwohl er Feierabend gehabt hatte. Anja bat er, zu Hause zu bleiben: „Das ist nichts für junge Frauen", sagte er scherzhaft. „Nein das schaffe ich und Roman, du hast Familie, kümmere dich um sie", sagte er lachend. Niemand hatte etwas angefasst, der Ort des Geschehens war abgesperrt, man nutzte die anderen Treppen und Fahrstühle. Die Spurensicherung hatte auch schon begonnen.

„Grüß euch, was habt ihr schon", fragte Bernd den Kollegen. „Ja, das ist eindeutig, der hat die lose Strebe rausgezogen, hier siehst du, dass das schon alt ist, und die andere rausgebrochen und ist dann durch."

„Bernd", rief es von unten, der Rechtsmediziner war da. Der kam, recht spät, Bernd fuhr mit dem Aufzug wieder runter. „Tut mit leid, ich war im Kino", begrüßte er den Bernd. Der grinste ihn an: „Heute ist Montag, du meinst Tatort", in der Tat, war es 21:10 Uhr, der Film lief noch.

„Bernd, was soll das, dein Sarkasmus, hier!", und er widmete sich der Totenschau.

„Ist ganz deutlich, der Aufprallpunkt, kann man mal nachstellen, aber ich glaube, der ist wirklich durch das Gatter durch und ab dafür. Aufprall mit dem Kopf zuerst, die Birne ist futsch, der Rest dürfte so alles an Frakturen haben, was so geht, wenn das wichtig ist, die Obduktion abwarten. Aber schau mal, der lächelt, als wäre er zufrieden eingeschlafen und nicht aufgeknallt."

„O k, ist vielleicht besser für ihn, aber um Fremdverschulden auszuschließen, siehst du Anzeichen von nachgeholfen?"

Tatsache, der Tote lächelte zufrieden.

„Merkwürdig ist nur, dass der Kopf von sagen wir, 56 Zentimeter auf 30 geschrumpft ist. Ich denke durch den Aufprall, aber das Lächeln ist deutlich zusehen."

Der Kollege nickte, und suchte nach Griffspuren ab, denn wenn der der Mörder gewesen war, dann kann auch einer nachgeholfen haben. „Nee Bernd, nach der Obduktion endgültig, aber ich sehe nichts, der ist selber abgeflogen."

„Danke, wo ist denn der Bewacher und der Pfleger, die sollten ihn doch irgendwohin bringen, der sollte doch in die Forensik, denke ich", wollte Bernd wissen.

„Komm mit hoch, dort oben sind beide."

Der Staatsanwalt kam um die Ecke, sie begrüßten sich und fuhren hoch. Beide Delinquenten saßen in dem Raum, wo der Eve Manoult vorher untergebracht war, und waren sehr geknickt. „Was war los, wie konnte es zu so etwas kommen?" Der Staatsanwalt war ungehalten, er begann die Befragung ohne Begrüßung und unwirsch.

Der Pfleger berichtet, er hätte ihn angezogen und in den Rollstuhl verbracht, von Anketten war keine Rede gewesen. Der Wachmann musste zur Toilette. Der Pfleger hätte warten müssen, bis der Wachmann wieder da gewesen wäre, aber der musste sein Handy holen, auch zu seiner Sicherheit.

Das klingelte und lag im Raum, das hatte der Pfleger abgelegt, als er den Eve Manoult in den Rolli gehoben hatte. Als es klingelte, waren sie bereits im Flur.

„Was gab es denn so Dringendes, das sie auch noch rangehen mussten?"

„Es gab einen Patienten, der geklingelt hatte, unten, aber ich konnte hier nicht weg." Der Staatsanwalt nahm sich das Handy und sah nach, es stimmte, da kam ein Anruf, würden sie aber noch prüfen woher.

In der Zeit des Anrufs ist der Manoult zur Treppe gerollt. Er könne doch nicht wissen, dass da, was kaputt sei, am Treppengeländer, erklärte er unter Tränen.

„Er hätte sich auch einfach die Treppe herunterrollen lassen können, hätte auch klappen können", wütete der Staatsanwalt. Bernd wandte sich zum Staatsanwalt.

„Sage mir mal bitte, was machst du hier für Wellen, der ist tot, na und. 10 bis 15-facher Mörder, lebenslang und Sicherheitsverwahrung, das könnte maximal herauskommen, wenn wir ihm alle Morde beweisen können, wir werden das dann durchgehen, wenn die Spusi alle Daten ausgewertet hat. Ich glaube, wir können ihm vielleicht zwei, drei Morde exakt beweisen, mehr vielleicht nicht, wir wissen, dass es mehr waren, haben aber keine handfesten Beweise, das weißt du genau. Die Kosten, die Politik denkt doch immer zuerst an die Kosten. Die beiden nachlässigen Typen haben dem Steuerzahler einen Haufen Geld gespart. Und vielleicht war er ja auch nicht alles, vielleicht gibt es auch einen Nachahmer, was wissen wir denn wirklich. Aber wir schauen auch noch einmal genauer hin, damit die Typen nicht auch noch dran sind."

Der Staatsanwalt schaute ihn entgeistert an, eigentlich hatte der ja recht, unser Rechtssystem kann so etwas gar nicht adäquat bestrafen, auch ein Anderes nicht, einen Tod kann man sterben, keine 10. Er beruhigte sich wieder, sie vereinbarten die Vernehmung im Revier und entließen beide zum Seelenklempner, dem Notfallseelsorger, der auch da war. „Und Bernd, der Anruf, ich prüfe das gleich," damit drückte er den Knopf und landete unten, im Haus, beim Anrufer.

Der Landarzt

Es dauerte dennoch noch eine gute Woche, ehe sie alles Gefundene ausgewertet hatten. Es war eine Menge Kleinarbeit, anrufen, nachfragen und recherchieren, ehe sie ein Bild hatten, dass ihnen eine abschließende Bewertung erlaubte. Dennoch war das wichtig alles auszuwerten, zum Einen, wollte man Sicherheit haben, dass Eve Manoult der Fahrradmörder war, zum Anderen, musste man die Mitwirkung des Sohnes ausschließen, oder beweisen.

So waren sie fleißig bei der Arbeit und fanden noch zwei Fälle von Fahrradunfällen, die einen Zusammenhang mit, den Morden haben könnten. Durch die Mailtechnik, bekamen sie auch immer sehr schnell die Unterlagen, dennoch mussten sie die ausdrucken und die Akten der laufenden Ermittlungen wurden immer dicker.

„Bernd, hier habe ich einen Fall, der ist sehr interessant. Der Manoult hatte nach der Akte in Stuttgart ein Problem mit einem Radfahrer, das mit 2000 € und einem Eintrag ins Strafregister verbunden war. Der hat beim Türöffnen, einen Radfahrer umgehauen und der ist von nachfolgenden Autos schwer verletzt worden. Nach den Gerichtsakten frage ich mich aber, wenn der keine 50 cm Abstand zum parkenden Auto hatte, dann ist der nach geltendem Recht Mitschuld an seinem Unfall. Und wenn dann nachfolgende Fahrzeuge rüber fahren, stellt sich sowieso die Frage, ob der nicht vorher noch bei Rot gefahren ist. Tatsache ist das so, hier ein Ampelblitzer, hier ist das deutlich zu sehen. Der Fahrradfahrer ist eindeutig bei Rot gefahren. Warum dann der Aufriss, aber auch die 2000 € sind unverständlich, die ja einen Deal darstellen. Ich habe dann beim zuständigen Gericht angerufen und denen mal auf den Zahn gefühlt. Der Richter ist Radfahrer, was denkst du, das ist Rechtsbeugung! Und wenn man die Folgen dieses Urteils betrachtet, dann kann man nur noch von fatalen Folgen sprechen. Auch das kann nicht ungesühnt bleiben."

Anja schob Bernd die Akten rüber und der blätterte sie durch. Er dachte nach: „Du hast Recht, das ist Rechtsbeugung. Wir werden das auf alle Fälle in dem Bericht mit aufnehmen und den Oberstaatsanwalt unterrichten. Da wird aber nichts passieren, Anja. Deutsche Richter sind unfehlbar. Es gibt keine Instanz, die deren Arbeit prüft und bewertet, wenn es zu eklatanten Fehlurteilen kommt. Siehe Mord ohne Leiche, oder eben unseren Fall. Es läuft mir heiß und kalt den Rücken runter, wenn man darüber nachdenkt, der hätte anders geurteilt."

Der Profiler hatte das meiste mitgehört und zog sich einen Stuhl ran. „Ihr habt Recht, selbst wenn man von einer psychischen Störung des Herrn Manoult durch miese Erziehung, Lieblosigkeit, Herzlosigkeit, falsche Berufswahl und so weiter mit dazu nimmt, würde der mit Sicherheit irgendwann eine Depression bekommen haben, aber nicht zwingend eine Psychose, mit diesen Folgen."

„Es geht ja noch weiter, meine Herren", mit einem Blick auf Anja dann noch: „Und Damen. Ich habe dann mal den Weg des Fahrradfahrers verfolgt und gute Kontakte im Gesundheitswesen von Berlin genutzt, um in Baden-Württemberg zu ermitteln. Da bin ich auf einen Kunstfehler eines Chirurgen an diesem Radfahrer gestoßen. Etwa 5 Wochen nach dem Unfall musste der noch einmal notoperiert werden, ein Arzt hatte ein Problem übersehen, dass vor dem Unfall vorhanden war, aber nicht mit dem Unfall behandelt. Bei dieser OP verstarb bedauerlicherweise der Unfallverursacher, so will ich das jetzt mal sagen, der Radfahrer. Was glaubt ihr, wer war der Operateur?"

Bernd schüttelte den Kopf oder schüttelte es den Bernd, der Profiler zog nur die Brauen hoch.

„Nicht doch, der Dr. Eve Manoult?"

„Genau, der Kandidat hat 100 Punkte. Unser Fahrradmörder hat hier also seinen ersten Mord produziert. Den muss man wahrscheinlich auf Totschlag reduzieren, das wird er nicht geplant haben, aber er hat die Gelegenheit genutzt. Und der Ermordete passte ins Raster, Arschloch, rücksichtsloses Verhalten, Wegklingler, Mittelfingerzeiger und im normalen Leben Nadelstreifenträger, der Psychopath in Nadelstreifen. Vielleicht schon verjährt?"

Auch das hatte Anja recherchiert. Das war ihr wichtig, zu wissen, ob der Manoult, das nun wusste, war am Ende egal. Der hatte tatsächlich fast immer solche Typen erwischt. Nur in einem Falle hatte er den gezielt getötet, das war sein ehemaliger Chef in Berlin Buch.

„Der Vorfall in Stuttgart wurde im Krankenhaus vertuscht, der Reputation wegen, der Vater hatte interveniert. Manoult hatte freiwillig gekündigt und ist dann kurz danach mit seiner Frau nach Glienicke gezogen. Die hatte den Job in der Charité bekommen. Noch was, die Spusi hatte irgendwo versteckt, uraltes Insulin gefunden, mit Spritze, an der noch Reste von DNA waren."

„Seine Frau", mutmaßte Bernd. Anja nickte: „Opfer Nummer 2 kann man so sagen, das ist zwar noch nicht 100%, die DNA ist nur mit dem Jungen verglichen worden, das wird noch mit Eve verglichen werden und mit dem, was wir für die DNA der Frau halten", und beide blickten den Profiler an.

Der dachte kurz nach. „Ich habe mit dem Jungen geredet, dem Max. Der hat seinem Therapeuten, also auch mir, sonst wüsste ich das nicht, erzählt, er hätte eine dunkle Erinnerung an seinen Vater mit seiner Mutter und einer Spritze. Das soll gewesen sein, kurz bevor seine Mutter starb. Insulin kann nicht mehr nachgewiesen werden, wenn die Obduktion 12 Stunden nach der Tötung stattfindet. Und die hat hier 48 Stunden nach der vermeintlichen Tat stattgefunden, die hatten zu viel zu tun. Auch hatte der Manoult den Tod seiner Frau erst nach 12 Stunden gemeldet, der wusste ja Bescheid. Da gab es wohl zwei Morde, die vorangingen."

„Das hätte der letzte Zeuge aber anders gemacht, der hätte bei dieser jungen Frau und der komplett unklaren Todesursache, die Nacht rangehängt, um die Frau zu zerlegen", gab Roman grinsend dazu.

„Ja, im Film mein Guter. Es ist doch zum Mäusemelken, wenn das beides nicht gewesen wäre, würden die anderen 14 Arschlöcher wahrscheinlich noch rumfahren.", bemerkte Anja.

Der Profiler nickte. „Das ist eine Kausalkette, tragisch aber wahr. Ich habe auch recherchiert und Kontakte genutzt, die man nicht aktenkundig machen kann, aber ein Bild ergeben. Erst einmal ist der Mord an seiner Frau in keinem Zusammenhang zu sehen mit den Motiven bei den Fahrradmorden. Das war eine Verzweiflungstat. Vermutlich hatte der schon so einen Druck, seelischen und die Frau wollte dem sicher helfen, vielleicht wollte sie sich auch trennen oder so etwas, dann wäre jeder Halt, für einen seelisch Kranken weg. Jedenfalls musste die Frau, für ihn weg. Das scheint nicht logisch zu sein, Depressive verhalten sich aber nun einmal nicht logisch.

Oft schlagen sie indirekt auf die ein, die ihnen helfen wollen und erreichen genau das Gegenteil. Da kaum einer damit umgehen kann, gibt es halt Trennung, oder wie hier Totschlag. Als Arzt wusste der, wie das geht. Zum anderen habe ich mich in Psychiaterkreisen umgehört. Ich habe tatsächlich Krankenakten gefunden, die Aussagen, der hat schon um Hilfe gerufen, aber es gibt zu wenige Therapieplätze und der wirkliche Kranke, findet auch die Notversorgung nicht. Der steht alleine da und wenn der Druck zu groß wird, dann wird das zur Psychose, die Folgen kennen wir. Es gibt da einen Kollegen, der ist inzwischen auch im Krankenhaus, der hatte den Manoult als Patienten. Auch wegen den ist der durchgedreht, Schuldgefühle, krank, der ist nun arbeitsunfähig."

„Noch so ein Baustein, versagt denn die ganze Gesellschaft bei diesem Fall" warf Anja verzweifelt ein.

„Nein, liebe Kollegin, nicht die Ganze, nur die Hälfte, immerhin habt ihr ihn zur Strecke gebracht. Im Übrigen hast du recht, die Gesellschaft versagt doch komplett. Wachstum generieren, schneller, höher, weiter, immer vorwärts, immer schneller. 330 fährt der ICE, dann 450. Da kommen viele nicht mehr mit. Die Überforderungen nehmen zu, Burnout, Zusammenbrüche. Nehmt die Pädophilie, zum Einen ist die Gesellschaft komplett sexistisch, es geht um Umsatz, zum Anderen musst du aufpassen, was du sagst, damit dein Wort keine sexuelle Belästigung wird. Es reicht schon eine blöde, unbedachte Bemerkung für ein klärendes Gespräch. Du bekommst sexuelle Reize von früh bis spät über die Werbung, und wenn du dann Hilfe brauchst, weil du komische Neigungen verspürst, gibt es deutschlandweit zwei auf Pädophilie spezialisierte Therapieplätze. Der Rest der Kollegen kennt das Problem und wurschtelt irgendwie rum. Liest nach und versucht zu helfen. Wenn du überhaupt an einen normalen Therapieplatz kommst, Wartezeit 6 Monate. Was machst du dann mit deiner akuten Psychose oder mit einer stinknormalen Depression? Also Kinder, passt schön auf euch auf und macht mal zwischendurch eine Pause. Geht ruhig zum Arzt und ruht euch aus, mehr kann ich nicht empfehlen."

Bernd sah auf die Uhr, es war Mittag, er blickte Anja an und sie nickte nur. Den Profiler wollten sie nicht dabei haben, also ging Bernd erst zur Toilette. Als der weg war, sagte der Profiler noch: „Gute Arbeit Kollegin, sehr gut gemacht", und es hörte sich ehrlich an.

„Ich meine das ehrlich, ich bin wirklich glücklich verheiratet. Siehst du, ich habe sofort den Impuls mich zu entschuldigen, weil ich Angst habe, du empfindest das, als baggern. So weit sinken wir in unserer Gesellschaft herab. Was wäre aber auch so schlimm, nett zu Dir zu sein, auch baggern ginge noch. Früher hat man charmant sein, dazu gesagt."

„O. k., das habe ich auch so verstanden. Ich muss dann mal auch los", damit löste sie sich auch aus dem Gespräch und steuerte die Kantine an.

*

Sie aßen nachdenklich, jeder dachte nach, für sich. Nach dem Essen begann Bernd zu reden. „Ich denke die ganze Zeit darüber nach, wie viele Leute hier schon versagt haben, bis zum Wachmann, und dem Pfleger, aber die haben ja bloß die Selbsttötung nicht verhindern können. Das hätte der sicher bei jeder Gelegenheit gemacht. Was ist eigentlich aus dem Assistenten geworden, meisten operieren die doch nicht alleine?"

Bernd meinte den Kollegen am OP-Tisch, der mit dem Manoult operiert hat.

„Ich hole erst noch mal einen Espresso", und sie verschwand kurz. Beim genüsslichen Schlürfen der schwarzen Brühe, sagte sie: „Ich habe oben eine Adresse, bei Neuglobsow. Ich habe den nicht erreicht, wahrscheinlich ist der unterwegs gewesen."

„Gib sie mir Anja, da fahre ich am Wochenende hin, können wir mal schön wandern, den befrage ich."

Bernd bekam dann diesen Zettel und da Freitag war, kam er nach Hause mit dem Vorschlag: „Wir machen einen Ausflug nach Neuglobsow, morgen, auch wenn Wetter ist."

*

Hartmut war wieder in der Reha, ihm ging es inzwischen recht gut und so fragten sie, ob Monika mitwollte, nach Neuglobsow. Und wie sie wollte, das war schön, so ein Ausflug im Moment war ihr Leben doch recht trist geworden, der Mann fehlte ihr sehr. Aber es würde alles gut werden, so stieg sie gerne in das Auto von Bernd und freute sich auf einen schönen Tag in Neuglobsow.

Bernd hatte vorher angerufen, am Abend war jemand da gewesen, es war die Frau und so bat er um einen Termin, ein Gespräch, mehr nicht. Sie verabredeten sich so gegen 17:00 Uhr, also hatte sie wunderbar Zeit um den See zu wandern, um den großen Stechlinsee, unverbaut, immer am Ufer entlang, fast immer.

Durch dichte Laubwälder gingen sie. Hier war es wahnsinnig ruhig, nur der Vögel Gesang hallte durch das Laub. Sie wanderten, schwiegen lange und genossen den Tag. Bernd liebte das, seine Marlis natürlich auch und

Monika brauchte das jetzt auch sehr, nur nicht ganz alleine.

Mittag aßen sie dann gegen drei im Fischerhaus direkt am See. Es war einfach herrlich. Pünktlich war Bernd dann am Haus des Arztes, des Landarztes Dr. Uwe Schneider. Er klingelte, die Frauen wollten sich gerade trollen, sie wollten sich in ein Café setzen, aber die Hausherrin sah das, und bat sie mit herein. „Ich habe einen schönen Kuchen gebacken, der reicht für uns alle."

Nein das ist nicht zu spät für Kuchen, sie haben manchmal so komische Zeiten, dann fällt das Abendbrot halt aus. Sie nahmen auf einer Terrasse platz, es wurde eingedeckt und als alles da war, kam Dr. Schneider.

„Hauptkommissar Bernd Freitag, meine Frau Marlis und unsere Nachbarin Frau Monika Mertens," man konnte ihr Mann förmlich sein, dachte Marlis. Dem Arzt war das alles angenehm und er setzte sich dazu.

Beim Kaffee begann Bernd: „Ich danke ihnen für das Gespräch, es ist nur eine Information, die für sie vielleicht sogar wichtiger ist, als für meine Arbeit. Außerdem wollte ich schon lange mal wieder an den Stechlin, ist einfach schön hier. So ruhig."

„Ja, das ist es, es ist einfach nichts los und das ist schön."

„Sie haben sicher schon gehört, dass bei uns im Landkreis ein Mörder umgeht, der es auf Fahrradfahrer abgesehen hatte. Den haben wir, glaube ich, wir sondieren jetzt noch die Beweise." Er nahm einen Schluck Kaffee.

„Für den Prozess?", fragte der Arzt.

„Es wird keinen Prozess geben, der Mann ist tot. Aber lassen sie mich bitte zu meiner Frage kommen. Sie waren 2000, glaube ich, im Universitätsklinikum in Stuttgart, ist das richtig." Der Arzt nickte nur und sah auf seinen Teller. Den bedrückt das jetzt noch, dachte Bernd.

Seine Frau half ihm: „Wissen sie Herr Hauptkommissar, das ist immer noch unangenehm für meinen Mann. Ich bin froh, dass der nicht daran zerbrochen ist."

„Frau Schneider, mir geht es hier nicht um Schuld, sondern um Klärung, auch nicht um urteilen. Außerdem wäre das juristisch verjährt. Es gab da einen Fall, der den Weg ihres Mannes erheblich beeinflusst hatte. Was ist sein ehrlicher Blick auf diese Dinge." Manchmal war es wirklich besser, wenn man den indirekten Weg geht, das tat Bernd gerade.

Der Arzt fasste sich ein Herz, es musste mal besprochen werden, es nagte immer noch an ihn, trotzdem er hier angekommen war, im Osten. Er hatte liebe Patienten, half, wo es ging, auch mit alternativen Methoden, jeder, wie er es wollte. Er war beliebt und er war gerne hier.

Er ahnte, ja er spürte das, das würde heute gut werden endlich einen Abschluss haben.

„Ja, ich war bei dieser unseligen Operation dabei. Einzelheiten erspare ich ihnen, aber es war nicht sehr kompliziert. Das hätte ich damals schon alleine gebracht. Ich habe, ohne mich reinwaschen zu wollen, mir mal den Schweiß von der Stirn gewischt, da muss der Manoult," er sagte bewusst nicht Doktor, „die Aorta angeschnitten haben. Das sage ich jetzt, bewusst so, denn nachdem sie angerufen haben, habe ich nachgedacht. Ich fühlte mich immer schuldig, mitschuldig, war es aber nicht. Das war selbst für mich unerfahrenen Operateur eine recht routinierte Geschichte. Alles lag frei, er hätte eigentlich gar nicht abrutschen können. Das habe ich auch damals der Staatsanwaltschaft gesagt, aber ich wurde dennoch gefeuert. Der Manoult musste auch gehen, freiwillig, aber es passierte nichts weiter."

Bernd hatte Gelegenheit den köstlichen Apfelkuchen zu essen.

„Ihre Schuldgefühle waren überflüssig, ich glaube heute, dass sie das richtig gesehen haben. Der Manoult hatte tatsächlich den Tod des Patienten, des Fahrradfahrers bewusst herbeigeführt. Der hatte einen Unfall mit einem Fahrradfahrer, dem Patienten, der ihm, dem Manoult angehängt wurde, obwohl der Fahrradfahrer, wenigstens mitschuldig war am Geschehen. Das war Totschlag sozusagen, dass auf dem OP-Tisch, dass können wir aber nicht mehr beweisen, es ist mir aber wichtig, das sie das wissen. Auch ist das verjährt. Deshalb bin ich hier. Wie ist dann ihr Leben verlaufen? Hätten sie nicht etwas für sich tun können?"

„Das habe ich versucht, aber mir hat man zu verstehen gegeben, wenn ich ruhig bleibe, soll es mein Schaden nicht sein. Mal abgesehen davon, was hätte werden können, konnte ich noch meinen Facharzt machen und habe dann keine Anstellung gefunden, so was spricht sich irgendwie rum. Da kam das Angebot des Landarztes hier in Neuglobsow. Das war es eigentlich nicht, was ich wollte, Provinz und dann noch im Osten. Wir hatten so viele Vorurteile. Aber heute sehe ich das sehr positiv. Vielleicht sollte ich dem Manoult doch dankbar sein, es ist wirklich sehr schön hier. Die Leute sind toll, die Arbeit ist entspannt und es macht Spaß. Sie sehen Leben kommen, werden und gehen, und sind auch noch Seelsorger dazu. Dann die tolle Frau, die hier rumgelaufen ist, die auf mich gewartet hat.", und er blickte sie zärtlich an.

„Das freut mich dann doch sehr. Wir haben einige Beweise, dass der Manoult", Bernd benutzte jetzt auch nur noch den Nachnamen, „dass der, der Fahrradmörder war. Erst der sogenannte Kunstfehler, bei dem der sie, sogar noch reingezogen hatte, dann seine Frau und dann begann die Serie 2002 im Barnim mit seinem Chef, denn da ist er auch gegangen worden. Und so weiter, es waren bis jetzt, was wir wissen, 14 Fahrradfahrer, also 15 Morde und zwei Mal Totschlag, irgendwie kam ihm ein Mädchen dazwischen, eine Tourette und ein versuchter Mord, das ist der Mann von Monika. Dadurch haben wir ihn erst bekommen."

„Wie ist er umgekommen."

„Selbstmord, Gott hat die beiden, den Pfleger und den Wärter abgelenkt", und es klang nicht so, wie wenn der Gläubige spricht, eher ironisch.

„Ist wohl auch besser so, denke ich für alle Beteiligten. Der war nie froh in seinem Leben, denke ich und würde es auch nie wieder werden, glaube ich."

Das war jetzt wirklich klug gesagt vom Doktor. Nun tranken sie nur noch Kaffee und redeten von schönen Dingen.

Der Junge

„Guten Tag, Doktorle", Bernd begrüßte den Arzt, Irrenarzt wie er ihn manchmal respektlos nannte. Sie kannten sich, waren gemeinsam zur Schule gegangen, hatten sich gewissermaßen im Sandkasten die Schippen um die Ohren gehauen, deshalb durfte er das auch und der nun seinerseits, nannte ihn hin und wieder nur, du Bulle.

„Gut Bernd, ich will nicht lange herumreden, alles darf ich dir ohnehin nicht sagen, aber du verwendest ja nur, was im Gutachten steht. Solch eine Psychose, die des Vaters ist nicht vererbbar, aber du kennst mich. Du weißt, dass ich die Sozialisierung durch die Eltern, sehr hoch bewerte. Und nach dieser These muss er was abbekommen haben. Die Frage ist nur, inwieweit sich das irgendwann bemerkbar macht und vor allem wie. Eine Depression in Folge der Angststörung, die er durch den Schock der Tötung der Mutter erlebt hat, ist natürlich nie auszuschließen und du weißt auch, dass sehr erfolgreiche Künstler tief fallen, wenn es nicht mehr läuft. Manch einer kommt nicht mal mit dem Hype klar, der Berühmtheit umgibt. Also das machen, was man mag und liebt, schützt auch nicht immer so 100 prozentig. Was wir erst einmal mit unseren Untersuchungen ausschließen können, ist, dass der Junge gefährlich ist oder auch sein könnte. Auch nicht gewalttätig, auch wenn er nicht mehr trommeln würde, denn hier baut er ja seine Aggressionen ab. Ja, wir glauben, und ich habe mich extra versichert bei Kollegen, dass er es schaffen könnte, wenn er sich immer Hilfe holt."

Bernd zog die Brauen hoch: „Das hat sein Vater auch probiert, sich Hilfe holen. Das hat ja wohl nicht so geklappt."

Das gefiel dem Jürgen, dem Psychiater, gar nicht, warum sollte es auch, man konnte niemanden in den Kopf gucken und er wurde sogar leicht wütend bei dem Gedanken, dass das Ganze vielleicht so nicht passiert wäre, hätte der Vater Hilfe bekommen.

Das war aber auch nicht auszuschließen, so das er tief durchatmete um dem Zorne Herr zu werden, denn es war seine Zunft, die hier versagt hatte. Das Gesundheitssystem, das nicht genug Therapeuten vorhält, auch wenn es was kostet. Das hatte er nun wieder nicht zu verantworten.

Dass die Anderen dem Mörder nicht in den Arm fallen konnten, sondern nur der Kommissar Zufall geholfen hatte. Ein Opfer, das sich wehren konnte, eine

Tat, wo es nicht lief, oder sollte das Ganze zu Ende gehen?

Wer weiß das schon.

„Du hast ja recht, wie immer, aber beruhige dich, er hat mir versprochen etwas zu tun und ich habe ihm auch ein Coaching besorgt und einige Mechanismen an die Hand gegeben, damit er sich auch selbst helfen kann. Das ist ein guter Junge, talentiert, rhythmisch ein Ass, ein kleiner Mike Portney und er weiß auch, dass es nicht der Ruhm und die Ehre ist, sondern Arbeit, ein Job, den er immer anbieten kann. Was ist wichtiger, jeden Monat seine Miete zu bezahlen, auf 20 Platten im Monat zu hören sein, oder ein Held, der nach ganz oben steigt, wie Ika-rus, und dann zu dicht an die Sonne kommt und verbrennt?

Das hat der Junge, glaube ich, gut verstanden. Er hat Abitur und wird Musik studieren Perkussion, Rhythmus, das habe ich auch schon angeleiert und er wird bei uns in Behandlung bleiben. Also lasst ihn frei und studieren und ein ordentliches Leben finden."

Bernd schwieg zunächst. Das hörte sich sehr gut an, aber er war gewohnt skeptisch zu sein, zu viel hatte er auch erlebt. Doch, was sollten sie tun, der Staatsanwalt und der zuständige Richter werden auf Grund des Gutachtes und der absolut nicht vorhandenen Beweise, für eine Mittäterschaft, oder eine Mitwisserschaft, also Strafvereitelung, die werden ihn freilassen aus dem betreuten Wohnen, er war inzwischen schon fast 19 Jahre alt und volljährig, also konnte er alleine leben.

*

So geschah es auch, alle Sanktionen gegen den Jungen wurden aufgehoben und Bernd fuhr in das Wohnheim, wo er betreut wurde, betreutes Wohnen unter Aufsicht und wollte ihn abholen. Der junge Mann war gut erholt, es tat ihm gut, betreut worden zu sein, er schien einiges gelernt, zu haben, war aber erstaunt den Polizisten zu sehen.

„Ich denke, ich kann nach Hause, nun die Polizei?", fragte er nicht unfreundlich. „Ja, du wirst die Bullen sowieso nicht los, ich wohne dir doch gegenüber." Bernd lächelte den Jungen sanft an. „Ich dachte, ich helfe dir, nach Hause zu kommen, schließlich habe ich dich ja auch wegschleppen lassen. Tut mir leid, aber du warst so aggressiv und dass da ein Anfangsverdacht war, kannst du nicht verleugnen und wir nicht ausschließen, also ich", damit zeigte er mit dem Finger auf sich.

„Und nun, gibt es keinen Verdacht mehr?"

Bernd schüttelte mit dem Kopf. „Ich weiß nicht, ob du dich mit dem Kram befassen willst oder gar sollst, den dein Vater hinterlassen hat, soweit er nicht fremdes Eigentum war. Aber die Tagebücher, die Zeichnungen, die Bilder, die ja seine sind, die kannst du dir irgendwann, ich denke so Mitte des Jahres aus dem Revier abholen. Die müssen wir freigeben. Da ist nichts dabei, was dich irgendwie belastet."

„Danke, dann hole ich mal meine Sachen und wir fahren los."

Auf dem Weg nach Glienicke in die Watthichstraße redeten sie nicht viel miteinander, Bernd hatte Musik an, im Moment hörte er seine DDR Platten durch, natürlich digitalisiert und auf CD gebrannt und da war gerade Hansi Biebl dran. „Es gibt Momente", oder „Der lange Weg", einfach wunderbare Musik.

Der Junge begann irgendwann leise zu trommeln, ja der hatte Rhythmus im Blut, das war zu merken. Irgendwo zwischen Hohen Neuendorf und dem Pilz in

Frohnau sah der ihn an und fragte: „Musik aus dem Osten?"

Bernd nickte nur und der Junge nickte sehr anerkennend. „Verdammt gute Musik habt ihr gemacht."

Bernd parkte direkt vor dem Eingang und half beim Ausladen, einen Koffer trug er ins Haus, das einsam und verlassen lag, es roch muffig drinnen, zulange hatte hier keiner gelüftet und der Junge bat ihn mit herein zukommen. Bernd stellte den Koffer im Korridor ab, da bat ihn der Junge, mit in den Keller zu kommen. In dem Raum, in dem sein Vater seinen Rückzugsraum hatte, blieb er stehen und sah sich um. Der war fast leergeräumt, keinerlei Unterlagen waren mehr da, der Schreibtisch war leer, auch die Schränke.

„Was hast du nun vor?", wollte Bernd wissen.

„Ich weiß es nicht. Ich studiere Musik, der Therapeut hatte mir dazu geraten und geholfen unterzukommen."

„Wirst du das Haus behalten, bleibst du hier wohnen, ist eigentlich zu groß für dich, auch zu schwer sauber zu halten?"

„Ich weiß es noch nicht, aber hier unten könnte ich in Ruhe trommeln, Perkussion, das heißt, nur Krach machen", und er lachte den Bernd an.

„Gut, ich sage dir Bescheid, ob das noch stört, dann helfen wir dir, das schalldichter zu bekommen. Wenn du noch Hilfe brauchst, meldest du dich, wir werden schauen, was wir tun können."

„Danke, ihr seid sehr lieb zu mir, das habe ich so doch gar nicht verdient."

Bernd fiel ihm ins Wort: „Quatsch Junge, es gibt die These, dass man sich die Eltern aussucht, weil man irgendetwas in diesem Leben lernen muß, aber noch gilt die direkte Verantwortlichkeit bei uns. Als Kind hättest du ohnehin keine Macht gegen deinen Vater gehabt und selbst wenn du was geahnt hättest, was hättest du tun sollen. Deinen Vater anschwärzen und im Heim landen? Wer macht so was. Ich erlebe das ständig, dass selbst gequälte Kinder, oder Ehefrauen sich nicht lösen können von dem Peiniger. Alleinsein muss zu grausam sein. Das Heim wohl auch, ich mußte das Gott sei Dank nicht erleben."

„Danke Herr Freitag, hätten sie doch früher gesagt, was man machen könnte, wegen dem Lärm."

„Hab ich doch Junge, aber da war dein Vater vor. Hasst du ihn, wegen seiner Taten?"

„Nein, Hass ist nicht gut, habe ich gelernt, das blendet, macht blind. Er war doch krank, wie der Opa, der ist doch auch krank."

„Wie meinst du das, wie ist der krank?"

„Der war doch ein Nazi, ein beschissener Nazi."

„Wie kommst du darauf?"

„Ich habe vor ein paar Jahren mal Urlaub bei denen gemacht und da habe ich den Kram gefunden, SS, Ausweis und so. Das habe ich erst alles nicht verstanden. Das war so alt, warum hebt der das auf. Dann habe ich alles im Internet nachgelesen. In Geschichte kam ja auch nicht so viel. Dann war der doch tätowiert, habe ich gesehen beim Baden einmal."

Mein Gott dachte sich Bernd, da verurteilen wir Einen, der `Jedem das Seine`, auf dem Rücken hat, obwohl das ein Spruch des alten Fritzen ist, der meint, es solle Jeder nach seiner Façon selig werden. Dazu hatte der Typ allerdings noch die Pforte eines KZs tätowiert, und diese Penner, die wirklichen Verbrecher, die lassen wir einfach so rumlaufen, die wirklichen Mörder, auch wenn sie jetzt bald sterben. Das ist doch ein Jammer.

„Ich habe den gerade besucht, wir wollten deinen Vater kennenlernen, wie der sozialisiert worden ist. Das habe ich auch so erlebt. Na ja, dann mache du was Gutes aus dem Erbe mein Junge, das ist dann für dich ein guter Start ins wirkliche Leben. Noch was, wir konnten die Presse raushalten, damit du in Ruhe leben kannst, meide die, rede nicht öffentlich darüber, egal was die bieten, bitte."

„Will ich gar nicht haben dieses Drecksgeld, auch nicht vom Opa," ein wenig Wut machte sich bemerkbar.

„Mache keinen Fehler, auch die überlebenden Opfer sind bald alle tot, es nütz Niemanden etwas mehr, wenn du das Erbe wegwirfst, das deines Vaters, aber auch das des Opas, wenn der stirbt. Nehme es und lebe damit und mache in Ruhe deine Kunst. Das hätte dein Vater gerne auch gemacht, der wollte Kunst studieren, Maler, Radierungen hat er auch gemacht, die Bilder sind grausam schön, die er gemalt hat, sehr morbid. Sicher, hätte er auch was ganz Schönes malen können, wenn er es hätte dürfen. Gut Junge, ich muss los, sonst bekommt meine Frau noch Angst. Noch einmal, meide die Presse, sage nichts, du weißt nichts, das ist, bestimmt besser. Also machs gut und das meine ich von Herzen."

„Danke Herr Freitag, schöne Grüße an die Frau, auch an den Nachbarn, sage ihnen es tut mir leid, alles, auch der Krach. Ich habe ja auch viel zu tun, muss mich mal hier wohnlich einrichten. Das stinkt ja wie im Puff."

„Woher weißt du, wie es im Puff stinkt, da war selbst ich noch nicht drin?"

„Redewendung!"

„Vielleicht kannst du das bald allen selber sagen, wir machen mal einen Kaffeeklatsch, was hältst du davon?", schlug Bernd vor, denn das sollte er ruhig selber machen.

Der Junge nickte erfreut: „Gerne." Sie klatschten sich ab und dann ging Bernd, fuhr das Auto rüber in seine Garage und nahm seine Marlis in die Arme.

Das letzte Kapitel

Wie bringt man ein solches Buch zu Ende, welches Ende wäre denn gut. Die lange Sitzung der Soko, die sich über zwei Tage hingezogen hatte, wäre sicher zu langweilig, weil alle Fakten, die vorhanden waren noch einmal auf den Tisch gelegt, an die Tafel gepinnt wurden, erläutert und betrachtet wurden, um den Fall abschließen zu können, Leiche für Leiche, eine nach der Anderen, zeitlich eingeordnet.

Denn eines war klar, es würde keinen Prozess geben, der Täter war tot. Man wollte aber abschließend sichergehen, dass alles getan worden war, um sicher zu sein, das war er, der Serienmörder aus Oberhavel.

Na klar, Berlin war dabei und der Barnim auch, aber das meiste spielte sich in Brandenburg ab, im nördlichen Brandenburg, im Landkreis Oberhavel.

Wald, Wasser, eine wunderbare Landschaft, die zum Wandern, zum Radfahren einlädt und ganz kurz, wenige Kilometer von der Hauptstadt Deutschlands, Erholung erlaubt. Ruhige Flecken, weit weg vom Großstadttrubel, weg von der Weltpolitik in der Glaskuppel, dem Kanzleramt, weg von Entscheidungen, zum Beispiel, wie viele Therapeuten braucht es in Deutschland.

Selbst in der 13000 Seelengemeinde Glienicke, wo einige der Protagonisten wohnen, ist noch genug Lärm der Großstadt zu hören. Ein fast immerwährendes Rauschen der Stadt, das nur an einem Sonntagmorgen, vor 8:00 Uhr, wenn Monika Mertens mit der wunderbaren Hündin Ladybird, einer zu klein geratenen Dalmatinerhündin, wenn sie also so früh spazieren gehen.

In die Bieselheide, da ist das nicht zu hören. Dann ist es still, wie sonst nur in den Wäldern von Neuglobsow, am Stechlinsee, auch einer wunderbaren Gegend in

Oberhavel. Ihr Mann der Hartmut, muss nun nicht mehr im Rollstuhl sitzen, aber lange Spaziergänge, gehen so noch nicht. Ja, er hatte es wieder geschafft, ins Leben zurück zukommen, nach seinen schweren Verletzungen, Hirnblutungen, die wenn er Pech gehabt hätte, seine Bewegungsfähigkeit sehr stark eingeschränkt hätten.

Dennoch war das sein berufliches Aus.

Lokführer geht nun gar nicht mehr, körperlich, aber auch die Nerven haben gelitten, die Leistungsfähigkeit, die Konzentrationsfähigkeit. Er ist untauglich für den Bahnbetriebsdienst, hatte er es aber im Gegensatz zu vielen anderen Opfern doch positiv erwischt, denn zum Einen war das ein Wegeunfall, so dass die Absicherung für ihn eine Gute war.

Zum Anderen aber konnte er diese Geschichte aufschreiben, nach dem Buch über den Unfall von Hordorf, einem Buch über das Leben der Lokführer, auch wenn sie versagen und wie es dazu kommen kann, auch ein Buch, wie man mit solchen Dingen umgehen kann, wie man weiterleben kann, auch als Opfer einer solchen Katastrophe.

Er hatte auch nun diese Geschichte aufgeschrieben. Gewiss, nicht alles ist so wahr, wie die Akten der Polizei, denn die hatte er nie gesehen.

Das, was er von Bernd, seinem Nachbarn wusste, war mehr als mager, durfte der keine Details rausgeben. Aber das ist doch auch egal. So hat es nun einen Empfang gegeben, organisiert von Monika und Marlis, seiner Frau und der Frau von Bernd, die Nachbarsfrau.

Sie hatten alle eingeladen, den Verlag, einige wichtige Menschen der Polizei, wie Anja, die kluge Kollegin des Sokoleiters Bernd Freitag. Den jungen Kollegen Roman, mit seiner noch ganz frischen Beziehung, der Studentin Anne Liesegang. Roman, der sich wacker durch diesen, seinen ersten und wahrscheinlich seinem einzigen Fall von Serientötung, in seinem Leben gearbeitet hatte.

Es waren noch mehr Polizisten dabei, aber wichtig ist das nicht. Erst wurde ein wenig gelesen, der Verlagsleiter sprach ein paar Worte, denn dieses Buch war, wie wenige der Bücher, die er herausgab, schon mit dem Erscheinungstag ungefähr 2000 - mal verkauft.

Das war sehr ungewöhnlich aber sehr erfreulich für einen kleinen Verlag, der keine Promotion machen konnte, wo das die Autoren selber taten, aber keinerlei Kosten auf die Autoren zukamen.

Dann nahm Normen, der Mann der Oberkommissarin Anja das Wort. „Liebe Gäste, mein lieber Hartmut. Viele wissen ja, dass ich als freier Lektor arbeite und dadurch viel lese. So habe ich auch die Bücher „Fahrt ins Unglück und zurück", und „Zurück ins Leben", gelesen und dann sein neuestes Werk, diesen Serienmord. Ich weiß nicht, wie dicht, er an der Wirklichkeit ist, aber das ist auch egal, entscheidend ist, was er daraus gemacht hat. Wir leben in einer Zeit, in der Krimis fast zu einer Seuche geworden sind, in der Dramen, wie der „Dr. Faust" von Goethe, oder der „Wallenstein" von Schiller, verzeihen sie mir, ich bin Goethe – Schiller Fan, eigentlich nicht mehr möglich sind.

Die Zeit ist schnell, viel zu schnell geworden und sie soll immer schneller werden. Die Literatur ist dann auch schnell geworden und ein Genre hat sich durchgesetzt und irgendwann ist es mir klar geworden, dass das wahrscheinlich anders nicht geht. Es gibt Geschichten, die kannst du heute nur noch über einen Krimi erzählen.

Nehmen sie Hennig Mankels Wahrnehmung über die unselige Geschichte Schwedens im 2. Weltkrieg, oder die Fremdenfeindlichkeit des neutralen Schwedens, oder die Warnung, dass durch die moderne Elektronik irgendwann ein ungeahnter Crash der Finanzwelt ausgelöst werden kann. Und so lassen sie uns einen Blick auf dieses Buch werfen, das wunderbar ein Ereignis und seine Folgen darstellt. Wie gehen wir mit dem Recht um. Muss sich nicht jeder zum Beispiel im Straßenverkehr an die Regeln halten?

Sollte er, die Praxis ist aber eine andere. Das wird nicht verfolgt, geahndet, geächtet.

Es gibt kein Benehmen mehr auf der Straße, egal, ob Fürst in 7-er BMW, oder Prolet im Golf, alle können sich danebenbenehmen, für ganz wenige hat das Folgen. Bei Autofahrern kann das schon mal sein, aber Radfahrer können machen, was sie wollen, Niemand wird ihnen das Radfahren verwehren. Ich habe mit Hartmut lange darüber diskutiert und wir sind uns einig geworden, würde man das in den Griff bekommen wollen, könnte man nur die Fahrräder beschlagnahmen, so lange, bis das Benehmen aller wieder hergestellt worden ist.

Dazu bräuchte es aber mehr Polizei und die müsste überall sein, vor allem an Radwegen. Und es bräuchte Richter, deren Arbeit kontrolliert werden müsste. Eine unabhängige Kommission, zusammengesetzt aus beratenden Juristen und Bürgern mit gesundem Menschenverstand, die alle nach dem Zufallsprinzip für drei oder vier Jahre ausgewählt werden. Die entscheiden dann, ob ein Richter, der für Fahrradfahrer entschieden hat, wie dass Praxis in Berlin immer wieder ist, die prüfen, ob das Urteil richtig ist. Sie würden dann die Urteile revidieren, wenn sie falsch sind.

Denn eine Mitschuld bei zu dichten Vorbeifahren an parkenden Autos, kann immer zur Folge haben, dass eine sich öffnende Tür den Fahrradfahrer zum Stürzen bringt. Dann ist der Mitschuld an seinem Unfall. Das wäre eine Form der Demokratie, die dem Wort gerecht würde.

Dann gäbe es auch keine Urteile gegen vermeintliche Mörder, wo es keine Leiche gibt. Dann müsste man aber auch abwägen, ob ein Urteil wegen Beihilfe zum Massenmord in 600000 Fällen mit nur 3 Jahren gesühnt werden kann, egal ob der Täter das Ende seiner Strafe erlebt oder nicht. Nun kann man trefflich darüber streiten, ob das überhaupt zu sühnen ist, in einem Leben, aber das die deutsche Justiz sich mit Verbrechen befasst, die sich auf fremden Territorien abgespielt haben, ist Amtsanmaßung.

Dennoch passiert heute so etwas.

Kausalität, ich nehme ungern Fremdworte in den Mund, aber es klingt immer so klug, also die Ursache eines Verbrechens, die wird im Motiv sichtbar. Wenn nun hier die Ursache des Verbrechens dieser Unfall des Mörders war, das Öffnen der Autotür in dem Moment, als ein Radfahrer mit etwa 30 cm Seitenabstand vorbeifuhr, was eindeutig verkehrswidrig war, und bewiesen werden konnte. Dann ist alles, was danach kommt eine Folge dessen.

Das folgende Fehlurteil löste eine Neurose aus. Eine Psychose gegen Fahrradfahrer, ja Hass. Das ist zu verstehen und ich habe mich auch psychologisch mit diesem Fall befasst, wenn keine weiteren gravierenden seelischen Probleme vorliegen, wie Depression oder eine Angststörung, wird das jeder von uns in den Griff bekommen. Er wird nun gegenüber Radfahrern sehr vorsichtig sein.

Nein, der Mörder hatte auch noch eine Bestie als Vater, SS-Mann, beteiligt an den Verbrechen von Oradour und sicher einigen andern Schweinereien im 2. Weltkrieg.

Was die SS so getan hat.

Das Schlimme es wurde nie gesühnt. Wenn alle Nazis, und dazugehört garantiert die Leibstandarte Adolf Hitlers, ausgerottet worden wären, gäbe es diesen Fall gar nicht. Nun bin ich nicht der Freund von Auge um Auge und Zahn um Zahn, wie die Amerikaner ihre Justiz verstehen, es hätte gereicht die in die Zwangsarbeit zu stecken, überall in Europa und zu verhindern, dass sich dieses Pack auch noch vermehren kann.

So hätten wir heute diesen Fall nicht, leider auch dieses Buch nicht, das mir gefällt, als Nichtkrimifan, aber auch keine Neonazis und keine öffentliche Neurose. Man muss immer überlegen, was sage ich zur israelischen Politik, oder wenn es Asylanten gibt, die unser Gastrecht missbrauchen, wenn man die anprangert, ist man sofort ein Nazi.

Das ist so, weil wir diese Vergangenheit nicht wirklich aufgearbeitet haben, alle Täter bestraft wurden. Griechenland hat zum Beispiel vor vielen Jahren, etwa 500 Naziverbrecher namentlich benannt, mit Wohnort und Adresse und den Beweisen der deutschen Justiz übergeben. Und die deutsche Justiz wollte das nicht verfolgen. Klar, waren ja noch viel zu viele von denen im Amt, die schon bei Freisler, Terrorurteile gefällt hatten.

Dass meine ich, mit ausrotten. Hätten wir uns, eine neue Justiz geschaffen, mit völlig unbelasteten Richtern und Staatsanwälten, dann wären auch die verurteilt worden.

Zurück zur Kausalität, ein bestrafter SS-Mann hätte im Knast keine Kinder zeugen können.

Er hätte den Jungen nicht demütigen können, nicht seelisch brechen. Der Vater von Dr. Manoult war ein Sadist, lieblos, herrschsüchtig, unbeherrscht und konnte dennoch Kinder erziehen, verziehen und durfte im Staatsdienst arbeiten.

Aber gehen wir weiter zurück. Auch er war ein Kind seiner Zeit, der Vater unseres Mörders. Komplett in der Nazidiktatur erzogen worden im Rassenwahn, mit dem

"Stürmer", dem Hetzblatt der Nazis im Briefkasten, in einer lieblosen Welt. Die konnte aber erst entstehen durch die Versailler Verträge.

Wer sich mit Geschichte ein wenig auskennt, der weiß, dass der Mord von Sarajewo nur ein Grund war loszuschlagen.

Den 1. Weltkrieg wollte Österreich, der Verbündete Deutschlands, und eigentlich war Deutschland auch mit dem Zar verbandelt, aber es ging auch gegen Osten. Eigentlich wäre es auch gar nicht gegen England gegangen, denn auch hier war das Kaiserreich personell verbunden.

Die Franzosen wollten Rache für 1870/1871 und die Amerikaner, sahen eine Gelegenheit ihre Macht zu vergrößern und die Waffenarsenale leer zu bekommen.

Alle wollten sie diesen Krieg, wie er endete, wissen wir ja. Aber hatte Deutschland den Krieg wirklich verloren, war der Versailler Vertrag so wirklich nötig.

Historiker wissen heute, nein das war es nicht. Dieser Vertrag war die Ursache für den weiteren Völkermord von 1939 bis 1945 und einen Genozid, wie er bisher noch nicht da gewesen war. An allen Fronten herrschte 1917 ein patt. Deutschland stand in Frankreich und die Ostfront war auch nicht in Deutschland. Es war ein Patt und dennoch musste Deutschland eine Demütigung erleiden, die direkt ins nächste Desaster führte. Also liegen die Ursachen schon im Versailler Vertrag begründet.

Der Mord an 17 Menschen hatte seine Ursache hier, wäre die Geschichte anders verlaufen, gäbe es das wahrscheinlich gar nicht, wie so vieles Andere auch nicht. Und so findet sich in Krimis heute die Weltgeschichten wieder, auch Zeitgeschichten, denn wie gehen wir mit den Kranken der Highspeedgesellschaft um. Lassen wir die nicht komplett im Stich. Oder die in bestimmten Blättern angeprangerten Sozialschmarotzer, die ALG II beziehen. Das sind auch gescheiterte Existenzen, die es nicht geschafft haben auf den Zug aufzuspringen, weil er viel zu schnell fährt. Die lassen wir zurück. Schauen sie nur, was aus einem solchen Mann wie Hartmut werden könnte, wenn er nicht schreiben könnte und eine solch wunderbare Frau hätte. Er würde unter die Räder kommen, wenigstens der soziale Abstieg drohte ihm. Lokführer, fahruntauglich, keine Beschäftigungsmöglichkeit mehr, bei den heutigen Bahnstrukturen.

Früher wäre er aufgefangen worden, wäre Lokleiter geworden oder Triebfahrzeugwart, aber er wäre im Bahnkörper geblieben. Der Bahnkörper, der ihn auch krankgemacht hatte, speit ihn heute aus. Heute ist er raus. Pförtner mit einem drittel Gehalt, auf ALG II Niveau, oder ALG II droht einem hochqualifiziertem Manne, der fast alles fahren kann, was auf Schienen läuft.

Wir haben uns lange unterhalten, auch nach seinem Eisenbahnbuch, er würde, weil er auch den Taurus fahren kann, mit ein wenig Hilfe auch einen ICE nach Hause bringen. Wenn dessen Lokführer, infolge eines Suizides fahruntauglich, geworden wäre. Der Mann geht aufs Abstellgleis, wird verschrottet, kann sich das eine Gesellschaft leisten, die Menschen im Stich zu lassen?

Nein, sollte sie nicht, das macht sie aber. Das Ergebnis ist ein Serienmörder. Mal abgesehen von der Kausalkette, wenn viel früher und effektiver Hilfe angeboten worden wäre, hätte Herr Dr. Manoult vielleicht eine Chance gehabt.

Das drückt man heute in Krimis aus, aber wird das unsere Gesellschaft wirklich verändern? Ich habe da so meine Zweifel. Dennoch lassen sie uns dieses tolle Buch feiern, lassen sie uns heute, jetzt, miteinander über das Leben reden, und wie wir es uns wirklich schön machen können. Mit einem tollen Partner, wunderbaren Kindern, die wir lieben und erziehen, aber in Liebe, nicht im Hass.

In der Liebe zu den Menschen, für diese doch wunderbare Erde. Denn ein wunderbares kleines Teil, in dem wir wohnen, das haben wir vor der Haustür."

Das war eine sehr lange Rede, Anja wusste gar nicht, dass ihr Mann, so lange reden konnte, ohne auf einen Zettel zu schielen. Ja, so ist das, wenn man weiß, über was man redet. Sie stießen alle an, das war ein Geklirre von Gläsern, mit den unterschiedlichsten Inhalten, und so kann ich dann abschließend nur noch einen wunderbaren Tag wünschen, mit der Bitte, leben sie ihre Probleme anders aus, aber etwas, nein viel, viel positiver, bitte.

Nachwort

Noch ein Wort zum Abschluss.
Vielleicht sollten wir uns alle überlegen, ob wir uns den Hass den wir alle irgendwie hegen, leisten sollten.
Ich bin nicht voller Hass, sagen Sie?
Wirklich?
Wie sehen Sie Radfahrer? Vor allem wenn die wieder bei rot gefahren sind, rechts an ihnen vorbei und sie müssen den nun zum dritten Mal überholen. Bremsen, warten, bis sie die mindestens 50 cm nach links Platz haben, Gas und vorbei. An der nächsten Kreuzung ist der wieder ran und rechts vorbei, bei Rot. Da kommt schon Wut auf.
Ist es nicht so, jeder hat seinen Lieblingsfeind, der eine Radfahrer, der Andere den Trommler, der glaubt, klopfen zu können, ohne Schallschutz und der Dritte, Frauen, weil die mit ihm machen können, was sie wollen, weil sein kleiner Pippimann immer verrückt spielt, wenn er nur eine sieht.
Das beginnt in der Familie, wo sich selten alle grün sind, das ist die berühmte Schwiegertochter, die nicht passt, oder der Mann, der nicht gut ist, für die Prinzessin.
Jeder hat seinen Lieblingsfeind, egal was es ist und das ist so im Kleinen, ich will hier gar nicht von Politik reden.
Darum haben wir die Kriege heute und darum kann man uns normale Menschen auch missbrauchen.
Aber wäre die Welt nicht wesentlich besser, könnte niemand irgendwen missbrauchen um Waffen zu verkaufen, wenn wir tolerant wären?!
Oh welch großes Wort, aber ich meine den Anderen lassen, wie er ist. Sich selber an Regeln halten, denn Regeln wie die Straßenverkehrsordnung, gelten für alle, auch für Fußgänger. Vielleicht mal den Fehler, den wir

alle mal machen, den des Anderen, nicht geißeln, sondern zufrieden sind, weil wir aufgepasst haben, denn Unglücke passieren nur, weil zwei nicht aufpassen.

Einer reicht nicht aus.

Tolerieren wir die Schwächen der Anderen und versuchen an unseren zu arbeiten, als den Balken im Auge des Anderen zu suchen.

Unsere Welt wäre so friedlicher, wenn wir das alle täten und man könnte keine Religionen mehr aufeinanderhetzen, oder irgendwelche anders gearteten Menschen, denn Nachsicht, Verzeihen, das heißt auch loslassen.

Ich weiß, die Kunst hat eine Aufgabe in der Gesellschaft und vielleicht ist es anmaßend zu glauben Bücher verändern die Welt. Dann Verzeihen sie mir bitte diese Anmaßung, denn mit meinen ersten beiden Büchern, welche eigentlich Eines sind, die Bücher über den Unfall von Hordorf, wollte ich zeigen, was passiert, wenn gespart wird.

An der Sicherheit wird heute noch gespart.

Das war auch in Bad Aibling so, denn laut Gerichtsgutachter sollte dort die Sicherheitstechnik seit 1984 ausgewechselt werden.

Verbessert werden auf den Stand der Technik.

Aber auch die Lokführer hätten anrufen können, was ist hier los, wo ist mein Gegenzug?

Mit diesem Buch erreiche ich vielleicht ein Nachdenken über unser Verhalten im normalen Leben.

Wäre es nicht besser, dem Anderen seine Fehler zu lassen, tolerant zu sein, der Schwiegertochter, dem Schwiegersohn, der Frau, dem Mann, wenn es nicht mehr geht, dem Nachbarn, dem Fahrradfahrer. Und wäre es nicht besser, jeder würde die Rechte des Anderen im Straßenverkehr achten und ihm Fehler verzeihen.

Dann würde das auch der Andere tun, wenn man selber mal einen unlichten Moment hat.

Wie entspannt wäre das Leben, ließe jeder den kleinen Hass, die kleine Intoleranz los und wie viel friedlicher wäre die Welt, ließe man den Franzosen ihr Baggett, den Italienern ihre Spagetti und den Russen den Wodka.

Alle Klischees, aber die haben wir alle irgendwie.

Und ich Maße mich hier an, zu behaupten, so würde die Welt besser, friedlicher, weniger leidvoll.

Vielen Dank, dass sie mir bis hierher gefolgt sind, sind sie gespannt auf „Annis Geheimnis", das im Herbst erscheinen wird, den «Kreuzfahrtmord», an dem ich arbeite und das Buch über „Unsere lieben Omas", welches auf Eis liegt, weil mir die Zeit fehlt.

Es gibt schon zwei Plots für weitere Bücher, aber Eines nach dem Anderen.

Und glauben Sie mir bitte, am Anfang ist oft nur eine Geschichte, wie die des Mannes, der die Ursache sucht, für das Verhalten der Radfahrer und sie findet. Die habe ich als Vorwort verwandt, der Rest floss heraus, ist nicht geplant gewesen und auch das Ende des Buches war unklar, nicht geplant, vielleicht nur ein Wunsch, irgendwie finde ich das alles und schreibe es auf.

Noch einen Nachsatz:

Das ist die zweite Ausgabe, die überarbeitet.
Ich, der Autor, hat alles alleine gemacht, also auch den Schriftsatz. Der war mal ein eigenständiger Beruf, ist aber aus verschiedenen Gründen verschwunden. Und wie wir vielleicht sehen, können Schreibprogramme nicht alles und auch die Rechtschreibprüfung ist nicht perfekt. Sollten immer noch Fehler im Buch sein, typografische oder Tipp - oder Schreibfehler, so bitte ich um Nachsicht. Vielleicht teilen Sie mir das mit. Man lernt ja nie aus
Vielen Dank
Frank Maranius

Bereits erschienene Bücher:
Fahrt ins Unglück und zurück, Roman ISBN 978-3-8459-1607-7 im Aavaa Verlag 2015.
Zurück ins Leben, Roman ISBN 978-3-8459-1924-9 im Aavaa-Verlag 2016

Danksagung!
Vielen Dank an alle Menschen, die mir wohlgesonnen sind, die Geduld mit mir haben und mir geholfen haben.
Allen voran, meine wunderbare Frau, Mathias Jankowiak Fotograf in Glienicke, der mir half das Cover so hinzubekommen und die Rockgruppen Lift und Silly von denen ich Textzeilen benutzen durfte.

Die Personen und die Handlung sind frei erfunden, Ähnlichkeiten mit lebenden oder toten Personen, sind rein zufällig und ohne jede Absicht.